百年茅盾研究成果史料索引
（1920—2020）

蔺春华　编著

ZHEJIANG UNIVERSITY PRESS
浙江大学出版社
·杭州·

图书在版编目(CIP)数据

百年茅盾研究成果史料索引:1920—2020 / 蔺春华
编著. —杭州:浙江大学出版社,2022.11
ISBN 978-7-308-23162-6

Ⅰ.①百… Ⅱ.①蔺… Ⅲ.①茅盾(1896—1981)—
文学研究—文集—1920—2020②茅盾(1896—1981)—人物
研究—文集—1920—2020 Ⅳ.①I206.7-53②K825.6-53

中国版本图书馆 CIP 数据核字(2022)第 192139 号

百年茅盾研究成果史料索引(1920—2020)
蔺春华 编著

责任编辑	李瑞雪
责任校对	吴心怡
封面设计	周 灵
出版发行	浙江大学出版社
	(杭州市天目山路 148 号 邮政编码 310007)
	(网址:http://www.zjupress.com)
排 版	浙江时代出版服务有限公司
印 刷	广东虎彩云印刷有限公司绍兴分公司
开 本	710mm×1000mm 1/16
印 张	20.75
字 数	332 千
版 印 次	2022 年 11 月第 1 版 2022 年 11 月第 1 次印刷
书 号	ISBN 978-7-308-23162-6
定 价	88.00 元

目　录

1920 年

《读〈小说新潮栏宣言〉的感想》,作者黄厚生,《小说月报》第十一卷第四期,1920 年 4 月 25 日。文章针对茅盾《"小说新潮"栏宣言》一文指出,反对以小说为消遣品,而认为"小说是改良社会,振兴国家,在教育上所占的位置,在文学上所占的价值,均能算刮刮叫的第一等"。

1921 年

《介绍〈小说月报〉并批评》,作者李石岑,《时事新报·学灯》,1921 年 1 月。文中指出"披阅"《小说月报》第十二卷第一号后"欣喜欲狂":冬芬君所译《新结婚的一对》堪称"佳著""尤使余喜人心脾","冬芬君译笔,何其体贴人情,恰到好处,至于如是",深为"激赏";"次于《新结婚的一对》者,为周作人君所译之《乡愁》";"小说月报,今岁主其事者,为沈君雁冰。沈君性嗜文艺,复能寝馈其中,又得文学研究会诸贤之助,其所供献于社会者,必匪浅鲜。海外文坛消息一栏,所以裨新文学研究者尤大,亦自非沈君莫办。则沈君所负责任之重大,于此可见"。

《介绍〈小说月报〉十二卷一号》,作者晓风,《民国日报·觉悟》,1921 年 2 月。文章认为十二卷一号的《小说月报》"已经在污泥里过了一半的少年期了,伊现今……换了个灵魂","已经伐毛洗髓,容光焕发","这号里有两篇很重要的评论:一篇是周作人先生的《圣书与中国文学》,一篇是沈雁冰先生的《文学与人的关系及中国古来对于文学者身份的误认》……这一篇指示出几种谬误,在新文学建设消极的这一面,也很有周到的教导和暗示。形式是周先生的简练,沈先生的流畅,也都各显他们的本色"。

《悬赏征文的疑问》,作者西谛,《文学旬刊》第四期,1921 年 6 月 10 日。文章对茅盾《小说月报》第十二卷第五期上发表的《小说月报第一次特别征文》中采用的命题和限字征文的办法提出反对意见。

《人格底重要——答雁冰和晓风两先生》,作者张闻天,《民国日报·觉悟》，1921年7月17日。文章认为，"冰先生的指教使我增进了许多知识""非常感谢"。本文继续"伸说""无抵抗主义"的"主张及态度"。

1922 年

《论国内的评坛及我对于创作上的态度》，作者郭沫若。《时事新报·学灯》，1922年8月4日。文章具体阐述了创造社同人的文学主张，对沈雁冰《〈创造〉给我的印象》一文作了反驳。最后用较长的文字说明自己为何写这篇文章："我这篇文章的动机，是读了沈雁冰《论文学的介绍的目的》[①]一文而感发的。"沈在文中"骂我国的同胞是'猪'"，"这种骂法觉得使我们伤心得很"，因暑假太短，还想创作，因此"暂且认定我们是意见的相远，不再事枝叶的争执了"，"我们彼此在尊重他人的人格的范围以内，各守各的自由罢"。

1923 年

《致雁冰》，作者旭光，《小说月报》第十四卷第一期，1923年1月。信中表示翻译中统一译名是目前很紧要的一件事。

《致雁冰》，作者史本直，《小说月报》第十四卷第一期，1923年1月。信中对《小说月报》封面插画、卷首增加作者小照等发表了意见。

《正来著的悲哀：呈沈雁冰先生》，作者正厂，《民国日报·觉悟》第一卷第5期，1923年1月。此为作者致沈雁冰的一首诗歌。

《两个文学团体与中国文学界》，作者今心，《时事新报·学灯》，1923年8月22、23日。文章认为文学研究会和创造社把"一向暗无天日，死气沉沉"的中国文学界"给他们弄得有声有色了"，评介了两个团体的优缺点，文末指出："我与雁冰先生一样认为个人研究与指示民众，终竟是两件事。""论到挽救中国文坛的浑沌的时候，实在有提倡自然主义之必要，雁冰先生等人说的很详尽而且很痛快了。"

---

① 沈雁冰这篇文章的题目是《介绍外国文学作品的目的》，郭沫若在此记错或者笔误了（笔者注）。

1924 年

《致编辑诸君》,作者郭沫若,《文学(旬刊)》第一三一期,1924 年 7 月 21 日。文中就《文学(旬刊)》125 期发表自己《答梁俊青》一文及文末批语,和编者沈雁冰、郑振铎等商榷。

1926 年

《本校请沈雁冰教授演讲》,《国立广东大学周刊》第四十五期,1926 年 3 月 29 日。

《沈雁冰先生演讲辞:最近国际情势与中国革命革命笔略》,甘家声、林一元记述,发表于《国立广东大学周刊》第四十五期,1926 年 3 月 29 日。

1927 年

《兴华》杂志第 24 卷第 31 期(1927 年 8 月 18 日发行)《中外大事记:中国之部:上海近事》栏刊载:上海清委会披露,在沈雁冰宅中搜得党国文件若干。

1928 年

《近来的几篇小说》,作者白晖,《清华周刊》第二十九卷第二期,1928 年 2 月。文章第一节即"茅盾先生的《幻灭》",文中指出:"这篇小说里的人物实在很多;有'神经质的女子',有'刚毅','猖傲','玩弄男性'的女子,有'一口上海白','浑名包打听'的女子;有'受着什么"帅坐"津贴的暗探'……这些是多么热闹的节目! 你读这小说,就像看一幕幕的戏。"

《幻灭》(书评),作者钱杏邨,《太阳月刊》三月号,1928 年 3 月。文章认为:"《幻灭》是一部描写革命时代及革命以前的小资产阶级女子的游移不定的心情,及对于革命的幻灭,同时又描写青年的恋爱狂的一部具有时代色彩的小说。全书把小资产阶级的病态心理写得淋漓尽致。……至于意识不是无产阶级的,依旧是小资产阶级的,是革命失败后堕落的青年的心理与生活的表现。"

《论新旧作家与革命文学——读了〈文学周报〉的〈欢迎太阳〉以后》,作者华希理①,《太阳月刊》第四号,1928 年 4 月。沈雁冰曾以笔名方璧作《欢迎太阳》,刊于 1928 年 1 月 8 日《文学周报》,批评蒋光慈在《太阳月刊》创刊上发表的论文《现代中国文学与社会生活》。蒋光慈发表此文就五个方面进行了反批评。认为"方君以为'总是凭借客观的观察为合于通例'",这是"旧的写实主义与自然主义的理论";认为"方君心目中的新的发现和新的启示"是"很带点神秘主义的意味"。全文还对"革命文学的范围"等进行了论述和批评。

《动摇》(书评),作者钱杏邨,《太阳月刊》第七号(停刊号),1928 年 5 月。文章认为《动摇》"以解剖投机分子的心理和动态见长",当然还"不是一部成功的创作","但就目前的文坛的成绩看,这是值得一读的。虽然技巧有一些缺陷,但是规模具在;虽然意识模糊,我们终竟能在里面捉到革命的实际"。

《追求》(书评),作者钱杏邨,《泰东》月刊第二卷第四期,1928 年 10 月。文章认为:"作者客观方面所表现的,思想也仍旧的不外乎悲哀与动摇。所以,这部创作的立场不是无产阶级的。"指出:"《追求》虽具有革命的时代色彩,然而不是革命的创作。"同时希望"作者以后的作品",改正那些"悲观的""幻灭的"思想。

《小资产阶级文艺理论之谬谈——评茅盾君底〈从牯岭到东京〉》,作者克兴,《创造月刊》第二卷第五期,1928 年 11 月。文章对茅盾的《从牯岭到东京》提出了全面的批评,以为"茅盾君底这篇文字,除了巧妙地玩弄些文字上矛盾,幻灭,动摇的把戏而外,确是找不出很大的价值"。

《文艺的新路——读了茅盾的〈从牯岭到东京〉之后》,作者虚白(曾虚白),《真善美》第三卷第二号,1928 年 12 月。文章认为茅盾的文章"竟清晰地指给我们一条可以遵循的文艺新路"。他"观察到我们'新文艺'的读者实在只是小资产阶级,所以他决心要做小资产阶级所能了解和同情的文艺了。这就是他指给我们的新路"。并说:"现在,我们该提倡的是要叫一切作家去找寻他们发

---

① 作家蒋光慈(1901—1931)的化名。此前从未用过,此后仅在译作上用过两次。

展'自我'的路径,不能指定了一条路叫一切作家都跟着我们走。茅盾是找着了他的路了,可不一定就是大家共同该走的路。"

《茅盾的〈一个女性〉》,作者铭,《青海》第四期,1928年12月。文章对茅盾的《一个女性》和莫泊桑的《一生》进行了比较分析。

1929 年

《到了东京的茅盾》,作者潘梓年,《认识》第一期,1929年1月。文章指责茅盾的《从牯岭到东京》一文是:中国无产阶级文学运动的反对派"强有力的文字"。

《对于所谓"小资产阶级革命文学"底抬头,普罗列塔利亚文学应该怎样防卫自己——文学运动底新阶段》,作者李初梨,《创造月刊》第二卷第六期,1929年1月。文章针对茅盾在《从牯岭到东京》一文中批评某些标榜"无产阶级革命文学"的极左的观点,对"标语口号文学"等进行了批驳,认为"茅盾的意见是不当的",是"文学至上主义者的幻想"等。

《茅盾的〈一个女性〉》,作者祝秀侠,《海风周报》第六、七期合刊。1929年2月。文章称:《一个女性》中的描写与莫泊桑的《一生》"似乎不相上下"。"不过《一个女性》的描写是不十分深刻的。"采用"自然主义的手法,并未臻于成功之境"。"至于作者的思想,他根本上就是站在小资产阶级说话的人。""他的创作并不是革命文学,里面找不出一点革命的思想。"

《"一个女性"》,作者徐杰,《海风周报》第十三期,1929年3月。文章对茅盾的《一个女性》提出批评,云:"在我看来这一篇与其说是为小有产者的诉苦,不如说是小有产者时过境迁遗留下的感伤。"作品中"很明显的暴露了作者的思想带了许多虚无主义的倾向,到头只是一个虚无的结局",这是要"教青年走到痛苦颓废的路上去的"。

《茅盾的三部曲》,作者复三,《文学周报》第七卷,1929年。文章认为:"在当时的文坛这三部实在是沙漠中稀有的,宝贵的绿洲了,而且它还有它更大的使命,价值和位置的。"即,在中国文学史上"有它永久的位置"和"占有特殊的位置"。指出:"我不敢说这三部曲于我们中国青年会有若何大的影响,可是也说不定在最近的将来，青年的生活或将因而起变化，就是退一步说是对时代不负影响的使命，则十六年时代整个社会的面目也已深深地描绘在纸上了。"

《关于〈幻灭〉——茅盾收到的一封信》，作者罗美（沈泽民），《文学周报》第八卷第十期，1929年3月。文章认为《幻灭》中的内容，是作者"心绪的告白"。并说："在当时身当其境者，如燕雀处堂，火将及身而犹冥然不觉的人已不知有多少；看见高潮中所流露的败象，终于目击大厦之倾，而无术以挽救之者，于是发而为愤慨的呼声，这就是我所了解于《幻灭》的呼声。"

《〈幻灭〉的时代描写》，作者张眠月，《文学周报》第八卷第十期，1929年3月。文章认为："《幻灭》虽是很忠实的时代描写，然而它是不含有多量的客观性的，用写实的笔法将整个时代情形显露给我们看。"

《〈动摇〉和〈追求〉》，作者林樾，《文学周报》第八卷第十期，1929年3月。文章称"《动摇》和《追求》是有时代性的作品"。"对于时代的转变，和混在这变动中的一般人的生活，是看得很明白的，所以他能够写得这样深切动人。""《追求》所描写的也是一般的青年。他们一方面感到理想幻灭的苦闷，一方面仍有奋进的热望，努力在追求新的憧憬；但结果却仍然是失败。""书中对人物的心理和个性，都写得很深刻。"

《〈追求〉中的章秋柳》，作者辛夷，《文学周报》第八卷第十期，1929年3月。文章表示，读过茅盾的《幻灭》《动摇》《追求》之后，"觉得有些地方仿佛是自己曾经亲历其境的，至少限度也应该认识其中的几位"。

《〈幻灭〉、〈动摇〉的时代推动论》，作者钱杏邨，《海风周报》第十四、十五期合刊，1929年4月。文章指出："我对于茅盾先生'有革命情热而忽略于文艺的本质'和'把文艺也视为狭义的宣传工具'二语，根本上就认为不对。"

《茅盾与〈动摇〉》，作者克生，《海风周报》第十七号，出版日期不详。文章对《动摇》提出了批评，说作者"自己感到动摇幻灭了"，便以为社会人群也是"恁地动摇"。文章认为，作家"应当用美善的艺术，去调剂畸形的社会人群的各种病态的心理，用艺术去引导大众向光明的前路进发，用伟大艺术去感化大众，淘涤大众"。

《〈野蔷薇〉》，作者顾仲彝，《新月》第二卷第六、七号合刊，1929年9月。文章认为《野蔷薇》与三部曲"内部的蕴藏可说是一个版子印出来的"。"茅盾君觉得什么都是失望,什么都是幻灭","这种思想对于彷徨失所的一般中国青年们,恐怕太危险了,恐怕真的会使他们'绝望''愤激''报复'而至于'堕落''自杀'"。

《茅盾与现实——读了他的〈野蔷薇〉以后》,作者钱杏邨,《新流》月报第四期,1929 年 12 月。文章认为:"茅盾的创作仅止于暴露了黑暗,仅止于描写了没落,仅止于不回顾过去(虽然他说'不要伤感于既往'),忘却将来(虽说他主张'直视前途'),抓住了现在,他笔下的人物差不多完全地毁灭了自己的前途。"

《关于茅盾的著作》,作者驼,《出版》月刊创刊号,1929 年 12 月。

1930 年

《中国新兴文学中的几个具体的问题》,作者钱杏邨,《拓荒者》第一卷第一期特大号(即《新流月报》第 5 期改题),1930 年 1 月。文章批评茅盾《从牯岭到东京》和《读〈倪焕之〉》文章的一些观点。指责茅盾对"普罗文艺"中"标语口号文学"等的批评。

《从东京到武汉》,作者钱杏邨,《文艺批评集》(钱杏邨著),上海神州国光社 1930 年 5 月版。文章对茅盾进行了批评指责,认为茅盾"创作以小资产阶级作主人翁的小说"就"说明了他自己的意识完全是小资产阶级的意识,所以,在矛盾、冲突、挣扎的结果,他终于离开了无产阶级文艺的阵营"。文章说茅盾"以《从牯岭到东京》为理论的基础,以《幻灭》《动摇》《追求》为创作的范本,以小资产阶级为描写的天然对象,以替小资产阶级诉苦并激动他们的情热为目的的'茅盾主义文学'"。

《批评与分析》,作者钱杏邨,《文艺批评集》(钱杏邨著),上海神州国光社 1930 年 5 月版。文章从"关于《从牯岭到东京》""关于《倪焕之》问题"等方面,对茅盾的论点提出了指责。

《〈虹〉》,作者锦轩,《前锋周报》第十期,1930 年 8 月 24 日。

《读茅盾的〈虹〉》,作者莫芷痕,《开明》第二十七号,1930 年 10 月。

1931 年

《茅盾创作的考察》,作者贺玉波,《读书月刊》第二卷第一期,1931 年 3 月。文章称:"他的作品的特点就是染有浓厚的时代色彩,专门借了恋爱的外衣而表现革命时代里的社会现象,以及当时中国的一般革命事实,革命后的幻灭,动摇,和悲哀。""《幻灭》给我们的印象只是一个幻灭罢了。全篇只充盈了浓厚的灰色的悲哀。"而《动摇》,"作者能把他们的动摇心理明晰地分析在这篇里"。在《追求》里,"悲观色彩过于浓厚了,作者好像在告诉我们一切世事尽是空虚的,是要走到幻灭的道路的"。《野蔷薇》"几乎全是人物的心理,但是太含有旧写实主义的风味,使人有时感到不快"。在《虹》里,"作者便借梅女士的故事,把这个时代的思潮变迁以及民众运动的真相显示给我们了"。文章认为:"《虹》是作者所有的小说集中最成功的一篇,无论在哪方面,比其他的都要好。"

《沈雁冰》,作者德娟,《读书俱乐部》第二期,1931 年 4 月。

《时代精神与茅盾的创作——评〈野蔷薇〉》,作者绛湫,《万人杂志》第二卷第四、五期合刊,1931 年 6 月。文章认为:《野蔷薇》在作风上"还是以写三部曲时的手腕出之",但"描写的技巧,表现的意识"却有不同之处。"如果说三部曲的描写是现社会的整个形容时,那末,这几篇却是现社会的每一个原子的暴露了。所以当我们读完了那几篇时,便立刻可以发见那里有几个厌恶现实而又不能离开现实的青年女性在纸上活跃。"作品具有"艺术上的惊人的技巧","特别是对于少女的心理的描写"。他以为,茅盾的创作,"是现代中国文坛上很能代表时代精神的一个"。

《文艺新闻》刊载消息(据《纽约时报》),1931 年 6 月 15 日。消息称:美国某大书局把《虹》列入"东亚丛书",向读者推荐。

《西人眼中的茅盾》,作者杨昌溪,《现代文学评论》第 2 卷第 3 期、第 3 卷第 1 期合刊,1931 年 10 月。

《茅盾评传》,编者伏志英,上海现代书局出版,1931 年 12 月。伏志英所作《序言》称:"茅盾先生是一个富有时代性的作家。""他技巧的纯熟,观察的深刻,确能捉住那一时代的核心,如小资产阶级对于革命的幻灭与动摇,女性的脆弱,投机分子的丑态,以及病态的青年男女,表现得都有相当的成就。"此书收入文章有:

《茅盾传》,作者伏志英。

《茅盾的三部曲》,作者复三。

《茅盾创作的考察》,作者贺玉波。

《关于〈幻灭〉——茅盾收到的一封信》,作者罗美(沈泽民)。

《〈幻灭〉的时代描写》,作者张眠月。

《〈动摇〉和〈追求〉》,作者林樾。

《〈追求〉中的章秋柳》,作者辛夷。

《〈幻灭〉中的强惟力》,作者云裳。

《野蔷薇》,作者顾仲彝。

《时代精神与茅盾的创作——评〈野蔷薇〉》,作者绛湫。

《茅盾的〈一个女性〉》,作者祝秀侠。

《〈一个女性〉》,作者徐杰。

《评几篇历史小说》,作者张平。

《西人眼中的茅盾》,作者杨昌溪。

《茅盾与现实》,作者钱杏邨。

《评茅盾的〈从牯岭到东京〉》,作者克兴。

《到了东京的茅盾》,作者潘梓年。

《从东京到武汉》,作者钱杏邨。

《批评与分析》,作者钱杏邨。

《文艺的心路》,作者曾虚白。

《茅盾先生著译书目》,作者伏志英。

《〈幻灭〉》,作者徐蔚南。文章称读完《幻灭》之后,"深深地感得著者的努力","比了那种即兴式的短篇小说,花前呀月下呀自不相同了",认为"著者受着南欧自然主义文学的影响很多,但是没有牵强的情态"。

《茅盾三部曲小评》,作者普鲁。文章称:"茅盾对于中国革命的内涵是没有清楚的认识,他只就主观的去批评这个时代的外形",却没有"去批评这个现象的由来",小说给读者的影响,"只是引起对于革命认识不清而消极,而幻灭的青年同调的叹惜,没有会给这些青年积极的,更热情于革命的激发。"并认为:"作者的三部曲所以不能算好的革命文学作品,是为作者思想所限定的。"

《〈野蔷薇〉》,作者克,文章认为:"这集子里的五篇却使我们极不满意。就思想上说,这都是不健全的作品,就艺术上说,这也是很平淡的故事。作者的文笔也未脱尽章回体的意味,毫不曾获到新的技巧。"

《〈虹〉》,作者因梦蝶,刊于《中外文学名著辞典》,上海乐华图书公司出版,1931年12月。

《"欧洲大战与文学"(书报介绍):沈雁冰著、开明书店出版》,作者李易水,《北斗》一卷4期,1931年12月20日。

《茅盾的三部曲》,作者贺凯,《中国文学史纲要》第九章第四节,北平文化学社,1931年12月版。

1932 年

《论茅盾的〈三人行〉》,作者禾金,《中国新书月报》第二卷第二、三号合刊,1932年2月。

《谈谈〈三人行〉》,作者易嘉(瞿秋白),《现代》创刊号,1932年5月。文章指出:"《三人行》的创作方法是违反第亚力克谛——辩证法的,单就三种人物的生长和转变来看,都是没有恰切现实生活的发展过程的",并以为"这篇作品甚至于反现实主义的"。"作者的革命的政治立场,就没有能够在艺术上表现出来。反而是小资产阶级的市侩主义占了胜利,很自然的,对于虚无主义无意中做了极大的让步,只有反对个人英雄的侠义主义的斗争,得到了部分的胜利。"

《沈雁冰的海外文坛消息》,作者赵景深,《读书杂志》第2卷第5期,1932年5月1日。

《读〈三人行〉》,作者苏汶,《现代》创刊号,1932年5月。文章称:作品中"对话时常是论文、是演说,或甚至是诗。而且替每一桩事情都给配上一个关于所谓思想这一类东西的特写的那种努力,是一步也没有放松过的"。以为,作品中的三个人物"似乎还缺少点连环性"。

《茅盾传略》,乐华编辑部编,《当代小说读本》上册,乐华图书公司出版,1932年5月。

《〈路〉的批判》,作者金民天,《读书月刊》第三卷第五期,1932年6月。文章认为:"没落的小资产阶级的青年,对于人生的怀疑,一切事物的神经性是本书主人的典型。主人公意识不健全,这是无可讳言的事实。"然而文章又称,"茅盾的这册《路》,在今日寂寂中国文坛中,的确是值得一看的。"

《〈路〉》(书评),《现代》第一卷第四期,1932年8月。文章称:《路》具有"极绵密的结构:它写主人公以外的人物,可是依旧处处都照顾到主人公本人",并取得了成功。"在文体上,《路》也有极大的进展;作者似乎是可以从此和俗流的写法永诀了。"从《路》开始,"作者将更向自然主义走近了一步"。而《路》的不足,则是"把女主人公杜若写得太模糊"。

《〈路〉不通行(一)》,作者秀峰,《中国读书月报》第二卷第八号,1932年8月。

《沈雁冰又右倾》,作者适安,《社会新闻》第一卷第六期,1932年9月。

《茅盾》,作者顾凤城,《中外文学家辞典》,乐华图书公司出版,1932年11月出版,这是茅盾首次进入辞书。

《茅盾底〈路〉》,作者瑞民,《读书月刊》第三卷第五期,1932年12月。文章认为:"茅盾始终捉住了小资产阶级的意识形态而渐进的着笔",和以往的作品目标"熟练、生动",并以为,在现在的社会下,这样的作品对于大众的要求是不够的。"我以为描写大众生活苦痛的情状和斗争(如丁玲的《水》)及描写在这社会下的小资产阶级而近乎无产阶级的生活的苦痛缩影(如冰莹的《抛弃》)的作品,是比较更迫切着的。"

《文凭》,作者景贤,《学风》第2卷第10期,1932年12月15日。文章评价了茅盾翻译的俄国丹青科的小说《文凭》。

1933 年

《茅盾的〈春蚕〉》,作者朱明,《现代出版界》第八期,1933年1月。文章称:

看到茅盾的《春蚕》，"似乎觉到他的作品，已经深入了一步"。"而且还把握住了鲜明的1932年中国农村社会的大恐慌"，"这个当前的重要题材来写作"，"是胜人一筹的地方"。但是"过细一观察"，"其实只是左拉一类的作品。他只有指出了表现的现象，引起了不平鸣似的感情"。并认为：茅盾的作品，"在都市，惑于官感的享乐而不能自拔；在农村，感趣味于残余的习气，虽轻松地击拨，却充溢着迷恋的气氛，不能坚决的克制，不能坚持的斗争，非现实，浮面以至伤感，这些并不是我们所需要的"。

《茅盾的近作〈三人行〉》，作者知白，《大公报·文艺副刊》第二六四期，1933年1月。

《申报·自由谈》1933年1月30日《编者室》栏登了一段文字："编者为使本刊内容更为充实起见，近来约了两位文坛老将何家干先生和玄先生为本刊撰稿，希望读者不要因为名字生疏的缘故，错过'奇文共赏'的机会！"

《武汉时代的共产党人物——沈雁冰》，作者王唯廉，《现代史料》第一集，1933年1月。

《二沈记(沈雁冰与沈泽民)》，作者江流，《现代史料》第一集，1933年1月。

《共产党分裂史——沈雁冰在牯岭》，作者徐善辅，《现代史料》第一集，1933年1月。

《茅盾的〈徐志摩论〉——一个批评方法》，作者程慎吾，《天津益世报·文学周刊》第十六期，1933年2月。

《评茅盾〈子夜〉》，作者陈思，《涛声》第2卷第6期，1933年2月。

《茅盾论》，黄人影编，光华书局印行，1933年2月。此书收入文章有：

《茅盾小传》，作者凌梅。

《文艺的新路》，作者虚白。

《茅盾创作的考察》，作者贺玉波。

《茅盾与现实》，作者钱杏邨。

《从东京回到武汉》，作者钱杏邨。

《到了东京的茅盾》，作者潘梓年。

《茅盾与〈动摇〉》，作者克生。

《茅盾三部曲小评》，作者普鲁士[①]。

《关于〈幻灭〉》，作者罗美(沈泽民)。

《〈幻灭〉的时代描写》，作者张眠月。

《〈动摇〉和〈追求〉》，作者林樾。

《〈追求〉中的章秋柳》，作者辛夷。

《茅盾的〈路〉》，作者贺玉波。

《读〈三人行〉》，作者苏汶。

《谈谈〈三人行〉》，作者易嘉。

《左翼文化运动的抬头》，作者水手，《社会新闻》，1933年3月3日。文章攻击鲁迅和茅盾"包办"《申报·自由谈》，成为"两大台柱"。

《评〈子夜〉》，作者余定义，《戈壁》第一卷第三期，1933年3月。文章认为《子夜》"把握着1930年的时代精神的全部"。它是以作者丰富的生活经验，"深切的认识了现在社会的一切——秘密，矛盾，和妥协，看准了现在社会致命的地方，而投掷出来的一个千钧的炸弹"。"《子夜》又是以现在社会一切为中心"，在技巧上，"作者更进一步的走上了写实主义的大道"。

《读〈子夜〉》，作者朱明，《出版消息》，1933年3月23日。文章认为：《子夜》是茅盾的"第一篇力作"，"在我们中国新文坛也是第一次发现的巨大著作"。他"大规模地把中国的社会现象描写着，在没有人同他争斗的现在，他四顾无人的霍地一声，把重鼎举起来了"。

《沈雁冰》，作者何景文，《新人名辞典》，上海开华书店出版，1933年3月。

《读茅盾底〈子夜〉》，作者禾金，《中国新书月报》第三卷第二、三号合刊，1933年3月。

《茅盾底〈路〉》，作者希孟，《夜莺》第1卷第2期，1933年3月。

《〈子夜〉和国货年》，作者乐雯(瞿秋白)，《申报·自由谈》，1933年4月2日。文章指出："这是中国第一部写实主义的成功的长篇小说"，作者能够"应用真正的社会科学，在文艺上表现中国的社会关系和阶级关系"，以为《子夜》"带着很明显的左拉的影响"，特别是左拉的长篇小说《金钱》。

[①] 伏志英《茅盾评传》中署名普鲁(笔者注)。

《出版消息》1933 年 4 月 16 日登了两则特别消息。一则谓："闻《小说月报》将于最近复刊，惟不由商务印书馆出版，将由某新书店出版，主编已定为郑振铎及傅东华。"另一则谓："据闻鲁迅，沈雁冰、田汉、郑振铎等，近日正在积极进行团结成某一集团，性质将与以前的'文学研究会'相类，不日将召集开会讨论事宜云，确否待证。"

《茅盾著长篇小说〈子夜〉》，作者云（吴宓），《大公报·文学副刊》，1933 年 4 月。文章认为："此书乃作者著作中结构最佳之书"，"表现时代动摇之力，尤为深刻"。"此书写人物之典型性与个性皆极轩豁，而环境之配置亦殊入妙。"又说："茅盾君之笔势具如火如荼之美，酣恣喷薄，不可控搏。而其微细处复能婉委多姿，殊为难能而可贵。尤可爱者，茅盾君之文字系一种可读可听于口语之文字。"

《读完了〈子夜〉》，作者唐德耀，《读书周刊》1933 年第 33 期，1933 年 4 月。

《〈子夜〉读后感》，作者顾凤城，《大声》周刊第 1 卷第 4 期，1933 年 4 月。

《介绍茅盾的〈子夜〉》，作者绿曦，《读书中学》月刊创刊号，1933 年 5 月。

《茅盾的〈路〉（二）》，作者希孟，《夜莺》半月刊第一卷第二期，1933 年 5 月。

《鲁迅与沈雁冰的雄图》，作者农，《社会新闻》第三卷第十二期，1933 年 5 月。文章攻击了鲁迅和沈雁冰，并指出鲁迅和沈雁冰在组织一个"会"，"想复兴他们的文化运动"。

《〈子夜〉的读者》，《文学杂志》月刊第一卷第二期，1933 年 5 月。

《〈春蚕〉与农村现状》，作者另境，《申报·自由谈》，1933 年 5 月 27 日。

《谈〈子夜〉》，作者卢艺植，《读书与出版》第二卷第三期，1933 年 5 月。

《〈子夜〉在社会史的价值》，作者馤生，《新垒》月刊第一卷第五期，1933 年 5 月。

《新书介绍:〈子夜〉》，作者吴组缃，《文艺月报》创刊号，1933 年 6 月。文章称:"《子夜》是在作者摸出了那条虚无迷惘的路，找着了新的康庄大道，以其正确锐利的观察对社会与时代有了进一步的具体的了解后，用一种振起向上的精神与态度去写的。"它"暴露了民族资产阶级的没落"，"宣示着下层阶级的兴起"。"在消极的意义上，作者已尽其暴露的能事；但在积极的意义上，本书有不可讳言的缺憾。"

《新书提要:〈子夜〉》,作者国梅,《中学生》月刊第三十六号,1933 年 6 月。

《关于〈春蚕〉的疑问》,作者段广焕等,《现代》月刊第三卷第二期,1933 年 6 月。

《读〈子夜〉》,作者范国梅,《江苏学生》第二卷第三期,1933 年 6 月。

《茅盾介绍》,作者铁铁,《苦酒》1933 年第 2—3 期合刊,1933 年 6 月。

《评茅盾〈春蚕〉》,作者罗浮(夏衍),《文艺月报》第一卷第二期,1933 年 7 月。文章评论了茅盾的小说集《春蚕》。同时指出《林家铺子》在"取材上,我们不能不说这是百分之百把握了现实,意识上也是非常正确的","在人物的配置和描写上",林老板、林大娘等"都写得非常深刻、生动、有力",这是一篇"很成功的作品"。

《〈子夜〉》,作者林樾,《东方文艺》第 5—6 期,1933 年 6 月。

《〈子夜〉》,作者徐泉影,《学风》月刊第三卷第六期,1933 年 7 月。

《读〈子夜〉》,作者施蒂而(瞿秋白),《中华日报·小贡献》,1933 年 8 月 13、14 日。文章指出:"从文学革命后,就没有产生过表现社会的长篇小说,《子夜》可算第一部","从'文学是时代的反映'上看来,《子夜》的确是中国文坛上新的收获,这可说是值得夸耀的一件事"。

《〈春蚕〉》,作者言,《大公报·文学副刊》,1933 年 7 月 31 日。文章认为:"茅盾君为当今最努力之小说家。所作无长短,莫不刻意经营,于描写技巧上最见匠心;虽尚未臻天衣无缝,自然流露之境;然视时下多数作家之率尔操觚,不得谓非冠绝侪辈矣。"

《描绘几个普罗作家——鲁迅、茅盾》,作者向白,《社会新闻》第四卷第二十四期,1933 年 9 月。

《〈文学〉创刊号中几篇创作》,作者熹微,《北国》月刊第一卷第五、六期合刊,1933 年 9 月。此文评及茅盾《春蚕》。

《茅盾〈沈雁冰〉》,作者王哲甫,《中国新文学运动史》第六、九章,北京杰成印书局,1933 年 9 月版。

《〈子夜〉》,作者赵家璧,《现代》第三卷第六期,1933 年 10 月。文章称:《子夜》"不特是吴荪甫个人的传记,也是中国民族资本主义的惨落史,也是小布尔阶级幻灭的始末记。作者精慎的布局,把许多错综混乱的线索,应用了高明的艺术手段,织成一部成熟的艺术品"。在人物描写方面,认为小说中的许多人物"都能在读者的脑海中,刻着深刻的印象"。

《茅盾的〈子夜〉》,作者韦特,《自决》第 1 卷第 5 期,1933 年 10 月。

《评〈春蚕〉》,作者林莽,《文化界》第一卷第 3 期,1933 年 10 月 16 日。

《〈子夜〉的艺术思想及人物》,作者侍桁,《现代》第四卷第一期,1933 年 11 月。文章称:《子夜》为"一本个人悲剧的书","拿他当作新写实主义的作品而接收的人们,那是愚蠢的",认为吴荪甫是一个"只有在西欧那样的资本主义社会中"才可能存在的人物,"在中国社会里,他是并未实存"。又认为:"吴荪甫这个英雄的失败被写得像希腊神话中的英雄的死亡一般地,使读者惋惜。"

《评〈春蚕〉》,作者刘呐鸥,《矛盾》月刊第二卷第三期,1933 年 11 月。文章称电影《春蚕》是失败的作品。

《〈春蚕〉的检讨》,作者黄嘉谟,《矛盾》月刊第二卷第三期,1933 年 11 月。

《〈子夜〉略评》,作者白曦,《文化列车》(五日刊)第 1 期,1933 年 12 月 1 日。

《关于〈子夜〉的略评——致编者》,作者白曦,《文化列车》(五日刊)第三期,1933 年 12 月 10 日。

《致吴渤》,作者鲁迅,《鲁迅书信集》,1933 年 12 月 13 日。文章称:"《子夜》诚然如来信所说,但现在也无更好的长篇作品,这只是作用于知识阶级的作品而已。"

《〈子夜〉翻印版序言》,《子夜》,救国出版社版,约 1933 年。文章称:"《子夜》是中国现代一部最伟大的作品。……它出版不久,即被删去其最精彩的两章(第四及第十五章),这样,一经割裂,精华尽失,已非复瑰奇壮丽之旧观了……本出版社有鉴于此,特搜求未遭删削的《子夜》原本,重新翻印,以享读者。""天才的作品,是人类的光荣成绩,我们为保存这个成绩而翻印本书。"①

---

① 参见羊思:《〈子夜〉出版前后》,1956 年 2 月 16 日《新民报晚刊》。

1934 年

《〈子夜〉中所表现中国现阶段的经济的性质》，作者芸夫，《中学生》月刊第四十一号，1934 年 1 月 1 日。

《茅盾孔德芝①破镜重圆》，《上海报》1934 年 2 月 20 日。

《〈子夜〉》，作者淑明，《文学季刊》创刊号，1934 年 4 月 1 日。文章认为："《子夜》里所包含的内容之主题性，就是要想企图解释这样的中国现代社会性质的。"又称："在《子夜》里，茅盾却用着最大的努力，将这样的中国的社会之谜，为许多人所苦恼着而又得不着正当解决的重大问题用了将近三十万字的篇幅将它毫无遗憾地给以解决了。而这尝试又是成了功的。"

《〈子夜〉》，作者朱佩弦（朱自清），《文学季刊》第 1 卷第 2 期，1934 年 4 月。文章称："这几年我们的长篇小说渐渐多起来了，但真能表现时代的只有茅盾的《蚀》和《子夜》。"文章在分析吴荪甫这一人后，认为小说把"吴、屠两人写得太英雄气概了，吴尤其如此，因此引起了一部分读者对于他们的同情与偏爱，这怕是作者始料所不及罢"。

《从〈子夜〉说起》，作者门言，《清华周刊》第三十九卷第五、六期文艺专号，1934 年 4 月 5 日。文章认为：在《子夜》里，作者"展开了一幅比以前他所曾从事的更大的图画"，"是我们现今最大的收获"。又称："茅盾作品最大的缺点便是他的雄图是很大的，而他对生活的体验每苦不足。"

《论茅盾的三部曲》，作者李长之，《清华周刊》第四十一卷第三、四期合刊，1934 年 4 月。

《〈子夜〉杂感》，作者利利，《民声》第一卷第一期，1934 年 5 月。

《二马及其他；〈追求〉、〈虹〉、〈三人行〉》，作者霍逸樵，《南风》第十卷第一期，1934 年 6 月。

《〈春蚕〉——小说、电影、戏剧之交流》，作者罗庚，《晨报·副刊》第一八三期，1934 年 7 月 8 日。

---

① 孔德芝应为孔德沚，笔者注。

《〈春蚕〉的描写方式》,作者王蔼心,《读书顾问》第一卷第二期,1934 年 7 月 20 日。文章称:《春蚕》的"每一节,每一段,甚至是每一句,都安排得伏伏贴贴。文体简练,活泼,表现恰如其分。观点准确,叙述谨严。没有夸大处,也没有虚构处,有一分说一分,说得很详尽,很深刻。'技巧'底一切任务,在这里,是完全成功了"。又道:"作者处处从侧面入手用强有力的衬托,将帝国主义经济侵略深入到农村,以及数年来一切兵祸,苛捐……种种剥削后的农村的惨酷景象,尽量暴露无余。"

《茅盾先生论〈伊利亚特〉和〈奥德赛〉》,作者罗睺,《大公报·文艺副刊》第 101 期,1934 年 9 月 12 日。

《读茅盾的〈子夜〉》,作者李辰冬,《大公报·文艺副刊》第 104 期,1934 年 9 月 22 日。

《茅盾》,作者贺炳铨,《新文学家传记》,上海旭光社出版,1934 年 11 月。

《〈伊利亚特〉和〈奥德赛〉的讨论——答茅盾先生》,作者罗睺,《大公报·文艺副刊》第 127 期,1934 年 12 月 12 日。

《茅盾的〈徐志摩论〉——一个批评方法的讨论》,作者程慎吾,《益世报·文学周刊》(天津)第 16 期,1934 年 12 月 25 日。

《谈茅盾》,作者天,《新光(北平)》第 34 期,1934 年 12 月。文章谈到国民党中央党部宣传部对茅盾作品的查禁。

《胡兰畦与茅盾之恋爱史》,《上海报》,1934 年 12 月 30 日。

1935 年

《〈话匣子〉》,作者允一,《读书生活》第一卷第八期,1935 年 2 月。文章评议了茅盾的小品文集《话匣子》。文章认为书中之小品,"就内容说,作者对于文艺理论的了解,主题的现实性,对于谬误正确的批判,以及不染'个人笔调'的那种纯个人主义的气氛,这一切我觉得都超过他的'大品'中所表现的力量"。又称:"这是一种有生命的小品文字。它是属于为生活挣扎中的人们的。"

《关于〈春蚕〉的英译》,作者 C.F.,《文艺电影》第一卷第 4 期,1935 年 3 月

1 日。

《〈春蚕〉的读后感》,作者屈扬,《读书生活》半月刊第一卷第九期,1935 年 3 月。

《茅盾小品序》,作者阿英(钱杏邨),《现代十六家小品序》,上海光明书局出版,1935 年 3 月。文章称:"茅盾的《叩门》《雾》一类的小品,当然不够那么精湛伟大,但这些小品,正象征了一个时代的苦闷。"又认为:从茅盾前期的小品里,"我们很难以呼吸到一种新的气息","第二期的小品文却不然,他已经不是那样的苦闷受郁了,他有的是愤怒和冷刺的笑,有的是乐观的确信,对于事件的分析与了解,已不像前期的那样","'模糊的印象',他是试用着新的观点在考察一切了"。

《茅盾》,作者阿英,《夜航集》,上海良友图书公司出版,1935 年 3 月。

《〈子夜〉与革命的现实主义的文学》,作者何丹仁(冯雪峰),"木屑文丛"第一辑,1935 年 4 月。文章认为:《子夜》"它一方面是普洛革命文学里面的一部重要著作,另一方面就是'五四后'的前进的、社会的、现实主义的文学传统之产物与发展"。又称:"《子夜》不但证明了茅盾个人的努力,不但证明了这个富有中国十几年来的文学的战斗的经验的作者已为普洛革命文学所获得;《子夜》并且是把鲁迅先驱地英勇地所开辟的中国现代的战斗的文学的路,现实主义的创作的路,接引到普洛革命文学上来的'里程碑'之一。"

《读〈有志者〉》,作者罗荪,《大光报·紫线》(汉口),1935 年 6 月。文章称:"茅盾先生用了幽默的笔触,把一个等候灵感的青年人活生生地放在我们的眼前了。"

《茅盾购王济远的美女图》,《上海报》,1935 年 6 月 12 日。

《茅盾先生的〈神曲〉》,作者水天同,《人生与文学》月刊第一卷第四期,1935 年 7 月。

《沈雁冰(茅盾)》,作者云彬,《人物杂志》第 8 期,1935 年 9 月。

《中国新文学大系·前言》,作者赵家璧,《中国新文学大系》(良友图书印刷公司版),1935 年 10 月。文章认为:这一个"《新文学大系》的计划,得益于茅盾先生……的指示者很多,没有他们,这个计划决不会这样圆满完备的。"

《〈子夜〉与〈红楼梦〉》,作者郭云浦,《青年界》第八卷第四号,1935 年 11

月。文章指出,《子夜》受了《红楼梦》的影响,"虽然作者是把这一点掩饰在很复杂很错综的结构之内"。认为"在人物的连属上","人物的描写上","故事的穿插上,很容易看出《红楼》与《子夜》的关系"。又以为:"不过《子夜》和《红楼》都各自具有独到的作风,特殊的成就及其文学史上不可泯灭的功绩。决不能因为《子夜》受了《红楼梦》的影响,便以为它的价值低了多少。"

《从〈有志者〉说起》,作者彷徨,《中学生》第六十号,1935年12月。

1936 年

《〈多角关系〉出版预告》,《文学》第六卷第二号,1936年2月1日。文章认为:"作者特别用了通俗的文笔,希望从知识分子的读者扩充到一般读者。""这个中篇可以算是《子夜》的续编"。它"表现出农村经济破产与都市金融停滞双重的严重性","从结构上说,可说是作者所写中篇小说之最严密者"。

《茅盾的〈浴池速写〉》,作者圣陶(叶圣陶),《新少年》第一卷第三号,1936年2月。

《作家小传·沈雁冰》,作者阿英,《中国新文学大系·第十集》:史料索引,上海良友图书印刷公司出版,1936年2月。

《〈多角关系〉》,作者毕树棠,《宇宙风》第十三期,1936年4月16日。文章称:"无论在小说的题材上或文章的技术上,《多角关系》都应得佳评。""《多角关系》所包含的意识依然是在作者的旧圈子里,苛求的读者就不免有些不满足了。""所以我们希望茅盾的未来作品有时不妨换换面目,来点笑,不是安慰的而是鼓励的和指引的笑。"

《沈雁冰笔名》,作者袁涌进,《现代作家笔名录》,北平中华图书馆协会出版,1936年4月。

《〈文凭〉》,作者碧遥,《妇女生活》月刊第二卷第二期,1936年5月。

《读〈战争〉》,作者雨梅,《生活知识》半月刊第二卷第三期,1936年5月。

《与茅盾先生论国防文学的口号》,作者周扬,《文学界》第一卷第三号,1936年8月。

《沈雁冰》(小传),作者杨家驹,《民国名人图鉴》第二册,中国辞典馆,1936

年 8 月版。

《第一步谈〈子夜〉》,作者钱俊瑞,《怎样研究中国经济》第一章,上海生活书店 1936 年 9 月版。作者是位经济学家,他在自己的著作中向读者推荐《子夜》,认为这部小说"对研究中国经济形态有积极作用"。

《茅盾》,作者赵景深,《文人剪影》,上海北新书局 1936 年 9 月版。

《茅盾》(小传),作者钱天起,《学生国文学类书·中国现代作家传略》,上海文学书屋 1936 年 9 月版。

《戏论鲁迅茅盾联》,作者郭沫若,《今代文艺》第 1 卷第 3 期,1936 年 9 月。

《〈戏论鲁迅茅盾联〉附识》,作者金祖同,《今代文艺》第 1 卷第 3 期,1936 年 9 月。

《编后记:茅盾先生的创作》,《文学》第七卷第 4 期,1936 年 10 月。

《看了〈春蚕〉影片之后》,作者穆木天,《平凡集》,新钟书店 1936 年版。

《漫话"明星"》,作者郭沫若,《大晚报·火炬·每周文坛》,1936 年 12 月。

1937 年

《〈多角关系〉》,作者余列(王瑶),《清华周刊》第四十五卷第十、十一合期,1937 年 1 月。文章认为:虽然作品故事"关系极其复杂,但结构的确异常巧妙和完整"。

《论茅盾的创作——从〈蚀〉到〈子夜〉到最近的〈泡沫〉》,作者常风,《书人月刊》第一卷第一号,1937 年 1 月。

《茅盾的〈路〉》,作者顾光,《内地青年》创刊号,1937 年 1 月。

《茅盾之迫害狂》,《上海报》,1937 年 2 月 19 日。

《茅盾的迫害狂》,《电声(上海)》第 6 卷第 8 期,1937 年 2 月 26 日。

《茅盾先生的〈吉诃德先生〉》,作者李洪,《宇宙风》半月刊第三十九期,1937 年 4 月。

《印象·感想·回忆》,作者叶如桐,《国闻周报》第十四卷第二十二期,1937 年 6 月。文章称:读了"印象"中的五篇,"我们所能在里面'隐约窥见少许'的,也实是'现在社会的一角'"。茅盾对于笔尖所触到的现象,"给予了淡淡的轻微的小讽刺"。"至于四篇'感想'里面的文笔,那就比较'印象'文章来得锐利了。它们是锋芒显露的短隽的'杂文',作者是明白地说了自己心里所要说的'感'和'想'的。"

《茅盾与夫人孔德沚的结合》,作者杜君谋,《作家轶事》,千秋出版社 1937 年 8 月版。

《作家茅盾等南来》,作者雁,《战鼓》第一卷第 6 期,1937 年 11 月。

《茅盾访问记》,作者陈斯英,《时事类编》,特刊第 5 期,1937 年 11 月 25 日。

1938 年

《茅盾讲演在汉口量才图书馆》,汉口《大公报》,1938 年 2 月 14 日。

《访问茅盾先生》,作者白鸟,香港《大众日报·大众呼声》,1938 年 3 月 13 日。

《茅盾与潘汉年》,《孤岛》第 1 卷第 2 期,1938 年 3 月。

《茅盾印象》,作者丘亮,香港《大众日报·大众呼声》,1938 年 3 月 17 日。

《沈雁冰努力"划時代"》,作者怀怀,《新阵地》第 4 期,1938 年 4 月 5 日。文章认为茅盾的《蚀》三部曲是划时代的作品。

1939 年

《"大革命时代"前后的革命文学问题——鲁迅的态度和茅盾的意见》,作者李何林,《近二十年来中国文艺思潮论》第二编第三章,上海生活书店 1939 年 3 月版。

《茅盾的〈子夜〉译成德文》,《鲁迅风》第 9 期,1939 年 3 月。

《介绍沈雁冰张仲实两位先生》,作者杜重远,《反帝战线》第二卷第九期,1939 年 4 月。文章指出茅盾"和鲁迅先生一样","一小半靠着天才,一大半靠着自修"取得了"誉满全国""名驰中外"的成就。

《天南地北——迪化茅盾》,香港《立报·言林》,1939 年 8 月 18 日。

《茅盾的新疆生活：水土不服有寂寞感》，作者翼，《文艺新闻》创刊号，1939年10月。

《中国文学家速写（一）：矛盾①：他的真名是沈雁冰》，《沙漠画报》二卷45期，1939年12月2日。

1940 年

《茅盾到延安》，《文艺阵地》第4卷第12期，1940年4月。

《热烈欢迎朱总司令及茅盾张仲实两先生》，《新中华报》1940年5月31日。

《作家的母亲：记沈老太太》，作者东方曦（孔另境），《宇宙风·乙刊》第28期，1940年9月1日。

《作家筆名註解（续）：沈雁冰》，作者秀瑛，《游艺画刊》第1卷第11期，1940年9月15日。

重庆《文学月报》二卷三期记载："茅盾前由迪化返来，即去延安，近从事写作，演讲极勤。近在《中国文化》第五期上发表一文，为《怎样学习文艺的民族形式》，立论精辟，文内提出三部作品：《水浒传》《红楼梦》及《西游记》，并加以分析，研究至详。"1940年10月。

《享有文坛信誉的茅盾》，作者白村，《新生》第二卷第二十三期，1940年12月。

1941 年

《介绍〈子夜〉》，作者海燕，香港《大公报》，1941年7月15日。

《把惠明救出火海！》，作者白浪，《大众生活》第16期，1941年8月。

《对"惠明"的又一看法》，作者消愁，《大众生活》新十八号，1941年9月。

《茅盾论》，作者郑学稼，《文艺青年》第二卷第四、五期合刊，1941年12月。

---

① 此处应为茅盾，属原文笔误。

文章认为《幻灭》《动摇》《追求》是真实的,是"史诗"式的作品,给予了充分的肯定。但称《子夜》是"全部当日中共理论的小说化","《子夜》是一部政治小说,按既定路线而使之小说化的小说"。文章最后写道:"他已成了这么一个人:由呼喊需要民族主义色彩的文学研究会的健将,走上所羡慕之自然主义文学的路而写出他的《三部曲》,后来又转入'普罗文学'。"

1942 年

《记茅盾》,作者黄果夫,《杂志》第 9 卷第 5 期,1942 年 8 月。

《〈劫后拾遗〉》,作者谷虹,《现代文艺》第五卷第六期,1942 年 9 月。

《内地艺人动态》,作者丁乙,《话剧界》第 16 期,1942 年 12 月 6 日。文中说:"在新疆文学院,沉默中挺进的茅盾,近来更加的沉默,更加的寡言,大概是遵守着古语的'言多必失'的戒条。"

1943 年

《茅盾——一个时代的描绘者》,作者白礼哀(法国),《震旦学报(法文版)》,1943 年 4 月。

《茅盾先生对文学学习的意见》,作者湘渠,《读书杂志》1943 年第 1 期,1943 年 5 月,文章针对桂林文学青年就读、看、写三方面的问题,作了回答。

《茅盾的"梅女士"》,作者夜虹,《新青年》第 7 卷第 6 期,1943 年 6 月。文章称,在茅盾创造许多典型中,最爱"梅女士",梅女士是"英雄"似的人物,有"虹"一样的人生。

《读〈耶稣之死〉》,作者谭文,重庆《新华日报》,1943 年 9 月 6 日。文章认为,在这本小说集里"茅盾先生是尽可能地努力地用他的笔,反映出时代的风貌,反映出知识分子在这时代的情绪,他没有使自己的笔逃到现实外面去",而"使我们看到了一些真实的东西"。

《记茅盾》,作者黄果夫,《人物种种》,1943 年 11 月。文章回忆了与茅盾的交往,特别谈到了写《子夜》时,茅盾如何到交易所进行"实地的观察","活跃得像一个商人,挤在生意买卖的人丛中去打听行情","表现得是那样地认真,又是那样老练"。文章还认为,《腐蚀》是"茅盾整个的心情流露与对重庆不满的呼声"!

《"茅盾随笔"读后》,作者余人可,《图书印刷月报》第一卷第 2 期,1943 年12 月。文章谈了对《茅盾随笔》的读后感想。

1944 年

《我们所敬佩的作家——茅盾》,作者唐风,重庆《时事新报·青光》,1944年1月1日。

《怀茅盾》,作者沈志坚,《文坛史料》,杨之华编,中华日报社 1944 年 1 月版。作者是茅盾的同乡、同学和商务印书馆时期的同事。文章认为:茅盾"对于文学抱着一种严谨态度",在文学论争中有一种"不妥协的态度",在这方面"有些象鲁迅";对于不合自己创造宗旨的文学刊物,不管对方怎样要求,都决不投稿,"严守自己的立场,不轻迁就";茅盾"不愧为一革命作家"。

《读〈霜叶红似二月花〉》,作者埃蓝,《新华日报》,1944 年 1 月 3 日。文章认为,描写五四前后的时代的人和事的文艺作品,"从未有一本象《霜叶红似二月花》中所分析的那样详尽真实,描写得那样亲切,并且规范那样宏大的"。

《〈委屈〉——小说评选札记(十一)》,作者徐中玉,《江西干报》增刊《收获》新二十三期,1944 年 2 月。

《〈霜叶红似二月花〉第一部座谈记录》,作者王由、政之,《自学》(桂林)第2 卷第 1 期,1944 年 2 月。文章记载:1943 年 10 月 20 日,《自学》(桂林)杂志和《读书俱乐部》(桂林《广西日报·副刊》,联合举行《霜叶红似二月花》座谈会。到会的有巴金、艾芜、田汉、安娥、孟超、林焕平、周钢鸣等,踊跃讨论了作品的主题、人物等。

《〈霜叶红似二月花〉》,作者吴组缃、李长之,《时与潮文艺》第三卷第四期,1944 年 6 月。文章认为,茅盾的作品"在取材方面,具有丰富的时代意义、敏锐的社会科学者的眼光;气魄格局雄大;表现则明快有力"。他对茅盾的作品还有"一种直觉的看法",认为:"作品的主题,往往似乎从演绎而来,而不是从归纳下手，似乎不是全般从具体的现实著眼，而是受着抽象概念的指引与限制。因此他的一部小说，往往似乎只是为社会科学理论之类举出一个例证；作为艺术的创作看，就似乎缺少一点活生生的动人心魄的什么。"李长之认为，《霜叶红似二月花》的"要旨在写资本主义和农村社会之初期冲突"。就人物而言，"最成功的是婉姑"，其次是"青年地主钱良材以及年虽老而仍然有兴趣于科学和公益事情的朱行健"。这部小说，"较之作者过去的《虹》，自然生动而不那么沉闷了，较之《蚀》也更为深入，但却远不及《子夜》的坚实"。

《不要"叫人忘了抗战"——介绍茅盾先生的文章〈'无关'与'忘了'〉》，作者轶，《新华日报》，1944 年 8 月 7 日。

《〈霜叶红似二月花〉读后》，作者田春，《新华日报》，1944 年 9 月 4 日。文章认为，这部小说的主题是"缙绅、实业家、地主这三者彼此为着他们的利益而斗争"，是"充分表现出了'中国气派、中国作风'的一本'民族形式'的创作"。作品的不足之处有二："第一，我们以为对话写得太罗嗦……第二，有些地方不免刻板……"

《怀茅盾》，作者沈志坚，《文坛史料》，杨一鸣编，大连书店发行，1944 年 11 月。此《文坛史料》与杨之华编的《文坛史料》（中华日报社 1944 年 1 月发行）内容完全一致。

1945 年

《中国文艺工作者的路程》（新华社社论），重庆《新华日报》，1945 年 6 月 24 日。该文是应中国共产党在重庆的领导周恩来、董必武、王若飞"决定在《新华日报》为沈老五十岁生辰和创作生活二十五周年编发专刊祝寿"而写的，经"周恩来、王若飞同志审查、修改后，以社论名义发表"。[①] 文章称："以茅盾先生坚定地斗争过来的二十五年的历史作为一根辉煌的红线，来谈谈中国知识分子和文化工作者所经历的路程。"认为茅盾"二十五年的心血"，集中于"反封建反帝国主义——争民主争自由"，茅盾"一贯努力的方向""一根灿烂的红线"

---

① 参见廖沫沙《中国文艺工作者的路程·前记》，《新文学史料》1981 第 3 期。

就是"文艺要为人生,也就是要为民族的解放,要为大众的幸福"。

《中国文化界的光荣、中国知识分子的光荣——祝茅盾先生五十寿日》,作者王若飞,《新华日报》,1945 年 6 月 24 日。文章称:"茅盾先生的创作事业,一直是联系着和反映着中国民族与中国人民大众的解放事业的",他"为中国的新文艺探索出一条现实主义的道路"。文章最后指出:茅盾"所走的方向,是为中国民族解放与中国人民大众解放服务的方向,是一切中国优秀知识分子应走的方向"。

《略谈雁冰兄的文学工作》,作者叶圣陶,《新华日报》,1945 年 6 月 24 日。文章认为:"《小说月报》的革新是雁冰兄的劳绩。""自从《小说月报》革新以后,我国才有了正式的文学杂志。"文章还提到茅盾写小说是"兼具文艺家写创作与科学家写论文的精神的"。

《祝茅盾先生五十双寿》(诗作),作者柳亚子,《新华日报》,1945 年 6 月 24 日。该诗盛赞茅盾磊落的精神、正直的人格和精湛的文学作品。

《一段旅途回忆——追忆在茅盾先生五十寿辰之日》,作者恨水,《新华日报》,1945 年 6 月 24 日。文章谈到了茅盾对章回体小说改良写法的关注。

《为中国现实主义文学祝贺》,作者吴组缃,《新华日报》,1945 年 6 月 24 日。

《雁冰先生的生活》,作者叶以群,重庆《大公报》,1945 年 6 月 24 日。

《沈雁冰先生——祝贺创作二十五周年纪念》,作者子,重庆《大公报》,1945 年 6 月 24 日。

《四个五十大寿——鲁迅、郭沫若、老舍、茅盾》,作者子,《大公晚报·小公园》,1945 年 6 月 24 日。

《茅盾先生印象记——敬祝先生五十寿辰创作二十五周年纪念》,作者陈白尘,《大公晚报·小公园》,1945 年 6 月 24 日。

《感谢与期待》,作者邵荃麟,《新华日报》,1945 年 6 月 25 日。

《人民的立场严肃的态度》,作者潘梓年,《新华日报》,1945 年 6 月 25 日。文章称:"茅盾先生是新文艺运动有数的领导人之一,他的立场是正确的,他的态度是严肃的,他的写作也必将是不朽的。"

《这样一个人——为祝贺茅盾五十寿辰作》,作者臧克家,《中央日报》,

1945 年 6 月 24 日。

《我们在武汉时代的共同努力》，作者张西曼，《新华日报》，1945 年 6 月 25 日。

《为祝贺茅盾先生创作二十五周年并五十寿敬致文艺界诸先生》，作者马玉华，《云南日报》1945 年 6 月 25 日。

《忆茅盾》，作者田汉，昆明《扫荡报》1945 年 6 月 26 日。文章回忆了与茅盾在重庆、桂林等共同生活、工作的往事。

《茅盾先生的五十生日》，作者邓初民，《新华日报》，1945 年 6 月 30 日。文章认为，茅盾先生五十生日的集会，"不是一种普通的祝寿、个人的荣典的集会，而是加重茅盾先生及一切文艺工作者乃至民主战士的负担、责任的集会"。

《感谢之辞》，作者沙汀，《新华日报》，1945 年 6 月 30 日。

《朋友毕竟是朋友》，作者宋云彬，昆明《扫荡报》，1945 年 6 月 30 日。

《茅盾新作〈霜叶红似二月花〉》，作者田玉，"文艺春秋丛刊"之四《朝露》，1945 年 6 月。文章认为这部小说是写"五四运动开始以后的知识分子的动荡、维新和守旧之间的斗争，……从而及于土地的改革、青年思想的问题。""这是一部值得注意的巨著，我们虽尚不能窥得全豹，但看作者的布置，实可和托尔斯泰的《战争与和平》及罗曼·罗兰的《约翰·克利斯多夫》相提并论。"

《遥祝茅盾先生五十寿辰》，作者郑伯奇，《秦风日报》1945 年 7 月 1 日。

《〈人民是不朽的〉》（书评），作者李广田，《文哨》第一卷第二期，1945 年 7 月 5 日。

《做怎样一个人？——〈高尔基〉》（书评），作者石菽，《新华日报》，1945 年 7 月 11 日。文章向读者推荐茅盾等译的传记小说《高尔基》。

《茅盾文艺奖金征文启事》，《新华日报》1945 年 8 月 3 日。该项奖金是在重庆茅盾 50 寿辰和创作 25 周年时开始筹备的。征文以反映农村生活的短篇小说、速写、报告为限。老舍、靳以、杨晦、冯乃超、冯雪峰、邵荃麟、叶以群七人为评选委员。由《文艺杂志》与《文哨》月刊代收征文，截至同年 10 月。

《反映当前现实的〈清明前后〉》，作者铭伊，重庆《新民报》晚刊，1945 年 9 月 20 日。

《读〈清明前后〉》，作者郁文哉，重庆《新民报》晚刊，1945 年 9 月 29 日。文章认为："中国民族工业的厄运是中国现代经济史的重要内容之一，也是中国现代文学的重要主题之一。中国文艺家首先而且正确地把它反映入作品中去的，当推茅盾先生。"

《雁冰先生印象记》，作者吴组缃，《文哨》第一卷第三期，1945 年 10 月。文章称："他（指茅盾）不是那庙堂之器，他也不要作那种俨然人师和泥胎偶像，他只是个辛勤劳苦的、仁慈宽厚的、中国新文学的老长年和老保姆呵！"

《雁冰先生生活点滴》，作者以群，《文哨》第一卷第三期，1945 年 10 月。文章回忆了与茅盾的交往和友谊，特别是香港脱险的共同经历，以此来表示对茅盾的"钦仰和祝福"。

《略谈雁冰兄的文学工作》，作者叶圣陶，《文哨》第一卷第三期，1945 年 10 月。

《感谢》，作者沙汀，《文哨》第一卷第三期，1945 年 10 月。文章谈到茅盾给予他的帮助和启示。

《记我的一段文艺生活》，作者艾芜，《文哨》第一卷第三期，1945 年 10 月 1 日。文章谈了茅盾先生对他走上文学创作道路所产生的影响。

《〈清明前后〉观后感》，作者金同知，《新华日报》，1945 年 10 月 1 日。文章认为"茅盾先生以纯真的感情，细腻朴实的笔，在观众眼前展露了一幅幅人生的画面"。"《清明前后》的演出，有着深刻积极的意义，它对现在的明确、尖锐、严正的针砭，正标贴出了大后方剧运的一个新的起点，一个好的倾向和好的作用和范例。"

《〈清明前后〉杂谈》，作者菽，《新华日报》，1945 年 10 月 7 日。文章称："活在这个社会里的任何一个，只要他想到自己身受的噬蚀，还有足够充沛的热情，他在《清明前后》里都会听到自己想说的话。"

《〈清明前后〉的现实意义》，作者何其芳，《新华日报》，1945 年 10 月 12 日。文章认为："茅盾先生的创作所接触的范围一直是比较广泛的。这是一个值得我们学习的优点。而这个剧本毫不含糊地提出问题，说明问题，更告诉我们一个创作家需要有明确的立场和观点。没有人民大众的立场，没有科学的观点，我们无法使我们的艺术与真理相结合。"

《茅盾——战时文人图像（三）》，作者一卒，《建国日报·春风》第 3 期，

1945 年 10 月 12 日。

《〈清明前后〉在重庆》,作者黎舫,《周报》第十期,1945 年 11 月 10 日。

《文化老战士茅盾》,作者文士,上海《生活知识》周刊第一期,1945 年 11 月 15 日。文章认为:"茅盾先生是一位杰出的作家,他的作品从开始到现在一直和大众的利益粘结在一起,因此他是为大众所最热爱的一位作家。"茅盾先生所走的路,"从文艺上说,是现实主义的路,从政治上说,是民主主义的路。总括起来说,就是争取中国民族和中国人民大众解放的路"。

《腐蚀》(书评),作者林莽,《新文化》第一卷第三期,1945 年 11 月 16 日。

《怀茅盾》,作者东方曦,《作家笔会》(上海春秋杂志社),1945 年 11 月。

《两个话剧的座谈》,《新华日报》1945 年 11 月 28 日。用整版篇幅刊登了本月 10 日胡乔木在《新华日报》社组织召开的《清明前后》和《芳草天涯》两个话剧剧本的座谈会纪要。

《关于〈清明前后〉》,作者梅子,《月刊》第一卷第二期,1945 年 12 月 10 日。

《从〈清明前后〉说起》,作者王戎,《新华日报》,1945 年 12 月 19 日。文章指出《清明前后》的优点是"强烈的透露了作者个人对现实的不满和憎恶,因此指出了一条正确的道路——民主;但是,这也就是剧本的缺点,这并不是说作者的企图不好,而是说作者表现和呼喊,不是生动而感人的,是失去了生活基础的抽象概念"。

《略论文艺的政治倾向》,作者邵荃麟,《新华日报》,1945 年 12 月 26 日。文章不同意王戎的观点:认为《清明前后》是"一个比较有政治倾向的作品",这是应该给予"肯定"的;但也"不讳言某些地方仍有公式主义的成份存在","如果借了它欠缺的地方,而把肯定其政治倾向这一点意义抹煞掉了,把它应有的社会价值抹杀掉了,那是不公平的"。

1946 年

《茅盾的〈清明前后〉》,作者东方曦,《民众杂志》第一期,1946 年 1 月。

《怀茅盾》,作者东方曦,《庸园集》,永祥印书馆出版,1946 年 1 月。作者系茅盾的妻弟,掌握着许多第一手材料。文章在回顾了茅盾的生平之后,总结性地谈到了茅盾成功的原因:"茅盾是一位理智胜于感情的人,所以他能理智地分析现象,把握事实,他应付一切生活的遭遇几乎是不大动感情的,但这并不是说他没有感情,他也具备一个文艺家所必需具备的热烈丰富的情怀,不过他不是外烁而是内蕴罢了,否则他是写不出这许多有血有肉的著作来的。"

《论〈人民是不朽的〉》,作者林焕平,《文联》半月刊第一卷第一期,1946 年 1 月 5 日。

《"主观精神"与"政治倾向"》,作者王戎,《新华日报》,1946 年 1 月 9 日。文章围绕《清明前后》的得失,阐述了自己的观点:认为现实主义艺术已经包含了政治倾向,因此没有必要再去强调政治倾向,应该强调的是人的主观战斗精神。对于《清明前后》"某些地方仍有公式主义成份的存在进行批评",而并非"全盘抹杀"。

《〈清明前后〉》,作者刘西渭(李健吾),《文艺复兴》第一卷第一期,1946 年 1 月。文章充分肯定了《清明前后》的成就。在谈到茅盾时,称:"他是质直的,从来不往作品里面安排虚境,用颜色吸引、用字句渲染。他要的是本色。也就是这种勇敢然而明敏的观察,让他脚地稳足,让他摄取世故相,让他道人之所不敢道,在思想上成为社会的改革者,在精神上成为成熟读者的伴侣,在政治上成为当局者的忌畏。"

《读〈清明前后〉》,作者夏丏尊,《文坛月报》第一卷第一期,1946 年 1 月 20 日。文章认为该剧内容并不像中央广播电台所说的"有毒素",而且"主旨的正确和反映现实的手段,是值得敬服的"。

《评〈第一阶段的故事〉》,作者钳耳,《文联》第一卷第三期,1946 年 1 月 20 日。

《〈清明前后〉在贵阳》,作者陈达君,《民主生活》第三期,1946 年 1 月 23 日。

《关于现实主义》,作者何其芳,《新华日报》,1946 年 2 月 13 日。文章称:"我并不是说《清明前后》毫无缺点。……但是这又何损于它在一个重要的关头,恰当其时地喊出了广大人民的呼声呢?"

《看〈清明前后〉以后》,作者陈涌,《解放日报》,1946 年 2 月 13 日。文章认为这个剧本之所以大受欢迎,主要是"它大胆地暴露在国民党统治区不民主的情况下,官僚资本的腐败,民族工业的受摧残以及人民生活的受破坏,同时这个剧本还从积极方面向广大的工业界人士乃至广大的人民指出了争取民主自由这个唯一的出路"。

《罪恶的渊薮——评〈腐蚀〉》,北平《人民文艺》第二期,1946 年 2 月 20 日。

《记茅盾》,作者 SY(刘盛亚),《人民世纪》(上海)第 4 期,1946 年 3 月。

《作家印象:茅盾》,作者胡绍轩,《读者》第 1 卷 2—3 期合刊,1946 年 3 月。

《论〈清明前后〉》,作者周钢鸣,《文艺生活》1946 年第 3 期,1946 年 3 月 1 日。

《欢迎茅盾先生》,作者陈残云,广州《文艺新闻》第 5 号,1946 年 4 月 3 日。

《〈人民是不朽的〉与〈虹〉》,作者金丁,新加坡《风下》周刊第十九期,1946 年 4 月 13 日。

《从〈腐蚀〉谈起》,作者思慕,《华商报》,1946 年 4 月 15 日。文章指出:"在这样的作品里,政治性和艺术性天衣无缝地统一起来。"希望"非政治倾向"的作家们,象茅盾那样去"熟习""广大人民的斗争"和"政治的实践"。

《茅盾小说》,作者王大安,《香海画报》第 6 期,1946 年 4 月。

《读〈腐蚀〉》,作者白蕻,《文艺生活》1946 年第 4 期,1946 年 4 月 10 日。文章认为《腐蚀》是"胜利后一本最受欢迎的书,也是一本被人家带着手令,到书店去'禁售'的书"。"因为它针对时弊,刺中了那些喝血者,那些假冒伪善的妖魂。""把腐败的官僚政府、官僚政治作无情的解剖。"这本小说是"我们中国人民对特务反动集团的卑鄙活动的控诉!"

《欢迎茅盾先生文艺座谈会》,作者汤明,广州《学习知识》第 2 卷第 1 期,1946 年 4 月。

《民主与文艺——记茅盾先生在广州中山大学演讲》,作者朱殷,广州《文艺新闻》第 6 号,1946 年 4 月 15 日。

《从生活看文艺——欢迎茅盾先生》,作者怀湘,《华商报·港粤文协》第 8 期,1946 年 4 月 15 日。

《为民主而团结——由欢迎茅盾先生想起的》,作者高天,《华商报·港粤文协》第 8 期,1946 年 4 月 15 日。

《访问茅盾先生》,本报记者,香港《华商报》,1946 年 4 月 16 日。

《本港文化界昨在青年会开会欢迎茅盾夫妇》，香港《华商报》，1946 年 4 月 16 日。

《茅盾先生在广州》，本刊记者，《周报》第 34 期，1946 年 4 月 27 日。

《茅盾先生在香港——未来沪之前夕》，作者馨远，《消息》第 7 期，1946 年 4 月 28 日。

《茅盾先生在香港》，作者夏枫，《文萃》第 7 期，1946 年 4 月 28 日。

《茅盾先生谈五四》，作者韩北屏，天津《益世报》，1946 年 5 月 4 日（亦见于 5 日汉口《大刚报》）。

《介绍茅盾先生的〈腐蚀〉》，作者陈稻，《新华日报》，1946 年 5 月 6 日。文章着重分析了《腐蚀》中赵惠明这个人物，论及这个人物的现实依据和她最后醒悟的可能性和必然性。肯定这是一部"有着强烈的现实批判意义"的作品。

《〈霜叶红似二月花〉评价》，作者姚隼，《申报》，1946 年 5 月 27 日。

《茅盾先生说》，《文汇报·文化街》，1946 年 5 月 28 日。

《和茅盾先生谈话》，文俞采写，《华商报》1946 年 6 月 3 日。文章认为抗战时期产生的作品不少，但真正成功的不多，是因为"检查制度很严，有话也说不出，也因为现实变动太大、太快，作家的生活经验又不够的缘故"。

《茅盾先生在广州和香港》（未署名），《解放日报》，1946 年 6 月 5 日。

《茅盾在上海》，作者叶山，《中立》创刊号，1946 年 6 月 6 日。

《茅盾先生抵沪的谈片》，香港《华商报·热风》第 110 期，1946 年 6 月 10 日。

《茅盾的苦闷》，作者鲁迟，《侨声报》，1946 年 6 月 18 日。文中提到茅盾尚未觅得合适的住处，所以无法写作。

《茅盾先生的幽默》，作者吴士，《华商报》，1946 年 6 月 25 日。文中谈到茅盾某次对官办的"中华全国文艺作家协会"的辛辣讽刺。

《介绍茅盾先生的一篇讲演：〈和平、民主、建设阶段的文艺工作〉》，作者渥丹，《中原·文艺青年·希望·文哨》联合特刊第一卷第六期，1946 年 6 月 25 日。

《读〈腐蚀〉》，作者沈起予，《萌芽》第一卷第一期，1946 年 7 月 15 日。

《和茅盾先生在一起》，作者陆以真，《文艺学习》第 3 期，1946 年 7 月

20 日。

《〈霜叶红似二月花〉》(书评),作者稽山,《青年与妇女》第五期,1946 年 8 月。

《〈子夜〉翻版全璧》,作者晦庵(唐弢),上海《文汇报》,1946 年 8 月 10 日。

《茅盾先生访问记》,作者西溪,《侨声报》,1946 年 8 月 12 日。

《谈〈腐蚀〉》,作者李伯钊,《解放日报》,1946 年 8 月 18 日。文章认为这部小说是对国民党特务罪恶的"控诉书"。

《伟大的作家茅盾》,作者高迅,《侨声报》,1946 年 9 月 1 日。

《沈雁冰〈茅盾〉》,作者云彬,重庆《人物》杂志第 8 期,1946 年 9 月 1 日。

《五十年——赠茅盾先生》,作者臧会远,《文汇报·笔会》,1946 年 9 月 9 日。

《田汉茅盾同声哭》,《人物杂志》第 3 期《人语》栏目,1946 年 9 月 30 日。

《怀茅盾先生》,作者箕眉,香港《华商报·热风》,1946 年 10 月 26 日。文章透露了两个消息:一是《腐蚀》的英译本即将在英国出版;二是《清明前后》的演出在菲律宾马尼拉引起轰动。

《死水中的浪花——茅盾叶圣陶在复旦》,作者方刚,《文汇报》1946 年 11 月 7 日。应复旦大学新文学系主任陈望道之邀,11 月 3 日与叶圣陶、李健吾、郑振铎、巴金、姚蓬子六人在复旦大学共进午餐。餐毕,在子彬院 101 教室演讲,就文化出版界情况谈了一些意见。

《评〈第一阶段的故事〉》,作者钳耳,《文联》第一卷第十三期,1946 年 11 月 20 日。文章认为,这部小说"可能是现代小说之向中国旧式章回小说吸收融化的一个合理的雏形"。这种文体的特点是"擅长白描,以明快见长"。不足之处是许多地方显得"论文化"和心理描写较少。

《寒冬长夜送茅盾》,作者沙尘,《侨声报》,1946 年 11 月 25 日。

《送茅盾先生》,作者李木子,《文汇报》,1946 年 11 月 28 日。

《送茅盾先生去苏联》,作者黄水,《时代日报》,1946 年 11 月 29 日。

《评茅盾著〈时间的记录〉》,作者孔德镇,《上海文化》,1946 年 12 月 1 日。

《读茅盾的〈清明前后〉》,作者景山,《世界文艺季刊》第 1 卷第 4 期,1946 年 11 月。

《送茅盾夫妇出国》,作者黎照寰,《新华日报》,1946年12月2日。

《赵惠明还能走出来吗？——东北书店〈腐蚀〉座谈会记录》,哈尔滨《知识半月刊》第二卷第三期,1946年12月。

《茅盾出国记》,作者孔另境,《上海文化》第11期,1946年12月。

1947 年

《苏联人民对茅盾的印象》,《人民日报》1947年1月5日。文章主要转述了苏联广播电台在茅盾访苏后所发的一篇广播稿的内容。广播稿称,茅盾的作品,表现了他对民族解放战争文学的深刻观点和分析与理论渊博的特长。亦刊载于《华商报》,1947年1月17日。

《〈子夜〉的翻版》,作者晦庵,《文艺春秋·副刊》第一卷第一期,1947年1月15日。

《〈邻二〉佚文》,作者晦庵,《文艺春秋·副刊》第一卷第一期,1947年1月15日。

《读〈腐蚀〉以后》,作者林铣,《东北文艺》第3期,1947年2月。

《战争与文学》,作者晦庵,《文艺春秋·副刊》第一卷第三期,1947年3月15日。

《茅盾(小传)》,作者胡仲持,《文艺辞典》,上海华华书店1947年3月版。

《记茅盾(一)至(八)》,作者欧阳翠,上海《时代日报·文化版》,1947年4月17日—22日、24日—25日。

《记"为茅盾先生及夫人洗尘小集"》,《文汇报》,1947年4月30日。

《送茅盾访苏唱和诗》,《现代文摘》月刊第1期,1947年5月1日。收入茅盾访苏前苏联驻沪领事馆设宴饯别时郭沫若等人的即兴赋诗。

《读〈腐蚀〉后记》,作者势朋,《朝声》1947第7、8合期。

《读〈腐蚀〉》,作者陈岑,《文艺知识连丛》第一集之二,1947年5月15日。

《茅盾先生苏游观感》,作者凤子,《人世间》复刊第三期,1947年5月15日。

《茅盾先生访问记》,作者陈曦,《国讯》第412期,1947年5月15日。

《苏联爱国战争短篇小说译丛》（书评），作者朱剑，《时代日报》，1947年5月26日。

《茅盾（小传）》，任嘉尧编，《当代中国名人辞典》，上海东方书店1947年8月版。

《霜叶红似二月花》（书评），作者朱浒，《时代日报》，1947年9月29日。

《沈雁冰——"作家在开明"之二》，作者宋云彬，《开明》新二号，1947年9月。文章回顾了茅盾的创作历程，并谈了自己与茅盾的交往。

《读〈清明前后〉》，作者刘西谓，《开明》新二号，1947年9月。

《沈雁冰（简略传记）》，茹辛等编，《上海时人志》，上海展望出版社1947年9月版。

《从茅盾先生的作品看时代》，作者徐君慧，《文艺垦地》第1卷第2期，1947年。文章称："他的作品表现的都不是琐碎小事，而是一首跳动着时代脉搏的史诗。"

《访问两位文豪——郭沫若和茅盾先生》，作者方旸，《华商报》，1947年12月19日。

1948 年

《茅盾谈版画》，作者鉴山，天津《大公报》，1948年1月12日。文章主要记述了为《子夜》作木刻画而与茅盾交往的经过。

《谈茅盾的小说（下）》，作者彭作之，《现代周刊》复版，1948年1月。文章认为，茅盾的小说常常给我们说明许多逻辑的关系，善于剖析复杂微妙的心理，善于制造氛围，善于描写女性。

《〈腐蚀〉研读提要》，作者海陵，《华商报》，1948年3月13日。

《茅盾的旧事》，作者云庸，《展望》第2卷第1期，1948年4月。

《茅盾》，作者赵景深，上海北新书局版《文坛忆旧》，1948年4月。

《一块巧克力糖——读〈苏联见闻录〉》，作者耿缠绵，《东南日报》，1948年5月19日。

《〈子夜〉与〈战争与和平〉》，作者林海，《时与文》第三卷第二十三期，1948

年 9 月 24 日。文章认为《子夜》与托尔斯泰的《战争与和平》从构思到写作都有许多相似之处,但在各方面的比较中《子夜》要逊色不少。《子夜》"尽管有些小疵,却仍然是我们新小说中最佳的一部"。

《评茅盾的〈腐蚀〉兼论其创作道路》,作者嘉木,《蚂蚁小集》第 5 期,1948年 12 月。文章认为茅盾的创作方法受到西欧的自然主义的影响。通过他的落后的创作方法,站在对历史事变的旁观者的被动的地位,描写了男女人物。

1949 年

《茅盾的〈幻灭〉:阅读报告之五》,作者希罕,《白水》第 15 期,1949 年 1 月。

《文化界民主人士领袖:茅盾印象记》,《新政协人物特写》第 1 期,1949 年6 月。

《茅盾(沈雁冰先生)》,作者李卉,《中国革命作家小传》,大地出版社 1949年 7 月版。

《文华计划拍摄茅盾名著〈腐蚀〉》,《青青电影》第 17 卷第 18 期,1949 年9 月。

《文化界民主人士代表——沈雁冰》,《周末报》编委会,《中国人民政治协商会议人物志》(第二集),原名《新政协人物志》,香港周末报社 1949 年版。

1950 年

《〈腐蚀〉》,作者方纪,《到群众中去(文化工作社版)》,1950 年 2 月。

《怎样实现茅盾先生的希望》,作者大吕,《天津日报》,1950 年 5 月 19 日

电影剧本《腐蚀》,柯灵改编,自 1950 年 10 月至 12 月,刊载于《文汇报》。

《关于〈腐蚀〉》,作者黄裳,《文汇报》1950 年 12 月 21 日。文章认为"《腐蚀》是我最喜欢读的一部小说。《腐蚀》的体裁——日记体,也是我最偏爱的一种体裁",分析了由于"《腐蚀》的启发和诱导",逐步认清了"谁先在辛勤地正确地领导与执行抗战的神圣的任务;而谁竟是在那里挂羊头卖狗肉做着出卖抗战的丑事罪行"的现实;总忘不了的是"这本书中女主角的不幸的遭遇"和"对

惠明和小昭的悲欢离合的身世的同情"。

《〈腐蚀〉的"排后拍"制》,作者石邦书,《大众电影》第 13 期,1950 年 12 月。文章指出,"这是一部暴露国民党……诱骗青年入壳,专一以违反人民的意志,残酷的虐杀爱国青年"的影片,拍摄前作了"周密的计划",采用了"苏联的拍片经验",采用了"排后拍"的制作方法。

《〈腐蚀〉座谈》(路夫据发言整理),《大众电影》第 13 期,1950 年 12 月。王厚南、徐英辉认为"记住惨痛教训,努力做好保家卫国工作";杨榴英、李伟认为"甘心与人民为敌的特务我们要严厉镇压";魏羽认为"美帝的血债要用血来还";胡毓秀、陈惠珍、姚永德认为"蒋匪的血腥统治,迫害了万千的纯洁青年";欧阳安、胡家文、张毓华认为"为了祖国,要以不屈的精神斗争到底"。

《〈腐蚀〉的故事》,作者杜金谈,《大众电影》第 13 期,1950 年 12 月。

《赵惠明该被同情吗?》,作者梅朵,《大众电影》第 13 期,1950 年 12 月。文章用对话形式谈了对电影《腐蚀》的意见;同时指出"这部影片在今天映起来",能"激发爱国主义热情,以及使人憎恨和警惕国民党反动派特务组织的活动"。

《从小说到电影》,作者佐临、柯灵,《大众电影》第 13 期,1950 年 12 月。文章认为"茅盾先生的小说《腐蚀》是为广大读者所爱好的,……曾发生过广泛的政治影响","《腐蚀》在今天还有很大的教育意义",并为电影《腐蚀》参加抗美援朝保家卫国电影宣传月而高兴。

《从演〈腐蚀〉谈起》,作者石挥,《大众电影》第 13 期,1950 年 12 月。文章称:"我看到两本我最喜欢的小说,一本是老舍先生的《我这一辈子》,一本就是茅盾先生的《腐蚀》";"很荣幸我演了《我这一辈子》,而今天更兴奋地又演了《腐蚀》"。

《我所了解的赵惠明》,作者丹尼,《大众电影》第 13 期,1950 年 12 月。文章指出"赵惠明是一个性情复杂,心理上有着显著矛盾的人,这是她那特殊环境造成的","她是比较单纯的","最后发生了被反动派利用的悲剧。"

《政务院文化部部长——沈雁冰》,香港《周末报》编辑委员会编《新中国人物志》,香港民主文化出版社、广州春秋书店发行,1950 年。

1951 年

《看〈腐蚀〉》，作者白原，《人民日报》1951 年 1 月 20 日。文章认为《腐蚀》通过"赵惠明所代表的那一部分中国青年的悲惨命运"，勾勒了"一幅在国民党统治下的中国可怕的缩影"。

《〈腐蚀〉给了我有力的启示》，作者范庆麟，《大众电影》第 14 期，1951 年 1 月。文章称，看了《腐蚀》后，决定参加军事干校。

《介绍〈腐蚀〉》，作者爱阳，《现代妇女》第二卷第一期，1951 年 1 月。

《看〈腐蚀〉》，作者巍奇，《光明日报》，1951 年 2 月 8 日。文章认为"《腐蚀》是茅盾先生原著，他以一个国民党女特务的日记的形式介绍了这个女特务的一生的事迹"，"剖析了她一生剧烈的思想斗争过程"，同时又看到了"国民党特务的阴谋残酷毫无人性地"对青年的迫害。电影《腐蚀》有很大的现实意义，也很必要，但更应多"产生一些歌颂人民的史诗"。

《茅盾》，编者何求，《近代中外人名词典》，上海春明书店 1951 年 2 月版。

《看〈腐蚀〉》，作者梅令宣，《新电影》第一卷第三期，1951 年 2 月。

《险些我和"赵惠明"一样被腐蚀》，作者谷程，《新电影》第一卷第三期，1951 年 3 月 1 日。

《我厂工友看〈腐蚀〉》，作者周铁生，《新电影》第一卷第三期，1951 年 3 月 1 日。

《评〈腐蚀〉》，作者风子，《北京文艺》第二卷第一期，1951 年 3 月 15 日。文章认为茅盾的小说《腐蚀》"通过赵惠明这个人物，揭露了国民党反动派反动政治面目，同时也教育了广大青年提高政治警惕性"，"全书以日记体裁，生动地描写惠明的内心生活，烘托出整个特务组织的卑鄙、狠毒与丑恶的面目"。但因当时的条件，"地下组织"和"爱国青年的活动"表现不充分，因而对电影《腐蚀》提出新的要求。

《对〈腐蚀〉的几点意见》，作者岳，《新电影》第一卷第四期，1951 年 4 月。

《关于电影〈腐蚀〉》，作者晓瑞，《东北文艺》三卷三期，1951 年 4 月。文章认为"《腐蚀》是以一个在旧社会堕落了的人民叛徒为主角出现在观众面前的；

摄取这样一个主角和观众见面在今天本已不合适了,而剧情的处理又博得了观众的同情,因此电影《腐蚀》的缺点就大于优点了"。

《中国新文学史研究》,作者李何林等,新建设杂志社版,1951 年 7 月。本书多个章节评述了茅盾的文学创作和文学观点。

《〈腐蚀〉电影座谈会记录》,昆明文联《诗歌与散文》,1951 年 8 月。

《赵惠明这个人物同情她还是仇视她》,作者李瑭,《大众电影》二十五期,1951 年 9 月。文章认为影片《腐蚀》"存在一个严重的缺点——用完全同情的态度,来处理一个罪恶重重的女特务赵惠明"。

《文学社团》,作者王瑶,《中国新文学史稿(上册)》第一编第一章第三节,北京开明书店版,1951 年 9 月。文章认为茅盾等发起并组成的"文学研究会"是"新文学的历史上,承继着《新青年》文学革命的第一个文学团体";从十二期起由茅盾编辑的《小说月报》"是全部革新了的⋯⋯新文学运动以来第一个纯文学的杂志"。

《透视现实》,作者王瑶,《中国新文学史稿(上册)》第二编第八章第二节,北京开明书店版,1951 年 9 月。对茅盾 1928 年至 1937 年间创作的小说作了述评。特别推崇长篇小说《子夜》,认为"《子夜》是《呐喊》以后最成功的创作",书中"展开了巨大繁多的场面","人物很多","也有不少心理描写","结构穿插很巧","是这一时期创作中的重大收获"。由于茅盾"多方面的生活经验,也善于分析社会现象,又不断地努力写作,作品的质量是超过当时一般水平的"。这是解放后,最早以宏观的视角,对茅盾小说作了独创而中肯分析评价的文学史专章,对后来的文学史和评论影响很大。

《记中华全国文学艺术界联合会欢迎国际文学家、艺术家的盛会》,作者朱树兰,1951 年 10 月 8 日《人民日报》。文中引述周扬讲话内容:"屈原的'离骚',是中国文学的宝贵遗产之一","五四运动""发生了中国文学史上""第一次的文学革命",鲁迅"奠定了新文学的坚实基石","而郭沫若、茅盾就是其中的杰出人物"。

1952 年

《从〈子夜〉看中国资产阶级》，作者汤廷浩，《文汇报》，1952 年 3 月 28 日。
文章认为《子夜》是"中国二十世纪三十年代文坛上的一朵奇葩"，"是茅盾先生
在文学上的一个伟大贡献"，"现实主义地塑造吴荪甫、朱吟秋……等中国资产
阶级的典型人物"，刻画了中国资产阶级由于"没有出路"而"值得同情"之处，
也揭露了他们的"唯利是图、损人利己、投机取巧"的特点。

《现实主义和浪漫主义的对立》，作者蔡仪，《中国新文学史讲话》，新文艺
出版社 1952 年 11 月版。文章指出茅盾是"文学研究会的理论家"，和文学研
究会的其它主要人物一样，"经过了'五四'运动的锻炼，也承受了'五四'新文
学的传统，备尝艰辛，更熟悉社会生活，因此他们的创作倾向是现实主义的"。

1953 年

《关于茅盾的长篇小说〈子夜〉》，作者傅鲁，《艺术生活》第九、十期，1953 年
5 月。

《茅盾及其三部曲》，作者郑学稼，《由文学革命到革文学的命》，香港亚洲
出版社 1953 年 7 月版。

《茅盾：〈春蚕〉》，作者霍辛夷，《语文学习》八月号，1953 年 8 月。文章联系
作品，举例说明作者通过景物描写、人物描写来表达"一二八"前后"中国社会
受着帝国主义和封建主义的双重压迫，广大的农村一天天地贫困以至大批地
破产的""主题"。

《战时城市生活种种》，作者王瑶，《中国新文学史稿（下册）》，《第十三章
第一节，新文艺出版社 1953 年 8 月版。文章认为茅盾"在抗战期间"，"生活艰
苦"，"遭受……迫害"的情况下，还"坚持……严肃的工作"；认为《第一阶段的
故事》"不同于一般公式主义的作品"，写出了上海人抗战时真实的生活；《霜叶
红似二月花》"计划庞大"，但"写作时作者的写作态度比较冷静"，"处理得很适
当"，"有几个人物写得极生动"；认为《腐蚀》"是可以与《子夜》并列的名作"，

"虽用日记体,但并不零乱,结构很严密,人物的性格也都跃然纸上","不只在主题上有高度的政治性,写作艺术也是成功的"。

《国统区话剧》,作者王瑶,《中国新文学史稿((下册))》第十九章第四节,新文艺出版社 1953 年 8 月版。文章认为茅盾的剧本《清明前后》"在当时有非常丰富的现实意义",作者"立场是极明显地""愤怒是力透纸背的","因此就有力地感染了读者和观众"。

《茅盾:〈白杨礼赞〉》,作者菁萌,《语文学习》九月号,1953 年 9 月。

1954 年

《茅盾小说讲话》,作者吴奔星,泥土社 1954 年 3 月版。

《子夜》,作者何家槐,《文艺学习》第四期,1954 年 7 月。文章认为《子夜》"在'五四'以来的所有现实主义作品中,这可以算是规模最大的一部著作",其优点是"在人物性格的刻划上……比较成功","组织结构和故事情节……脉络分明,条理整然","细节描写……生动""有声有色";其缺点是"农民暴动和工人运动""写得不够深刻"。

《〈鲁迅小说集〉、〈女神〉和〈子夜〉》,作者文东,《中国青年》第十三期,1954 年 7 月。文章认为《子夜》是"五四以来新文艺的代表作品",茅盾"对中国当时社会本质的理解基本上是正确的。这篇小说壮丽的规模表现了作者的非凡的概括能力","许多细节的描写是极为生动的",使读者对"昨天"的社会及各阶层的关系有认识作用。

《分析〈春蚕〉里的几个人物》,作者戴青田,《语文学习》八月号,1954 年 8 月。文章认为"《春蚕》是一篇很好的短篇小说,它深刻地描写了'一二八'之后江南蚕农走向破产的情景"。《春蚕》是通过"善良""对现实不满""顽强"而"脆弱"的老通宝,"活泼乐观""坚定"的新一代农民阿多,具有"反抗"精神的荷花等人物的描写"来揭示社会生活的本质和事物发展的历史意义的"。

1955 年

《评吴奔星的〈春蚕分析〉》,作者李永寿,《文艺月报》二月号,1955 年 2 月。

《读〈白杨礼赞〉》,作者陈伯吹,《文艺学习》第八期,1955 年 7 月。文章认为茅盾的"《白杨礼赞》是一篇美丽的诗样的散文",它以"思想性艺术性高度结合"而具有"巨大的感染力量",能用"象征"的手法,"加强了文学作品的现实意义,更富有感染的力量,更有教育的价值,自然也更发挥了战斗的作用"。

《鲁迅对于这一时期的文学革命运动的领导以及文学研究会和创造社的文学主张》,作者丁易,《中国现代文学史略》第一章第三节,作家出版社 1955 年 7 月版。文章指出沈雁冰等十二人"发起"组成的文学研究会,虽然提出"反对旧时代的文学","但组织很散漫,对文学的意见,大家也不一致",不过在文学研究会中"起着领导作用的"沈雁冰的文学主张是"明确""系统"的。认为"沈雁冰的意见是可以代表文学研究会一部分进步会员的意见的","是现实主义的文学主张"。

《茅盾的文学创作》,作者丁易,《中国现代文学史略》第九章第一节,作家出版社 1955 年 7 月版。文章评介了茅盾初期的长篇小说和短篇小说。指出:《蚀》三部曲对青年女性的性格"分析得非常精细,解剖得也极为深入",尽管流露出"悲观情绪",但仍有教育作用和"历史意义";认为《虹》"悲观失望的情绪已经基本上肃清了","《三人行》……仍是一部不坏的革命文学作品";至于这时期茅盾的短篇小说"无论在思想内容,表现方法或写作技巧上,都是极成功的优秀作品"。对长篇小说《子夜》也作了专节分析和评介。

《沙汀和茅盾的小说》,作者丁易,《中国现代文学史略》第十章第三节,作家出版社 1955 年 7 月版。文章评介茅盾在抗战期间写的三部长篇小说:《霜叶红似二月花》《第一阶段的故事》和《腐蚀》。

《〈春蚕〉分析》,作者何家槐,《语文学习》八月号,1955 年 8 月。文章认为茅盾以"主题的明确,题材的现实、人物的生动、结构的严密,语言的洗炼"使《春蚕》成为"一篇思想内容和形式技巧都很完整的作品"。

《早期的茅盾》(一),作者小西升,《中国文艺座谈会备忘录》(6),1955 年

10月。参见陶德臻等译《国外茅盾研究资料要目》,《茅盾研究在国外》,李岫著,湖南人民出版社1984年版。

《谈茅盾〈蚀〉》,作者张白山,《文艺学习》第十一期,1955年11月8日。文章认为《蚀》是茅盾曾经"轰动一时"的作品,也是"'五四'以来的优秀作品之一"。"作者运用了现实主义的创作方法,纯熟的艺术技巧,通过错综复杂的矛盾关系,细致生动地刻划了城市小资产阶级知识分子的追求光明,倾向革命却又表现了脆弱动摇的阶级特性","是一部优秀的现实主义作品"。

《茅盾的"三部曲"所反映的知识分子》,作者张毕来,《新文学史纲》第二章第三节,作家出版社1955年版。文章认为:茅盾的《幻灭》反映了处于大革命狂潮到来前夕和初期的小资产阶级知识分子们"从"亢昂兴奋"到"理想幻灭"的生活;《动摇》反映了一批庸俗无聊的小资产阶级知识分子"的生活;《追求》中的知识分子"都追求着,也都一一失败"。"茅盾《三部曲》中所写的知识分子及其命运,在当时是很普遍的"。另外,茅盾当时的"思想,创作方法,正处于转变的前夕",所以"先认识到革命中的一切丑恶,往往是很自然的",不必去苛求,茅盾的作品中必须出现"在党的正确领导下进行革命工作的知识青年"。

《日文版〈茅盾选集〉译后记》,作者[日]尾坂德司,钱青等译,"青木文库"的"新中国文学选集"丛书《茅盾选集》,1955年。文章评介了《茅盾选集》收辑的主要作品,深为"茅盾凭个人的力量一步一步地前进在文学上获得了如此成就"而钦佩。

《茅盾小传》,作者H. T. 费德林,《林家铺子(俄文版)》,莫斯科真理出版社1955年版。参见陶德臻等译《国外茅盾研究资料要目》,《茅盾研究在国外》,李岫著,湖南人民出版社1984年版。

1956 年

《〈子夜〉出版前后》,作者羊思,《新民报》(晚刊),1956年2月16日。文章回顾了《子夜》初版时"有精装本,道林纸,花布面,比较美观",但因写了农民暴动和工人运动而遭到禁止的厄运,出版社只得让作者删去有关章节,才得以发行;以及后来被爱国人士恢复了被删去的章节,以救国出版社名义公开宣称

"盗版翻印",让《子夜》全本重新发行的经过,并引用了瞿秋白的观点,说明《子夜》的卓越成就。

《吴荪甫的命运》,作者羊思,《新民报》(晚刊),1956年2月19日。文章通过吴荪甫从"一个实力雄厚,手腕泼辣的资本家"到最后"预备自杀"的命运,揭示了在旧社会他终以悲剧结束的必然性。

《"大鱼吃小鱼,小鱼吃虾米"》,作者羊思,《新民报》(晚刊),1956年2月20日。文章指出"在帝国主义和反动官僚压力下",大资本家吴荪甫成了"小鱼",而小资本家朱吟秋等则成了"虾米",出现"大鱼吃小鱼,小鱼吃虾米"的社会历史现象。

《〈子夜〉里的南京路》,作者羊思,《新民报》(晚刊),1956年2月26日。文章称:"在《子夜》里,也拣了这个有历史意义的'五卅'纪念日来描绘南京路的景色","一方面写了南京路上的示威游行,一方面也写出了一些知识分子的动摇、怯弱"。

《茅盾先生著译目录》,作者张静庐,《中国现代出版史料》丙编,中华书局有限公司1956年3月版。

《早期的茅盾》(二),作者小西升,《中国文艺座谈会备忘录》(7),1956年3月。参见陶德臻等译《国外茅盾研究资料要目》,《茅盾研究在国外》,李岫著,湖南人民出版社1984年版。

《文学研究会创造社的主张与革命文学的提出》,作者刘绶松,《中国新文学史初稿》第二编第三章,作家出版社1956年4月版。文章认为"茅盾(沈雁冰)是文学研究会的主要人物之一","他的文学主张,在文学研究会中,是最有代表性的"。茅盾当时对文学的见解和主张"是属于现实主义的,而且其中含有比较显著的社会主义思想的影响",是"继承和发展了五四时代文学革命的现实主义传统",把文学当作"斗争的武器","暴露和抨击了旧的不合理的社会,在当时起了相当巨大的作用。"

《与工商业者谈〈子夜〉》,作者钟子芒,《新闻日报》1956年5月27日。文章称:"在'五四'以来的著名文学作品中,茅盾的《子夜》对上海的工商业者应该是最亲切的。""《子夜》是工商业者值得一读的文学作品,它对工商业者有深刻的教育意义。""读读《子夜》从而进一步加强改造自己的决心。"

《读〈林家铺子〉》,作者何家槐,《长江文艺》五月号,1956年5月。文章认为"茅盾的《林家铺子》是一个很优秀的现实主义作品"。"虽然只是一个短篇,但内容却非常丰富",作品成功地刻画了林先生、林大娘、林小姐及寿生几个人物,展示了他们"鲜明的个性"。《林家铺子》"真实地、具体地反映了旧中国小商人的命运,以后也将仍然保持着它的意义和价值"。

《〈关于艺术的技巧〉的通信》,作者金雁痕、茅盾,《文艺学习》第七期,1956年7月8日。有茅盾《致〈文艺学习〉编辑部》;有金雁痕和施宗灿的信。施宗灿信中表示:金雁痕刊于《文艺月报》第7期信中的观点是"正确"的;同意"没有一个作家是在纯然客观地观察生活的",文末却又认为"我以为作家是需要纯然客观地观察生活的"。金雁痕信中表示"现在我还不同意茅盾先生所说'这种属于技巧范围的本领不可能是游离自在的'这一论点"。并引用《杨太真外传》和《长生殿》等进行比较,说明"艺术技巧在很大程度是与作家的世界观联系着的,但却不是绝对分不开的",可"依赖"作家世界观,又可在"艺术实践"中"求得"。

《读"关于田间的诗"》,作者王主玉,《光明日报》,1956年7月14日。文章对玄珠《关于田间的诗》一文中的某些论点进行"商榷",认为玄珠原文中批评田间"没有找到得心应手的表现方式"的观点是"武断",是"舍本逐末的误解",并且认为玄珠文中肯定田间抗战期间诗歌成功在于模仿马雅科夫斯基的诗创作形式的观点,是"否定了田间同志自己的巨大劳动"。

《读"关于田间的诗"》,作者陶阳,《人民日报》,1956年7月20日。文章认为"玄珠先生""对一切没有写好近作的作家身上贴同一个标签"的批评"是对的",能"指出田间近年来没有得心应手的形式,因而经历着创作上的'危机'"的批评也是对的;但不同意玄珠认为田间模仿马雅可夫斯基的做法是"十分牵强"的观点,认为在模仿马雅可夫斯基方面,别的诗人"在艺术上的完美很少有人超过田间"。

《编者按》,《人民日报》,1956年7月20日。文章称:"我们发表玄珠先生的《关于田间的诗》后,陆续收到三十二位读者的信和稿件。有些同意这篇文章的看法,有的不同意。"玄珠"所提出的诗人比散文家多一重任务,即是诗的形式创造的问题,恐怕谁都难以否认"。

《茅盾的〈林家铺子〉》，作者汪承隆，《语文学习》七月号，1956 年 7 月。文章认为《林家铺子》是茅盾"描写农村生活的第一次尝试"，是"成功的"，"因为它能够真实地历史地反映了当时的社会面貌"。并从主题、人物、结构等方面详细分析，挖掘了作品的"可贵的艺术价值和思想意义"。

《"春蚕"中农民形象的性格描写》，作者乐黛云，《文艺学习》第八期，1956年 8 月 8 日。文章认为："《春蚕》并不是一般地、自然主义地描写生活现象，而是选择了最能够表现社会矛盾本质的东西"；认为"《春蚕》中的农民形象显然不但概括了一部分农民的本质特征，而且有着鲜明的个性"。作者是"通过人物的具体行动和支配这种行动的思想情绪""细节""故事""人物之间复杂的关系""语调"等来刻划人物的个性。

《茅盾——〈茅盾选集〉第 1 卷出版》，作者 JI 艾德林，《文学报》1956 年 9月 11 日。

《茅盾的〈子夜〉》，作者王积贤，《文学研究集刊》第四册，人民文学出版社1956 年 11 月版。文章认为"《子夜》是一部大规模地反映了当时的社会生活的长篇小说，一部在现代文学的历史上占有显著地位的作品"。《子夜》在总体上反映了茅盾"思想和艺术上的进展"，体现出茅盾"描绘人物的优异的才能"，以及"广泛地描写社会生活"的功力。

《茅盾的〈蚀〉和〈虹〉》，作者樊骏，《文学研究集刊》第四册，人民文学出版社 1956 年 11 月版。文章认为"《蚀》由《幻灭》《动摇》《追求》三个中篇组成"，"合起来又是一个完整的统一体"；小说细致地描写了小资产阶级知识分子"反抗现实"但"往往有不少和革命不相符合甚至对立的东西"，小说中的"人物具有一定的历史真实性……具有丰富的时代色彩和生活气息"，同时指出《蚀》流露出作者的"悲观情绪"。文章认为《虹》"体现出来的是茅盾对于知识分子正确道路的认识和肯定"，"在克服悲观消沉的情绪、开始反映现实中的肯定因素等方面……都是茅盾创作中一个可喜的进步"。

《〈子夜〉的成就》，作者刘柏青，《东北人民大学人文科学学报》第 4 期，1956 年 11 月。

《〈春蚕〉分析》，万曼编著，《现代作品选讲》，湖北人民出版社 1956 年 8月版。

《春蚕》,作者张毕来,《初中文学教学参考书》,人民教育出版社 1956 年版。

《白杨礼赞》,作者张毕来,《初中文学教学参考书》,人民教育出版社 1956 年版。

《〈当铺前〉》,作者张毕来,《初中文学教学参考书》,人民教育出版社 1956 年版。

《英、法、西、阿拉文版〈春蚕集〉序言》,作者符家钦、廖旭和,《春蚕集》,北京外文出版社 1956 年版。文章评介了收于集中的 13 篇作品,茅盾生平及创作道路。指出"茅盾是 1919 年'五四'新文学运动以来杰出的革命现实主义作家",这 13 篇作品"以圆熟的技巧,细腻的笔触、真实地生动地反映出了 30 年代的中国历史社会。"

1957 年

《谈谈茅盾的〈子夜〉》,作者宋汉濯,《西北大学学报》第 1 期,1957 年 1 月。文章认为 1919 年新文学运动开始,到抗战全面爆发的二十年中,"就新文学创作的成就说,鲁迅的《阿 Q 正传》之后,就算茅盾的《子夜》了";"现在看来,《子夜》的主题思想还是正确的","《子夜》的鲜明的单纯性、以及丰富的故事性与行动性,形成了它强烈的艺术魔力",虽然,作者对工人群众、革命者不太熟悉,并以"'性的苦闷'在人物描写上占了重要成分",但"毕竟其优点是主要的"。

《茅盾的〈当铺前〉》,作者吉蒂,《语文学习》三月号,1957 年 3 月。

《〈春蚕〉中的几个人物》,作者方白,《语文学习》第四期,1957 年 4 月。文章分析了"勤俭忠厚"但又用"怀疑眼光看待周围一切"的"过了时"的保守的老通宝,以及"善良、勤劳""爽直"而"头脑简单"的四大娘等老一代农民的性格。

《略论〈子夜〉》,作者金申熊,《新建设》四月号,1957 年 4 月。文章指出《子夜》是"紧紧配合着革命任务的一部具有重大意义的作品","《子夜》是以一部艺术作品"参与了当时"正进行着的规模浩大的关于中国社会性质问题的论战"。全书"有层次"地刻划了许多生动的人物形象,"在运用语言上有很高的技巧"。但是在创作上还存在一些"理论分析的痕迹",不失为一大"缺陷";另外,在"主要人物的发展和联系"方面,"具有真实的生活基础",而次要人物的发展和联系则"依靠了概念来制定了"。

《茅盾的短篇小说〈林家铺子〉》,作者乐黛云,《文艺学习》第四期,1957年4月。文章认为"《林家铺子》是一个优秀的短篇,它的最基本的成功之处正在于它的内容与短篇的形式是相称的、恰当的",分析了作品在题材选择方面的"精炼、突出、清晰",在人物刻划上,善于给人物"配置""逆境",让人物"内心的各方面都暴露无余"的才能等等。

《〈子夜〉分析》,作者公兰谷,《现代作品论集》,中国青年出版社1957年4月版。文章认为《子夜》的价值和成就体现在四个方面,一,"题材的宏大与广阔";二,"成功地写出了工业资本家和买办资本家吴荪甫和赵伯韬等的形象";三,作者是"站在革命的无产阶级立场"来写这部作品的;四,表现手法方面的优点是"笔力宏伟和善于写群众场面"。

《鲁迅和茅盾的战斗友谊断片》,作者单演义,《人文杂志》第四期,1957年4月。

《试论茅盾的"农村三部曲"》,作者丁尔纲,《处女地》六月号,1957年6月。文章认为《农村三部曲》是茅盾短篇小说中"最杰出的作品"。《三部曲》的"人物塑造得是那样的成功",在于"作家驾驭了多种多样的刻画人物的方法和技巧"。

《茅盾——"五四"以来杰出的现实主义作家》,作者耳东,《辽宁文学》第6期,1957年6月。

《茅盾写热闹场面的经验》,作者杨启明,《春雷》七月号,1957年7月。

《茅盾小传》,《读书周报》第7期,1957年7月。

《人物分析——以〈林家铺子〉为例》,作者钱谷融,《语文教学》第13期,1957年9月。文中着重分析了《林家铺子》中的"忠厚善良"的林老板夫妇,展示了尽管林老板有"勤恳、巴结和老练的经商手腕"还是要遭到"迫害"的命运;分析了寿生的"忠心与才干"、林小姐的"天真"和"受到现实给予的沉重打击"等,从而说明了《林家铺子》的作者茅盾遵守了"创作人物""必须遵守的原则",体现了作品中"人物的性格与他的身分地位,与他周围的环境遭遇相适合","与作者的创作意图相适合"的"辩证统一"。

《读茅盾的〈当铺前〉》，作者林志浩，《短篇小说评论集》，北京出版社1957年11月版。

《论〈子夜〉》，作者王西彦，《新港》十二月号，1957年12月。指出《子夜》作者茅盾笔下，刻划了形象丰满、性格鲜明的人物吴荪甫，但《子夜》的对农民暴动、工人运动的反映是"不够真实""不够深刻"的。指出"《子夜》仍然是我们新文学运动以来具有纪念碑意义的重要作品，是矗立在我们新文学发展道路上的一座令人景仰的高楼大厦"。

《〈茅盾文集〉和〈巴金文集〉将出版》，作者芳、芸，《人民日报》，1957年12月。文章说《茅盾文集》"收辑了作者30多年来的文学著作，收在这部文集里的作品都经过了作者的校订"，"《茅盾文集》预计编十二卷，已经发排了两卷"。

《本时期的文学团体》，作者刘绶松，《中国新文学史初稿》第二编第一章第三节，作家出版社1957年版。文章称沈雁冰等十二人是第一次国内革命战争时期"第一个出现的文学团体"——文学研究会的发起人。茅盾主编《小说月报》，使"这个已有十几年历史的刊物，这时才得到了全部的革新"，文学研究会"在新文学运动上的影响很大"。

《沿着社会主义现实主义的方向前进》，作者刘绶松，《中国新文学史初稿》第三编第七章第一节，作家出版社1957年版。文章认为"茅盾是五四以来我国文学战线上一位杰出的作家和战士"，通过《蚀》《虹》《子夜》及一些短篇小说的分析，概括了茅盾在第二次国内革命战争时期的思想及创作发展道路，认为《子夜》"是本时期革命文学最重要的收获，是继鲁迅《阿Q正传》之后出现的一部杰出的现实主义作品"，"同鲁迅一样，茅盾也是我国古典现实主义传统的一位杰出的继承者"。

《散文》，作者刘绶松，《中国新文学史初稿》第四编第七章第二节，作家出版社1957年版。文章指出"茅盾在抗战时期也写了不少散文"，"在反映现实生活和教育读者上收到了相当巨大的效果"。其散文创作的特点："是对于现实的一种直接的批判"；"是'大题小做'……是在反动统治之下，通过一种介乎'尖锐'与'含混'、'严肃'与'幽默'之间的'特殊文体'来达到自己的写作目的。"

《为民主胜利而斗争》，作者刘绶松，载《中国新文学史初稿》第四编第五章

第三节,作家出版社 1957 年版。文章详细地剖析抗日战争时期茅盾的长篇小说《腐蚀》"是一部用日记体写下的小说","写出了蒋介石反动集团对于正直的青年男女的残酷压迫和杀害"。"《腐蚀》是本时期国统区文艺创作中的一篇重要作品","具有一定程度的战斗意义"。

《文学团体》,作者孙中田,《中国现代文学史》,吉林人民文学出版社 1957年版。

《茅盾》,作者孙中田,《中国现代文学史》,吉林人民文学出版社 1957年版。

1958 年

《奇文共欣赏 毒草成肥料:王实味、丁玲、萧军、罗烽、艾青等文章的再批判——介绍改版后的"文艺报"》,作者李骥,《人民日报》1958 年 1 月 27 日。文章称:"茅盾的《夜读偶记》""是一篇以渊博的文学知识为基础的系统地论述现实主义文学发展的论文","广泛地涉及了""世界观与现实主义创作方法的关系","作者使我们对中国古代文学发展的各个阶段了解到一个概貌"及其"成就和特色"。

《〈林家铺子〉的主题思想、结构和人物》,作者姚虹,《语文学习》二月号,1958 年 2 月。文章认为"作者运用既有层次而又曲折的情节"来"表达深刻的主题思想";"作者严格地遵守现实主义的方法""创造人物"。这篇"深刻的思想和分明的爱憎"与"纯熟的技巧"相结合的佳作,"保持着激动人心的力量"。

《论〈子夜〉》,作者王西彦,新文艺出版社 1958 年 3 月版。

《谈情和景——以〈子夜〉第七章为例》,作者杨启明,《文学青年》四月号,1958 年 4 月。

《谈〈林家铺子〉》,作者艾扬,《语文教学》四月号,1958 年 4 月。

《杰出的作家和战士——茅盾》,作者刘绶松,《图书馆》第四期,1958 年4 月。

《子夜》(词条),《新知识词典》编辑室,《新知识词典》,上海新知识出版社1958 年 6 月版。

《论茅盾的〈春蚕〉》,作者史明,《语文学习》九月号,1958 年 9 月。

《〈白杨礼赞〉的教学》,作者朱绍禹,《语文教学》第十期,1958 年 10 月。

《喜读茅盾的短文"关于〈党的女儿〉"》,作者张本成,《大众电影》第 21 期,1958 年 11 月。文章认为茅盾的《关于〈党的女儿〉》是"一篇出色的影评",由于作者"抓住了主题,文章的结构严谨、层次分明、详简得宜,做到了精炼、通俗、清新、感人"。

《〈喜读茅盾的短文关于"党的女儿"〉注》,《大众电影》编辑部,《大众电影》第 21 期,1958 年 11 月。文章称:"茅盾的短文发表后,我们已收到好几篇这样的反映。愿我刊和作者们共同努力,在影评文章上,力扫八股,改变文风。一新面貌。"

《从〈蚀〉到〈虹〉——论茅盾自大革命至左联前夕的创作(1927—1929)》,作者叶子铭,南京大学《教学与研究汇刊(人文科学)》第二期,1958 年。

1959 年

《钱谷融先生在人物分析上的修正主义观点》,作者陈启正,《语文教学》第一期,1959 年 1 月。

《茅盾〈春蚕〉、〈秋收〉和〈残冬〉》,作者何家槐,《文学知识》一月号,1959 年 1 月。

《推荐影片〈林家铺子〉》,作者杨晦,《大众电影》第四期,1959 年 2 月。文章认为茅盾的"《林家铺子》,虽然只是一个短篇,却反映了当时的历史面貌","象小说里那样的侧面写法也使人认识到其间的意义和感到深刻的影响"。

《扮演林老板一些体会》,作者谢添,《大众电影》第 4 期,1959 年 2 月。文章称:"在拍摄影片《林家铺子》前,我曾反复地读了茅盾的小说《林家铺子》,觉得林老板这样的人并不陌生,似曾相识",理解了"林老板的阶级本性,以及在他身上产生的两面性的历史条件和社会根源","原著小说作者茅盾同志……给了我许多教导和帮助"。

《谈谈〈林家铺子〉片断》,作者张客,《大众电影》四期,1959 年 2 月。

《林家铺子(电影文学剧本)》,作者夏衍,《电影创作》三月号,1959 年 3 月。

《〈林家铺子〉改编者言》,作者夏衍,《电影创作》三月号,1959 年 3 月。文章回忆了一年前改编《林家铺子》的经过,并表示"从我学习写作的时候开始,我就是茅盾同志作品的爱读者。其中,我特别喜欢他的短篇"。

《给谢添同志的一封信》,作者夏衍,《电影创作》三月号,1959 年 3 月。文章谈到对林老板的认识,"这一类小商人一方面是被压迫者,被剥削者","但他们自己也是压迫者和剥削者",具有"大鱼吃小鱼","见上怕,见下欺"的性格。

《〈林家铺子〉(电影导演台本)》,作者水华,《电影创作》三月号,1959 年 3 月。

《编后记》,作者北京电影制片厂《电影创作》编辑部,《电影创作》三月号,1959 年 3 月。文章认为茅盾的小说《林家铺子》"是'五四'以来的名著之一,在国内外读者中,极有影响"。"为了帮助读者更好地掌握电影剧本创作的特点,这一期特意以《林家铺子》为重点,发表了茅盾同志的小说,夏衍同志改编的电影文学剧本、水华同志的电影导演台本和夏衍同志的《致编者言》,并附改编者复演员谢添同志的信。"

《影幕上的〈春蚕〉》,作者吕志远,《北京晚报》1959 年 3 月 27 日。

《茅盾的〈春蚕〉》,作者王沅圃,《语文学习》第三期,1959 年 3 月。

《略叙文学研究会》,作者叶圣陶,《文学评论》第二期,1959 年 4 月。文章简述了"为要办一种文学杂志而组织起来的""文学研究会"的组建和发展过程。经茅盾创议,"文学研究会……以《小说月报》为文学杂志的代用刊物",高度评价了"沈雁冰主编月报对于发表创作的认真","他的忠于文学工作的精神,叫人感佩无已"。肯定茅盾负责《小说月报》后在介绍外国文学方面的贡献。

《从生活中提炼》,作者李准,《文学知识》四月号,1959 年 4 月。文章忆及一九五五年茅盾讲创作《春蚕》过程,指出:"根据他所熟悉的浙东农民生活,以及帝国主义在中国的残酷盘剥农民的历史事实,写成了那篇在当时具有极大政治意义的短篇小说"。

《茅盾的文学道路》,作者邵伯周,长江文艺出版社 1959 年 5 月版。文章将茅盾的文学创作道路分为四个时期,即文学研究会时期、革命低潮时期、左联时期、抗日战争和解放战争时期,并对茅盾各个时期的文艺思想、重要作品和人物形象以及文学活动、社会活动，进行了较为详细的探讨和评论。

《〈鼓吹集〉》，作者岳璐，《文学知识》五月号，1959 年 5 月。

《看〈林家铺子〉散记》，作者汪岁寒，《电影艺术》第五期，1959 年 5 月。

《从〈蚀〉到〈子夜〉——在创作方法上的一个跃进》，作者丝鸟，《论〈林海雪原〉的创作方法》，湖北人民文学出版社 1959 年 6 月版。

《鲁迅、茅盾对革命文学的鲜明态度》，作者复旦大学中文系现代文学组学生，《中国现代文学史》第二编第一章第三节，上海文艺出版社 1959 年 7 月版。

《重读〈夜读偶记〉》，作者巴人，《读书》第十四期，1959 年 7 月。文章认为茅盾的《夜读偶记》"是读了一遍还想再读一遍"的"一本好书"；最"吸引"人之处在于："第一，这书的战斗性强；第二，这书的理论是从实际出发的。"

《对〈夜读偶记〉的一个质疑》，作者郭志今，《读书》第十四期，1959 年 7 月。文章承认《夜读偶记》"是一本文艺思潮概论。引证材料的丰富，有很多精辟的见解"。但该书用"现实主义与反现实主义斗争""这个公式""概括文学发展的历史"的观点，"觉得有值得商榷的地方"。指出茅盾"用作为思想倾向的两种文化的斗争来解释作为创作方法的文学上的现实主义和反现实主义的斗争，是不妥当的"。

《一点体会——〈论茅盾四十年的文学道路〉序》，作者以群，《文汇报》1957 年 7 月 27 日。文章认为"茅盾四十年的创作道路，不仅表现了他个人的文学创作的发展线索，而且也局部地记录了现代中国的革命运动，并反映了革命的知识分子在中国革命进程中的思想演变和发展"。"这部论著的特点是：结合各个历史时期的革命斗争的特点和茅盾在这些斗争中的地位，来评论茅盾的文学活动和文学创作；同时又结合茅盾的社会活动和思想发展，来评论他各个时期作品的成就和缺点。"

《试谈〈子夜〉的主要内容和艺术特点》，北京大学中文系 1956 级鲁迅文学社，《语文学习》七月号，1959 年 7 月。文章认为"《子夜》的确是一部杰出的现实主义巨著"。在介绍了《子夜》的主要内容后，指出"以吴荪甫为中心人物，以他经营企业的成功和失败为主要线索，把广阔复杂的社会现象，众多的人物严密地组成为一个艺术整体，的确显示了作者的高度艺术概括力"。

《文学研究会及其代表作家》，作者复旦大学中文系现代文学组学生，《中国现代文学史（上册）》，上海文艺出版社 1959 年 7 月版。

《于朴素中见深刻——影片〈林家铺子〉观后》，作者梅阡，《人民日报》1959年 8 月 8 日。文章认为，故事十分简单，但"通过真实而朴素的艺术描写"，挖掘出"平凡事件后面的巨大的社会意义"。

《论茅盾四十年的文学道路》，作者叶子铭，上海文艺出版社 1959 年 8 月版。论著共九章（含结束语）和后记。全面、系统地分析评价茅盾创作道路、创作思想从而具有开创性的专著。全书整体观照了茅盾的社会活动、文学活动；重在对作品思想内容的分析评价的同时，也兼及艺术技巧的分析；论和史结合得较好，注意从大量史实中引出自己的独立见解。

《"茅盾"的由来》，作者王仔之，《羊城晚报》1959 年 9 月 18 日。

《看优秀影片〈林家铺子〉》，作者何家槐，《大众电影》十九期，1959 年 10月。文章认为影片《林家铺子》"正如茅盾同志的原作一样"，"成功地创造了林老板这个人物"，总之"《林家铺子》是一部思想水平和艺术水平都相当高的影片"。

《略谈〈白杨礼赞〉的艺术特色》，作者何家槐，《文学知识》十月号，1959 年10 月。文章认为茅盾用象征的写法，"歌颂了在中国共产党领导下坚持抗战的北方农民"，"表现了作者自己对于抗战必胜的坚定信心和革命乐观主义精神。"

《论林老板这个性格——看电影〈林家铺子〉所想到的》，作者甘惜分，《文艺报》第二十二期，1959 年 11 月。文章认为"茅盾的小说《林家铺子》……极其适应于电影的艺术特点——富于动作、充满了戏剧性，事件出人意料地迅速发展"，"茅盾的小说有一个极为突出的特点，它总是把情节的展开配置在极为广阔的时代背景上"。

《〈呐喊〉和〈彷徨〉、〈子夜〉》，作者凡，《文学知识》十二月号，1959 年 12 月。

《茅盾〈雷雨前〉的象征性的几个疑点》，作者吴鹿，《语文教学》十二月号，1959 年 12 月。

《茅盾及其创作活动》，作者复旦大学中文系现代文学组，《中国现代文学史》第二编第四章，1959 年上海文艺出版社版。

1960 年

《严整的结构、深刻的象征——读茅盾〈白杨礼赞〉》,作者袁晖,《学语文》创刊号,1960 年 1 月。

《茅盾〈子夜〉的语言特色》,作者刘镜芙,《郑州大学学报》第一期,1960 年 1 月。这是第一篇从语言角度对《子夜》进行评析的论文。文章认为《子夜》"全书的语言整个说来是明白、流畅、鲜明而又有规范性的"。全书的语言运用,"不仅是作者客观地对事物描写和叙述,而且是通过语言的运用,表现了作家对客观事物的主观评价"。

《〈林家铺子〉演后感》,作者谢添,《天津日报》,1960 年 2 月 16 日。

《关于〈雷雨前〉的写作时间问题》,作者史明,《语文教学》三月号,1960 年 3 月。

《中国现代作家研究的可喜收获——读叶子铭的〈论茅盾四十年的文学道路〉》,作者艾扬,《上海文学》三月号,1960 年 3 月。

《两本关于茅盾文学道路的著作》,作者樊骏,《文学评论》第二期,1960 年 3 月。

《左联时期无产阶级革命文学》,作者南京大学中文系,江苏人民出版社 1960 年 3 月版。书中有"茅盾在左联时期的文学活动"专章,详细评述了茅盾这一时期的文学活动。

《中国现代文艺思想斗争史》,作者复旦大学中文系 1957 级文学组学生,上海文艺出版社 1960 年 5 月版。其中"文学研究会"一章,详细地介绍和评述了茅盾与文学研究会的关系及其贡献。

《中国现代文学史》,作者北京大学中文系,江苏人民出版社 1960 年 5 月版。其中"文学研究会诸作家"一章,评述了茅盾在二十年代的文学功绩。"茅盾"一章,详细地论述了茅盾的文学创作成就。

《〈子夜〉的烙痕》,作者瞿光熙,《新民晚报》,1960 年 6 月 15 日。

《文艺作品选讲——茅盾及其〈子夜〉等分析》,作者艾扬,人民教育出版社 1960 年 6 月版。书中含四章和后记,四章标题为:一、茅盾的生平和创作;二、

《子夜》;三、《林家铺子》;四、《春蚕》。

《谈〈林家铺子〉》,作者张仲浦,《东海》十四期,1960年7月。

《越文版〈春蚕〉序》(李翔译),《茅盾研究在国外》,湖南人民出版社1984年8月版。文章着重介绍了茅盾的主要作品,指出"茅盾是中国现代最著名小说家之一",是"积极地为现实主义而斗争,发扬了中国小说的革命传统,写出了许多不仅在中国具有重大影响而且在全世界很多国家享有声誉的作品"。还云:"他在建立中国革命文学中作出了很大的贡献。"

《茅盾所作历史小说》,作者瞿光熙,《新民晚报》,1960年12月1日。

《朝文版〈子夜〉前言——茅盾的创作及其代表作〈子夜〉》,林相泰译,《茅盾研究在国外》,湖南人民出版社1984年8月版。客观地评价了茅盾的文学功绩和文化活动,称"茅盾是中国现代文学的先驱者之一。他不仅是一位富有国际声誉的作家,而且也是社会政治和世界和平运动的著名活动家"。

1961 年

《〈耶稣之死〉和〈参孙的复仇〉》,作者瞿光熙,《新民晚报》,1961年1月18日。

《书话——〈子夜〉翻印版》,作者晦庵(唐弢),《人民日报》,1961年5月9日。文章称《子夜》在1934年7月,同其他148种进步文学作品,被国民党用"鼓吹阶级斗争"的"罪名""严行查禁""应行删改"后,有一个救国出版社竟出版了一种"翻版书",设计精湛,装潢讲究,分上、下两册,"用重磅道林纸"印,"字型淳朴,墨色匀称,入眼非常舒服"。卷首有《翻印版序言》:"《子夜》是中国现代最伟大作品""天才的作品","是人类的光荣成绩,我们为保存这个成绩而翻印本书,想为尊崇文艺、欲窥此书全豹的读者所欢迎的罢"。

《书话——且说〈春蚕〉》,作者晦庵,《人民日报》,1961年5月18日。文章认为:"《春蚕》对于农村生活的描写,比起五四时期的小说来,的确向前跨进了一大步,也给同时期描写农村的作品以一定的影响。"该文还提供一个史实,"1934年,《春蚕》也曾由夏衍同志改编,在明星影片公司拍成电影",当年鲁迅先生就把《春蚕》的放映,看作是国产电影从"耸身一跳,出了高墙,举手一扬,掷出飞剑中挣扎出来的一个进步的标志"。

《丰收成灾话〈春蚕〉》,《工人日报》,1961 年 8 月 27 日。

《林家铺子》(根据茅盾同名小说改编的电影文学剧本),作者夏衍,《中国电影剧本选集(第五卷)》,中国电影出版社 1961 年 12 月版。

《中国现代文学史讲义》(上册),中国人民大学语言文学系文学史教研室编著,中国人民大学出版社 1961 年 12 月版。

《中国神话研究》(作为"青年百种入门"之一),台北启明书局翻印,1961年版。

1962 年

《茅盾创作中的民族资产阶级形象》,作者吕荣春,《福建师范学院学报》第一期,1962 年 1 月。

《书话——在国外出版的书》,作者晦庵,《人民日报》,1962 年 4 月 14 日。文章谈到《子夜》在国外的翻印版。

《炼词》,作者国华,《大众日报》,1962 年 4 月 22 日。评论了《子夜》的语言。

《四本〈三人行〉》,作者黎文,《天津晚报》,1962 年 5 月 16 日。

《书话》,作者晦庵,北京出版社 1962 年 6 月版。书中谈及茅盾作品的有:《〈子夜〉翻印版》《且说〈春蚕〉》等。

《茅盾与〈子夜之图〉》,作者瞿光熙,《新民晚报》,1962 年 6 月 5 日。

《瞿秋白与〈子夜〉》,作者曹子西,《文汇报》,1962 年 6 月 17 日。

《团结、斗争、保卫世界和平——评争取裁军与和平世界会议〉》,作者《人民日报》记者,《人民日报》,1962 年 7 月 18 日。文章称茅盾在莫斯科世界和平大会上的发言,"表达了六亿五千万中国人民的和平愿望;叙述了中国人民为保卫世界和平所作出的巨大努力"。

《茅盾的童话创作》,作者胡从经,《儿童文学研究》七月号,1962 年 7 月。

《茅盾二十七篇童话编目》,作者瞿光熙,《图书馆》第四期,1962 年 7 月。

《谈谈茅盾散文的象征性问题》,作者叶子铭,《雨花》八月号,1962 年 8 月。

文章认为茅盾"善于用象征性的写法,借客观自然景物来抒写主观思想情感,寄寓深刻的含意","这是茅盾其它同类散文的一个共同的特点"。具体分析了茅盾 1928—1929 年东渡日本时期、左联时期、抗日战争等几个不同时期所写的一些抒情性散文的象征性问题。

《谈谈茅盾的散文〈白杨礼赞〉》,作者刘绶松,《武汉晚报》,1962 年 10 月 15 日。

《谈〈子夜〉的结构艺术》,作者叶子铭,《江海学刊》第十一期,1962 年 11 月。文章分析了《子夜》各部分的结构,并指出其成功的秘密是,"主要地就在于作者能严格地遵循着结构艺术的一条最基本规律,即根据主题的需要,根据中心人物性格发展的逻辑,来安排各种人物事件、矛盾冲突和环境场面,因而能从复杂的内容里突出中心,从纷繁的线索中见出主题,做到波澜起伏而有条不紊"。

《在〈春蚕〉的家乡》,作者程荣进,《文汇报》,1962 年 11 月 22 日。

1963 年

《子夜》旧话,作者何成,《吉林日报》,1963 年 2 月 15 日。

《评论中的'轻骑'》,作者晓江,《羊城晚报》,1963 年 3 月 18 日。文章对茅盾的"读书杂记"作了肯定性评价,誉为"评论中的'轻骑'"。

《论茅盾的〈蚀〉和〈虹〉——〈茅盾文集〉读后之一》,作者刘绶松,《文学评论》第二期,1963 年 4 月。

《茅盾先生的〈雷雨前〉》,作者向锦江,《工人日报》,1963 年 4 月 2 日。

《读〈封建的小市民文艺〉有感》,作者慕容文静,《文汇报》,1963 年 4 月 24 日。

《〈鼓吹续集〉》,作者应胡,《文艺报》六、七期合刊,1963 年 7 月。这是一篇介绍茅盾文论集《鼓吹续集》的书评。

1964 年

《试论茅盾的短篇小说创作》,作者黄侯兴,《北京大学学报(人文科学版)》第一期,1964 年 1 月。文章称"茅盾的短篇小说,同他的长篇小说一样,主题思想和时代斗争是紧密联系在一起的",是"广阔的社会生活的某些侧影"。分三个时期评述了茅盾短篇小说的思想艺术成就:(一)创作《野蔷薇》的时期;(二)创作《宿莽》的时期;(三)创作《林家铺子》《春蚕》时期。

1965 年

《〈林家铺子〉是一部美化资产阶级的影片》,作者苏南沅,《人民日报》,1965 年 5 月 29 日。

《电影〈林家铺子〉是一株美化资产阶级的毒草》,作者钟逢松,《中国青年报》,1965 年 5 月 29 日。

《影片〈林家铺子〉必须批判》,作者钟闻,《光明日报》,1965 年 5 月 29 日。

《美化资本家丑化工人阶级——批判电影〈林家铺子〉》,作者关山、巴雨,《光明日报》,1965 年 5 月 29 日。

《影片〈林家铺子〉是怎样美化资产阶级的?》,作者淮扬,《北京日报》,1965 年 5 月 29 日。

《职工批判电影〈林家铺子〉》(《〈林家铺子〉贩买的是什么货》,作者令华等,《工人日报》,1965 年 5 月 29 日。

《影片〈林家铺子〉与社会主义革命的需要背道而驰》,作者马畏安等,《大公报》,1965 年 5 月 29 日。

《宣扬奴才哲学,鼓吹阶级合作——剖视电影〈林家铺子〉中的寿生》,作者吕启祥,《光明日报》,1965 年 5 月 31 日。

《同情什么,宣扬什么——影片〈林家铺子〉批判》,作者闵梁,《新建设》五月号,1965 年 5 月。

《〈林家铺子〉模糊人们的阶级斗争观念》,作者虞岳祺,《解放日报》,1965

年6月1日。

《林老板是什么样的资本家？》，作者王炽，《文汇报》，1965年6月1日。

《天下老板都是剥削者》，作者顾根富，《文汇报》，1965年6月1日。

《影片〈林家铺子〉掩盖了资产阶级剥削的本质》，作者冀群，《辽宁日报》1965年6月1日。

《资产阶级的辩护士——对电影〈林家铺子〉中林老板形象批判》，作者巴雨，《天津日报》，1965年6月2日。

《在资产阶级"两面性"的幌子下》，作者林志浩，《工人日报》，1965年6月2日。

《〈林家铺子〉购买的是什么"货"？》，作者艺兵，《河北日报》，1965年6月2日。

《天下乌鸦一般黑，哪有不剥削的资本家——店员工人批判〈林家铺子〉》《用我的遭遇驳〈林家铺子〉的谎言》等三篇，作者李风华等，《光明日报》，1965年6月3日。

《不准替资产阶级涂脂抹粉——财贸职工座谈批判影片〈林家铺子〉》，《中国青年报》，1965年6月3日。

《从根本上抹杀了资产阶级的反动本性——林老板形象的批判》，作者石珊，《南方日报》，1965年6月3日。

《电影〈林家铺子〉的反社会主义实质》，作者冯光廉等，《大众日报》，1965年6月3日。

《电影〈林家铺子〉是一株毒草》，作者文件，1965年6月3日。

《〈林家铺子〉是为资产阶级服务的坏影片》，作者石，《四川日报》，1965年6月4日。

《资本家只认金钱不认亲故》，作者张万里，《人民日报》，1965年6月4日。

《资产阶级不剥削农民吗？》，作者史长旭，《人民日报》，1965年6月4日。

《寿生的形象说明了什么？》，作者北文，《北京日报》，1965年6月4日。

《一部和社会主义革命唱反调的影片——评电影〈林家铺子〉》，作者蔡建平、郑龙，《解放日报》，1965年6月4日。

《〈林家铺子〉对青年十分有害》，作者张慈雯，《解放日报》，1965年6月

4 日。

《电影〈林家铺子〉贩卖的是什么货色?》，作者楼志斌，《文汇报》，1965 年 6 月 4 日。

《商店好比活监狱,资本家好比土皇上——商业职工批驳〈林家铺子〉中对资本家和店员关系的歪曲》，《天津日报》，1965 年 6 月 4 日。

《被美化了的资产阶级形象——批判电影〈林家铺子〉》，作者罗士丁，《天津日报》，1965 年 6 月 4 日。

《〈林家铺子〉是一部掩盖阶级矛盾的坏影片》，作者尤于天，《羊城晚报》，1965 年 6 月 5 日。

《不允许为资产阶级辩护——谈林老板塑造的阶级关系》，作者文齐思、毛军，《羊城晚报》，1965 年 6 月 5 日。

《影片〈林家铺子〉歪曲了店员和资本家的阶级关系》，作者张哲、彭加锡，《吉林日报》，1965 年 6 月 5 日。

《世上哪有不剥削的资本家——店员批判影片〈林家铺子〉》，作者郭砚承、郭其祥，《辽宁日报》，1965 年 6 月 6 日。

《〈林家铺子〉为资本家涂脂抹粉》，作者水云，《解放日报》，1965 年 6 月 6 日。

《奴才哲学的颂歌——从寿生看电影〈林家铺子〉的创作思想》，作者方泽生，《解放日报》，1965 年 6 月 7 日。

《电影〈林家铺子〉叹的什么苦经?》，作者端木华丹，《文汇报》，1965 年 6 月 7 日。

《从〈林家铺子〉想到新亚酒店》，作者莫四妹，《南方日报》，1965 年 6 月 7 日。

《电影〈林家铺子〉是为资本家说话的》，作者陈联仲等，《天津日报》，1965 年 6 月 8 日。

《寿生——一箭双雕的人物》，作者毛军、文齐思，《羊城晚报》，1965 年 6 月 8 日。

《谈影片〈林家铺子〉的几个问题》，作者周山，《人民日报》，1965 年 6 月 9 日。

《改编〈林家铺子〉的真正意图何在?》作者郑择魁、蒋守谦,《光明日报》,1965 年 6 月 9 日。

《影片〈林家铺子〉是一株宣扬阶级融合的毒草》,作者于力,《新华日报》,1965 年 6 月 9 日。

《反对美化资产阶级、宣扬阶级调和——批判影片〈林家铺子〉》,作者何家槐,《南方日报》,1965 年 6 月 10 日。

《掩盖阶级剥削,抹杀阶级矛盾——批判电影〈林家铺子〉》,作者文四野,《陕西日报》,1965 年 6 月 11 日。

《电影〈林家铺子〉宣传了什么?》,作者胡可,《人民日报》,1965 年 6 月 13 日。

《电影〈林家铺子〉必须批判——省和天津市文联邀请工人店员等座谈电影〈林家铺子〉》,石见宝整理,《河北日报》,1965 年 6 月 13 日。

《影片〈林家铺子〉是一株毒草——郑州市老工人、老店员座谈〈林家铺子〉纪要》,《河南日报》,1965 年 6 月 13 日。

《〈林家铺子〉替资产阶级涂脂抹粉》,作者朱光荣,《贵州日报》,1965 年 6 月 13 日。

《阶级界限不容抹杀——批判电影〈林家铺子〉》,作者常秀桐,《光明日报》,1965 年 6 月 14 日。

《在资本家的笑脸背后》,作者孟瑞云,《北京日报》,1965 年 6 月 14 日。

《林老板是个什么货色?》,作者肖洪、于占德,《大众日报》,1965 年 6 月 14 日。

《影片〈林家铺子〉对青年的毒害》,作者马志春,《文汇报》,1965 年 6 月 15 日。

《坚决批判影片〈林家铺子〉的反社会主义思想》,作者江山、涛民,《江西日报》,1965 年 6 月 15 日。

《〈林家铺子〉掩盖阶级剥削、抹杀阶级矛盾》,作者欧阳广,《广西日报》,1965 年 6 月 15 日。

《林老板值得同情吗?》,作者师烽,《陕西日报》,1965 年 6 月 15 日。

《三十年代初期的杭嘉湖农村——看影片〈林家铺子〉怎样歪曲历史真

实》,作者刘耀林、贾建虹,《浙江日报》,1965 年 6 月 16 日。

《〈林家铺子〉掩盖阶级矛盾,抹杀阶级斗争》,作者陈瑞华,《云南日报》,1965 年 6 月 16 日。

《一部为资本家涂粉,给工人阶级抹黑的影片——电影〈林家铺子〉观后》,作者李培恩,《宁夏日报》,1965 年 6 月 16 日。

《揭露资本家的剥削本质——工人、店员批判电影〈林家铺子〉》(四篇),作者于宪亭等,《黑龙江日报》,1965 年 6 月 16 日。

《影片〈林家铺子〉的危害性在哪里?》,作者刘永年,《北京日报》,1965 年 6 月 16 日。

《从王老板看林老板》,作者杨树林,《人民日报》,1965 年 6 月 19 日。

《丑化了工人,美化了资本家——南宁市部分百货公司职工座谈电影〈林家铺子〉》,《广西日报》,1965 年 6 月 19 日。

《世上哪有不压迫工人的资本家——乌鲁木齐市商业系统老职工举行座谈批判〈林家铺子〉》,《新疆日报》,1965 年 6 月 19 日。

《资产阶级的本质就是唯利是图》,作者郑志新,《光明日报》,1965 年 6 月 20 日。

《要把青年引到哪里去?》,作者林修,《甘肃日报》,1965 年 6 月 20 日。

《电影〈林家铺子〉是一株大毒草》,作者刘棘,《内蒙古日报》,1965 年 6 月 20 日。

《店员工人批判影片〈林家铺子〉——座谈会纪要》,《文汇报》,1965 年 6 月 22 日。

《为资产阶级唱的什么挽歌——从电影〈林家铺子〉的改编说起》,作者林志浩,《文汇报》,1965 年 6 月 22 日。

《不许抹杀资产阶级的剥削本质——评影片〈林家铺子〉》,作者江闻,《新华日报》,1965 年 6 月 23 日。

《杭嘉湖集镇上商业资本的剥削手段——看影片〈林家铺子〉怎样掩盖资本家的剥削本质》,作者刘耀林、贾建虹,《浙江日报》,1965 年 6 月 23 日。

《剥削压迫工人是资产阶级的本性——十月拖拉机厂老职工举行座谈,批判电影〈林家铺子〉》,《新疆日报》,1965 年 6 月 23 日。

《不许替资本家画眉贴金——南昌县八一公社社员批判电影〈林家铺子〉》,《江西日报》,1965 年 6 月 24 日。

《寿生不值得歌颂——关于〈林家铺子〉中寿生形象的塑造》,作者马汉彦,《广西日报》,1965 年 6 月 24 日。

《〈林家铺子〉险些害了我》,作者张辛,《内蒙古日报》,1965 年 6 月 24 日。

《不许坑害青年!》,作者刘大生等,《内蒙古日报》,1965 年 6 月 24 日。

《为什么要美化资本家——评影片〈林家铺子〉中的林老板》,作者刘经岚,《青海日报》,1965 年 6 月 27 日。

《一部美化资产阶级、丑化工人阶级的影片——省会文艺界和部分工人、干部、教师、学生举行影片〈林家铺子〉的座谈会》,《湖南日报》,1965 年 6 月 27 日。

《这是用什么历史在教育青年》,作者叶舟,《湖南日报》,1965 年 6 月 27 日。

《〈林家铺子〉的倒闭值得同情吗?》,作者祝珊,《南方日报》,1965 年 6 月 28 日。

《剥削阶级的本性掩盖不了——驳〈林家铺子〉改编者所谓"阶级分析"》,作者佟日,《宁夏日报》,1965 年 6 月 29 日。

《〈林家铺子〉是为资产阶级唱颂歌》,作者华文,《山西日报》,1965 年 6 月 30 日。

《反对美化资产阶级,反对资产阶级调合论——评影片〈林家铺子〉》,作者杨耀民,《文学评论》第 3 期,1965 年 6 月 30 日。

《评〈林家铺子〉的改编》,作者张天翼,《文艺报》第六期,1965 年 6 月 30 日。

《不许美化资产阶级——长辛店机车车辆工人职工批判电影〈林家铺子〉》,作者孙茂林等,《文艺报》第六期,1965 年 6 月 30 日。

《一部与社会主义革命唱反调的影片——评影片〈林家铺子〉》,作者望流,《电影文学》六月号,1965 年 6 月 30 日。

《批判电影〈林家铺子〉的改编思想》,作者闻岩,《电影文学》六月号,1965 年 6 月 30 日。

《影片〈林家铺子〉是一株毒草》，作者青峰，《电影艺术》第三期，1965 年 6 月 30 日。

《跟社会主义唱反调，为资产阶级奏挽歌——批判电影〈林家铺子〉》，作者申均硕，《电影艺术》第三期，1965 年 6 月 30 日。

《林老板——一个被美化的资本家形象》，作者吴立品，《大众电影》第六期，1965 年 6 月 30 日。

《在"阶级分析"的幌子下——批判影片〈林家铺子〉的人生思想》，作者阎焕东，《新建设》六月号，1965 年 6 月 30 日。

《影片〈林家铺子〉是怎样为资产阶级涂脂抹粉的?》，作者华文，《江汉文学》第六期，1965 年 6 月 30 日。

《电影〈林家铺子〉对店员和资本家的关系的歪曲描写》，作者子朗，《文史哲》第 3 期，1965 年 6 月。

《影片〈林家铺子〉兜售的是什么货色》，作者张可礼、刘文忠，《文史哲》第 3 期，1965 年 6 月。

《牢记阶级仇，坚决除毒草——老职工批判电影〈林家铺子〉座谈纪要》，《山东文学》第 6 期，1965 年 6 月。

《一部美化资产阶级的影片——批判影片〈林家铺子〉》，作者文小耘，《山东文学》第 6 期，1965 年 6 月。

《寿生是个什么样的人》，作者方永耀，《山东文学》第 6 期，1965 年 6 月。

《〈林家铺子〉替资产阶级涂脂抹粉——北京东四人民市场西单商场的部分职工座谈电影〈林家铺子〉》，《新工商》记者，《新工商》第六期，1965 年 6 月 30 日。

《影片〈林家铺子〉的错误倾向必须批判》，作者彭治平，《长春》第三期，1965 年 6 月 30 日。

《评电影〈林家铺子〉》，作者王绍玺，《华东师大学报（哲学社会科学版）》第二期，1965 年 6 月 30 日。

《为啥对资产阶级的没落大放悲剧——评电影〈林家铺子〉》，作者苏谓，《青海日报》，1965 年 7 月 3 日。

《〈林家铺子〉是卖的什么货?》，作者勤于耕，《西藏日报》，1965 年 7 月

3日。

《违背工农兵方向的改编观　　从影片〈林家铺子〉看夏衍同志的文艺思想》，作者潮江，《文汇报》，1965年7月5日。

《影片〈林家铺子〉贩卖的是什么货色？——福州百货公司店员工人座谈纪要》，《福建日报》，1965年7月6日。

《电影〈林家铺子〉讨论中的两个问题》，作者刘西芳，《云南日报》，1965年7月6日。

《青年不需要这种历史知识——批判影片〈林家铺子〉》，作者杨文志，《辽宁日报》，1965年7月7日。

《林老板是个被剥削者吗？》，作者葛铭，《辽宁日报》，1965年7月7日。

《合二而一的艺术标本——从林老板和寿生的关系看〈林家铺子〉的错误实质》，作者吴岩，《重庆日报》，1965年7月8日。

《资产阶级的剥削本质是掩盖不了的》，作者杨田清，《浙江日报》，1965年7月10日。

《天下哪有不剥削的资本家？——福州工人座谈影片〈林家铺子〉》，《福建日报》，1965年7月11日。

《严重的歪曲》，作者吴讯，《青海日报》，1965年7月13日。

《明辩"黑白、好歹、真伪"——谈影片〈林家铺子〉讨论中的几个问题》，作者浦一冰，《解放日报》，1965年7月14日。

《从〈林家铺子〉看夏衍同志的创作思想》，作者应庆汉光，《解放日报》，1965年7月14日。

《谈影片〈林家铺子〉的思想毒害》，作者闻聪，《天津日报》，1965年7月16日。

《谈影片〈林家铺子〉的所谓艺术手法》，作者陆石，《解放日报》，1965年7月23日。

《〈林家铺子〉是美化资产阶级的坏影片——西宁市百货公司部分职工批判〈林家铺子〉座谈会纪要》，《青海日报》，1965年7月27日。

《评电影〈林家铺子〉中的林老板形象》，作者武珞文，《武汉大学学报（人文科学版）》第二期，1965年7月27日。

《沉渣的泛起——批判影片〈林家铺子〉的人性思想》,作者孙中田,《吉林师大学报(社会科学版)》第一期,1965 年 7 月 27 日。

《一部和工农群众唱反调的影片——评影片〈林家铺子〉》,作者吕元明,《吉林师大学报(社会科学版)》第一期,1965 年 7 月 27 日。

《阶级合作论的艺术标本——谈影片〈林家铺子〉劳资关系问题》,作者刘翘、倪玉,《吉林师大学报(社会科学版)》第 1 期,1965 年 7 月。

《揭穿〈林家铺子〉骗人的假象》,陈承满整理发表,《大众电影》第 7 期,1965 年 7 月。

《经济理论工作者批判影片〈林家铺子〉》(四篇),作者世杰等,《学术月刊》七月号,1965 年 7 月 27 日。

《一部美化资产阶级的坏影片——〈林家铺子〉讨论综述》,作者亦平,《解放军文艺》七月号,1965 年 7 月 27 日。

《同社会主义唱反调的〈林家铺子〉(一个座谈会的发言纪要)》,《广西文艺》七月号,1965 年 7 月 27 日。

《揭穿电影〈林家铺子〉的谎言——商业工作人员批判〈林家铺子〉》,作者栗文秀等,《奔流》第四期,1965 年 7 月 27 日。

《影片〈林家铺子〉是一株毒草》,作者齐平,《星火》七月号,1965 年 7 月 27 日。

《一个被美化了的资本家——评〈林家铺子〉中的林老板》,作者张果夫,《山东文学》第 7 期,1965 年 7 月。

《回驳〈林家铺子〉改编者提出的两个问题——批判电影〈林家铺子〉座谈纪要》,《实践》记者,《实践》第 7 期,1965 年 7 月。

《电影〈林家铺子〉的错误倾向》,作者何中文,《河北文学》七月号,1965 年 7 月。

《揭开影片〈林家铺子〉的画皮——杭嘉湖集镇调查纪要》,作者时鸣等,《学术月刊》七月号,1965 年 7 月。

《〈林家铺子〉美化了什么人?》,上海永大渠织一厂工人业余影剧评论小组,《萌芽》第七期,1965 年 7 月。

《这是一面什么镜子》,作者禾之,《新工商》第八期,1965 年 8 月。

《资本家哪会同工人亲如一家》，作者赵宝鑫，《新工商》第八期，1965年8月。

《影片〈林家铺子〉是怎样美化资本家的？》，作者谢文杰，《青海湖》第八期，1965年8月。

《影片〈林家铺子〉宣扬了什么？》，作者田师善，《北方文学》八月号，1965年8月。

《电影〈林家铺子〉是什么样的"一面镜子"？》，作者陈玉舜等，《中山大学学报(哲学社会科学版)》第1期，1965年8月。

《评电影〈林家铺子〉的改编及其反动思想内容》，作者刘绶松，《湖北日报》，1965年9月18日。

《沿着什么方向提高——评夏衍同志〈电影论文集〉中的几个错误文艺观点》，作者张广明，《武汉大学学报(人文科学版)》第三期，1965年9月。

《谁是历史的创造者——批判四部电影中的"人情论"》，作者闻潮，《学术月刊》十二月号，1965年12月。

1966 年

短篇小说集《风波》(署茅盾)，香港南华书店1966年6月版。

短篇小说集《朝露》(署茅盾)，香港南华书店1966年7月版。

短篇小说集《青春的梦》(署茅盾)，香港南华书店1966年7月版。

1967 年

《评反革命两面派周扬》，作者姚文元，《红旗》杂志第一期，1967年1月。文章诬蔑茅盾等人是"资产阶级权威"。

《茅盾——大连黑会抬出来的一尊凶神》，《文学战报》，1967年5月。文章诬蔑茅盾是"反共老手"，"反党"的"祖师爷""老右派"。诬蔑茅盾在大连会议上的报告是"放毒箭，点鬼火"，是"诬蔑革命人民"，是"恶毒咒骂我们伟大的领袖"，是"为被'罢'了'官'的右倾机会主义分子叫屈，支持策应封建主义、资本主义势力的猖狂进攻";并提出"要砸烂……这尊凶神恶煞,让他见鬼去吧!"

《文艺战线两条路线斗争大事记》,《文学战报》,1967 年 5 月。文章诬蔑茅盾是"资产阶级反动学术'权威'",说茅盾"在文学创作工作座谈会'大放其毒'"。在谈到《青春之歌》讨论时,说"周扬黑帮立即组织茅盾、何其芳等'权威'进行围攻"。在谈到大连会议时说:"茅盾在会上对党和社会主义制度破口大骂,诬蔑大跃进是'暴发户心理'。"

《左翼文坛巨头茅盾》,苏雪林《文坛话旧》,台湾文星书店发行,1967 年 3月。文章说:"谈到近代新文艺作家,茅盾的地位确堪重要,记得某刊物曾奉他为'文学巨人'……我想称茅盾为'左翼文坛巨头',倒比较适当。"

1969 年

《中国神话研究》(署玄珠),台北新陆书局翻印出版,1969 年。

1970 年

《中国现代文学史》,作者李辉英,香港东亚书局出版,1970 年 7 月。书中第一编第一章第三节、第二编第八章第二节论述茅盾及其创作。

1971 年

《现代中国文学史话》,作者刘心皇,台湾正中书局出版,1971 年 8 月。全书五卷,书中认为茅盾在《小说月报》"愿意革新",是"写实主义的作家"等。

《文学巨人沈雁冰》,作者李立明,香港《中国学生周报》第 1004 期,1971 年9 月 17 日。

1973 年

《三十年代文艺论》,作者李牧,台湾黎明文化事业公司 1973 年 6 月版。

书中有专章评述茅盾。

《文坛五十年》,作者曹聚仁,香港新文化出版社1973年8月版。书中部分内容介绍茅盾。

《关于茅盾接受自然主义的考究》,作者［日］南云智,日本樱关林大学"中国文学论丛"之四,1973年10月。

1975 年

《作家四集团——"文学研究会"称霸》,作者司马长风,《中国新文学史》上卷第十章,香港昭明出版社1975年1月版。文章认为文学研究会成立以后,从"该会要角沈雁冰接编《小说月报》实行革新、改用白话文之后,才进入活跃时期","文学研究会""几乎网罗了当时全国所有的作家""近百人";其"阵容和声势太浩大了,使后起的团体无法与之竞争"。

《茅盾》,赵景深著《现代中国作家列传》,香港中国笔会1975年10月版。本书后更名为《新文学作家列传》,台北时报文化出版有限公司,1980年出版。认为茅盾是一个杰出的小说家,我们再找不到一位作家,能像茅盾那样表现刚刚过去的社会真相的生活。

1976 年

《茅盾的子夜》,作者司马长风,香港昭明出版社版《中国新文学史》中卷第十九章第五节,1976年3月。认为茅盾"也是多产的小说家",在茅盾的诸多小说创作中"以《蚀》和《子夜》最受文坛重视";又指出《子夜》"被推举为三十年代的代表作""是一种不负责任的浮夸",并引用朱自清、鲁迅的一些"评论"来说明《子夜》在三十年代"也并没有获得内行人的好评";但文末仍承认,《子夜》"是最早的一部有规模的长篇巨著","把复杂万端的人物、情节""浓缩"在作品中,"构思"确"有创意",所以《子夜》的"声望和影响"是"不可忽略的",是一部"名著"。

《鲁迅·茅盾·郭沫若》,作者司马长风,《中国新文学史》中卷第二十一章

第十四节,香港昭明出版社 1976 年 3 月版。文章认为"茅盾的散文""倒不错",有些篇章"不沾任何教条,颇有诗意",推崇《速写》两篇,赞其写得"纯情"。

《茅盾的〈徐志摩论〉》,作者司马长风,《中国新文学史》第二十三章第四节,香港昭明出版社 1976 年 3 月版。文章认为茅盾"在文学批评方面的成就远胜于他的小说",并从茅盾"醉心"于"为人生而艺术"的主张、"与鲁迅站在一起"参加两个口号的"激烈论战""潜心写评论"等方面肯定了茅盾在文学批评方面取得的成就;进而指出茅盾文学批评的特点:"他所评的都是较具影响力的大作家",批评的"态度诚恳、文思细致、分析深入,也足以引人入胜","在许多场合颇能表现艺术家的良心,在奖掖后进上尤不遗余力"。

1977 年

《评三十年代的优秀长篇小说——〈子夜〉》,作者田绘蓝,《华中师院学报(哲学社会科学版)》1977 年第 4 期。这是粉碎"四人帮"后第一篇正式评论茅盾小说的论文,充分肯定了《子夜》的思想艺术价值及其在中国现代小说史上的地位。

《〈白杨礼赞〉试析》,作者王阳松,《安徽师大学报》1977 年第 4 期。

《郭沫若、茅盾名、号、别名、笔名辑录》,作者艾扬,《文教资料简报》1977 年第 5 期。

《中国现代六百家作家小传》,作者李立明,香港波文书局 1977 年 10 月初版。内有沈雁冰小传。

1978 年

《〈白杨礼赞〉的意境美》,作者冉欲达,《辽宁文艺》1978 年第 1 期。

《谈〈白杨礼赞〉的艺术特色》,作者刘安之,《语文教学通讯》1978 年第 1 期。

《茅盾短篇小说浅读》,作者漆贤泉,《荆州师专学报》1978 年第 1 期。

《三十年代初期中国农村社会生活的真实图画——读〈春蚕〉》,作者唐沅,

《十月》1978年第1期。

《茅盾著译年表》，作者孙中田，《吉林师大学报（社会科学版）》1978年第1、2、3、4期。

《中国现代作家简介（2）茅盾》，作者廖起初，《中学语文》1978年第2期。

《〈白杨礼赞〉浅说》，作者吴登植，《北京师范大学学报（社会科学版）》1978年第2期。

《试论〈子夜〉的社会意义》，作者刘国清，《江西大学学报（哲学社会科学版）》1978年第2期。

《反映民族资产阶级历史命运的一面镜子——读茅盾的长篇名著〈子夜〉》，作者白友棠，《北方论丛》1978年第2期。

《现代文学史上的一部光辉巨著——论茅盾的长篇小说〈子夜〉》，作者方绪源，《山西大学学报（哲学社会科学版）》1978年第2期。

《茅盾》条目，内蒙古师范学院中文系编，《语言文学》1978年第2期。

《〈春蚕〉的思想意义》，作者李恺玲，《中学语文》1978年第3期。

《茅盾的〈子夜〉》，作者陈翰，《语文学习》1978年第3期。

《读〈第比利斯地下印刷所〉》，作者顾景祥，《语文战线》1978年第3期。

《关于茅盾的笔名》，作者查国华，《山东师院学报（社会科学版）》1978年第3期。

《新发现的鲁迅致茅盾书信中的几件史实》，作者包子衍，《文教资料简报》1978年第3期。

《三十年代初期旧中国的镜子——读茅盾的〈子夜〉》，作者庄钟庆，《福建文艺》1978年第3期。

《论长篇小说〈子夜〉》，作者孙中田，《文艺论丛》，上海文艺出版社1978年第3辑。

《论茅盾的散文创作》，作者郑乙，《文艺论丛》，上海文艺出版社1978年第3辑。

《关于鲁迅先生给我信的一些情况（十）》，作者黄源，《西湖》1978年第4期。

《略谈〈子夜〉中的人物形象》，作者谢本良，《江西师院学报（哲学社会科学版）》1978 年第 4 期。

《〈子夜〉与"中国社会史浅论"》，作者薛绥之，《语文教学研究》1978 年第 4 期。

《关于茅盾早期的一篇文艺论文——〈论无产阶级艺术〉》，作者曾广灿，《破与立》1978 年第 4 期。

《试谈〈白杨礼赞〉的象征手法》，作者徐纪明，《语文教学与研究》1978 年第 4 期。

《浅谈〈子夜〉的历史意义》，作者马良春，《南开大学学报（哲学社会科学版）》1978 第 4、5 期。

《三十年代初期中国的画卷——重读茅盾的〈子夜〉》，作者叶子铭，《光明报》1978 年 4 月 15 日。

《论〈子夜〉》，作者刘绶松，《武汉大学学报（哲学社会科学版）》1978 年第 6 期。

《生活和创作——谈〈子夜〉重印本后记》，作者安明明，《哈尔滨文艺》1978 年第 6 期。

《装书小记——关于〈子夜〉的回忆》，作者孙犁，《光明日报》1978 年 6 月 25 日。

《中国现代六百作家小传资料索引》，作者李立明，香港波文书局 1978 年 7 月版。书中收入沈雁冰资料索引。

《介绍茅盾同志对〈白杨礼赞〉中"楠木"的解释》，作者彭守恭，《人民教育》1978 年第 8 期。

《〈林家铺子〉前言》，人民文学出版社"文学小丛书"编辑，人民文学出版社 1978 年 8 月版。

《论茅盾四十年的文学道路》修订本，作者叶子铭，上海文艺出版社 1978 年 10 月版。

《战时战后的文坛》，作者司马长风，《中国新文学史》下卷第二十五章，香港昭明出版社 1978 年 12 月版。

《茅盾·丁玲》，作者司马长风，《中国新文学史》下卷第二十六章，香港昭明出版社 1978 年 12 月版。

1979 年

《〈白杨礼赞〉的艺术特色》,作者傅正乾,《陕西教育》1979 年第 1 期。

《〈白杨礼赞〉教学解析》,作者王旋,《山东师院学报(社会科学版)》1979 年第 1 期。

《鲁迅与茅盾早年交往的几件事》,作者陈漱渝,《锦州师范学院学报(哲学社会科学版)》1979 年第 1 期。

《茅盾早期思想研究(一九一七——一九二六年)》,作者乐黛云,《中国现代文学研究丛刊》1979 年第 1 期。

《〈林家铺子〉从生活到艺术(评论)》,作者耳聆,《东海》1979 年第 2 期。

《论〈子夜〉》,作者刘绶松,《武汉大学学报(哲学社会科学版)》1979 年第 2 期。

《延安礼赞——读茅盾的散文〈风景谈〉》,作者叶子铭,《语文学习》1979 年第 2 期。

《茅盾的〈雷雨前〉等三篇散文作于何时?》,作者庄钟庆,《文学评论》1979 年第 2 期。

《三十年代旧中国农村悲惨生活的缩影》,作者不详,周溶泉、徐应佩译,《奔流》1979 年第 2 期。

《茅盾的〈子夜〉》,作者罗高林,《长江日报》1979 年 2 月 25 日。

《走访茅盾》,作者[法]苏珊娜·贝尔纳著,丁世中、罗新璋译,《新文学史料》1979 年第 3 期。

《茅盾与他的〈春蚕〉》,作者梁骏、尤敏,《山西师院学报(哲学社会科学版)》1979 年第 3 期。

《漫谈茅盾创作活动的几个特点——献给新长征路上的青年作者》,作者叶子铭,《钟山》1979 年第 3 期。

《尘海茫茫指迷津——读茅盾的〈腐蚀〉》,作者林志仪,《广西师范学院学报(哲学社会科学版)》1979 年第 3 期。

《"白杨礼赞非取材于一时或一地"——〈白杨礼赞〉学习札记》,作者柳尚彭，《中学语文教学》1979年第3期。

《中国现代文学史》（上册），吉林师范大学中文系中国现代文学史教材编写小组编，吉林师范大学出版社1979年3月版。

《茅盾及其创作》，作者何欣，《中国现代小说的主潮》（第一讲第二节），台湾远景出版社1979年3月版。

《茅盾在延安》，作者孙中田，《社会科学战线》1979年第4期。

《〈风景谈〉简析》，作者刘宗德，《昆明师院学报》1979年第4期。

《〈白杨礼赞〉浅析》，作者李复习，《福建师大学报（哲学社会科学版）》1979年第4期。

《茅盾笔名（别名）笺注》，作者孙中田，《吉林师大学报（社会科学版）》1979年第4期。

《生日·家乡·贺电》，作者袁宝玉，《徐州师范学院学报（哲学社会科学版）》1979年第4期。

《茅盾在五四时期的文学主张》，作者庄钟庆，《文学评论丛刊》1979年第4期。

《知识分子弱点的暴露——对茅盾〈蚀〉的体会》，作者郭根，《山西大学学报（哲学社会科学版）》1979年第4期。

《浓郁的诗情，绝妙的画笔——读茅盾的〈风景谈〉》，作者刘焕林，《广西师范学院学报（哲学社会科学版）》1979年第4期。

《〈子夜〉德文版在西德重版发生》，作者马树德，《世界文学》1979年第5期。

《〈子夜〉与一九三〇年前后的中国经济》，作者孔令仁，《文史哲》1979年第5期。

《〈梯比利斯地下印刷所〉教学通信》，作者陈根生，《辽宁师院学报（哲学社会科学版）》1979年第5期。

《鲁迅和〈小说月报〉——兼记鲁迅与茅盾早年的友谊》，作者姜德明，《文艺报》1979年第5期。

《〈白杨礼赞〉的艺术特色》，作者黄绍清，《语文学刊》1979年5、6期合刊。

《〈春蚕〉从生活到艺术》，作者王尔龄，《雨花》1979年第6期。

《长征胜利贺电与茅盾的关系》，作者翟秀，《学术研究》1979 年第 6 期。

《新文学社团等蜂起和流派的产生》，唐弢主编，《中国现代文学史》第一册，人民文学出版社 1979 年 6 月版。

《茅盾研究资料集》，山东大学中文系、文史哲研究所资料室合编，1979 年 6 月。

《茅盾》，《中国现代文学史》第四章，九院校编写组，江苏人民出版社 1979 年 8 月版。

《中国现代文学史》，田仲济等编，山东人民出版社 1979 年 8 月版。

《党成立后文学的发展》，《中国现代文学史》，田仲济等编，山东人民出版社 1979 年 8 月版。

《重评〈林家铺子〉——浅谈电影创作中的现实主义和历史主义》，作者周忠厚、刘燕生、杨力，《电影创作》1979 年第 9 期。

《茅盾》，作者夏志清，谭松寿译，《中国现代小说史》第六章，香港友联出版社有限公司 1979 年 9 月版。

《资深作家》，作者夏志清，水晶译，《中国现代小说史》第十四章，香港友联出版社有限公司 1979 年 9 月版。

《杰出的革命作家——茅盾》，作者王积贤，林志浩主编《中国现代文学史》上册，中国人民大学出版社 1979 年 9 月版。

《中国作家协会主席茅盾》，新华社发表于《新华社新闻稿》1979 年 11 月 15 日。

《茅盾的文学道路》，作者邵伯周，长江文艺出版社 1979 年 11 月版。

《茅盾》，《中国现代文学史》第二册，唐弢主编，人民文学出版社 1979 年 11 月版。

1980 年

《左联与〈文学〉》，作者黄源，《新文学史料》1980 年 1 期。

《〈白杨礼赞〉的段落划分》，作者刘清涌，《语文战线》1980 年第 1 期。

《谈谈茅盾的〈春蚕〉》，作者叶子铭，《语文教学通讯》1980 年第 1 期。

《谈〈子夜〉的语言》,作者姜德梧,《语言教学与研究》1980 年第 1 期。

《茅盾故乡——乌镇(访问记)》,作者王国柱、戈铮,《西湖》1980 年第 1 期。

《茅盾与桐乡青年社》,作者史明,《上海师范大学学报(哲学社会科学版)》1980 年第 1 期。

《绘景·寄情·明理——〈白杨礼赞〉阅读记》,作者任耀之,《济宁师专学报(哲学社会科学版)》1980 年第 1 期。

《〈春蚕〉艺术琐谈》,作者马名法,《齐齐哈尔师范学院学报(哲学社会科学版)》1980 年第 1 期。

《〈春蚕〉小议——关于题材来源与艺术构思问题》,作者叶子铭,《中国现代文学研究丛刊》1980 年第 1 期。

《漫谈〈子夜〉中公债市场的斗争》,作者郑富成,《河北师范学院学报(哲学社会科学版)》1980 年第 1 期。

《茅盾的家庭及其童年生活》,作者戈铮、王国柱,《杭州大学学报(哲学社会科学版)》1980 年第 1 期。

《谈〈子夜〉的语言》,作者姜德梧,《语文教学与研究》1980 年第 1 期。

《艺术技巧面面观——学习茅盾关于艺术技巧问题的论述札记孙荪》,作者孙荪,《学术研究辑刊》1980 年第 1 期。

《含蓄的艺术,深挚的感情——〈风景谈〉浅析》,作者冯日乾,《延安大学学报(社会科学版)》1980 年第 1 期。

《〈白杨礼赞〉的段落划分》,作者刘清汤,《语文战线》1980 年第 1 期。

《茅盾与香港》,作者如玉,《脱险杂记》,香港时代图书有限公司 1980 年 1 月版。

《乌镇纪行》,作者赵征,《东海》1980 年第 2 期。

《夏夜札记》,作者吕剑,《新文学史料》1980 年第 2 期。

《茅盾笔下的林老板》,作者雷达,《北方文学》1980 年第 2 期。

《读〈蚀〉新版随感》,作者叶子铭,《名作欣赏》1980 年第 2 期。

《〈子夜〉思想浅论》,作者徐永龄,《海南师专学报》1980 年第 2 期。

《从吴荪甫看〈子夜〉主题的艺术表现》,作者解洪祥,《山东大学文科论文集刊》1980 年第 2 期。

《深厚、博大、精湛——喜读〈茅盾评论文集〉》，作者林焕平，《人民日报》1980 年 2 月 13 日。

《茅盾的第一篇文学论文》，作者庄钟庆，《新文学史料》1980 年第 3 期。

《血肉丰满，生动传神——老通宝形象塑造琐谈》，作者吴松亭，《文艺理论研究》1980 年第 3 期。

《茅盾笔下的夜上海》，作者李孝华，《语文战线》1980 年第 4 期。

《〈子夜〉与〈金钱〉》，作者曾广灿，《齐鲁学刊》1980 年第 4 期。

《〈子夜〉中的经济名词释义》，作者兰浦珍，《新时期》1980 年第 4 期。

《记文坛老将茅盾——茅盾访问记》，作者如玉，《集萃》1980 年第 4 期。

《茅盾与上游社》，作者史明，《华东师范大学学报（哲学社会科学版）》1980 年第 4 期。

《简评两种〈茅盾著译年表〉》，作者查国华，《山东师院学报（社会科学版）》1980 年第 4 期。

《不倦的战士》，作者钱浩、常素琴，《人民画报》1980 年第 4 期。

《回忆茅盾同志的一次讲话》，作者龚炯，《上海教育》1980 年第 5 期。

《忆茅盾的〈清明前后〉的演出》，作者殷野，《戏剧界》1980 年第 5 期。

《中国当代文学史》第一册，二十二院校编写组，福建人民出版社 1980 年 5 月版。

《论茅盾的生活与创作》，作者孙中田，天津百花文艺出版社 1980 年 5 月版。

《新文学第二期的小说创作》《新文学第三期的小说创作》《新文学第三期的散文创作》，作者周锦，《中国新文学简史》第四章至第五章，台湾成文出版有限公司 1980 年 5 月版。

《时代的镜子与斧子——论茅盾文学创作的时代性》，作者陆义彬，《广西民族学院学报（社会科学版）》1980 年第 3 期。

《茅盾与救国会》，作者史明，《华东师范大学学报（哲学社会科学版）》1980 年第 6 期。

《茅盾》，作者丁尔纲，《中国现代文学史》第五章，内蒙古教育出版社 1980 年 6 月版。

《茅盾、张天翼等的创作》,作者齐忠贤,《中国现代文学史》第三编第三章第三节,内蒙古教育出版社 1980 年 6 月版。

《茅盾的〈蚀〉与〈子夜〉》,作者尹雪曼,《中国现代文学研究丛刊》第二辑,周锦主编,台湾成文出版社 1980 年 6 月版。

《访茅盾》,作者杨羽仪,《南方日报》1980 年 7 月 18 日。

《茅盾〈腐蚀〉抗战的小说》,作者尹雪曼,《抗战时期的现代小说》(《中国现代文学研究丛刊》第三辑,周锦主编),台湾成文出版社 1980 年 7 月版。

《吴荪甫试论》,作者罗宗义,《中国现代文学研究丛刊》第四辑,台湾成文出版社 1980 年 8 月版。

《关于〈幻灭〉评价的几个问题》,作者张立国,《中国现代文学研究丛刊》第四辑,台湾成文出版社 1980 年 8 月版。

《关于茅盾文学工作二十五周年纪念活动》,作者孙中田等,《中国现代文学研究丛刊》第四辑,台湾成文出版社 1980 年 8 月版。

《匠心独运,妙笔生辉——浅谈〈子夜〉第一二章的艺术处理》,作者刘增杰,《光明日报》1980 年 9 月 3 日。

《喜读〈茅盾论创作〉》,作者华然,《文汇报》1980 年 9 月 28 日。

《浓郁的诗情,绝妙的画笔——读茅盾的〈风景谈〉》,作者刘焕林,《青海湖》1980 年第 10 期。

《〈子夜〉浅谈》,作者黄侯兴,《三十年代作家作品论集》,四川人民出版社 1980 年 10 月版。

《茅盾初期创作中的矛盾》,作者庄钟庆,《文艺论丛》第 11 辑,上海文艺出版社 1980 年 10 月版。

《六十年文学实践经验的结晶(推荐〈茅盾论创作〉)》,作者叶子铭,《文艺报》1980 年第 11 期。

《又短又好的散文——读茅盾的〈可爱的故乡〉》,作者黄泽佩,《中学语文教学》1980 年第 11 期。

1981 年

《茅盾的童年》,作者金韵琴,《中小学语文教学》1981 年第 1 期。

《茅盾与文学青年》,作者孔乃茜,《中小学语文教学》1981 年第 1 期。

《雾都三访茅盾同志》,作者唐谓滨,《史料选编》1981 年第 1 期。

《论茅盾的〈幻灭〉》,作者金芹,《郑州师专学报》1981 年第 1 期。

《殷切的期望,战斗的友情》,作者陈沂,《文学报》1981 年第 1 期。

《〈雷雨前〉的象征艺术》,作者赵壁仁,《语文教学》1981 年第 1 期。

《〈蚀〉和〈子夜〉的比较分析》,作者乐黛云,《文学评论》1981 年第 1 期。

《试论〈农村三部曲〉中的农民形象》,作者黄梓荣,《上海师范大学学报(哲学社会科学版)》1981 年第 1 期。

《含蓄的艺术,深挚的感情——〈风景谈〉浅析》,作者冯日乾,《延安大学学报》1981 年第 1 期。

《笔有千钧任歙张——茅盾同志谈〈文学报〉》,作者峻青,《文学报》1981 年第 1 期。

《论茅盾小说的典型提炼》,作者丁尔纲,《中国现代文学研究丛刊》1981 年第 1 期。

《茅盾与文学批评》,作者孙中田,《东北师大学报(哲学社会科学版)》1981 年第 1 期。

《论茅盾早期的短篇小说》,作者丁帆,《南京大学学报(哲学社会科学版)》1981 年第 1 期。

《我国现代小说史上的第一个三部曲——〈蚀〉(茅盾书话)》,作者叶子铭,《书林》1981 年第 1 期。

《一个文学青年悲痛的怀念——悼茅盾同志》,作者叶孝慎,《萌芽·增刊》《电视·电影·文学》1981 年第 1 期。

《茅盾的中学时代》,作者孙中田、张立国,《东北师大学报(哲学社会科学版)》1981 年第 1 期。

《新文学前期作家研究的范例——读茅盾的六篇作家论札记》,作者文振庭,《武汉师范学院学报(哲学社会科学版)》1981年第1期。

《热泪盈盈的哀悼》,作者康濯,《芙蓉》1981年第2期。

《敬悼茅公忆旧事》,作者锡金,《新苑》1981年第2期。

《缅怀茅盾同志》,作者于黑丁,《莽原》1981年第2期。

《茅盾与电影》,作者沈基宇,《剧本园地》1981年第2期。

《茅盾的早年轶事》,作者顾力沛,《文学报》1981年第2期。

《一代大师,安息吧!》,作者姚雪垠,《中国青年报》1981年第2期。

《〈子夜〉的中国女性》,作者赖伦海,《赣南师范学院学报(哲学社会科学版)》1981年第2期。

《永远的笑容——忆同茅公的一次会见》,作者韩瀚,《文学报》1981年第2期。

《悼念沈老》,作者方绪源,《山西大学学报(哲学社会科学版)》1981年第2期。

《手浇桃李千行绿——记茅盾培养中青年作家》,作者王楷,《人才》1981年第2期。

《茅盾的〈鲁迅论〉》,作者徐季子,《宁波师专学报(社会科学版)》1981年第2期。

《茅盾的童年——作文比赛及其他》,作者金韵琴,《中小学语文教学》1981年第2期。

《重读茅盾的〈农村三部曲〉》,作者芷茵,《宁波师专学报(社会科学版)》1981年第2期。

《饱含深意 满蕴诗情——读茅盾的四篇抒情散文》,作者李军,《宁波师专学报(社会科学版)》1981年第2期。

《漫谈茅盾的散文创作》,作者黎舟,《福建师大学报(哲学社会科学版)》1981年第2期。

《简论〈子夜〉的人物形象》,作者巩富,《内蒙古师范学院学报(哲学社会科学版)》1981年第2期。

《论茅盾的〈农村三部曲〉》,作者郑平,《内蒙古师范学院学报(哲学社会科学版)》1981年第2期。

《凄风惨雨共一铺——〈林家铺子〉艺术构思浅探》,作者张安生,《名作欣赏》1981年第2期。

《巨匠的遗愿——茅盾在最后的日子里》,作者徐民和、胡颖,《瞭望:新闻周刊》1981年第2期。

《他留下了珍贵的嘱告——茅盾老师对我们讲了最后一课》,作者黄钢,《时代的报告》1981年第2期。

《从吴府吊丧场面的描写看〈子夜〉全书的结构脉络》,作者彭兆春,《江西教育学院学刊》1981年第2期。

《〈试论农村三部曲〉中的农民形象》,作者黄梓荣,《上海师范大学学报(哲学社会科学版)》1981年第2期。

《饱含深情,满蕴诗意——读茅盾的四篇抒情散文》,作者李军,《宁波师专学报(社会科学版)》1981年第2期。

《美妙的风景,激越的赞歌——〈风景谈〉赏析》,作者郝明树,《淮阴师专学报(哲学社会科学版)》1981年第2期。

《崇高的精神,高尚的品德——关于茅盾同志给我的一封信》,作者翟同泰,《华东师范大学学报(哲学社会科学版)》1981年第2期。

《重视对茅盾业绩的研究——〈黎明时期的文学——中国现实主义作家茅盾〉译后记》,作者林焕平,《大地》1981年第2期;《人民日报》1981年3月30日刊载了文章节选。

《引路人》,作者田间,《大地》1981年第3期。

《言简意深,历久难忘——茅盾同志对新闻工作的亲切教导》,作者陆诒,《文学报》1981年第3期。

《鲁迅与茅盾——在上海时期的战斗友谊片段》,作者周国伟,《扬州师院学报(社会科学版)》1981年第3期。

《怀念茅盾同志——忆〈世界文学〉初期的一段经历》,作者陈冰夷,《世界文学》1981年第3期。

《略论茅盾对农村题材的开拓及其它》,作者赵耀堂、傅冰甲,《齐鲁学刊》1981年第3期。

《无限哀思怀茅公——纪念伟大的无产阶级作家茅盾同志》,作者徐重庆,

《绍兴师专学报》1981 年第 3 期。

《一件永不忘却的事——纪念茅盾同志》,作者黄中海,《绍兴师专学报》1981 年第 3 期。

《茅盾家世及青少年时代活动简表(1896—1916)》,作者钟桂松,《绍兴师专学报》1981 年第 3 期。

《忆和茅盾同志相处的日子(一)——和茅盾同志的最初通信(附来信三封)》,作者戈宝权,《新文学史料》1981 年第 3 期。

《半幅题词 一段佳话——茅盾和郭沫若的故事》,作者王建明,《名作欣赏》1981 年第 3 期。

《学习茅盾对鲁迅的评论》,作者唐纪如,《南京师院学报(社会科学版)》1981 年第 3 期。

《茅盾同志与红学》,作者刘梦溪,《红楼梦学刊》1981 年第 3 期。

《关于茅盾谒鲁迅墓照的拍摄时间》,作者季文,《上海师范大学学报(哲学社会科学版)》1981 年第 3 期。

《茅盾独具只眼的诗人论》,作者翟大炳,《延安大学学报(社会科学版)》1981 年第 3 期。

《漫谈茅盾小说的语言风格》,作者袁振国,《扬州师院学报(社会科学版)》1981 年第 3 期。

《茅盾在抗战时期——纪念他诞生八十五周年》,作者苏光文,《西南师范学院学报(哲学社会科学版)》1981 年第 3 期。

《文苑同声寄哀思——茅盾同志追悼会侧记》,作者雷霆,《文学报》1981 年第 3 期。

《一个作家的母亲》,作者钟桂松,《文汇报》1981 年 3 月 8 日。

《关于茅盾》,作者苏雪林,台湾《联合报》1981 年 3 月 28 日。

《沉痛悼念雁冰兄》,作者郭绍虞,《文汇报》1981 年 3 月 29 日。

《悼念茅盾》,作者关沫南,《黑龙江日报》1981 年 3 月 31 日。

《痛悼茅盾同志》,作者草明,《北京日报》1981 年 3 月 31 日。

《痛悼茅盾同志》,作者萧三,《人民日报》1981 年 3 月 31 日。

《赋别四绝挽雁冰兄》,作者叶圣陶,《人民日报》1981 年 3 月 31 日。

《最后的一面——悼茅公》，作者楼适夷，《北京晚报》1981年3月31日。

《悼念茅公》，作者冰心，《文汇报》1981年4月1日。

《说迟了的话》，作者茹志鹃，《文汇报》1981年4月1日。

《茅盾和他的著作》，作者凤翔，《解放日报》1981年4月1日。

《别梦依依忆雁冰》，作者曹靖华，《光明日报》1981年4月1日。

《拍好〈子夜〉，寄托哀思》，作者桑弧，《文汇报》1981年4月1日。

《菩萨蛮——悼茅盾同志》，作者夏征农，《文汇报》1981年4月1日。

《向人民学习——敬悼沈老》，作者吕品，《重庆日报》1981年4月1日。

《深埋在心底的思念》，作者杨沫，《北京晚报》4月1日，1981年4月1日。

《一幅珍贵的题字（附茅盾手迹）》，作者滕大千，《天津日报》1981年4月1日。

《关心儿童文学和儿童戏剧的发展——从茅盾等同志的建议谈起》，作者叶君健，《人民日报》1981年4月1日。

《茅盾和他的著作》，作者文之，《解放军报》1981年4月2日。

《缅忆茅盾老人》，作者冯骥才，《天津日报》1981年4月2日。

《悼念茅盾同志》（二首），作者李霁野，《天津日报》1981年4月2日。

《学习茅盾同志，尊重党的领导》，作者欧阳山，《羊城晚报》1981年4月2日。

《雨潇潇——沉痛悼念茅盾同志》，作者杜宣，《文学报》1981年4月2日创刊号。

《我赞美白杨树——悼念文坛巨匠茅盾同志》，作者赵鸷，《解放军报》1981年4月2日。

《中国文学巨星的陨落——深切悼念沈雁冰同志》，作者秦牧，《羊城晚报》1981年4月2日。

《回忆茅盾同志二三事——铭记他的诲人不倦的精神》，作者胡子婴，《人民日报》1981年4月2日。

《沉痛的悼念》，作者沙汀，《光明日报》1981年4月3日。

《一代文章万代传》，作者陈沂，《文汇报》1981年4月3日。

《不可遗忘的纪念》，作者许杰，《解放日报》1981年4月3日。

《哀念我的长者茅盾同志》,作者陈学昭,《解放日报》1981 年 4 月 3 日。

《痛悼沈雁冰同志》(二首),作者许德珩,《光明日报》1981 年 4 月 3 日。

《中国现代文学巨匠——茅盾》,作者钟达岩,《广州日报》1981 年 4 月 3 日。

《后者应力追——悼茅盾先生》,作者康志强,《北京晚报》1981 年 4 月 3 日。

《不可遗忘的纪念——悼茅盾同志》,作者许杰,《解放日报》1981 年 4 月 3 日。

《以〈子夜〉为例——学习茅盾如何熟悉生活》,作者马文,《解放日报》1981 年 4 月 3 日。

《茅盾香港脱险记》,作者霍荣,《羊城晚报》1981 年 4 月 4 日。

《巨星殒落悼茅公》,作者王亚平,《工人日报》1981 年 4 月 4 日。

《让我们思索一个问题》,作者任光椿,《长沙日报》1981 年 4 月 4 日。

《我与沈老的一面之缘》,作者李仁堂,《工人日报》1981 年 4 月 4 日。

《哭茅盾先生》,作者臧克家,《光明日报》1981 年 4 月 5 日。

《哀茅公大师》,作者刘一倩,《桂林日报》1981 年 4 月 5 日。

《茅盾同志和武汉》,作者闻锋,《长江日报》1981 年 4 月 5 日。

《伟大的革命作家——茅盾》,作者晓涛,《中国青年报》1981 年 4 月 5 日。

《一件小事——悼念茅盾同志》,作者唐弢,《光明日报》1981 年 4 月 5 日。

《"茅盾给臧克家同志两封信"后记》,作者臧克家,《北京晚报》1981 年 4 月 5 日。

《茅盾故乡桐乡乌镇举行座谈会,悼念茅盾同志逝世》,《浙江日报》1981 年 4 月 5 日。

《崇高的心愿——记茅盾同志临终前二三事》,《解放日报》记者,《解放日报》1981 年 4 月 5 日。

《殷殷心血洒齐鲁——沈雁冰同志为山东文化事业所作的贡献》,作者李士钊等,《大众日报》1981 年 4 月 5 日。

《沉痛悼念茅盾同志》,作者吴坚,《甘肃日报》1981 年 4 月 6 日。

《一心向党,奋斗终生》,作者青苗,《工人日报》1981 年 4 月 6 日。

《信——痛悼茅盾先生》，作者臧克家，《人民日报》1981 年 4 月 6 日。

《树起新文学的大旗——三悼茅公》，作者楼适夷，《工人日报》1981 年 4 月 6 日。

《悼雁冰》，作者周建人，《解放军报》1981 年 4 月 7 日。

《哭茅公》，作者赵清阁，《人民日报》，1981 年 4 月 7 日。

《读茅公遗墨》，作者黎丁，《光明日报》1981 年 4 月 7 日。

《乌镇的哀思》，作者龙彼德，《浙江日报》1981 年 4 月 7 日。

《悼茅盾先生》，作者臧克家，《解放军报》1981 年 4 月 7 日。

《哀悼长者茅盾》，作者阮章竞，《人民日报》1981 年 4 月 7 日。

《茅盾的〈无题〉诗》，作者柳生，《广西日报》1981 年 4 月 7 日。

《沉痛悼念导师雁冰同志》，作者黄源，《浙江日报》1981 年 4 月 7 日。

《萌芽——鲜花——悼念》，作者门瑞瑜，《黑龙江日报》1981 年 4 月 7 日。

《江城子——挽沈雁冰同志》，作者魏传统，《解放军报》1981 年 4 月 7 日。

《悼念我的第一位老师——茅盾》，作者郁茹，《羊城晚报》1981 年 4 月 7 日。

《最后的会见——悼念沈雁冰老伯》，作者徐文烈，《羊城晚报》1981 年 4 月 7 日。

《回忆茅盾》（附有茅盾和秦似、骆宾基合影），作者秦似，《广西日报》1981 年 4 月 7 日。

《茅盾先生于我》，作者符号，《湖北日报》1981 年 4 月 8 日。

《茅盾同志二三事》，作者田一文，《湖北日报》1981 年 4 月 8 日。

《茅盾同志二、三事》，作者周艾文，《天津日报》1981 年 4 月 8 日。

《存千秋师范于人间》，作者姚鼎生，《福建日报》1981 年 4 月 8 日。

《纪念茅盾》，作者〔苏〕费·索罗金，苏联《文学报》1981 年 4 月 8 日。

《文坛巨匠茅盾逝世》，作者〔新加坡〕史风，新加坡《南洋商报》1981 年 4 月 8 日。

《时代风云入笔底——编辑茅盾遗著有感》，作者吴若萍，《四川日报》1981 年 4 月 8 日。

《最后一次的会见——沉痛哀悼茅盾同志的逝世》，作者林焕平，《桂林日报》1981 年 4 月 8 日、9 日。

《"我的心向着你们"——记中国现代文学巨匠沈雁冰一生的最后时刻》，作者陈培源，《文汇报》，1981 年 4 月 8 日。

《他，灌溉着……》，作者王愿坚，《中国青年报》1981 年 4 月 9 日。

《茅盾近年生活琐记》，作者鲍文清，《人民日报》1981 年 4 月 9 日。

《现代文学巨匠沈老永垂不朽》，作者陈宗凤，《甘肃日报》1981 年 4 月 9 日。

《小草哀歌——悼茅盾先生》，作者严文井，《中国青年报》1981 年 4 月 9 日。

《深深的怀念——悼念沈老》，作者叶子铭，《中国青年报》1981 年 4 月 9 日。

《前辈教诲永铭记——悼念沈老》，作者方绪源，《山西日报》1981 年 4 月 9 日。

《文学巨星陨落——怀念茅盾先生》，作者端木蕻良，《北京日报》1981 年 4 月 9 日。

《学而不厌，诲人不倦——悼念敬爱的茅盾先生》，作者赵燕翼，《甘肃日报》1981 年 4 月 9 日。

《高山仰止》，作者于逢，《南方日报》1981 年 4 月 10 日。

《深切的悼念》，作者方纪，《天津日报》1981 年 4 月 10 日。

《香岛访茅公》，作者钟紫，《羊城晚报》1981 年 4 月 10 日。

《茅盾二三事》，作者李奕，《广州日报》1981 年 4 月 10 日。

《先驱者的足迹》，作者周钢鸣，《南方日报》1981 年 4 月 10 日。

《深切的悼念》，作者方纪，《天津日报》1981 年 4 月 10 日。

《茅盾与广州〈文艺阵地〉》，作者王尔龄，《羊城晚报》1981 年 4 月 10 日。

《临归凝睇，难忘蓓蕾——悼念我国伟大的革命作家茅盾同志》，作者杜埃，《羊城晚报》1981 年 4 月 10 日。

《他的心向着党》，作者纪学，《解放军报》1981 年 4 月 11 日。

《痛悼茅盾同志》，作者陈雨田，《羊城晚报》1981 年 4 月 11 日。

《悼念茅盾同志》，作者胡一声，《广州日报》1981 年 4 月 11 日。

《怀念茅盾同志》,作者田一文,《长江日报》1981 年 4 月 11 日。

《深切怀念茅盾同志》,作者王愿坚,《解放军报》1981 年 4 月 11 日。

《不灭的光辉——悼念沈雁冰同志》,作者于逢,《羊城晚报》1981 年 4 月 11 日。

《别梦依依忆雁冰:心香一瓣,遥祭我师!》,作者碧野,《长江日报》1981 年 4 月 11 日。

《文章长存,遗风永范——悼念茅盾同志》,作者吴淮生,《宁夏日报》1981 年 4 月 11 日。

《一心向党,风范长存——沉痛悼念沈雁冰同志》,作者傅钟,《解放军报》1981 年 4 月 11 日。

《怀念茅盾》,作者欧阳翠,《文汇报》1981 年 4 月 12 日。

《挥旧告别》,作者臧克家,《文汇报》1981 年 4 月 12 日。

《悼茅公》,作者苏金伞,《河南日报》1981 年 4 月 12 日。

《访茅盾故乡》,作者涯夫,《解放日报》1981 年 4 月 12 日。

《茅盾在延安》,作者残石,《宁夏日报》1981 年 4 月 12 日。

《茅盾与吴兴》,作者李广德,《浙江日报》1981 年 4 月 12 日。

《向茅盾先生学习》,作者曹禺,《文汇报》1981 年 4 月 12 日。

《茅盾的笔迹》,作者杨铭炼,《广州日报》1981 年 4 月 12 日。

《展读遗书泪水多》,作者臧克家,《解放日报》1981 年 4 月 12 日。

《敬悼茅盾先生》,作者吴祖光,《中国青年报》1981 年 4 月 12 日。

《怀念你啊!茅盾同志》,作者张镇,《哈尔滨日报》1981 年 4 月 12 日。

《洒泪念师情》,作者郭基南(锡伯族),《新疆日报》1981 年 4 月 12 日。

《因茅盾同志逝世而想起的》,作者姜德明,《文汇报》1981 年 4 月 12 日。

《沈老向稼轩纪念堂赠诗》,作者刘吕先,《济南日报》1981 年 4 月 12 日。

《缅怀我们的大哥沈雁冰》,作者沈德傅,《天津日报》1981 年 4 月 12 日。

《悼文学巨匠沈雁冰》(二首),作者余修,《大众日报》1981 年 4 月 12 日。

《茅盾同志是谁介绍入党的》,作者甘子久,《长江日报》1981 年 4 月 12 日。

《茅盾最后会见的一位外国朋友》,作者朱述新,《北京晚报》1981 年 4 月 12 日。

《回忆,在那些似该忘却的日子里》,作者葛一虹,《文汇报》1981 年 4 月 12 日。

《唐代银杏宛在——访茅盾故乡乌镇》,作者沈涯夫,《浙江日报》1981 年 4 月 12 日。

《永不殒落的巨星——痛悼茅盾同志》,作者周而复,《光明日报》1981 年 4 月 12 日。

《挽歌——悼茅盾贤师》,作者铁依甫江(维吾尔族),《新疆日报》1981 年 4 月 12 日。

《留给人们的珍贵遗产——悼念茅盾同志》,作者罗荪,《解放日报》1981 年 4 月 12 日。

《驰骋文场称元戎——写于闻沈老逝世以后》,作者查国华,《大众日报》1981 年 4 月 12 日。

《大节贵不亏——卓越的无产阶级文化战士茅盾战斗的一生》,作者陈鸿宾,《辽宁日报》1981 年 4 月 12 日。

《怀念与歉疚》,作者沈祖安,《浙江日报》1981 年 4 月 14 日。

《哀思与崇仰》,作者孟庆春,《吉林日报》1981 年 4 月 14 日。

《我见到的沈老》,作者孙中田,《吉林日报》1981 年 4 月 14 日。

《深切悼念茅盾同志》,作者敖德斯尔(蒙古族),《内蒙古日报》1981 年 4 月 14 日。

《"您以为对么?"——忆沈老对我的亲切教诲》,作者章柏年,《浙江日报》1981 年 4 月 14 日。

《论茅盾文学创作的成就——〈茅盾的创作历程〉一书的结语》,作者庄钟庆,《光明日报》1981 年 4 月 14 日。

《悼念茅公》,作者吴强,《解放日报》1981 年 4 月 15 日。

《茅盾与"ABC"》,作者吴泰昌,《解放日报》1981 年 4 月 15 日。

《怀念文学巨匠茅盾同志》,作者金振林,《长沙日报》1981 年 4 月 15 日。

《心祭茅公》,作者单演义,《陕西日报》1981 年 4 月 16 日。

《悼念茅盾大师》,作者杜鹏程,《陕西日报》1981 年 4 月 16 日。

《沿着茅公的路》,作者蓝翎,《中国青年报》1981 年 4 月 16 日。

《忆延安时代的茅盾老师》，作者洪流，《人民铁道》1981 年 4 月 16 日。

《千秋岁引，哭茅盾前辈》，作者王怀让，《河南日报》1981 年 4 月 16 日。

《茅盾同志在延安的一件事》，作者刘建勋，《陕西日报》1981 年 4 月 16 日。

《无尽的哀思——悼念茅公》，作者罗荪，《中国财贸报》1981 年 4 月 16 日。

《巨著的背后——读茅盾的"回忆录"》，作者姜德明，《中国财贸报》1981 年 4 月 16 日。

《"我的心向着你们"——悼念茅盾同志》，作者曹禺，《中国青年报》1981 年 4 月 16 日。

《沉痛的悼念》，作者程秀山，《青海日报》1981 年 4 月 17 日。

《茅盾的编辑艺术》，作者余时，《羊城晚报》1981 年 4 月 17 日。

《悼沈雁冰同志诗一首》，作者单于越，《青海日报》1981 年 4 月 17 日。

《茅盾同志二、三事——悼念茅盾同志》，作者王克文，《浙江日报》1981 年 4 月 17 日。

《悼念敬爱的沈老》，作者郭风，《福建日报》1981 年 4 月 18 日。

《追求、奋斗、理想》，作者雷克，《人民日报》1981 年 4 月 18 日。

《茅盾同志的热心指教》，作者李西亭，《长江日报》1981 年 4 月 18 日。

《悼念茅盾先生》，作者骆宾基，《北京晚报》1981 年 4 月 19 日。

《求教沈老始末》，作者刘济献，《河南日报》1981 年 4 月 19 日。

《深厚的乡情与友谊》，作者钱君匋，《文汇报》1981 年 4 月 19 日。

《读旧信追忆哲人》，作者姚雪垠，《解放日报》1981 年 4 月 19 日。

《云岭苍山悼茅公》，作者陆万美，《云南日报》1981 年 4 月 19 日。

《沈雁冰同志在新疆》，作者王嵘等，《新疆日报》1981 年 4 月 19 日。

《茅盾与"突兀文艺社"及其他》，作者田苗，《重庆日报》1981 年 4 月 19 日。

《甘愿做牛尾上的"毛"——记茅盾同志轶事》，作者范国华，《重庆日报》1981 年 4 月 19 日。

《回忆茅盾同志二三事——铭记他的诲人不倦的精神》，作者胡子婴，《人民日报》1981 年 4 月 20 日。

《羊城北望祭茅公》，作者思慕，《羊城晚报》1981 年 4 月 20 日。

《忘不了那慈祥的笑脸》，作者汪铖，《湖北日报》1981 年 4 月 22 日。

《无形中受到的教益》,作者冯至,《中国青年报》1981 年 4 月 23 日。

《学前辈,写出新时代》,作者沈溪,《中国农民报》1981 年 4 月 23 日。

《他的心是向着孩子的》,作者陈模,《哈尔滨日报》1981 年 4 月 23 日。

《茅盾早期的文学评论》,作者张又君,《河北日报》1981 年 4 月 23 日。

《最后的拜谒——悼念沈老》,作者廖沫沙,《中国青年报》1981 年 4 月 23 日。

《注重附白——茅盾编辑艺术之二》,作者余时,《羊城晚报》1981 年 4 月 23 日。

《"峻坂盐东我仍奋"——怀念茅盾老师》,作者赵明,《新疆日报》1981 年 4 月 23 日。

《痛悼茅公》,作者茅以升,《人民日报》1981 年 4 月 25 日。

《向茅盾同志告别》,作者林焕平,《人民日报》1981 年 4 月 25 日。

《回忆茅盾》,作者[法]苏姗娜·贝尔纳,《人民日报》1981 年 4 月 25 日。

《早年同茅盾在一起的日子里》,作者胡愈之,《人民日报》1981 年 4 月 25 日。

《天地共存》,作者曹禺,《解放日报》1981 年 4 月 26 日。

《和茅盾先生的一次见面》,作者万树玉,《北京晚报》1981 年 4 月 26 日。

《春晖寸草心》,作者竹林,《羊城晚报》1981 年 4 月 27 日。

《沈雁冰在党的"一大"前后》,作者吴信忠,《人民日报》1981 年 4 月 28 日。

《忆茅盾同志在唐家沱》,作者丁之翔,《文汇报》1981 年 4 月 29 日。

《茅盾与科学幻想小说》,作者余俊雄,《光明日报》1981 年 4 月 29 日。

《伟大的品格——悼茅盾同志》,作者草明,《文汇报》1981 年 4 月 29 日。

《一个小县的怀念——记与伟大革命作家茅盾同志的一次文字交往》,作者邓遂夫,《四川日报》1981 年 4 月 29 日。

《沉痛悼念沈雁冰同志》(六首),作者吴文琪,《上海政协报》,1981 年 4 月。

《中国现代散文史稿》,作者林非,中国社会科学出版社 1981 年 4 月版。

《茅盾短篇小说语言特色初探》,作者俞正贻,《嘉兴师专学报》1981 年第 2 期。

《往事忆来多》,作者臧克家,《十月》1981 年第 4 期。

《沉痛悼念茅盾先生》，作者范泉，《中小学语文教学》1981年第4期。

《茅盾的剧作〈清明前后〉》，作者孔海珠，《上海戏剧》1981年第4期。

《〈茅盾文艺杂论集〉编后记》，作者叶子铭，《上海文学》1981年第4期。

《茅盾同志遗墨〈青石〉的意义》，作者聂文郁，《中小学语文教学》1981年第4期。

《关于茅盾先生在兰州的两次讲话》，作者唐祈、夏穆元，《河北师院学报（哲学社会科学版）》1981年第4期。

《鲁迅和茅盾在介绍被压迫民族文学上的两次合作》，作者黄源，《世界文学》1981年第4期。

《文学巨匠（上）——茅盾的成功之路》，作者李岫，《晋阳学刊》1981年第4期。

《批判·创造·"为人生"——茅盾早期思想探索之一》，作者查国华，《山东师院学报》1981年第4期。

《回忆与茅盾同志有关的几件事》，作者张毕来，《贵州社会科学》1981年第4期。

《论茅盾的文学业绩》，作者孙中田，《文学评论》1981年第4期。

《论茅盾的短篇小说》，作者王西彦，《文学评论》1981年第4期。

《茅盾的现实主义理论和艺术创新——为悼念茅盾同志逝世而作》，作者乐黛云，《中国现代文学研究丛刊》1981年第4期。

《忆和茅盾同志相处的日子（二）——皖南事变和太平洋战争前后》，作者戈宝权，《新文学史料》1981年第4期。

《茅盾和文学期刊编辑工作》，作者庄钟庆，《出版工作》1981年第5期。

《悼念茅盾同志》，作者巴金，香港《大公报》1981年4月5日，又载《文艺报》1981年第8期，收入《随想录六十三》1981年4月版。

《鲁迅和〈子夜〉及其他》，作者孙中田、宗谌，《东北师大学报（哲学社会科学版）》1981年第5期。

《创造"立体感"的"活人"——茅盾创作经验谈片》，作者唐金海，《朔方》1981年第10期。

《悼念茅盾同志》，作者丁玲，《人民文学》1981年第5期。

《悼念倡导革命现实主义的茅盾同志》,作者欧阳山,《人民文学》1981 年第 5 期。

《侧面——悼念中国现代文学巨匠茅盾先生》,作者唐弢,《人民文学》1981 年第 5 期。

《在最后的日子里——悼念茅盾同志》,作者罗荪,《人民文学》1981 年第 5 期。

《拿起笔来,为了共产主义的理想而战斗——悼念茅盾同志》,作者荒煤,《人民文学》1981 年第 5 期。

《巨星的殒落——悼茅盾同志》,作者田仲济,《山东文学》1981 年第 5 期。

《茅盾与文学青年》,作者张又君,《广州文艺》1981 年第 5 期。

《中国作家的导师——敬悼茅盾同志》,作者陈白尘,《青春》1981 年第 5 期。

《评茅盾的话剧〈清明前后〉》,作者刘清宏,《学术论坛》1981 年第 5 期。

《鲁迅第一次和茅盾的深谈》,作者周晔,《文汇月刊》1981 年第 5 期

《茅盾文艺评论特色管窥》,作者罗宗义,《昭盟师专学报》1981 年 6 月。

《〈子夜〉——中国现代文学史上的不朽丰碑——悼念茅盾同志》,作者邵伯周,《语文学习》1981 年第 6 期。

《茅盾同志在陕甘宁边区的文学活动与创作》,作者刘建勋,《人文杂志》1981 年第 6 期。

《文学巨匠(下)——茅盾的成功之路》,作者李岫,《晋阳学刊》1981 年第 6 期。

《"源泉艺术在民间"——茅盾谈自己的创作》,作者翟同泰,《华东师范大学学报(哲学社会科学版)》1981 年第 6 期。

《未竟的心意》,作者孔乃茜,《中小学语文教学》1981 年第 7 期。

《忆茅公》,作者郭绍虞,《文艺报》1981 年第 8 期。

《巨星殒落,丰碑永存——悼念伟大的革命文学家茅盾同志》,作者会林,《中国青年》1981 年第 8 期。

《"待旦"解——悼念茅盾先生》,作者唐弢,《随笔》1981 年第 18 期。

《茅盾的故乡》,作者罗岩,《随笔》1981 年第 18 期。

《从"广州三月作书贾"想起——追记茅盾在广州一带的抗日救亡宣传活动》，作者钱之德，《随笔》1981 年第 18 期。

《茅盾故乡行》，作者张品兴，《随笔》1981 年第 19 期。

《茅盾在广州的时候》，作者李育中，《随笔》1981 年第 20 期。

《我初识长者沈雁冰先生的一点回忆》，作者陈学昭，《随笔》1981 年第 20 期。

1982 年

《鲁迅、胡风和茅盾的一段交往——关于英译本〈子夜〉的介绍》，作者周正章，《鲁迅研究动态》1982 年第 1 期。

《忆和茅盾同志相处的日子（三）——抗战期间从桂林到重庆》，作者戈宝权，《新文学史料》1982 年第 1 期。

《茅盾与"立志"、"植材"》，作者戈铮、王国柱，《杭州大学学报（哲学社会科学版）》1982 年第 1 期。

《托物言志、虚实结合——论茅盾的抒情散文及其艺术构思》，作者丁尔纲，《西北师大学报（社会科学版）》1982 年第 1 期。

《茅盾的童年、少年和青年时代》，作者李广德，《嘉兴师专学报（社会科学版）》1982 年第 1 期。

《关于茅盾的第一篇文学论文》，作者陈越，《嘉兴师专学报（社会科学版）》1982 年第 1 期。

《读茅盾同志给我的一封信》，作者庄钟庆，《中国现代文学研究丛刊》1982 年第 1 期。

《耿耿于心 时时疚瘢——学习茅盾的自我批评精神》，作者伦海，《赣南师范学院学报》1982 年第 1 期。

《茅盾同志少年时期文稿在桐乡发现》，《新文学史料》1982 年第 1 期。

《学习"农村三部曲"，更好地反映农村生活——纪念茅盾同志逝世一周年》，作者高万湖，《嘉兴师专学报》1982 年第 1 期。

《睡狮既醒雄视全球——介绍茅盾小学时代的作文之一〈西人有黄祸之说

试论其然否〉》,作者吴骞,《嘉兴师专学报》1982 年第 1 期。

《中国人民的赞歌——读茅盾的〈白杨礼赞〉》,作者吴奔星,《嘉兴师专学报》1982 年第 1 期。

《关于茅盾"第一篇论文"的通信(附茅盾原信)》,作者邵伯周,《上海师范大学学报(哲学社会科学版)》1982 年第 1 期。

《三十年代中国农民生活的真实写照——读茅盾〈当铺前〉》,作者钟桂松,《嘉兴师专学报》1982 年第 1 期。

《妙笔飞鸿评〈幻灭〉——谈茅盾的〈幻灭〉和沈泽民给茅盾的信》,作者张立国,《嘉兴师专学报》1982 年第 1 期。

《茅盾独具只眼论志摩》,《文艺理论研究》1982 年第 1 期。

《茅盾词〈沁园春〉注析》,《嘉兴师专学报》1982 年第 1 期。

《茅盾致庄钟庆》,作者茅盾,《中国现代文学研究丛刊》1982 年第 1 期。

《重评〈腐蚀〉》,作者沈元加,《昭乌达蒙族师专学报(哲学社会科学版)》1982 年第 1 期。

《我所经历的"五卅运动"——兼忆当时茅盾的革命生活和创作生活》,作者陈瑜清,《嘉兴师专学报》1982 年第 1 期。

《关于沈氏"泰兴昌"纸店》,作者春愉、秋悦,《嘉兴师专学报》1982 年第 1 期。

《〈子夜〉心理描写琐谈》,作者张辅麟,《社会科学战线》1982 年第 1 期。

《记茅盾与孔德沚》,作者金韵琴,《随笔》1982 年第 21 期。

《〈春蚕〉修辞特点简析》,作者南一,《嘉兴师专学报》1982 年第 1 期。

《战斗的时代记录——略论茅盾的散文》,作者阎明俊,《鞍山师范学院学报》1982 年第 1 期。

《吴荪甫为什么逃脱不了失败的历史命运》,作者吴秀英,《吉林师范大学学报(人文社会科学版)》1982 年第 1 期。

《语言的策略与历史的关系》,作者叶维廉,《诗探索》1982 年第 1 期。

《桑弧谈〈子夜〉》,作者丽人,《电影新作》1982 年第 1 期。

《巧妙的构思,传神的艺术——〈子夜〉第十七章赏析》,作者邵伯周,《嘉兴师专学报》1982 年第 1 期。

《试论吴荪甫语言的个性化》,作者夏齐富,《安庆师院学报(社会科学版)》1982 年第 1 期。

《用火热的心血写成的报告——读"孤岛"时期的报告文学集〈上海一日〉》,作者应国婧、杨幼生,《社会科学》1982 年第 1 期。

《试论在小说中对于第一人称的运用》,作者刘金笙,《山西大学学报(哲学社会科学版)》1982 年第 1 期。

《茅盾诗词简论》,作者丁茂远,《杭州大学学报(哲学社会科学版)》1982 年第 2 期。

《茅盾短篇小说创作的发展》,作者史瑶,《浙江学刊》1982 年第 2 期。

《谈茅盾发表在〈文学〉上的未署名文章》,作者蔡清富,《中国现代文学研究丛刊》1982 年第 2 期。

《茅盾——从子夜战斗到黎明》,作者李广德,《嘉兴师专学报》1982 年第 2 期。

《忆和茅盾同志相处的日子(四)——抗战胜利后在上海》,作者戈宝权,《新文学史料》1982 年第 2 期。

《"却忆清凉山下路,千红万紫斗春风"——茅盾在延安的文学活动》,作者张科,《宁波师专学报(社会科学版)》1982 年第 2 期。

《少年茅盾的思想印记——读茅盾小学时期的两本作文》,作者吴骞,《浙江学刊》1982 年第 2 期。

《茅盾生平成就概述》,作者林焕平,《学术论坛》1982 年第 2 期。

《鲁迅与茅盾的第一次会面及其它》,作者王中忱,《宁波师专学报(社会科学版)》1982 年第 2 期。

《茅盾究竟生在何宅?》,作者春愉、秋悦,《嘉兴师专学报》1982 年第 2 期。

《关于茅盾的散文〈冥屋〉》,作者钟桂松,《嘉兴师专学报》1982 年第 2 期。

《双峰并峙,各显峥嵘——试论鲁迅与茅盾短篇小说的艺术构思》,作者刘焕林,《广西师范学院学报(哲学社会科学版)》1982 年第 2 期。

《茅盾的五篇未署名文章》,《中国现代文学研究丛刊》1982 年第 2 期。

《茅盾抗战时期在兰州的文艺报告·前言》,作者唐祈,《社会科学》1982 年第 2 期。

《关于茅盾1972年的一封信》,作者孔海珠,《图书馆杂志》1982年第2期。

《茅盾小学时期作文两篇》,《浙江学刊》1982年第2期。

《对我国古代神话瑰宝的探索》,作者张明华,《读书》1982年第2期。

《党领导左翼文艺运动的重要史料——读歌特〈文艺战线上的关门主义〉》,作者程中原,《新文学史料》1982年第2期。

《中国作家笔名探源》,作者丛杨、国成、于胜,《吉林大学社会科学学报》1982年第2期。

《吴荪甫悲剧性格浅探》,作者胡玲玲,《承德师专学报》1982年第2期。

《历史的明镜——评影片〈子夜〉》,作者陆士清、张德明,《电影新作》1982年第2期。

《于无景处谈胜景——〈风景谈〉赏析》,作者雨涧,《信阳师范学院学报(哲学社会科学版)》1982年第2期。

《茅盾》,作者候成言,黑龙江人民出版社1982年4月版。

《茅盾农村题材小说的独特价值》,作者王嘉良,《杭州师范学院学报(社会科学版)》1982年第3期。

《谈四十年代茅盾的行踪》,作者叶子铭,《中国现代文学研究丛刊》1982年第3期。

《茅盾生平事迹小记》,作者艾扬,《中国现代文学研究丛刊》1982年第3期。

《论茅盾早期"为人生"的文学观》,作者杨健民,《厦门大学学报(哲学社会科学版)》1982年第3期。

《论吴荪甫——兼谈茅盾对吴荪甫的说明和评述》,作者陈金淦,《徐州师范学院学报》1982年第3期。

《〈在延安文艺座谈会上的讲话〉与茅盾革命现实主义的嬗变》,作者庄钟庆,《福建论坛(经济社会版)》1982年第3期。

《严格·认真·亲切——读茅盾早期的文学评价》,作者应国靖,《社会科学》1982年第3期。

《忆和茅盾同志相处的日子(五)——茅盾同志夫妇的访苏之行》,作者戈宝权,《新文学史料》1982年第3期。

《大时代中的一幕小喜剧——读茅盾的〈喜剧〉》,作者丁兀,《名作欣赏》1982 年第 3 期。

《〈申报·自由谈〉上用"何典"作笔名撰文的并非茅盾》,作者何平立,《新文学史料》1982 年第 3 期。

《〈子夜木刻叙说〉——茅盾论〈子夜〉的佚文》,作者丛荆,《社会科学》1982 年第 3 期。

《时代女性的"二型"——〈蚀〉三部曲女性形象试论》,作者钱诚一,《杭州师范学院学报(社会科学版)》1982 年第 3 期。

《论"身边小说"》,作者金宏达,《中国现代文学研究丛刊》1982 年第 3 期。

《漫谈〈子夜〉的思想性与艺术性》,作者刘滋培,《西北师大学报(社会科学版)》1982 年第 3 期。

《青年沈雁冰与中国共产党》,作者李广德,《杭州师范学院学报(社会科学版)》1982 年第 3 期。

《一曲艺术的凯歌——读〈幸福的家庭〉》,作者袁良骏,《名作欣赏》1982 年第 3 期。

《我对评价〈腐蚀〉的一点看法》,作者张椿,《山西大学学报(哲学社会科学版)》1982 年第 3 期。

《〈锻炼〉读后》,作者曾镇南,《读书》1982 年第 3 期。

《浅谈影片〈子夜〉中吴苏甫形象塑造》,作者张跃中、汪粉林,《电影评介》1982 年第 3 期。

《文化生活出版社的创建》,作者吴朗西,《新文学史料》1982 年第 3 期。

《初试锋芒即犀利——读茅盾的处女作〈蚀〉三部曲》,作者丁尔纲,《山西大学学报(哲学社会科学版)》1982 年第 4 期。

《论茅盾短篇小说的构思》,作者刘焕林、李琼仙,《学术论坛》1982 年第 4 期。

《茅盾参与过的三个文学社团》,作者王中忱,《东北师大学报(哲学社会科学版)》1982 年第 4 期。

《茅盾的中国现代作家作品论》,作者黄新康,《华南师院学报(社会科学版)》1982 年第 4 期。

《忆和茅盾同志相处的日子（六）——从五十年代初直到茅盾同志的晚年》，作者戈宝权，《新文学史料》1982年第4期。

《论茅盾"五卅"前后的无产阶级文学观》，作者朱德发，《中国现代文学研究丛刊》1982年第4期。

《茅盾长篇小说〈虹〉的独创性》，作者庄钟庆，《浙江学刊》1982年第4期。

《茅盾小说的语言艺术浅谈》，作者庄森，《学术研究》1982年第4期。

《艺术探索与政治偏见之间的徘徊倾斜——评美国学者夏志清的〈中国现代小说史〉茅盾专章》，作者丁尔纲，《中国现代文学研究丛刊》1982年第4期。

《关于茅盾的笔名"子渔"》，作者金燕玉，《新文学史料》1982年第4期。

《拓荒者的杰出贡献——茅盾与新文学的现实主义》，作者邵伯周，《中国现代文学研究丛刊》1982年第4期。

《新文学文艺批评的开创者——学习茅盾关于文艺批评札记》，作者陈锐锋，《贵州社会科学》1982年第4期。

《浅谈茅盾关于鲁迅小说的评论》，作者徐可，《内蒙古师院学报（哲学社会科学版）》1982年第4期。

《论茅盾和"自然主义"及其他》，作者查国华，《齐鲁学刊》1982年第4期。

《我给茅盾当副官》，作者任先智，《贵州文史丛刊》1982年第4期。

《茅盾少年时代〈文课〉考论》，作者王尔龄、孔海珠，《上海师范大学学报（哲学社会科学版）》1982年第4期。

《读子夜》，作者瞿秋白，《新文学史料》1982年第4期。

《文学翻译漫谈》，作者金绍禹，《外国语》1982年第4期。

《〈子夜〉创作轶闻录》，作者王建明，《名作欣赏》1982年第4期。

《〈子夜〉艺术丛谈（二）》，作者孙中田，《东北师大学报（哲学社会科学版）》1982年第4期。

《〈腐蚀〉的时代性与战斗精神》，作者张立国，《东北师大学报（哲学社会科学版）》1982年第4期。

《从〈白杨礼赞〉谈词语的选用》，作者杨达英，《当代修辞学》1982年第4期。

《建国前后文学作品综合集归类的建议》，作者李锡初，《四川图书馆学报》

1982 年第 4 期。

《茅盾与文学上的自然主义》，作者朱德发，《山东师大学报（哲学社会科学版）》1982 年第 5 期。

《浅探〈子夜〉中色彩词和摹声词的运用》，作者王培基，《青海社会科学》1982 年第 5 期。

《怎样看抗日时期的"民族形式"论争》，作者戴少瑶，《中国社会科学》1982 年第 5 期。

《茅盾的早期文艺思想》，作者尹骐，《辽宁师院学报》1982 年第 6 期。

《一封新发现的茅盾给李劼人的信》，作者李定周，《社会科学研究》1982 年第 6 期。

《向生活的深广处掘进——论茅盾短篇小说的思想深度》，作者王嘉良，《求是学刊》1982 年第 6 期。

《茅盾是怎样利用图书馆自学的》，作者王向民，《湘图通讯》1982 年第 6 期。

《〈子夜〉从小说到电影》，作者李振潼，《电影艺术》1982 年第 6 期。

《若干更正和说明》，作者胡风，《鲁迅研究动态》1982 年第 6 期。

《"茅盾文学奖"即将揭晓》，作者谷雨，《瞭望》1982 年第 7 期。

《交易所——有组织的商品市场和证券市场》，作者俞可兴，《世界知识》1982 年第 7 期。

《从一个人看新文学的发展——〈我走过的道路〉（上）读后》，作者田仲济，《读书》1982 年第 9 期。

《也谈校对的职责》，作者石青，《新闻战线》1982 年第 12 期。

1983 年

《忆茅盾参加鲁迅迁葬仪式》，作者史伯英、朱嘉栋，《纪念与研究》1983 年。

《茅盾在鲁迅迁葬仪式上讲话（1956 年 9 月 14 日）》，《纪念与研究》1983 年。

《茅盾论鲁迅（选）》，作者纪文，《纪念与研究》1983 年。

《这个"狄福"是茅盾吗？》，作者薛冗，《纪念与研究》1983 年。

《为无产阶级的利益而"尽其批评的职能"——茅盾文艺批评观一解》，作者罗宗义，《昭乌达蒙族师专学报（哲学社会科学版）》1983 年。

《论马克思主义对茅盾小说创作的影响》，作者刘焕林，《广西师范学院学报（哲学社会科学版）》1983 年第 1 期。

《沈雁冰主编〈汉口民国日报〉期间的思想述评》，作者徐义君，《浙江学刊》1983 年第 1 期。

《一九四一年，茅盾在香港》，作者姜德明，《新文学史料》1983 年第 1 期。

《茅盾〈春蚕〉中蚕事术语浅注》，作者钟桂松，《语文学刊》1983 年第 1 期。

《茅盾小学时代的作文〈选举投票放假纪念〉》，作者徐帝青，《绍兴师专学报（社会科学版）》1983 年第 1 期。

《茅盾的文艺批评初探——深邃的历史眼光和发展的美学观点》，作者冯锡刚，《社会科学》1983 年第 1 期。

《从〈夜读偶记〉看茅盾的创作方法理论——为纪念茅盾同志逝世二周年而作》，作者林焕平、王可平，《文艺理论研究》1983 年第 1 期。

《关于〈子夜〉的初版时间》，作者吴海发，《人文杂志》1983 年第 1 期。

《关于茅盾的少年时代》，作者孔海珠，《中国现代文学研究丛刊》1983 年第 1 期。

《鲁迅和茅盾的现实主义文论》，作者刘正强，《海南大学学报（社会科学版）》1983 年第 1 期。

《〈小说月报〉不是"文学研究会"的机关刊》，作者顾智敏，《上海师范大学学报（哲学社会科学版）》1983 年第 2 期。

《茅盾在新疆的遗文目录》，《新疆社会科学》1983 年第 2 期。

《论〈鸭的喜剧〉》，作者唐达晖、陆耀东，《武汉大学学报（人文科学版）》1983 年第 2 期。

《文苑点滴》，作者柯，《读书杂志》1983 年第 2 期。

《茅盾的新文学作家论》，作者杨健民，《中国社会科学》1983 年第 2 期。

《茅盾关于描写小资产阶级的主张不容否定》，作者齐忠贤，《锦州师范学院学报（哲学社会科学版）》1983 年第 2 期。

《关于郭沫若书赠茅盾的对联》，作者杨芝明，《社会科学战线》1983 年第 2 期。

《〈自杀〉写于何地考》，作者范坚，《社会科学战线》1983 年第 2 期。

《茅盾在新疆》，作者周安华，《新疆社会科学》1983 年第 2 期。

《努力探索农民的精神世界——茅盾短篇小说学习札记》，作者唐纪如，《扬州师院学报(社会科学版)》1983 年第 2 期。

《茅盾长篇〈锻炼〉独特性探究》，作者庄钟庆，《厦门大学学报(哲学社会科学版)》1983 年第 2 期。

《茅盾研究的新收获——评〈茅盾的创作历程〉》，作者李标晶，《浙江学刊》1983 年第 2 期。

《茅盾故居寻踪》，作者雨水，《嘉兴师专学报》1983 年第 2 期。

《茅盾的〈故乡杂记〉和乌镇》，作者钟桂松，《嘉兴师专学报》1983 年第 2 期。

《茅盾散文艺术特色探微》，作者李标晶，《杭州师院学报(社会科学版)》1983 年第 2 期。

《一篇以细节取胜的优秀短篇小说——读茅盾的〈当铺前〉》，作者方伯荣，《青海师专学报》1983 年第 2 期。

《九重泉路尽交期——茅盾与张闻天交谊述略》，作者程中原，《淮阴师专学报(社会科学版)》1983 年第 2 期。

《茅盾与自然主义》，作者吕效平、武锁宁，《中国现代文学研究丛刊》1983 年第 2 期。

《茅盾短篇小说的语言艺术》，作者黄勤堂、傅腾霄，《安庆师院学报(社会科学版)》1983 年第 2 期。

《批评：读者从作品中"喊出"的"印象"——论茅盾早期的文学批评观及其批评实践》，作者杨健民，《福建师大学报(哲学社会科学版)》1983 年第 2 期。

《茅盾早期文艺思想脞谈》，作者孙中田，《东北师大学报(哲学社会科学版)》1983 年第 2 期。

《关于茅盾在日本移居的考辨》，作者侯成言，《浙江学刊》1983 年第 3 期。

《试论茅盾短篇小说的艺术风格》，作者王嘉良，《江海学刊(南京)》1983 年第 3 期。

《对小资产阶级含泪的批判——评茅盾的三部曲〈蚀〉》，作者候成言、辛铭元，《齐齐哈尔师范学院学报（哲学社会科学版）》1983 年第 3 期。

《论冰心的〈超人〉》，作者范伯群，《齐鲁学刊》1983 年第 3 期。

《茅盾"五四"时期的进化论思想及其文艺观》，作者丁柏铨，《南京大学学报（哲学社会科学版）》1983 年第 3 期。

《神话文体辨正》，作者陶思炎，《华南师范大学学报（社会科学版）》1983 年第 3 期。

《黄源同志题词》，作者黄源，《外国文学研究》1983 年第 3 期。

《读茅盾〈神的灭亡〉》，作者张炳隅，《语文学习》1983 年第 3 期。

《茅盾在桂林的生活与创作》，作者万一知，《广西师范学院学报（哲学社会科学版）》1983 年第 3 期。

《普实克和他对我国现代文学的论述——〈抒情诗与史诗〉读后感》，作者尹慧珉，《文学评论》1983 年第 3 期。

《茅盾早期对文学的真善美认识》，作者杨健民，《浙江学刊》1983 年第 3 期。

《茅盾早期的真实论》，作者史瑶，《浙江学刊》1983 年第 3 期。

《新民主主义革命时期茅盾小说美学浅探》，作者曹万生，《四川大学学报（哲学社会科学版）》1983 年第 3 期。

《茅盾论现实主义》，作者郑富成，《河北学刊》1983 年第 3 期。

《论茅盾前期的新小说观》，作者朱德发，《中国现代文学研究丛刊》1983 年第 3 期。

《茅盾前期现实主义理论初探》，作者张永延，《陕西师大学报（哲学社会科学版）》1983 年第 3 期。

《〈子夜〉与〈金钱〉比较论》，作者张明亮，《中国现代文学研究丛刊》1983 年第 3 期。

《一封寄不到的信——致茅盾》，作者[希腊]安东尼斯·萨马拉基斯，王陪荣译，《人民日报》1983 年 3 月 26 日。

《茅盾研究论文选集（上、下册）》，全国茅盾研究学会编，湖南人民出版社

1983 年 11 月版。收录的文章有：

《茅盾与中国报告文学》，作者段百铃。

《茅盾戏剧理论初探》，作者庄文彬。

《浅谈茅盾关于鲁迅小说的评论特色》，作者徐越化。

《论茅盾早期的三篇现代文学评论——兼及茅盾早期文艺思想》，作者陈开鸣。

《新文学文艺批评的开创者——学习茅盾关于文艺批评札记》，作者陈锐锋。

《茅盾文艺思想琐谈——记茅盾与太阳社关于革命文学的一场讨论，作者李志》。

《茅盾现实主义时代性理论的演化及价值》，作者庄钟庆。

《论茅盾现实主义文学观的基本特征》，作者王中忱。

《鲁迅、茅盾论现实主义和现代主义》，作者刘正强。

《茅盾和新浪漫主义》，作者孙慎之。

《从为人生文艺观到无产阶级文艺观——论茅盾早期的文艺思想》，作者万树玉。

《新文学理论上的巨大建树——兼评茅盾〈文学上各种新派兴起的原因〉》，作者王欣荣。

《茅盾论主题分析的方法与原理——学习〈茅盾论创作〉》，作者王积贤。

《茅盾研究的历史和现状》，作者叶子铭。

《茅盾和瞿秋白》，作者梦花。

《简论一九四二年茅盾在桂林的活动》，作者李建平。

《论茅盾杂文的思想与艺术》，作者查国华。

《简论茅盾散文的艺术发展历程》，作者李振坤、艾光辉。

《广阔的社会图景和浓郁的地方色彩的统一——读茅盾三十年代前期短篇小说和散文创作札记》，作者万平近。

《现实人生的剖露 巨变时代的折光——略论茅盾早期短篇小说的现实性和时代性》，作者王建中。

《论茅盾短篇小说的艺术独创性》，作者王嘉良。

《茅盾短篇小说创作的特色》，作者史瑶。

《论〈霜叶红似二月花〉的时代背景》，作者张明亮。

《论〈腐蚀〉的心理小说特征》，作者张大雷。

《关于〈蚀〉三部曲的评价问题》，作者钱诚一。

《取精用宏 推陈出新——试论茅盾长篇小说对中外小说结构艺术的继承与革新》，作者许志安。

《现代文学巨匠茅盾的主要文学建树及其主要特色》，作者丁尔纲，《山西大学学报（哲学社会科学版）》1983 年第 4 期。

《含蓄深远 余味无穷——试析〈春蚕〉的细节描写》，作者谷尉年，《徐州师范学院学报（哲学社会科学版）》1983 年第 4 期。

《茅盾小说的时代性》，作者郑富成，《河北师范大学学报（哲学社会科学版）》1983 年第 4 期。

《郭绍虞和文学研究会》，作者楼鉴明，《复旦学报（社会科学版）》1983 年第 4 期。

《略论茅盾哲理性的抒情随笔》，作者廖子东，《华南师范大学学报（社会科学版）》1983 年第 4 期。

《试论茅盾短篇小说的卓越成就》，作者刘焕林、李琼仙，《广西师范学院学报（哲学社会科学版）》1983 年第 4 期。

《〈清明前后〉的创作和演出》，作者尹骐，《重庆师院学报（哲学社会科学版）》1983 年第 4 期。

《茅盾前期论文学的社会功利》，作者赵耀堂，《齐鲁学刊》1983 年第 4 期。

《茅盾在新疆的革命文化活动》，作者陆维天，《新疆大学学报（哲学社会科学版）》1983 年第 4 期。

《茅盾与司徒宗》，作者金韵琴，《新文学史料》1983 年第 4 期。

《蒋光慈对茅盾的批评有过答复》，作者哈晓斯，《新文学史料》1983 年第 4 期。

《谈茅盾现实主义创作的时代性》，作者张椿，《山西大学学报（哲学社会科学版）》1983 年第 4 期。

《中国当代文学研究资料·茅盾专集》,作者唐金海、孔海珠等,福建人民出版社 1983 年 5 月版。

《关于茅盾佚文〈中国新文学运动〉》,作者周安华,《北方论丛》1983 年第 5 期。

《我给茅盾当副官》,作者张国文,《山花》1983 年第 5 期。

《茅盾长篇小说对中外小说结构艺术的继承与革新》,作者许志安,《天津师范大学学报(社会科学版)》1983 年第 5 期。

《试析茅盾的短篇小说集〈野蔷薇〉》,作者李善修,《河南大学学报(社会科学版)》1983 年第 5 期。

《茅盾早期的比较文学研究》,作者孙昌熙、孙慎之,《文史哲》1983 年第 5 期。

《从把握"全面"中"深入一角"——茅盾创作经验谈片》,作者王嘉良,《山花》1983 年第 5 期。

《为特殊时代传神写照的素描——散文〈大旱〉赏析》,作者张胜士、姚馨丙,《名作欣赏》1983 年第 6 期。

《细针密线 天衣无缝——读〈林家铺子〉的结构艺术》,作者王嘉良,《名作欣赏》1983 年第 6 期。

《生动传神 蕴藉含蓄——散文〈香市〉赏析》,作者吴甸起,《名作欣赏》1983 年第 6 期。

《我国进步文化的先驱者茅盾》,作者孙席珍,《思想战线》1983 年第 6 期。

《茅盾与外国文艺思潮流派》,作者黎舟、阙国虬,《文艺研究》1983 年第 6 期。

《冯雪峰是怎样认识鲁迅的?》,作者周正章,《鲁迅研究月刊》1983 年第 6 期。

《〈雷雨前〉写于何时》,作者张汉清、方孜,《中学语文》1983 年第 7 期。

《〈茅盾全集〉编辑工作正在进行》,作者文室,《中国出版》1983 年第 8 期。

《茅盾的翻译观——学习〈茅盾译文选集·序〉》,作者杨郁,《翻译通讯》1983 年第 11 期。

《为什么茅盾从小就能写出卓有见识的文章》,作者杨德华,《父母必读》

1983 年第 11 期。

《风景与人物——读〈风景谈〉一得》,作者余永康,《中学语文》1983 年第 11 期。

《敏锐的观察 深刻的对比——谈茅盾的〈香市〉》,作者史海,《语文学习》1983 年第 12 期。

《重温茅盾谈作文批改的意见》,作者阿宏,《中学语文》1983 年第 12 期。

《茅盾抒情散文的艺术特色》,作者丁尔纲,《包头师专学报》1983 年增刊。

《茅盾的人物描写论》,作者李天平,《韶关学院学报》1983 年第 Z1 期。

《〈腐蚀〉简论》,作者醴行,《昭通学院学报》1983 年第 Z1 期。

1984 年

《你不过二十岁,哪有时间看这些书?——茅盾求学时代的课外阅读》,作者徐省子,《江苏教育》1984 年第 1 期。

《茅盾前期的文学思想与列夫·托尔斯泰》,作者翟耀,《山西大学学报(哲学社会科学版)》1984 年第 1 期。

《〈春蚕〉中部分词语汇释》,作者王为民,《天津教育》1984 年第 1 期。

《尽心竭力 风雨同舟——记茅盾给毛泽东同志当秘书的一段经历》,作者丰隆,《秘书之友》1984 年第 1 期。

《论茅盾的创作个性及其形成》,作者张明亮,《华南师范学院学报(社会科学版)》1984 年第 1 期。

《话说〈中国新文学六系〉》,作家赵家璧,《新文学史料》1984 年第 1 期。

《茅盾小学时代作文本写作时间之我见》,作者钟桂松,《杭州大学学报(哲学社会科学版)》1984 年第 1 期。

《浅谈茅盾抒情散文的象征手法》,作者苏振元,《杭州大学学报(哲学社会科学版)》1984 年第 1 期。

《茅盾"农村三部曲"的地方色彩》,作者王国柱,《杭州大学学报(哲学社会科学版)》1984 年第 1 期。

《茅盾神话研究的理论贡献》,作者吕禾,《杭州大学学报(哲学社会科学版)》1984 年第 1 期。

《茅盾文学道路探源》，作者戈铮，《杭州大学学报（哲学社会科学版)》1984 年第 1 期。

《论茅盾的现实主义文学观》，作者王中忱，《文学评论》1984 年第 1 期。

《茅盾的戏剧理论初探》，作者庄文彬，《浙江学刊》1984 年第 1 期。

《论茅盾早期介绍外国文学的特点》，作者翟德耀，《齐鲁学刊》1984 年第 1 期。

《茅盾的译介外国文学历程》，作者黎舟，《齐鲁学刊》1984 年第 1 期。

《日本茅盾研究参考资料目录》，作者下村作次郎、古谷久美子，顾忠国译，《嘉兴师专学报》1984 年第 1 期。

《茅盾在乌镇求学过的两所小学》，作者徐春雷，《嘉兴师专学报》1984 年第 1 期。

《试析茅盾象征性散文及其意象模式》，作者徐枫，《杭州师院学报（社会科学报)》1984 年第 1 期。

《茅盾对中学语文教育事业的贡献概述》，作者李家珍，《淮阴师专学报（社会科学版)》1984 年第 1 期。

《茅盾资料二则》，作者艾扬，《中国现代文学研究丛刊》1984 年第 1 期。

《茅盾大革命时期在武汉的活动》，作者李广德，《中国现代文学研究丛刊》1984 年第 1 期。

《茅盾研究的发展脉络简评》，作者孙立川，《中国现代文学研究丛刊》1984 年第 1 期。

《反对"符咒"式的文艺批评——茅盾文艺批评观二解》，作者罗宗义，《昭乌达蒙族师专学报（哲学社会科学版)》1984 年第 1 期。

《老通宝的悲剧》，作者孙瑞丹，《淮阴师专学报（社会科学版)》1984 年第 1 期。

《〈从牯岭到东京〉的再评价》，作者沙似鹏，《杭州大学学报（哲学社会科学版)》1984 年第 1 期。

《美妙的图画 热情的赞歌——读茅盾的〈风景谈〉》，作者罗永奕，《名作欣赏》1984 年第 1 期。

《茅盾的编辑生涯》,作者王向民,《沈阳师范学院学报(社会科学学报)》1984年第2期。

《文艺批评的职能不完全是浇花除草》,作者文介,《当代作家评论》1984年第2期。

《茅盾家属的来信》,作者沈霜、陈小曼,《鲁迅研究动态》1984年第2期。

《茅盾对中学语文教育事业的贡献》,作者李家珍,《徐州师范学院学报》1984年第2期。

《关于茅盾外祖父家的一则史料》,作者钟桂松,《社会科学战线》1984年第2期。

《从〈委屈〉看茅盾短篇小说创作的发展》,作者熊朝隽,《昆明师范学院学报(哲学社会科学版)》1984年第2期。

《试论茅盾小说创作的时代性》,作者邱文治,《昆明师范学院学报(哲学社会科学版)》1984年第2期。

《茅盾研究新起点的标识——评四本论述茅盾文学历程的专著》,作者吴福辉,《文学评论》1984年第2期。

《茅盾家世概述》,作者钟桂松,《绍兴师专学报(社会科学版)》1984年第2期。

《茅盾笔下的破产者典型》,作者文心慧,《浙江师范学院学报》1984年第2期。

《茅盾笔名(别名)笺注补遗》,作者孙中田,《东北师大学报》1984年第2期。

《茅盾书简》,作者姜德明,《文艺评论》1984年第2期。

《论茅盾作品中的民族资产阶级人物形象》,作者吴承诚,《学习与思考》1984年第2期。

《浅谈茅盾小说命名的艺术》,作者钱大宇,《湖州师专学报》1984年第2期。

《他山之石 可以攻玉——试谈茅盾作品中方言俗语的表达效果》,作者俞正贻,《湖州师专学报》1984年第2期。

《从茅盾选择民族资本家题材看其艺术个性》,作者吴承诚,《杭州师院学报(社会科学版)》1984年第2期。

《茅盾散文表现时代性的特色——茅盾散文研究之二》,作家李标晶,《杭州师院学报(社会科学版)》1984年第2期。

《〈霜叶红似二月花〉矛盾冲突主线之我见》,作者李建平,《广西大学学报(哲学社会科学版)》1984年第2期。

《茅盾早期文艺思想浅论》,作者温希良、朱东宇,《求是学刊》1984年第2期。

《鲁迅和茅盾现实主义创作特色的比较研究》,作者许祖华,《武汉师范学院学报(哲学社会科学版)》1984年第2期。

《漫论鲁迅与茅盾的小说》,作家王敬文,《武汉师范学院学报(哲学社会科学版)》1984年第2期。

《关于〈茅盾谈话录〉的声明》,作者沈霜、陈小曼,《新文学史料》1984年第2期。

《现代文学史上的一桩"公案"——重评茅盾的〈从牯岭到东京〉及其批评》,作者罗宗义,《昭乌达蒙族师专学报(哲学社会科学版)》1984年第2期。

《茅盾抒情散文的诗意美浅探》,作者张启东,《信阳师范学院学报(哲学社会科学版)》1984年第2期。

《托尔斯泰对茅盾的影响》,作者吴承诚,《承德师专学报》1984年第2期。

《谈〈子夜〉的开头与结尾》,作者党秀臣,《宁夏大学学报(社会科学版)》1984年第2期。

《〈春蚕〉教学建议》,作者张梁山,《中学语文》1984年第2期。

《心灵的历程,历史的缩影——〈蚀〉研究中的几个问题》,作者邵伯周,《中国现代文学研究丛刊》1984年第2期。

《论茅盾的散文创作》,作者方铭,《江淮论坛》1984年第3期。

《文学研究会和创造社的文学主张再认识》,作者陈慧忠,《社会科学》1984年第3期。

《〈子夜〉的第一个知音》,作者吴海发,《人文杂志》1984年第3期。

《论〈霜叶红似二月花〉的民族风格》,作者陈咏芹,《信阳师范学院学报(哲学社会科学版)》1984年第3期。

《〈茅盾谈话录〉前言》，作者金韵琴，《鲁迅研究动态》1984 年第 3 期。

《金韵琴同志来信》，作者金韵琴，《鲁迅研究动态》1984 年第 3 期。

《茅盾生于何宅之我见》，作者钟桂松，《浙江学刊》1984 年第 3 期。

《茅盾论文学批评》，作者李标晶，《浙江学刊》1984 年第 3 期。

《史学的眼光 艺术的鉴赏——读茅盾关于鲁迅小说的评论》，作者郝明树，《淮阴师专学报（社会科学版）》1984 年第 3 期。

《新意纷呈 各有千秋——〈春蚕〉与〈丰收〉之比较》，作者江秀荣，《广西师范大学学报（哲学社会科学版）》1984 年第 3 期。

《试论茅盾与"革命文学"论争》，作者邵伯周，《上海师范大学学报（哲学社会科学版）》1984 年第 3 期。

《谈茅盾抗战时期的散文》，作者张衍芸，《宁夏大学学报（社会科学版）》1984 年第 3 期。

《茅盾的长篇小说〈锻炼〉》，作者吴向北，《重庆师院学报（哲学社会科学版）》1984 年第 3 期。

《论茅盾早期小说中"时代女性"形象的塑造》，作者田蕙兰，《华中师院学报（哲学社会科学版）》1984 年第 3 期。

《茅盾论生活与创作》，作者王烟生，《徐州师范学院学报》1984 年第 3 期。

《茅盾小说中政治讽喻的运用：〈牯岭之秋〉的实例研究（节译）》，作者陈幼石、姜静楠，《山东师大学报（哲学社会科学版）》1984 年第 3 期。

《〈我走过的道路〉（上）抉微》，作者史明，《山东师大学报（哲学社会科学版）》1984 年第 3 期。

《论〈蚀〉的"时代女性"形象》，作者陆文采，《辽宁师大学报》1984 年第 3 期。

《中国童话的开山祖师孙毓修先生》，作者陈江，《编创之友》1984 年第 3 期。

《茅盾研究在国外》，李岫编，湖南人民出版社 1984 年 8 月版。

《论茅盾早期的翻译理论》，作者杨健民，《江海学刊（南京）》1984 年第 4 期。

《丁玲的莎菲和茅盾的"时代女性"群》，作者丁尔纲，《山西大学学报（哲学社会科学版)》1984 年第 4 期。

《茅盾与〈乌青镇志〉》,作者钟桂松,《江海学刊》1984 年第 4 期。

《阳翰笙和茅盾》,作者王立鹏,《当代文坛》1984 年第 4 期。

《从顾仲起到"幻灭"中的强连长》,作者李广德,《嘉兴师专学报(社会科学版)》1984 年第 4 期。

《茅盾的散文理论》,作者李标晶,《杭州师院学报(社会科学版)》1984 年第 4 期。

《谈瞿秋白和鲁迅合作的杂文:〈子夜〉和国货年〉》,作者丁景唐、王保林,《学术月刊》1984 年第 4 期。

《论茅盾的"新浪漫主义"文学主张》,作者程金城,《兰州大学学报(社会科学版)》1984 年第 4 期。

《增田涉谈茅盾》,作者李郁,《中国现代文学研究丛刊》1984 年第 4 期。

《评苏、德、日、捷等译本序跋对〈子夜〉的评价》,作者李岫,《中国现代文学研究丛刊》1984 年第 4 期。

《茅盾早期思想研究中若干问题商兑》,作者丁柏铨,《中国现代文学研究丛刊》1984 年第 4 期。

《茅盾儿童小说初探》,作者金燕玉,《中国现代文学研究丛刊》1984 年第 4 期。

《谈〈春蚕〉——兼谈茅盾的创作方法及其艺术特点》,作者吴组缃,《中国现代文学研究丛刊》1984 年第 4 期。

《茅盾早期介绍外国文艺思潮的两个问题》,作者黎舟,《福建师范大学学报(哲学社会科学版)》1984 年第 4 期。

《〈霜叶红似二月花〉主题探讨——几部茅盾研究专著读后》,作者汪小洋,《南京师大学报(社会科学版)》1984 年第 4 期。

《论文的浓度、价值与生命力》,作者李郁,《中国现代文学研究丛刊》1984 年第 4 期。

《〈草鞋脚〉的道路》,作者端木蕻良,《读书杂志》1984 年第 4 期。

《"看花"不易"做花"更难——读茅盾的〈少年印刷工〉》,作者丁尔纲,《浙江学刊》1984 年第 5 期。

《洗练蕴藉 意深境远——读茅盾《〈草原上的小路〉序》》,作者吴甸起,《名作欣赏》1984 年第 5 期。

《文学研究会对外国文学翻译的贡献》,作者刘献彪,《中国翻译》1984 年第 5 期。

《简论"子夜"的人物性格描写——学习茅盾创作技巧札记》,作者张辅麟,《吉林大学社会科学学报》1984 年第 5 期。

《试谈〈腐蚀〉心理描写的几个特色》,作者陈锐锋,《贵州社会科学》1984 年第 6 期。

《茅盾小学时代的几位老师》,作者钟桂松,《山东师大学报(哲学社会科学版)》1984 年第 6 期。

《茅盾前期文艺批评艺术谈》,作者张瑞云,《山东师大学报(哲学社会科学版)》1984 年第 6 期。

《论茅盾文艺创作的独特性》,作者吴承诚,《求索》1984 年第 6 期。

《谈茅盾的文艺与生活观》,作者刘琪,《贵州社会科学》1984 年第 6 期。

《茅盾谈〈春蚕〉的创作》,作者王飞,《语文学习》1984 年第 11 期。

《乌镇与〈春蚕〉的创作》,作者钟桂松,《语文学习》1984 年第 11 期。

《茅盾研究(第一辑)》,《茅盾研究》编辑部编,文化艺术出版社 1984 年 6 月版。收录的文章有:

《空前的盛会 良好的开端——全国首届茅盾研究学术讨论会述评》,作者崧巍。

《〈茅盾全集〉编辑委员会成立并召开第一次会议》。

《中国茅盾研究学会章程(一九八三年四月二日会员大会全体通过)》。

《茅盾的〈林家铺子〉及其短篇小说》,作者[捷克]马立安·高利克,蒋承俊译。

《日本研究茅盾文学的概况》,作者[日]相浦杲。

《论茅盾的儿童文学评论》,作者金燕玉。

《论茅盾早期提倡新浪漫主义与介绍自然主义》,作者黎舟。

《论茅盾杂文的思想与艺术》,作者查国华。

《试论茅盾对现代话剧发展之贡献》,作者田本相。

《论茅盾小说的艺术风格》,作者孙中田。

《茅盾未完成的三部长篇》,作者松伟。

《茅盾研究的历史和现状》,作者叶子铭。

《茅盾——中国现代文学的又一面旗帜》,作者孙席珍。

《茅盾对中国现代文学的历史贡献》,作者王瑶。

《茅盾书简(八封)》。

《在全国茅盾研究学术讨论会开幕式上的发言 学习茅盾先生的评论风格》,作者臧克家。

《在全国茅盾研究学术讨论会上的讲话(一九八三年三月二十七日)》,作者周扬。

《两部成就不同的现实主义小说——〈子夜〉与〈金钱〉的比较研究》,作者邵伯周。

《茅盾——杰出的外国文学翻译家和评论家》,作者戈宝权。

《〈清明前后〉——小说化的戏剧》,作者陈平原。

《茅公和我的〈红格丹丹的桃花岭〉》,作者延泽民。

《全国茅盾研究学术讨论会闭幕词(一九八三年四月三日)》,作者黄源。

《茅盾研究(第二辑)》,中国茅盾研究会编,文化艺术出版社 1984 年 12 月版。收录的文章有:

《长者的谦诚——关于茅盾同志的一封信》,作者袁良骏。

《茅盾文学道路上一个不可忽视的人物——茅盾与卢学溥的交往》,作者钟桂松。

《茅盾的创作源泉之一——茅盾的故乡》,作者沈楚。

《读〈茅盾作品浅论〉》,作者王超冰。

《研究家的坦诚和勇气——读〈茅盾漫评〉》,作者吴福辉。

《评〈茅盾研究资料〉》,作者白烨。

《中国现代小说的结构和文体——从茅盾小说作品的状况形成谈起》,作者[日]是永骏。

《论茅盾》，作者［捷］雅罗斯拉夫·普实克，顾忠清译。

《拾穗小集》，作者晓枚。

《茅盾诗论述评》，作者孙光萱。

《论茅盾"五四"时期文艺思想特色》，作者张中良。

《论茅盾早期介绍写实主义自然主义问题》，作者杨健民。

《论茅盾小说创作的象征色彩》，作者王功亮、丁帆。

《论茅盾的历史题材小说》，作者王嘉良。

《谈茅盾的〈多角关系〉》，作者萧新如。

《继承传统 借鉴国外》，作者华忱之。

《茅盾创作艺术的独特贡献》，作者庄钟庆日。

《谈茅盾对世界文学所作出的重大贡献》，作者戈宝权。

《半个世纪以来国外茅盾研究概述》，作者李岫。

《大革命后小说"新女性"形象群》，作者赵园。

《浅谈〈锻炼〉的思想艺术成就》，作者万树玉。

《多写些这样的述评——〈呼兰河传〉序读后》，作者白波。

《茅盾与甘永柏》，作者文山。

《茅盾研究的突破问题刍议》，作者丁尔纲，《湖州师范学院学报》1984 年 A2 期。

《修复中的茅盾故居》，作者汪家荣，《嘉兴师专学报》1984 年第 S2 期。

《茅盾与叶圣陶》，作者周平，《嘉兴师专学报》1984 年第 S2 期。

《茅盾与语文教学述略》，作者钱威，《嘉兴师专学报》1984 年第 S2 期。

《茅盾与比较文学》，作者罗志野，《嘉兴师专学报》1984 年第 S2 期。

《〈多角关系〉的表现手法》，作者清水茂、顾忠国、刘初霞，《嘉兴师专学报》1984 年第 S2 期。

《茅盾小说散文中的乡土特色》，作者顾顺泉，《嘉兴师专学报》1984 年第 S2 期。

《永远的导师——读茅盾散文〈青年苦闷的分析〉》，作者陈永昊，《嘉兴师专学报》1984 年第 S2 期。

《少年茅盾起步初探》，作者许云生，《嘉兴师专学报》1984 年第 S2 期。

《试论〈子夜〉的比喻》,作者俞正贻,《嘉兴师专学报》1984年第S2期。

《茅盾抒情散文中的象征性描写及其象征意义——兼与丁尔纲同志商榷》,作者毛代胜,《衡阳师专学报(社会科学版)》1984年第Z1期。

《茅盾香港文辑(1938—1941)》,编者卢玮銮、黄继持,香港广角镜出版社1984年12月版。

1985 年

《三十年代左翼农村题材小说的时代特征》,作者朱晓进,《中国社会科学》1985年第1期。

《在真实的基础上显变化——茅盾中长篇小说情节的审美特征续谈》,作者史瑶,《浙江学刊》1985年第1期。

《一个独特的艺术创造——论茅盾的短篇处女作〈创造〉》,作者王嘉良,《浙江学刊》1985年第1期。

《从"海外文坛消息"看茅盾早期的文艺思想》,作者胡敏,《浙江学刊》1985年第1期。

《试谈茅盾关于生活与创作的理论》,作者王立鹏,《湖州师专学报》1985年第1期。

《漫谈茅盾对新诗发展的贡献》,作者何光汉,《宁夏社会科学》1985年第1期。

《茅盾少年〈文课〉上所见的批语》,作者王尔龄,《浙江师范大学学报(社会科学版)》1985年第1期。

《茅盾与我国新诗运动》,作者丁茂远,《杭州大学学报(哲学社会科学版)》1985年第1期。

《有关茅盾〈蚀〉的两个问题的探索》,作者周国良,《中国文学研究》1985年第1期。

《试论茅盾小说的象征艺术》,作者许志安,《东疆学刊》1985年第1期。

《茅盾艺术技巧论二题》,作者王中忱,《信阳师范学院学报(哲学社会科学版)》1985年第1期。

《茅盾论作家和批评家的关系》，作者罗宗义，《昭乌达蒙族师专学报(汉文哲学社会科学版)》1985 年第 1 期。

《青年茅盾的开拓精神》，作者何刚，《广西民族学院学报(哲学社会科学版)》1985 年第 1 期。

《外国文学和茅盾早期的现实主义文学观——兼评茅盾早期文学思想中的自然主义因素》，作者王志明，《兰州教育学院学报》1985 年第 1 期。

《论茅盾的早期文学活动》，作者范奇龙，《四川师院学报(社会科学版)》1985 年第 2 期。

《茅盾的现实主义诗学观》，作者夏爵蓉，《西南民族学院学报(哲学社会科学版)》1985 年第 2 期。

《茅盾与鲁迅的三十年代杂文之比较》，作者章红，《杭州师院学报(社会科学版)》1985 年第 2 期。

《关于茅盾两个散文集的版本》，作者王中忱，《湖州师专学报》1985 年第 1 期。

《对人生的"哲学研究"——茅盾小说独具的历史价值》，作者王嘉良，《天津社会科学》1985 年第 2 期。

《〈蚀〉三部曲与后延三部小说比较分析》，作者邱文治，《天津社会科学》1985 年第 2 期。

《论茅盾对胡国光形象的塑造》，作者金琴，《齐鲁学刊》1985 年第 2 期。

《茅盾性格和他的艺术风格略探》，作者庄钟庆，《浙江学刊》1985 年第 2 期。

《茅盾小说中江浙方言俗语的运用》，作者钟桂松，《浙江学刊》1985 年第 2 期。

《努力开创茅盾研究的新局面——全国茅盾研究第二次学术讨论会略述》，作者晓行，《文学评论》1985 年第 2 期。

《论吴荪甫》，作者文心慧，《浙江师范大学学报(社会科学版)》1985 年第 2 期。

《茅盾笔名辨正》，作者黄景行，《浙江师范大学学报(社会科学版)》1985 年第 2 期。

《茅盾与托尔斯泰比较论》,作者吴承诚,《国外文学》1985 年第 2 期。

《有关"抗战文艺运动"的一点感想》,作者林青,《重庆师院学报(哲学社会科学版)》1985 年第 2 期。

《浅谈文学的民族特点和地方色彩》,作者李玩彬,《广西民族学院学报(哲学社会科学版)》1985 年第 2 期。

《茅盾年谱》,作者查国华,长江文艺出版社 1985 年 3 月版。

《茅盾专集》(第二卷,上下册),唐金海、孔海珠编著,福建人民出版社 1985 年 7 月版。

《试论茅盾的〈创造〉》,作者李晓红,《湖州师专学报》1985 年第 3 期。

《评国外对茅盾短篇小说的研究——〈茅盾研究在国外〉一书编余札记》,作者李岫,《浙江学刊》1985 年第 3 期。

《茅盾——杰出的报告文学作家》,作者段百玲,《苏州大学学报(哲学社会科学版)》1985 年第 3 期。

《茅盾论〈阿 Q 正传〉》,作者孙昌熙,《文史哲》1985 年第 3 期。

《论茅盾叶紫的"丰灾"小说》,作者李德尧,《荆州师专学报》1985 年第 3 期。

《茅盾论文学修养》,作者王烟生,《徐州师范学院学报》1985 年第 3 期。

《北京茅盾故居揭幕》,作者邓小白,《中国现代文学研究丛刊》1985 年第 3 期。

《〈茅盾研究在国外〉一书出版》,作者铁信,《中国现代文学研究丛刊》1985 年第 3 期。

《茅盾与乌镇中学》,作者王加德,《湖州师专学报》1985 年第 3 期。

《试析茅盾巴金在接受外来影响上的差异》,作者彭兆荣、王伟力,《贵州社会科学》1985 年第 3 期。

《努力摆脱"已成的我"——浅谈茅盾创作过程中的自我更新》,作者柳夕浪,《南京师大学报(社会科学版)》1985 年第 3 期。

《中国现代民族资产阶级发展轨迹的形象描绘——茅盾小说形象系列研究》,作者党秀臣,《宝鸡师院学报(哲学社会科学版)》1985 年第 3 期。

《茅盾的语文老师》,作者卢晓晴,《湖州师专学报》1985 年第 3 期。

《茅盾十二岁时的一篇作文——学部定章学生毕业以学期为限论》,作者孔凌德,《华东师范大学学报(教育科学版)》1985年第3期。

《"村中忧患系春蚕"——谈谈〈春蚕〉中对老通宝的心理描写》,作者李继凯,《名作欣赏》1985年第3期。

《谈谈〈子夜〉中几个女性肖像的魅力》,作者杨有业,《鞍山师范学院学报》1985年第3期。

《略谈〈水藻行〉与〈大地〉》,作者李继凯,《湖州师专学报》1985年第3期。

《〈小说月报〉和文学研究会》,作者倪平,《上海师范大学学报(哲学社会科学版)》1985年第3期。

《试谈〈幻灭〉中的强连长》,作者唐仁君,《扬州师院学报》1985年第3期。

《共同的命运 不同的出路——从吴荪甫到林永清》,作者王挺,《绍兴师专学报(社会科学版)》1985年第3期。

《念念不忘"开明"》,作者刘宏图,《读书》1985年第3期。

《〈现代〉影印本出版》,作者陆琼,《上海大学学报(社会科学版)》1985年第3期。

《吴荪甫的民族意识琐谈》,作者戴剑平,《安庆师院学报(社会科学版)》1985年第3期。

《论茅盾与新浪漫主义文学思潮》,作者王中忱,《浙江学刊》1985年第4期。

《略论茅盾的文学翻译理论》,作者王卫平,《锦州师范学报(哲学社会科学版)》1985年第4期。

《论茅盾小说中农村题材描写的得与失》,作者李继凯,《徐州师范学院学报》1985年第4期。

《论茅盾的神话美学观》,作者曹万生,《四川师范大学学报(社会科学版)》1985年第4期。

《鲁迅〈故事新编〉与茅盾三部代表小说中人物创造的比较考察》,作者林焕平,《文艺理论研究》1985年第4期。

《茅盾译介外国文学的历史经验》,作者黎舟,《福建师范大学学报(哲学社会科学版)》1985年第4期。

《茅盾早期研究资料的一项发现——介绍〈新乡人〉第二期》,作者翟同泰,《新文学史料》1985 年第 4 期。

《论茅盾长篇小说的文体风格》,作者张大雷,《九江师专学报》1985 年第 4 期。

《茅盾"新浪漫主义"辨》,作者田中阳,《湖南师大学报(哲学社会科学版)》1985 年第 4 期。

《文学观念的开拓与艺术手法的创新》,作者何镇邦,《文学评论》1985 年第 4 期。

《众星拱月 星月交辉——〈春蚕〉的任务配置与形象塑造》,作者李琼仙,《广西师范大学学报(哲学社会科学版)》1985 年第 4 期。

《"中间人物"事件始末》,作者黄秋耘,《文史哲》1985 年第 4 期。

《论历史讽喻小说》,作者金宏达,《中国现代文学研究丛刊》1985 年第 4 期。

《抗战初期的武汉报告文学》,作者章绍嗣,《中南民族学院学报(哲学社会科学版)》1985 年第 4 期。

《〈第比利斯的地下印刷所〉修辞举隅》,作者马瑞超,《承德民族师专学报》1985 年第 4 期。

《创作个性诸因素的组合及发展——析茅盾论文学研究会作家的创作个性》,作者朱水涌、盛子潮,《浙江学刊》1985 年第 5 期。

《"革命文学论争"时期茅盾文艺思想初探》,作者沈栖,《中州学刊》1985 年第 5 期。

《让珍贵的文学档案财富永世长存——访茅盾故居》,作者吴以文,《档案工作》1985 年第 5 期。

《让暴风雨洗涤出崭新的世界——高尔基〈海燕〉、茅盾〈雷雨前〉比较赏析》,作者谭学纯,《名作欣赏》1985 年第 5 期。

《茅盾与现代作家》,作者庄钟庆,《文史哲》1985 年第 5 期。

《纪念〈译文〉创刊五十周年笔谈》,作者胡会之、胡绳、黄原、曹靖华、冯至、唐弢、戈宝权,《世界文学》1985 年第 5 期。

《重评两个口号之争》,作者胡铸,《社会科学研究》1985 年第 5 期。

《再评王伯申形象》,作者吴承诚,《浙江学刊》1985 年第 5 期。

《茅盾在香港的文学活动》,作者李标晶,《学术研究》1985 年第 6 期。

《相同题材 不同表现——漫谈参孙故事对后代的影响》,作者张朝柯,《辽宁大学学报(哲学社会科学版)》1985 年第 6 期。

《〈腐蚀〉的语言艺术》,作者孙中田,《吉林师院学报(哲学社会科学版)》1985 第 C1 期。

1986 年

《茅盾的儿童文学翻译》,作者金燕玉,《苏州大学学报(哲学社会科学版)》1986 年第 1 期。

《创造具有复杂性格的"活人"——论茅盾小说的人物形象塑造》,作者王嘉良,《温州师专学报(社会科学版)》1986 年第 1 期。

《茅盾创作与左拉》,作者张明亮,《中国文学研究》1986 年第 1 期。

《托尔斯泰与茅盾早期的文学观》,作者陈幼学,《广西师院学报(哲学社会科学版)》1986 年第 1 期。

《试论茅盾文学评论的特色》,作者沉辛、杜显志,《咸宁师专学报》1986 年第 1 期。

《茅盾三十年代乡土散文的特色》,作者钟桂松,《山东师大学报(社会科学版)》1986 年第 1 期。

《论茅盾小说的有机性结构特征》,作者王嘉良,《天津社会科学》1986 年第 1 期。

《茅盾创作技巧论》,作者[捷]马·加立克,雨文译编,《中国比较文学》1986 年第 1 期。

《茅盾短篇小说艺术发展管窥(上)——为纪念茅盾诞辰九十周年而作》,作者艾光辉、程新屏,《新疆师范大学学报(哲学社会科学版)》1986 年第 1 期。

《茅盾小说风格论》,作者陈咏芹,《商丘师专学报(社会科学版)》1986 年第 1 期。

《青年"茅盾研究笔会"略记》,作者晓行,《文学评论》1986 年第 1 期。

《茅盾作家作品论初探》，作者李美溶，《温州师专学报》1986年第1期。

《时代·个性·作品——论茅盾的三部曲〈蚀〉》，作者马大康，《温州师专学报》1986年第1期。

《苦闷的象征，独特的风格——读茅盾的抒情散文〈叩门〉》，作者郑富成，《名作欣赏》1986年第1期。

《谈茅盾对作文的修改》，作者钟桂松，《绍兴师专学报（社会科学版）》1986年第1期。

《鲁迅最早的知音——谈谈茅盾前期对鲁迅的评价》，作者黎风，《陕西师大学报（哲学社会科学版）》1986年第1期。

《托尔斯泰与茅盾的文学创作特色》，作者吴承诚，《中国比较文学》1986年第1期。

《茅盾——杰出的新诗批评家》，作者潘颂德，《延边大学学报（社会科学版）》1986年第1期。

《茅盾早期论翻译标准和翻译方法》，作者杨健民，《江西社会科学》1986年第1期。

《关于茅盾笔名"终葵"的含义》，作者张效民，《成都师专学报》1986年第1期。

《民族资产阶级在抗战时期的历史写照——评何耀先、林永清艺术形象的社会认识作用》，作者吴承诚，《重庆师院学报（哲学社会科学版）》1986年第1期。

《关于〈子夜〉中的共产党员形象》，作者罗宗义，《昭乌达蒙族师专学报（社会科学版）》1986年第1期。

《〈白杨礼赞〉标点献疑》，作者严戎庚，《新疆师范大学学报（社会科学版）》1986年第1期。

《〈野蔷薇〉的政治寓意和主题的二重性》，作者邱文治，《天津师大学报》1986年第1期。

《"风气"还是"流派"？——"五四"时期"问题小说"小议》，作者纪桂平，《河北师范大学学报（社会科学版）》1986年第1期。

《〈子夜〉、〈金钱〉比较谈》，作者张德美，《安徽师大学报（人文社会科学版)》1986 年第 1 期。

《〈春蚕〉艺术谈》,作者章云,《绥化师专学报》1986 年第 1 期。

《〈子夜〉的几点细节存疑》,作者李振坤,《新疆师范大学学报(社会科学版)》1986 年第 1 期。

《茅盾纪实》,作者庄钟庆,四川文艺出版社 1986 年 1 月版。

《鲁迅茅盾之初会》,吴其敏《园边草》,三联书店香港分店 1986 年 3 月版。

《茅盾翻译理论评介》,作者任晓晋,《南外学报》1986 年第 2 期。

《茅盾与托尔斯泰》,作者陈幼学,《中山大学学报(哲学社会科学版)》1986 年第 2 期。

《浅论茅盾"为人生"的文学观》,作者刘国清,《江西大学学报(哲学社会科学版)》1986 年第 2 期。

《野蔷薇的色香与多刺——略谈茅盾〈野蔷薇〉对时代女性的塑造》,作者游路湘,《杭州师范学院学报(社会科学版)》1986 年第 2 期。

《新发现的茅盾佚文六篇》,作者翟同泰,《杭州师范学院学报(社会科学版)》1986 年第 2 期。

《茅盾故居与观前街》,作者王加德、胡家栋,《湖州师专学报》1986 年第 2 期。

《论茅盾与新浪漫主义文学思潮(摘要)》,作者王中忱,《中国现代文学研究丛刊》1986 年第 2 期。

《试论茅盾早期作品中的女性》,作者吴传兴,《固原师专学报(社会科学版)》1986 年第 2 期。

《茅盾与乌镇》,作者李广德,《湖州师专学报》1986 年第 2 期。

《论茅盾的诗歌美学观》,作者曹万生,《杭州师院学报(社会科学版)》1986 年第 2 期。

《现实主义的总体设计——三论茅盾小说的结构艺术》,作者丁尔纲,《河北师范大学学报(社会科学版)》1986 年第 2 期。

《亡命日本时期的茅盾》,作者白水纪子、顾忠国、刘初霞,《湖州师专学报》1986 年第 2 期。

《试论茅盾笔下民族资本家形象系列》,作者杨有业,《鞍山师范学院学报》

1986 年第 2 期。

《茅盾文论管窥》，作者庄钟庆，《厦门大学学报（哲学社会科学版）》1986 年第 2 期。

《在左翼大纛下——茅盾在"左联"时期的文学业绩述评》，作者李标晶，《杭州师院学报（社会科学版）》1986 年第 2 期。

《茅盾农村三部曲写作与发表的时间考》，作者欧家斤，《九江师专学报》1986 年第 2 期。

《鲁迅未向茅盾表示同意解散"左联"》，作者张效民，《成都师专学报》1986 年第 2 期。

《关于茅盾与安定中学的若干史实》，作者翟同泰，《新文学史料》1986 年第 2 期。

《新发现的茅盾佚文三篇》，作者翟同泰，《枣庄师专学报》1986 年第 2 期。

《不灭的光辉——从茅盾的〈庐隐论〉谈起》，作者徐越化，《湖州师专学报》1986 年第 2 期。

《中国民族资产阶级发展轨迹的形象描绘——茅盾作品中人物形象塑系列研究》，作者党秀臣，《唐都学刊》1986 年第 2 期。

《茅盾三祖母沈恩敏与卢家》，作者钟桂松，《湖州师专学报》1986 年第 2 期。

《新发现的茅盾佚文五篇》，作者翟同泰，《南都学坛》1986 年第 2 期。

《关于茅盾的〈可爱的故乡〉——致〈湖州师专学报〉编者》，作者江坪，《湖州师专学报》1986 年第 2 期。

《纪念茅盾同志诞辰九十年周年》，作者吴蕴章，《徐州师范学院学报》1986 年第 2 期。

《〈霜叶红似二月花〉时代背景辨析》，作者吴向北，《四川大学学报（哲学社会科学版）》1986 年第 2 期。

《新闻史上也应"大书一笔"的〈申报·自由谈〉》，作者张宛，《新闻与传播研究》1986 年第 2 期。

《匕首·投枪·堡垒——上海"孤岛"时期的报纸文艺副刊》，作者祝均宙，《新闻与传播研究》1986 年第 2 期。

《关于〈水藻行〉的日文译者》,作者欧家近,《赣南师范学院学报》1986 年第 3 期。

《略论茅盾笔下的民族资本家形象系列》,作者周昌义,《湘潭大学学报(语言文学论集)》1986 年 S2 期。

《茅盾抗战时期短篇小说主题的社会意义》,作者吴向北,《重庆师院学报(哲学社会科学版)》1986 年第 3 期。

《论茅盾二十年代后期的文艺思想》,作者张明健,《山西师大学报(社会科学版)》1986 年第 3 期。

《茅盾对〈阿 Q 正传〉主题研究的贡献》,作者王积贤,《江汉论坛》1986 年第 3 期。

《茅盾的现实主义道路浅探》,作者梁积荣,《山西师大学报(社会科学版)》1986 年第 3 期。

《从〈庐隐论〉谈起——纪念茅盾诞辰九十周年》,作者徐可,《内蒙古师大学报(哲学社会科学版)》1986 年第 3 期。

《论鲁迅、茅盾农村题材创作的情理交融》,作者李继凯,《陕西师范大学学报(哲学社会科学版)》1986 年第 3 期。

《鲜明的时代烙印——读茅盾三十年代的儿童小说》,作者邓英华,《吉林师范学院学报(哲学社会科学版)》1986 年第 3 期。

《茅盾对世界文学的贡献——纪念茅盾诞辰九十周年》,作者黎舟,《福建师范大学学报(哲学社会科学版)》1986 年第 3 期。

《试论茅盾的创作对中国文学的贡献现实主义》,作者费勇,《中国现代文学研究丛刊》1986 年第 3 期。

《在与世界文学潮流的联结中把握传统——茅盾的民族文学借鉴体系》,作者吴福辉,《中国现代文学研究丛刊》1986 年第 3 期。

《茅盾前、后期小说中时代青年形象之比较》,作者超冰,《中国现代文学研究丛刊》1986 年第 3 期。

《论茅盾在汉口〈民国日报〉社的活动和思想》,作者金芹,《郑州大学学报(哲学社会科学版)》1986 年第 3 期。

《论茅盾二十年代后期的文艺思想》,作者张明健,《山西师大学报(社会科学版）》1986 年第 3 期。

《茅盾与杜重远》,作者周安华,《新疆社会科学》1986 年第 3 期。

《论茅盾小说中的"时代女性"形象》,作者张毓文,《浙江师大学报（社会科学版）》1986 年第 3 期。

《茅盾研究的新收获——读〈茅盾前期文学思想散论〉》,作者张学军,《齐鲁学刊》1986 年第 3 期。

《茅盾论语言艺术》,作者俞正贻,《湖州师专学报》1986 年第 3 期。

《茅盾早期社会和革命活动拾遗》,作者艾扬,《齐鲁学刊》1986 年第 3 期。

《论茅盾小说创作的艺术概括》,作者文心慧,《浙江师大学报（社会科学版）》1986 年第 3 期。

《新发现的茅盾佚文七篇》,作者翟同泰,《浙江师大学报（社会科学版）》1986 年第 3 期。

《〈茅盾著译年表〉补正》,作者翟同泰,《山东师范大学学报（社会科学版）》1986 年第 3 期。

《茅盾早期创作与左拉自然主义文学理论》,作者徐学,《文学评论》1986 年第 4 期。

《论〈春蚕〉及茅盾有关小说的主题把握——与吴组缃同志商榷》,作者邱文治,《现代文学研究丛刊》1986 年第 4 期。

《谈谈茅盾小说人物刻画的对比艺术》,作者李继兵,《广西民族学院学报学报（哲学社会科学版）》1986 年第 4 期。

《茅盾小说的讽刺艺术》,作者肖远新,《广西民族学院学报学报（哲学社会科学版）》1986 年第 4 期。

《茅盾年谱》,作者万树玉,浙江文艺出版社 1986 年 10 月版。

《记茅盾在我校一次座谈会上的讲话》,作者丁茂远,《杭州大学学报（哲学社会科学版）》1986 年第 6 期。

《论茅盾小说"时代女性"形象的独创性价值》,作者王嘉良,《贵州社会科学》1986 年第 8 期。

《茅盾研究热与建立"茅盾学"》,作者李广德,《绍兴师专学报（社会科学版）》1986 年第 4 期。

《理重于情的创作心理论——茅盾艺术美学观札记》，作者曹万生，《四川师范大学学报（社会科学版）》1986 年第 5 期。

《中国现代小说史上的第一个三部曲不是茅盾的〈蚀〉》，作者谢会昌，《贵州社会科学》1986 年第 10 期。

《缅怀鲁迅、郭沫若、茅盾》，作者林焕平，《群言》1986 年第 11 期。

《〈水藻行〉并非由鲁迅译成日文》，作者肖舟，《鲁迅研究动态》1986 年第 8 期。

《"佩韦"是茅盾而不是王统照》，作者张云龙，《鲁迅研究动态》1986 年第 12 期。

《从现代我国知识分子队伍的形成看茅盾在"五四"新文化运动中的作用》，作者邵伯周，《湖州师专学报》1986 年增刊。

《茅盾六十余年来文学活动的基本特点》，作者叶子铭，《湖州师专学报》1986 年增刊。

《集思广益 共同提高——在首届全国茅盾研究讲习会开幕式上的讲话》，作者黄源，《湖州师专学报》1986 年增刊。

《新发现的茅盾佚文十篇》，作者翟同泰，《湖州师专学报》1986 年增刊。

《茅盾文论的若干问题》，作者庄钟庆，《湖州师专学报》1986 年增刊。

《主题与典型的结合——茅盾论创作技巧的基本功》，作者王积贤，《湖州师专学报》1986 年增刊。

《评国外对茅盾小说创作的研究》，作者李岫，《湖州师专学报》1986 年增刊。

《茅盾散文语言浅论》，作者俞正贻，《湖州师专学报》1986 年增刊。

《浅论茅盾早期文学批评的特色》，作者徐越化，《湖州师专学报》1986 年增刊。

《茅盾语文教育观胜谈——读〈中学生怎样学习文艺〉有感》，作者钱威，《湖州师专学报》1986 年增刊。

《茅盾三十年代在上海二题》，作者王向民，《湖州师专学报》1986 年增刊。

《茅盾与湖州关系概述》，作者李广德，《湖州师专学报》1986 年增刊。

《茅盾为"湖州影剧院"题字经过》，作者徐重庆，《湖州师专学报》1986 年增刊。

《茅盾〈一剪梅〉词的写作年代》,作者费在山,《湖州师专学报》1986 年增刊。

《论〈水藻行〉》,作者［日］是永骏,顾忠国译,《湖州师专学报》1986 年增刊。

《美国〈二十世纪文学百科全书〉中的茅盾条目》,作者李广德,《湖州师专学报》1986 年增刊。

《日本茅盾研究参考资料目录补正》,作者［日］古谷久美子,顾忠国译,《湖州师专学报》1986 年增刊。

《日本茅盾研究会简介》,作者［日］是永骏,《湖州师专学报》1986 年增刊。

《日本茅盾研究会的会报和和学术例会》,作者黎明,《湖州师专学报》1986 年增刊。

《浙江省茅盾研究学会成立》,作者李文,《湖州师专学报》1986 年增刊。

《致湖州师专茅盾研究室的贺信》,作者叶子铭,《湖州师专学报》1986 年增刊。

《1985 年茅盾研究资料索引》,作者龚景兴,《湖州师专学报》1986 年增刊。

《浅读〈子夜〉的细节描写》,作者项义泉,《湖州师专学报》1986 年增刊。

1987 年

《论茅盾的儿童文学创作》,作者雷锐,《广西师范大学学报（哲学社会科学版）》1987 年第 1 期。

《论茅盾社会分析小说的理性特色及其得失》,作者陈润兰,《零陵师专学报》1987 年第 1 期。

《茅盾论茅盾小说创作》,作者李广德,《湖州师专学报》1987 年第 1 期。

《试论编辑家茅盾》,作者邵伯周,《编辑学刊》1987 年第 1 期。

《茅盾早期小说外来影响探微》,作者彭晓丰、刘云,《中国文学研究》1987 年第 1 期。

《茅盾和李健吾在新文学批评史上的地位——兼评司马长风的〈中国新文学史〉对茅盾和李健吾的论述》,作者罗宗义,《昭乌达蒙族师专学报（社会科学版）》1987 年第 1 期。

《凝注着血泪的思考与探索——漫论茅盾、巴金初步文坛时期描写青年知识分子革命题材的中长篇小说》，作者李俊国，《湖北大学学报（哲学社会科学版）》1987 年第 1 期。

《论茅盾的艺术美感心理论》，作者曹万生，《浙江学刊》1987 年第 1 期。

《茅盾文学评论的特色》，作者杜显志，《零陵师专学报（社会科学版）》1987年第 1 期。

《茅盾与曹禺笔下民族资本家形象系列比较》，作者杨有业，《鞍山师专学报》1987 年第 1 期。

《茅盾小说创作与象征主义》，作者黎舟，《福建师范大学学报（哲学社会科学版）》1987 年第 1 期。

《山东省首届茅盾研究学术讨论会综述》，作者崧巍，《山东师大学报（社会科学版）》1987 年第 1 期。

《〈水藻行〉在茅盾农村题材小说中的独特意义》，作者王卫平，《锦州师院学报（哲学社会科学版）》1987 年第 1 期。

《茅盾思想发展问题散论》，作者齐忠贤，《锦州师院学报（哲学社会科学版）》1987 年第 1 期。

《茅盾小说二重结构漫述》，作者徐学，《福建论坛（文史哲版）》1987 年第1 期。

《浅谈茅盾〈春蚕〉的艺术结构》，作者陈开鸣，《贵阳师专学报（社会科学版）》1987 年第 1 期。

《试论茅盾的题材观及其实践》，作者李标晶，《杭州师院学报（社会科学版）》1987 年第 1 期。

《茅盾与蒙古族作家》，作者孙桂森，《内蒙古民族师院学报（社会科学汉文版）》1987 年第 1 期。

《一曲个人奋斗道路的挽歌——评茅盾处女作〈幻灭〉》，作者顾国柱、蔡祥云，《丽水师专学报》1987 年第 1 期。

《新发现的茅盾佚文四篇》，作者翟园泰、王和、石径斜、鄯子、林翼之，《信阳师范学院学报（哲学社会科学版）》1987 年第 1 期。

《新发现的茅盾佚文两篇的说明》，作者翟同泰，《曲靖师专学报》1987 年第 1 期。

《茅盾短篇小说艺术发展管窥（下）——为纪念茅盾诞辰九十周年而作》，作者艾光辉、程新屏，《新疆师范大学学报（哲学社会科学版）》1987 年第 1 期。

《茅盾利用档案写电影剧本》，作者林传祥，《浙江档案》1987 年第 1 期。

《现实主义的象征艺术——〈茅盾小说艺术综论〉之一》，作者邱文治，《天津社会科学》1987 年第 1 期。

《新发现的茅盾佚文五篇》，作者翟同泰，《包头师专学报》1987 年第 1 期。

《从"农村三部曲"中新、旧两代农民的塑造看主题思想的深化》，作者殷家瑞，《汉中师院学报（哲学社会科学版）》1987 年第 1 期。

《谈赵惠明的心理定势》，作者董建华，《湖北师范学院学报（哲学社会科学版）》1987 年第 1 期。

《姚黄魏紫 各逞风骚——〈春蚕〉、〈丰收〉、〈多收了三五斗〉比较分析》，作者王爱松，《娄底师专学报》1987 年第 1 期。

《两份为自由而斗争的史料》，作者赵清阁，《新文学史料》1987 年第 1 期。

《探索一代小资产阶级命运的人物世界——简论茅盾小说的"时代女性"形象系列》，作者王嘉良，《学术研究》1987 年第 2 期。

《论茅盾文学批评观的现代化特征》，作者沈昆朋，《北京大学学报（哲学社会科学版）》1987 年第 2 期。

《试论茅盾历史小说的地位和特色》，作者张宝华，《鞍山师范学院学报》1987 年第 2 期。

《试论茅盾的〈虹〉——兼论茅盾文艺思想发展的问题》，作者张崇文、冯望岳，《湖州师专学报》1987 年第 2 期。

《茅盾怎样写作短篇小说》，作者李广德，《湖州师专学报》1987 年第 2 期。

《试论茅盾短篇小说的浓缩艺术》，作者刘焕林，《广西师范大学学报（哲学社会科学版）》1987 年第 2 期。

《大众化·民族化·现代化——茅盾在"民族形式"论争中的理论见解》，作者翟耀，《文史哲》1987 年第 2 期。

《论茅盾革命现实主义文学观与苏联文学的影响》，作者阚国虬，《福建师范大学学报(哲学社会科学版)》1987年第2期。

《茅盾小说的时代性两面观》,作者彭晓丰,《文学评论》1987年第2期。

《呼唤茅盾研究的新突破——全国茅盾研究第三届学术讨论会述评》,作者钱诚一,《中国现代文学研究丛刊》1987年第2期。

《新发现的茅盾佚文四篇》,作者翟同泰,《大理师专学报(社会科学版)》1987年第2期。

《茅盾在重庆》,作者王向民,《湖州师专学报》1987年第2期。

《庄谐结合 缜密晓畅——茅盾杂文特点之二》,作者郑富成,《河北师范大学学报(社会科学版)》1987年第2期。

《论鲁迅茅盾农村题材创作的定向性》,作者李继凯,《浙江学刊》1987年第2期。

《谈茅盾笔下民族资本家形象系列的影响与启迪》,作者杨有业,《鞍山师范学院学报》1987年第2期。

《茅盾亡命日本期间短篇小说的创作倾向》,作者李树榕,《内蒙古师大学报(哲学社会科学版)》1987年第2期。

《谈谈茅盾对民间形式看法的矛盾》,作者杨中,《中国现代文学研究丛刊》1987年第2期。

《〈夜读偶记〉初探——关于形式美、主观心理描写、现代派、现代派与现实主义的关系》,作者林焕平、刘海东,《学术论坛》1987年第2期。

《三十年代历史小说的创作倾向》,作者李程骅,《中国文学研究》1987年第2期。

《桂林山水诗审美漫笔——读郭沫若、茅盾、田汉的桂林山水诗》,作者丘振声,《广西社会科学》1987年第2期。

《茅公过港活动补志》,作者吕剑,《新文学史料》1987年第2期。

《茅盾研究在日本》,作者顾忠国,《湖州师专学报》1987年第3期。

《茅盾文艺评论的形成来源和作用》,作者万树玉,《湖州师专学报》1987年第3期。

《一位中国儿童文学倡导者的艺术探索——论茅盾对儿童文学的贡献》,作者韦苇,《浙江师大学报(社会科学版)》1987年第3期。

《心灵的历程——论茅盾长篇小说〈虹〉的心理描写》，作者马大康，《湖州师专学报》1987年第3期。

《论茅盾的现实主义诗歌观》，作者李标晶，《临沂师专学报》1987年第3期。

《茅盾"水浒"小说散论》，作者陈永昊，《湖州师专学报》1987年第3期。

《"创造"的语言，语言的创造——茅盾早期短篇小说语言特点》，作者俞正贻，《湖州师专学报》1987年第3期。

《茅盾在抗战初期的文学主张》，作者吴从发，《五邑大学学报（社会科学版）》1987年第3期。

《试析离乡求学对茅盾创作所起的作用》，作者许云生，《湖州师专学报》1987年第3期。

《茅盾与神话》，作者金燕玉，《浙江学刊》1987年第3期。

《茅盾：在新中国耕耘》，作者李广德，《湖州师专学报》1987年第3期。

《"茅盾佚文"献疑》，作者杨桦，《湖州师专学报》1987年第3期。

《一九八六年茅盾研究资料索引》，作者吴志慧、沈艺、龚景兴，《湖州师专学报》1987年第3期。

《茅盾散文对比结构的美学价值》，作者钱威，《湖州师专学报》1987年第3期。

《茅盾与中国现代新诗》，作者李复兴，《临沂师专学报》1987年第3期。

《新发现的茅盾佚文六篇》，作者翟同泰，《新疆大学学报（哲学社会科学版）》1987年第3期。

《读〈锻炼〉再读〈锻炼〉——纪念尊敬的长者茅盾同志逝世六周年》，作者陈学昭，《新文学史料》1987年第3期。

《夜气压重楼 茅公笔更遒——重评〈腐蚀〉》，作者赵开泉，《西北师大学报（社会科学版）》1987年第3期。

《试论〈野蔷薇〉》，作者徐越化，《湖州师专学报》1987年第3期。

《论〈水藻行〉的多元突破》，作者周建军，《南京师大学报（社会科学版）》1987年第3期。

《试谈〈子夜〉的三个地主形象》，作者项文泉，《湖州师专学报》1987年第

3 期。

《〈春蚕〉与"丰灾"小说》,作者黄志雄,《抚州师专学报》1987 年第 3 期。

《吴老太爷和高老太爷的形象比较》,作者魏洪丘,《上饶师专学报(哲学社会科学版)》1987 年第 3 期。

《略论〈虹〉对梅女士性格发展的处理》,作者顾顺泉,《湖州师专学报》1987 年第 3 期。

《茅公谨严邃密一例》,作者劳荣,《新文学史料》1987 年第 3 期。

《茅盾美学思想刍议》,作者李庶长、李庆本,《绍兴师专学报(社会科学版)》1987 年第 4 期。

《试论茅盾的〈野蔷薇〉——兼评对它的几种批评》,作者陈锐锋,《重庆师院学报(哲学社会科学版)》1987 年第 4 期。

《编辑生涯忆茅盾》,作者赵家璧,《编辑学刊》1987 年第 4 期。

《论辩意识与探索精神的结合——近年来我省茅盾研究评述》,作者李标晶,《探索》1987 年第 4 期。

《茅盾怎样创作中长篇小说》,作者李广德,《湖州师专学报》1987 年第 4 期。

《新文学批评意识和批评模式的引进与重构——论茅盾对丹纳的接受》,作者丁亚平,《天津社会科学》1987 年第 4 期。

《茅盾对鲁迅的评价》,作者王建中,《社会科学辑刊》1987 年第 4 期。

《老舍·茅盾·王昆仑》,作者王金陵,《中国现代文学研究丛刊》1987 年第 4 期。

《茅盾巴金小说观察视角比较》,作者林秋,《福建师范大学学报(哲学社会科学版)》1987 年第 4 期。

《一个伟大历史时代的序曲——读茅盾的长篇小说〈锻炼〉》,作者李园生,《徐州师范学院学报》1987 年第 4 期。

《在"一大漩涡"中搏击——北伐时期茅盾在武汉》,作者田蕙兰,《华中师范大学学报(哲学社会科学版)》1987 年第 4 期。

《茅盾接受美学观探析》,作者顾琅川,《绍兴师专学报(社会科学版)》1987 年第 4 期。

《茅盾初期小说的苦恼意识》,作者孙郁,《文学评论》1987 年第 4 期。

《理性融入艺术形式——茅盾的艺术构思续谈》,作者史瑶,《浙江学刊》1987 年第 4 期。

《论五四时期的中国儿童文学》,作者王泉根,《西南师范大学学报(人文社会科学版)》1987 年第 4 期。

《〈霜叶红似二月花〉的思想倾向》,作者吴向北,《重庆师院学报(哲学社会科学版)》1987 年第 4 期。

《〈子夜〉人物知多少》,作者王泽龙,《华中师范大学学报(哲学社会科学版)》1987 年第 4 期。

《茅盾、巴金、老舍的文化类型比较》,作者杨义,《文艺研究》1987 年第 4 期。

《评〈春蚕〉的删改》,作者严僮伦,《南京师大学报(社会科学版)》1987 年第 4 期。

《〈茅盾在昆明〉补遗》,作者张倩,《云南师范大学学报(哲学社会科学版)》1987 年第 5 期。

《论茅盾小说理性化的艺术思维本质》,作者王嘉良,《社会科学研究》1987 年第 5 期。

《新时期的翻译观——一次专题翻译讨论会上的发言》,作者王佐良,《中国翻译》1987 年第 5 期。

《茅盾小说的艺术真实》,作者戈铮,《浙江学刊》1987 年第 6 期。

《从叙述学看茅盾文学创作的艺术特色》,作者雅罗斯拉夫·普实克、吴承诚,《世界经济与政治论坛》1987 年第 7 期。

《鲁迅未向茅盾表示同意解散"左联"》,作者张效民,《鲁迅研究动态》1987 年第 8 期。

《杨静仁谈茅盾的一次讲演》,作者程野萍,《中国民族》1987 年第 9 期。

《茅盾论鲁迅旧诗的述评》,作者单演义,《鲁迅研究动态》1987 年第 9 期。

《茅盾的艺术兴趣及对故事情节和结局的艺术处理——从〈腐蚀〉谈起》,作者雅罗斯拉夫·普实克、吴承诚,《世界经济与政治论坛》1987 年第 12 期。

1988 年

《一个引人深思的矛盾——论茅盾的小说创作》，作者王晓明，《中国现代文学研究丛刊》1988 年第 1 期。

《论茅盾创作中现实主义的象征》，作者刘锋杰，《安徽师大学报（哲学社会科学版）》1988 年第 1 期。

《再论茅盾短篇小说的浓缩艺术》，作者刘焕林，《广西师范大学学报（哲学社会科学版）》1988 年第 1 期。

《论茅盾前期对文学与人关系的思考》，作者朱德发，《莱阳农学院学报（哲学社会科学版）》1988 年第 1 期。

《"一个真实的茅盾"》，作者沈思，《当代文坛》1988 年第 1 期。

《茅盾研究的新突破》，作者白灵，《中国图书评论》1988 年第 1 期。

《读茅盾少年时代的作文》，作者戈铮，《杭州师范学院学报（社会科学版）》1988 年第 1 期。

《从茅盾给我最后一信想起的几件往事》，作者赵家璧，《新文学史料》1988 年第 1 期。

《茅盾、巴金创作差异一论》，作者吴承诚，《上海师范大学学报（哲学社会科学版）》1988 年第 1 期。

《茅盾、巴金、老舍的文化类型比较》，作者杨义，《中国现代文学研究丛刊》1988 年第 1 期。

《新发现的茅盾佚文两篇》，作者翟同泰，《大理师专学报（哲学社会科学版）》1988 年第 1 期。

《茅盾佚简三封》，作者潘颂德，《杭州师范学院学报（社会科学版）》1988 年第 1 期。

《评浙江省的茅盾研究兼及如何突破》，作者李标晶，《湖州师专学报》1988 年第 1 期。

《茅盾创作理性特征略论》，作者皇甫积庆，《鄂西大学专报（社会科学版）》1988 年第 1 期。

《新发现的茅盾佚文六篇》,作者翟同泰,《喀什师范学院学报》1988年第1期。

《试析茅盾"农村三部曲"所反映的社会变迁》,作者徐枫,《杭州师范学院学报(社会科学版)》1988年第1期。

《茅盾佚文八篇》,作者翟同泰,《阴山学刊》1988年第1期。

《人生·艺术·介绍外国文学的目的——二十年代初期郭沫若与茅盾的论争述评》,作者邵伯周,《郭沫若学刊》1988年第1期。

《茅盾与外国文学年表》,作者薛闻,《湖州师专学报》1988年第1期。

《"秀才遇考"思茅公——关于茅盾的一篇佚文》,作者黄萍荪,《浙江学刊》1988年第1期。

《茅盾:"文革"浩劫中的磨难》,作者李广德,《湖州师专学报》1988年第1期。

《"五四"新文学的转变与茅盾的小说创作》,作者秦志希,《文学评论》1988年第1期。

《茅盾致黄萍荪的信》,作者沈雁冰,《浙江学刊》1988年第1期。

《略论吴荪甫形象的真实性》,作者石芳庆,《新疆大学学报(哲学社会科学版)》1988年第1期。

《现代文学史上第一部"三部曲"小说》,作者钦鸿,《成都师专学报》1988年第1期。

《论〈子夜〉创作的理性特色》,作者秦志希,《武汉大学学报(社会科学版)》1988年第1期。

《浅谈"莎菲型"女性和"时代女性"的美学价值》,作者陆文采,《辽宁教育学院学报(社会科学版)》1988年第1期。

《从子君到梅行素——兼论"五四"小说中知识女性的追求和出路》,作者谭廷杰,《怀化师专学报》1988年第1期。

《全景式史诗的基础工程——〈子夜〉开头三章的艺术评说》,作者程致中,《广西师范大学学报(哲学社会科学版)》1988年第1期。

《论茅盾求"真"的美学思想》,作者黄健,《浙江大学学报(社会科学版)》1988年第2期。

《试论茅盾现实主义历史文学理论的形成和发展》，作者李树槐，《中国文学研究》1988 年第 2 期。

《茅盾与丹纳》，作者葛长伟，《山东师大学报（社会科学版）》1988 年第 2 期。

《评茅盾的〈蚀〉》，作者张晓夫，《华中师范大学学报（哲学社会科学版）》1988 年第 2 期。

《〈茅盾全集〉编余漫记》，作者查国华，《山东师大学报（社会科学版）》1988 年第 2 期。

《心理描写——茅盾小说创作的艺术专注点》，作者黎舟，《福建师范大学学报（哲学社会科学版）》1988 年第 2 期。

《试谈茅盾的儿童文学评论》，作者方卫平，《衡阳师专学报（社会科学）》1988 年第 2 期。

《关于茅盾小说情与理的思考》，作者吴秀英，《松辽学刊（社会科学版）》1988 年第 2 期。

《试论茅盾的"城市三部曲"》，作者李广德，《温州师范学院学报（哲学社会科学版）》1988 年第 2 期。

《试论茅盾现代作家作品论的宏观价值》，作者吴国群，《丽水师专学报》1988 年第 2 期。

《茅盾论〈女人未必多说谎〉述评》，作者单演义，《西北大学学报（哲学社会科学版）》1988 年第 2 期。

《孙中田教授及其茅盾研究》，作者李北川，《东北师大学报》1988 年第 2 期。

《茅盾处理继承与借鉴关系的历史经验》，作者黎舟，《福建论坛（文史哲版）》1988 年第 2 期。

《两种艺术倾向的冲突——茅盾与前期创造社文学论争漫议》，作者李玉明，《山东师大学报（社会科学版）》1988 年第 2 期。

《茅盾佚文七篇》，作者翟同泰，《大理师专学报（哲学社会科学版）》1988 年第 2 期。

《中国乡土小说创作审美观念的蜕变》，作者丁帆，《当代文坛》1988 年第

2 期。

《关于吴荪甫典型性问题的思考》,作者张启东,《信阳师范学院学报(哲学社会科学版)》1988 年第 2 期。

《赵惠明新论》,作者王晓琴,《中国现代文学研究丛刊》1988 年第 2 期。

《五四文学研究的新成果——评〈中国五四文学史〉》,作者韩日新,《山东师大学报(社会科学版)》1988 年第 2 期。

《茅盾与十九世纪法国现实主义文学》,作者费勇,《中国现代文学研究丛刊》1988 年第 3 期。

《茅盾小说艺术风格的几个问题》,作者邱文治,《中国现代文学研究丛刊》1988 年第 3 期。

《茅盾早期的妇女论》,作者南云智、顾忠国、刘初霞,《湖州师专学报》1988 年第 3 期。

《茅盾小说时代性的再认识——兼论其文学创作的得失》,作者张毓文,《文艺理论与批评》1988 年第 3 期。

《致桐乡县茅盾故居管理所的信三封》,作者吴文祺、姜德明、臧克家,《湖州师专学报》1988 年第 3 期。

《论茅盾关于许地山的评论》,作者徐越化,《湖州师专学报》1988 年第 3 期。

《茅盾研究的定向掘进——评〈论茅盾的创作艺术〉》,作者余连祥,《湖州师专学报》1988 年第 3 期。

《乌镇茅盾故居与外宾》,作者汪家荣,《湖州师专学报》1988 年第 3 期。

《茅盾前期文艺观与西方现实主义、自然主义——兼论五四现实主义的历史特征》,作者罗钢,《北京师范大学学报(社会科学版)》1988 年第 3 期。

《茅盾研究信息一束》,《湖州师专学报》编辑部,《湖州师专学报》1988 年第 3 期。

《茅盾和洪深两部农村三部曲之比较》,作者周棉,《徐州师范学院学报》1988 年第 3 期。

《论理性对茅盾小说创作的积极影响》,作者林修功,《临沂师专学报》1988 年第 3 期。

《对查国华〈茅盾年谱〉的几点补正》,作者薛闻,《湖州师专学报》1988 年第 3 期。

《略谈茅盾的佚文——兼答杨桦同志》,作者翟同泰,《湖州师专学报》1988 年第 3 期。

《日本茅盾研究会第 6 期会报简介》,湖州市茅盾研究会,《湖州师专学报》1988 年第 3 期。

《论郭沫若与茅盾早期的短篇小说》,作者徐可,《郭沫若学刊》1988 年第 3 期。

《茅盾:人生顶峰夕照明》,作者李广德,《湖州师专学报》1988 年第 3 期。

《茅盾论陶评析》,作者欧家斤,《九江师专学报》1988 年第 3 期。

《茅盾早年写字潦草的教训》,作者冯军,《新闻通讯》1988 年第 3 期。

《"通缉"沈雁冰的新材料》,作者查国华,《新文学史料》1988 年第 3 期。

《试谈〈虹〉第一章的艺术特色》,作者钟桂松,《湖州师专学报》1988 年第 3 期。

《〈白杨礼赞〉的主题究竟是什么》,作者姜维耀,《南都学坛》1988 年第 3 期。

《茅盾研究(第三辑)》,中国茅盾研究会编,文化艺术出版社 1988 年 7 月版。收录的文章有:

《茅盾著作是一个丰富的矿藏》,作者夏衍。

《文学家与革命家的完美结合》,作者张光年。

《沈雁冰在"五四"时期的理论功绩》,作者刘纳。

《茅盾是中国现代神话学的奠基者》,作者潜明兹。

《茅盾与都市文学》,作者阙国秋。

《期待茅盾研究的新突破》,作者鲍昌。

《开拓·深化·创新》,作者孙中田。

《开拓思维 勇于创新》,作者邢少涛。

《茅盾研究无须悲观》,作者徐学。

《以多种方式把握认识茅盾》,作者杨爱伦。

《论吴荪甫的性格系统》,作者吴承诚。

《〈蚀〉的人物主体性》，作者丁帆。

《一个完美的思想和艺术世界——〈野蔷薇〉新探》，作者王功亮。

《章静论——茅盾小说人物研究之一》，作者朱德发。

《茅盾短篇历史小说的独特性及其贡献》，作者汪洲。

《茅盾小说的时事性》，作者张立国。

《茅盾长篇小说的史诗风格与托尔斯泰》，作者陈幼学。

《茅盾论自然主义》，作者张明亮。

《茅盾与高尔基》，作者毕玲蔷。

《"迂回而再进"——茅盾在革命转折时期文艺思想探微》，作者邵伯周。

《美感心理与艺术活动——茅盾艺术美学观札记》，作者曹万生。

《"抉取伟大的时代意义的题材"，"鸟瞰式地来表现主题"——茅盾创作个性之一》，作者唐纪如。

《茅盾论小说的艺术技巧》，作者桑逢康。

《〈不幸的人〉为茅盾创作考》，作者钱诚一。

《茅盾对两篇小说的批语》，作者陈福康、魏心宏。

《茅盾在大革命前的社会和革命活动述略——兼答筱佑同志》，作者翟同泰。

《茅盾早期小说中的个人成分》，作者[美]陈苏珊，杨健民译，肖锦松校。

《〈论茅盾早期文学思想〉序》，作者许怀中。

《有所推进 有所提高——全国第二届茅盾研究学术讨论会述评》，作者张颂南。

《检验可喜成果 呼唤新的突破——全国第三届茅盾研究学术讨论会述评》，作者钱诚一。

《首届茅盾研究讲习会在湖州举行》，作者李广德。

《青年茅盾研究者笔会侧记》，作者仲闻。

《茅盾翻译活动初探》，作者任晓晋，《外语研究》1988年第4期。

《面临否定之否定的人们——论茅盾的时代女性形象》，作者史瑶，《浙江学刊》1988年第4期。

《试论理性对茅盾小说创作的影响》，作者林修功，《烟台师范学院学报（哲学社会科学版）》1988 年第 4 期。

《论茅盾旅日散文的忧患意识》，作者翟耀，《东岳论丛》1988 年第 4 期。

《茅盾论作家的学习与创作之关系》，作者周昌义，《湘潭大学学报（社会科学版）》1988 年第 4 期。

《论茅盾的美文与中国古典散文传统》，作者郭之瑗，《云南师范大学学报（哲学社会科学版）》1988 年第 4 期。

《试论茅盾笔下的屠维岳》，作者陈宏遂，《镇江师专学报（社会科学版）》1988 年第 4 期。

《文学是独创的——茅盾文艺思想学习札记》，作者马大康，《温州师范学院学报（哲学社会科学版）》1988 年第 4 期。

《新文学价值意识、艺术思维和审美组织的历史选择——论茅盾对托尔斯泰的接受》，作者丁亚平，《宁夏社会科学》1988 年第 4 期。

《茅盾对古典文学研究的贡献》，作者尹恭弘，《文学遗产》1988 年第 4 期。

《三十年代茅盾典型观的二重性》，作者陈学超，《西北大学学报（哲学社会科学版）》1988 年第 4 期。

《茅盾小说研究的拓展和深化——山东省第二届茅盾研究学术讨论会综述》，作者鲁文，《山东师大学报（社会科学版）》1988 年第 4 期。

《全面·系统·深刻——读邵伯周的〈茅盾评传〉》，作者白林，《苏州大学学报》1988 年第 4 期。

《茅盾中长篇小说的史诗特征》，作者钱诚一，《浙江学刊》1988 年第 4 期。

《借石他山 以资攻错——茅盾如何看待尼采学说》，作者顾国柱，《探索与争鸣》1988 年第 4 期。

《从银行客户的茅盾心理看金融改革的发展》，作者王史华、谭安杰，《经济体制改革》1988 年第 4 期。

《沈雁冰宅被抄事件初探》，作者康锋，《上海师范大学学报（哲学社会科学版）》1988 年第 4 期。

《茅盾文学批评研究》，作者丁忆帆，《文艺理论与批评》1988 年第 5 期。

《茅盾的文学"拿来主义"》，作者李广德，《杭州师范学院学报（社会科学版）》1988 年第 5 期。

《鲁迅和茅盾的文艺批评比较》,作者杜显志、薛传之,《学术论坛》1988 年第 5 期。

《美在主观:提倡新浪漫主义——茅盾艺术美本质论诞生期》,作者曹万生,《四川师范大学学报(社会科学版)》1988 年第 6 期。

《异曲同工的结构艺术——茅盾、巴金艺术比较之一》,作者袁振声,《天津师大学报(社会科学版)》1988 年第 6 期。

《新女性的抒情赞美诗——评〈中国现代文学女性形象初探〉》,作者王晓峰,《辽宁师范大学学报》1988 年第 6 期。

《论茅盾社会剖析小说》,作者秦志希,《江汉论坛》1988 年第 11 期。

《茅盾对"妇女问题"的关注和探索》,作者王玉兰,《山东社会科学》1988 年第 A1 期。

《茅盾佚文六篇》,作者翟同泰,《楚雄师专学报》1988 年第 C1 期。

《冯眉卿的失误》,作者赖智良,《南风窗》1988 年第 C1 期。

《茅盾比较研究论稿》,作者李岫,北岳文艺出版社 1988 年 11 月版。

《理性·社会·客体——茅盾艺术美学论稿》,作者曹万生,四川省社会科学院出版社 1988 年 12 月版。

1989 年

《论茅盾小说人物性欲的文学描写》,作者李广德,《湖州师专学报》1989 年第 1 期。

《论茅盾小说"时代女性"的性格结构特征》,作者朱德发,《聊城师范学院学报(哲学社会科学版)》1989 年第 1 期。

《略论茅盾的文学评论》,作者何国祥,《天水师专学报》1989 年第 1 期。

《试论茅盾前期的文艺思想(上)》,作者翟同泰,《新疆大学学报(哲学社会科学版)》1989 年第 1 期。

《试论茅盾小说的标题艺术》,作者董菊初,《武汉教育学院学报(哲学社会科学版)》1989 年第 1 期。

《茅盾的文学风格论断想》,作者庄钟庆,《厦门大学学报(哲学社会科学版）》1989 年第 1 期。

《茅盾早期文学思想与外国文学》，作者沈昆朋，《苏州大学学报》1989 年第 1 期。

《美在客观：提倡自然主义——茅盾艺术美本质论发展期》，作者曹万生，《西南民族学院学报（哲学社会科学版）》1989 年第 1 期。

《论茅盾小说与吴越文化》，作者钟桂松，《浙江学刊》1989 年第 1 期。

《论茅盾小说的环境构筑》，作者钱诚一，《杭州大学学报（哲学社会科学版）》1989 年第 1 期。

《第四届全国茅盾研究学术讨论会在厦门大学隆重召开》，作者冰，《中国现代文学研究丛刊》1989 年第 1 期。

《〈茅盾书信集〉介绍》，《中国现代文学研究丛刊》1989 年第 1 期。

《茅盾佚文三篇》，作者翟同泰，《南都学坛》1989 年第 1 期。

《茅盾》，作者蒋锡良，《浙江档案》1989 年第 1 期。

《两种形态的现实主义小说——鲁迅小说和茅盾小说的比较之一》，作者王富仁，《中国现代文学研究丛刊》1989 年第 1 期。

《早年新诗寓深情——茅盾佚诗二首学习札记》，作者丁茂远，《南昌大学学报（人文社会科学版）》1989 年第 1 期。

《茅盾与勃兰兑斯》，作者葛长伟，《东岳论丛》1989 年第 1 期。

《第四届茅盾研究会学术讨论会在我校召开》，作者贺秀明，《厦门大学学报（哲学社会科学版）》1989 年第 1 期。

《诱惑与困境——重读〈子夜〉》，作者徐循华，《中国现代文学研究丛刊》1989 年第 1 期。

《〈风景谈〉漫说》，作者吴舸，《西北师大学报（社会科学版）》1989 年第 1 期。

《〈子夜〉的心灵结构艺术——兼评对〈子夜〉的疑议》，作者张颂南，《浙江学刊》1989 年第 1 期。

《论茅盾小说的叙事方式》，作者陈健，《中国文学研究》1989 年第 2 期。

《〈茅盾年谱〉补正》，作者翟同泰，《山东师大学报（社会科学版）》1989 年第 2 期。

《茅盾与外国文学关系的研究成果述评》，作者黎舟，《福建论坛（文史哲版）》1989年第2期。

《茅盾与中外文学关系的新探讨——第四届全国茅盾研究学术讨论会综述》，作者何本伟，《文学评论》1989年第2期。

《论茅盾的文学批评》，作者邵伯周，《云南师范大学学报（哲学社会科学版）》1989年第2期。

《评茅盾30年代前后的作家作品论》，作者陆文采，《辽宁师范大学学报》1989年第2期。

《历史的丰碑，时代的画卷——抗战时期大后方散文阅读札记》，作者傅德岷、李融，《文史杂志》1989年第1期。

《理性的倾斜与控制——略论茅盾的艺术思维特征》，作者皇甫积庆，《辽宁教育学院学报（社会科学版）》1989年第2期。

《鲁迅和茅盾的历史小说比较论》，作者陈锐锋，《贵州社会科学》1989年第2期。

《关于茅盾和丁玲生平与创作年谱补充》，作者张宝珍，《徐州师范学院学报》1989年第2期。

《茅盾怎样研究鲁迅》，作者周葱秀，《锦州师院学报（哲学社会科学版）》1989年第2期。

《茅盾小说创作心态初探》，作者马大康，《阜阳师范学院学报（社会科学版）》1989年第2期。

《谈茅盾长篇小说之失》，作者曹铁娟，《昆明师专学报》1989年第2期。

《茅盾的一篇格外作——读〈水藻行〉》，作者张明亮，《名作欣赏》1989年第2期。

《试论茅盾前期的文艺思想（下）》，作者翟同泰，《新疆大学学报（哲学社会科学版）》1989年第2期。

《论现代作家学者化——兼谈当代作家学者化的淡化》，作者刘魁堂，《鞍山师范学院学报》1989年第2期。

《论茅盾文学批评的特征》，作者唐金海，《中国文学研究》1989年第3期。

《茅盾与孔德沚、秦德君关系初探》，作者李广德，《湖州师专学报》1989年第 3 期。

《茅盾的〈虹〉和"易卜生命题"》，作者丁尔纲，《中国现代文学研究丛刊》1989 年第 3 期。

《得到的和失去的——读茅盾〈我走过的道路〉断想》，作者沈卫威，《湖州师专学报》1989 年第 3 期。

《泰纳艺术理论和茅盾小说的美学个性》，作者张颂南，《杭州大学学报（哲学社会科学版）》1989 年第 3 期。

《茅盾研究资料索引（1987—1988）》，作者吴艺，《湖州师专学报》1989 年第 3 期。

《茅盾文学思想研究的新成果——读〈论茅盾的早期文学思想〉》，作者黎舟，《中国现代文学研究丛刊》1989 年第 3 期。

《落墨于人，着眼于剖析社会——三论茅盾短篇小说的浓缩艺术》，作者刘焕林，《广西师范大学学报（哲学社会科学版）》1989 年第 3 期。

《茅盾研究书录》，作者龚西征、龚景兴，《湖州师专学报》1989 年第 3 期。

《茅盾小说中的性描写》，作者吴向北，《重庆师院学报（哲学社会科学版）》1989 年第 3 期。

《论茅盾的〈鲁迅论〉》，作者徐越化，《湖州师专学报》1989 年第 3 期。

《托尔斯泰与茅盾的长篇小说》，作者郑富成，《长沙水电师院学报（社会科学版）》1989 年第 3 期。

《茅盾前期儿童文学观的开放性》，作者汤素兰，《湖州师专学报》1989 年第 3 期。

《我的茅盾研究观》，作者林焕平、吴奔星、叶子铭、孙中田、庄钟庆、邵伯周、黎舟、丁尔纲、朱德发、翟同泰、徐越化、查国华、张颂南、李广德、万树玉、李岫、李标晶、王嘉良、金燕玉、是永骏、阪口直树、白水纪子、青野繁治，《湖州师专学报》1989 年第 3 期。

《关于茅盾现实主义创作论诸问题的探讨》，作者李标晶，《湖州师专学报》1989 年第 3 期。

《一座雕像的诞生——读〈一代文豪：茅盾的一生〉》，作者沈宛，《湖州师专学报》1989 年第 3 期。

《茅盾的三篇女作家论》，作者张毓文，《湖州师专学报》1989 年第 3 期。

《茅盾与翻译》，作者朱毓芝，《开封教育学院学报》1989 年第 3 期。

《茅盾与现代主义文学》，作者汪亚明，《湖州师专学报》1989 年第 3 期。

《宝石与璞玉——茅盾〈春蚕〉与叶紫〈丰收〉思想艺术比较》，作者孙永纯，《齐齐哈尔社会科学》1989 年第 3 期。

《论茅盾小说中的强人形象》，作者唐纪如，《南京师大学报(社会科学版)》1989 年第 3 期。

《茅盾小说中的心理描写》，作者田原，《贵阳师专学报(社会科学版)》1989 年第 3 期。

《动词、句子之窗及其他——学习茅盾作品语言札记》，作者俞正贻，《湖州师专学报》1989 年第 3 期。

《"怪圈"中的"茅盾现象"》，作者吴国群，《湖州师专学报》1989 年第 3 期。

《茅盾创作艺术思维管窥》，作者钱威，《湖州师专学报》1989 年第 3 期。

《茅盾对民族形式的继承与创新》，作者戈铮，《湖州师专学报》1989 年第 3 期。

《"世界文学"：茅盾早期文艺思想的一个重要表征》，作者马华，《湖州师专学报》1989 年第 3 期。

《茅盾诗论》，作者钱大宇，《湖州师专学报》1989 年第 3 期。

《茅盾古典文学研究给我们的启示》，作者徐志平，《湖州师专学报》1989 年第 3 期。

《茅盾与中国古代文学(年表)》，作者宏达，《湖州师专学报》1989 年第 3 期。

《茅盾散文〈叩门〉的象征意义辨》，作者张启东，《贵阳师专学报(社会科学版)》1989 年第 3 期。

《梦魂常向故乡萦——读茅盾有关浙江的诗词》，作者怀安，《湖州师专学报》1989 年第 3 期。

《现代中国的西西弗神话——茅盾小说的悲剧模式》，作者余连祥，《湖州师专学报》1989 年第 3 期。

《茅盾研究的新收获——推荐〈一代文豪：茅盾的一生〉》，作者查国华，《湖州师专学报》1989 年第 3 期。

《论五四群英产生的条件》，作者胡长水，《党史研究与教学》1989 年第 3 期。

《其他》，作者顾忠国，《湖州师专学报》1989 年第 3 期。

《一帆风顺》，作者［捷］高利克，张汕译，《中国现代文学研究丛刊》1989 年第 3 期。

《茅盾小说文体与二十世纪现实主义》，作者［日］是永骏，《文学评论》1989 年第 4 期。

《理智与感情——论茅盾对艺术的选择》，作者超冰，《中国现代文学研究丛刊》1989 年第 4 期。

《试论茅盾抗战诗词》，作者丁茂远，《广西师范大学学报（哲学社会科学版）》1989 年第 4 期。

《茅盾小说与中国传统文学》，作者罗宗义，《昭乌达蒙族师专学报（哲学社会科学版）》1989 年第 4 期。

《文学是时代的——茅盾文艺思想学习札记》，作者马大康，《齐鲁学刊》1989 年第 4 期。

《港台学者论茅盾》，作者树玉，《浙江学刊》1989 年第 4 期。

《茅盾与中国现代女作家》，作者张衍芸，《宁夏大学学报（社会科学版）》1989 年第 4 期。

《茅盾对马克思主义文艺理论中国化的贡献二题》，作者李标晶，《杭州师范学院学报（社会科学版）》1989 年第 4 期。

《"儿子与情人"——鲁迅、胡适、茅盾婚恋心态与情结阐释》，作者沈卫威，《心理学探新》1989 年第 4 期。

《茅盾与新文学的民族化建设》，作者翟耀，《齐鲁学刊》1989 年第 4 期。

《茅盾与近代俄国文学》，作者黎舟，《福建师范大学学报（哲学社会科学版）》1989 年第 4 期。

《茅盾研究中的一部创新之作——读〈茅盾比较研究论稿〉》，作者秦林芳，《中国现代文学研究丛刊》1989 年第 4 期。

《在通向真善美道路上探索追求——茅盾小说创作略论》，作者马大康，

《阴山学刊》1989 年第 4 期。

《茅盾与中国的报告文学》,作者王欣荣,《青海社会科学》1989 年第 4 期。

《我珍藏的四封信》,作者草明,《新文学史料》1989 年第 4 期。

《"问题小说"发端——论〈新中国未来记〉及其群类》,作者王学钧,《明清小说研究》1989 年第 4 期。

《试论吴荪甫的典型性兼谈中国民族资产阶级的历史命运》,作者赵建设,《青海师专学报》1989 年第 4 期。

《〈白杨礼赞〉的艺术美》,作者郭素贤,《唐都学刊》1989 年第 4 期。

《谈〈子夜〉惯用语的民俗修辞特色》,作者彭嘉强,《当代修辞学》1989 年第 4 期。

《〈子夜〉、〈家〉节选章节辅导》,作者李忠婉,《内蒙古电大学刊》1989 年第 4 期。

《〈风景谈〉部分语句商榷》,作者李哉,《中小学教师培训》1989 年第 4 期。

《现代新型批评意识和价值观念的历史选择——茅盾文学批评心理研究之一》,作者丁亚平,《福建论坛(文史哲版)》1989 年第 6 期。

《"茅盾现象":一个理论反思课题》,作者吴国群,《江汉论坛》1989 年第 8 期。

《"三一律"、现代心理叙述与小说结构——茅盾小说〈创造〉结构试析》,作者常存文,《内蒙古教育学院学报》1989 年第 1 期。

《茅盾论〈红楼梦〉的小说艺术》,作者许豪炯,《阜阳师范学院学报(社会科学版)》1989 年增刊。

1990 年

《论茅盾早期创作的二元倾向》,作者丁帆,《中国现代文学研究丛刊》1990 年第 1 期。

《典型——真和美的集中体现——茅盾文艺美学思想探讨之一》,作者史瑶,《浙江学刊》1990 年第 1 期。

《富有民族特色的历史画幅——论茅盾长篇小说〈霜叶红似二月花〉》,作者杨鼎川，《佛山大学学报（社会科学版）》1990 年第 1 期。

《我和茅盾》，作者［捷］M. 高利克，庄嘉宁译，《中国现代文学研究丛刊》1990 年第 1 期。

《茅盾小说创作的理性特征》，作者姜正兵，《娄底师专学报》1990 年第 1 期。

《茅盾轶文（诗）钩沉》，作者李建平，《广西大学学报（哲学社会科学版）》1990 年第 1 期。

《茅盾文学批评的思维个性》，作者丁亚平，《中国现代文学研究丛刊》1990 年第 1 期。

《漫话文艺批评的标准——从茅盾对"草"的推敲扯起》，作者乌为，《晋中师专学报》1990 年第 1 期。

《"茅盾现象"：一个理论反思课题》，作者吴国群，《中国现代文学研究丛刊》1990 年第 1 期。

《二十年代文学的知识妇女主题与茅盾的〈蚀〉和〈虹〉》，作者陈开鸣，《贵州大学学报（社会科学版）》1990 年第 1 期。

《国民党清党委员会公布的有关沈雁冰的几则材料——为茅盾"回忆录"提供片断的印证及补充》，作者包子衍，《新文学史料》1990 年第 1 期。

《批评形式心理的历史轨路——茅盾文学批评心理研究》，作者丁亚平，《汉中师院学报（哲学社会科学版）》1990 年第 1 期。

《茅盾中长篇小说的情节建构及其审美规范》，作者钱诚一，《文艺理论与批评》1990 年第 1 期。

《〈春蚕〉的语言艺术》，作者陈世俊，《当代修辞学》1990 年第 1 期。

《表现时代、解释时代、推动时代——谈〈子夜〉的社会意义和吴荪甫形象的典型性》，作者左全安，《贵阳师专学报（社会科学版）》1990 年第 1 期。

《试析我国各族神话中的"原始物质"》，作者傅光宇，《思想战线》1990 年第 1 期。

《浙江新文学名家研究出版》，《杭州大学学报（哲学社会科学版）》1990 年第 1 期。

《茅盾研究（第四辑）》，中国茅盾研究会编，文化艺术出版社 1990 年 3 月版。收录的论文有：

《茅盾在中国现代文学批评史上的地位》，作者邓牛顿。

《茅盾早期文艺思想的本质特征》，作者李庶长。

《茅盾的小说理论脞谈》，作者李标晶。

《论茅盾的报告文学理论建设》，作者王欣荣。

《茅盾报告文学批评初探》，作者段百玲。

《茅盾神话研究三题》，作者唐建清。

《茅盾与新兴木刻》，作者齐凤阁。

《论茅盾在民族论争中的理论贡献》，作者翟耀。

《试论茅盾现代作家作品论的宏观价值》，作者吴国群。

《茅盾小说的心理描写及其与中外文学的关系》，作者黎舟。

《茅盾早期小说外来影响探微》，作者丰昀。

《论茅盾小说的社会分析特色》，作者陈咏芹。

《寻求美 探索美——评茅盾作品中的"时代女性"形象》，作者陆文采。

《林老板形象再分析》，作者超冰。

《喝乌镇水成长的典型形象——试论乌镇对茅盾小说创作中人物塑造的影响》，作者钟桂松。

《茅盾与郁达夫创作中爱情描写比较研究》，作者吴承诚。

《略说〈水藻行〉与〈大地〉》，作者李继凯。

《他在我的心中永生》，作者郭风。

《〈腐蚀〉出版经过》，作者洁泯。

《恩如海，情更深》，作者敖德斯尔。

《关于茅盾先生七封信的回忆及其他》，作者金梅。

《关于茅盾驳斥陈独秀的一篇杂文》，作者陈福康。

《为人生的文学》，作者〔苏〕B.φ·索罗金，曹万生译。

《茅盾小说〈子夜〉中的比较成份》，作者〔捷〕玛丽安·高利克，庄嘉宁译。

《关于茅盾小说中的象征——与王功亮、丁帆同志商榷》，作者李庆信。

《也谈〈幻灭〉中的强连长》，作者宋聚轩。

《对〈子夜〉几点细节的疑义》,作者李振坤。

《"西人眼中的茅盾",还是中国论者的评论》,作者丁亚平。

《长足进展 丰硕收稔——近几年有关茅盾研究著作一览》,作者如玉。

《史才与见解的融合——浅评〈茅盾史实发微〉》,作者下土。

《比较分析列夫·托尔斯泰、茅盾小说创作中的心理描写》,作者王聪文。

《〈蚀〉的主要思想倾向是"求索"》,作者刘峰前。

《关于〈子夜〉中的共产党员形象》,作者罗宗义。

《论茅盾的儿童小说创作》,作者熊文,《中山大学学报(哲学社会科学版)》1990年第2期。

《现实主义传统和作家的独创性——茅盾与老舍小说比较考察》,作者万平近,《中国现代文学研究丛刊》1990年第2期。

《多重规定下的批评思维个性——茅盾文学批评心理研究之一》,作者丁亚平,《华中师范大学学报(哲学社会科学版)》1990年第2期。

《探索者的心音——读王嘉良〈茅盾小说论〉》,作者项明,《浙江学刊》1990年第2期。

《茅盾评少数民族作家的创作》,作者孙桂森,《内蒙古民族师院学报(哲学社会科学汉文版)》1990年第2期。

《作家感应生活的艺术再造——论茅盾的历史小说》,作者周培贞,《西北师大学报(社会科学版)》1990年第2期。

《民族心态艰难调整的宏观扫描——茅盾小说论评之一》,作者顾琅川,《绍兴师专学报》1990年第2期。

《茅盾与鲁迅小说的比较研究》,作者徐越化,《湖州师专学报》1990年第2期。

《以我为主,广采博取——论茅盾对西方文学借鉴的经验》,作者李庶长,《山东大学学报(哲学社会科学版)》1990年第2期。

《茅盾创作中两种类型"时代女性"小议》,作者罗建平,《湘潭大学学报(社会科学版)》1990年第2期。

《从接受美学角度谈茅盾作品创作》,作者欧家斤,《江西教育学院学报(综合版)》1990 年第 2 期。

《茅盾文学思想研究的新成果——评〈论茅盾的早期文学思想〉》,作者黎舟,《中国现代文学研究丛刊》1990 年第 2 期。

《致力于茅盾研究的开拓与提高——读〈湖州师专学报〉1989 年"茅盾研究专号"》,作者黎舟,《湖州师专学报》1990 年第 2 期。

《漫谈茅盾的短篇小说艺术》,作者廖光耀,《西藏民族学院学报(社会科学版)》1990 年第 2 期。

《茅盾对文学批评建设的历史贡献》,作者王建中,《社会科学辑刊》1990 年第 2 期。

《一位曾给茅盾的生活与创作以很大影响的女性(一)——秦德君对话录》,作者沈卫威,《许昌学院学报》1990 年第 2 期。

《中国现代马克思主义文学思潮与茅盾的小说创作》,作者陈咏芹,《信阳师范学院学报(哲学社会科学版)》1990 年第 2 期。

《茅盾美学思想探微》,作者刘国清,《南昌大学学报(人文社会科学版)》1990 年第 2 期。

《茅盾〈我走过的道路〉的遗憾》,作者苏航,《陕西师大学报(哲学社会科学版)》1990 年第 2 期。

《一朵"明日黄花"——小说与电影〈子夜〉比较谈》,作者陈开鸣,《贵阳师专学报(社会科学版)》1990 年第 2 期。

《托物寄意 以物喻人——〈白杨礼赞〉评析》,作者何清,《张掖师专学报(综合版)》1990 年第 2 期。

《〈子夜〉研究述评:1933—1989》,作者刘伟,《辽宁师范大学学报》1990 年第 2 期。

《茅盾〈我走过的道路〉百处错误概说》,作者沈卫威,《湖州师专学报》1990 年第 3 期。

《论茅盾的〈徐志摩论〉》,作者徐越化,《湖州师专学报》1990 年第 3 期。

《茅盾与梅特林克》,作者张启东,《信阳师范学院学报(哲学社会科学版)》1990 年第 3 期。

《文学研究会时的茅盾与法国文学》,作者苏华,《文艺理论与批评》1990 年第 3 期。

《试论茅盾的现代作家作品论的宏观价值》，作者吴国群，《文学评论》1990 年第 3 期。

《一位曾给予茅盾的生活与创作以很大影响的女性（二）——秦德君对话录》，作者沈卫威，《许昌学院学报》1990 年第 3 期。

《论茅盾的诗歌审美观》，作者骆寒超，《绍兴师专学报（社会科学版）》1990 年第 3 期。

《略论茅盾在延安的理论成就》，作者孙国林，《河北师范大学学报（社会科学版）》1990 年第 3 期。

《〈茅盾全集〉第十卷诗词校注质疑》，作者丁茂远，《浙江师大学报（社会科学版）》1990 年第 3 期。

《"关系结构"中的文学价值论——茅盾早期文学理论与批评的特色》，作者许祖华，《东北师大学报》1990 年第 3 期。

《茅盾的当代文艺评论》，作者罗守让，《娄底师专学报》1990 年第 3 期。

《幻灭·追求·苏生——论大革命失败后茅盾的思想与心态》，作者杨鼎川，《佛山大学学报（社会科学版）》1990 年第 3 期。

《在"代圣贤立言"与"为自身立言"之间矛盾的茅盾——评茅盾建国后的小说评论》，作者古远清，《固原师专学报》1990 年第 3 期。

《论〈蚀〉三部曲中的"时代女性"》，作者张朋钊，《河北大学学报（哲学社会科学版）》1990 年第 3 期。

《茅盾的童心》，作者金燕玉，南京出版社 1990 年 6 月版。

《茅盾研究信息六则》，作者边季，《湖州师专学报》1990 年第 4 期。

《茅盾小说的音响艺术》，作者钟桂松，《湖州师专学报》1990 年第 4 期。

《茅盾研究核心报刊初探》，作者康福英，《湖州师专学报》1990 年第 4 期。

《茅盾与郁达夫小说的比较研究》，作者徐越化，《湖州师专学报》1990 年第 4 期。

《对〈茅盾全集〉的一处质疑》，作者丁国兴，《赣南师范学院学报》1990 年第 4 期。

《中国大革命与茅盾的思想和创作》，作者李广德，《湖州师专学报》1990 年第 4 期。

《论茅盾报告文学批评的两大特色》,作者段百玲,《湖州师专学报》1990 年第 4 期。

《自然主义的先声——茅盾早期文艺主张再探》,作者张书恒,《南都学坛》1990 年第 4 期。

《茅盾小说的地域文化意蕴》,作者吴明,《杭州师范学院学报(社会科学版)》1990 年第 4 期。

《论茅盾创作活动中的读者意识》,作者李继凯,《陕西师大学报(哲学社会科学版)》1990 年第 4 期。

《茅盾小说类型及其影响——兼与鲁迅作比较分析》,作者金燕玉,《福建论坛(文史哲版)》1990 年第 4 期。

《"有心栽花"反成了"无意插柳"——评茅盾的纪实小说〈劫后拾遗〉》,作者余连祥,《湖州师专学报》1990 年第 4 期。

《"用形象思考时代"——论茅盾小说创作中的一种模式》,作者张洲平,《丽水师专学报(社会科学版)》1990 年第 4 期。

《茅盾的散文理论——中国现当代散文理论研究之三》,作者罗永奕,《湖北师范学院学报(哲学社会科学版)》1990 年第 4 期。

《三十年代上海都市文学——兼谈对茅盾〈子夜〉的新认识》,作者吴向北,《重庆师院学报(哲学社会科学版)》1990 年第 4 期。

《茅盾小说里的农民形象之考察》,作者张崇文,《汉中师院学报(哲学社会科学版)》1990 年第 4 期。

《茅盾后期文论片谈》,作者曹毓生,《湖北师范学院学报(哲学社会科学版)》1990 年第 4 期。

《茅盾〈回忆录〉两点史实辨正》,作者曾汉祥,《韶关师专学报(社会科学版)》1990 年第 4 期。

《茅盾小说中的非知识女性形象》,作者小申,《武汉教育学院学报(哲学社会科学版)》1990 年第 4 期。

《论〈动摇〉》,作者是永骏、顾忠国,《湖州师专学报》1990 年第 4 期。

《略论〈子夜〉虚实手法的运用》,作者吴秀英,《松辽学刊(社会科学版)》

1990 年第 4 期。

《论〈子夜〉的美学价值》，作者项文泉，《湖州师专学报》1990 年第 4 期。

《谈〈腐蚀〉中破折号的运用艺术》，作者俞正贻，《湖州师专学报》1990 年第 4 期。

《现代文学研究的本土化——评〈浙江新文学作家研究〉》，作者萧延平，《浙江学刊》1990 年第 4 期。

《关于〈谈"水浒"的人物和结构〉一文的十三处修改意见》，作者彭年祥，《青海师专学报》1990 年第 4 期。

《茅盾研究六十年》，作者邱文治、韩银庭，天津教育出版社 1990 年 10 月版。

《茅盾论丁玲》，作者丁尔纲，《浙江学刊》1990 年第 5 期。

《从〈神话研究〉看茅盾的神话观及其与人类学派神话学的关系》，作者崔柳生，《社会科学探索》1990 年第 5 期。

《茅盾〈我走过的道路〉错误略说》，作者沈卫威，《浙江学刊》1990 年第 5 期。

《中国革命与茅盾的文学道路新研讨——浙江"中国现代文学研讨会"综述》，作者陈力强，《浙江学刊》1990 年第 5 期。

《编辑大师茅盾（一）》，作者王醒，《编辑之友》1990 年第 5 期。

《超越意识：蕴示未来之维的选择——茅盾文学批评心理研究之一》，作者丁亚平，《宁夏社会科学》1990 年第 6 期。

《编辑大师茅盾（二）》，作者王醒，《编辑之友》1990 年第 6 期。

《"未尝敢忘记了文学的社会的意义"——茅盾三四十年代的散文扫描》，作者鲁人，《山东师大学报（社会科学版）》1990 年第 6 期。

《"我的心向着你们"——试述茅盾对党的追求》，作者毛代胜，《湖南社会科学》1990 年第 6 期。

《山东省第三届茅盾研究学术讨论会召开》，作者鲁文，《山东师大学报（社会科学版）》1990 年第 6 期。

《茅盾评点本〈浪涛滚滚〉》，《读书》1990 年第 10 期。

《鲁迅喜看〈春蚕〉试映》，作者陈梦熊，《鲁迅研究月刊》1990 年第 10 期。

《茅盾传》，作者李标晶，团结出版社 1990 年 11 月版。

《茅盾和儿童文学》，作者孔海珠，少年儿童出版社 1990 年 11 月版。

1991 年

《茅盾与柔石小说的比较研究》，作者徐越化，《湖州师专学报》1991 年第 1 期。

《一位曾给茅盾的生活与创作以很大影响的女性（三）——秦德君对话录》，作者沈卫威，《许昌学院学报》1991 年第 1 期。

《编辑大师茅盾（三）》，作者王醒，《编辑之友》1991 年第 1 期。

《茅盾前期现实主义文学观管见》，作者之林，《广西师院学报》1991 年第 1 期。

《茅盾报告文学批评二题》，作者段百玲，《湖州师专学报》1991 年第 1 期。

《易卜生在中国的殊遇与碰壁——评茅盾的三篇小说》，作者张华，《西北大学学报（哲学社会科学版）》1991 年第 1 期。

《论茅盾"五四"时期的寓言创作》，作者吴秋林，《六盘水师范高等专科学校学报》1991 年第 1 期。

《沈雁冰同志就〈茅盾传略〉稿给袁宝玉同志的两封信》，《中国人民大学学报》1991 年第 1 期。

《茅盾与近代法国文学的科学理性精神》，作者黎舟，《福建师范大学学报（哲学社会科学版）》1991 年第 1 期。

《〈风景谈〉的标题及其它》，作者麻银梅，《齐齐哈尔师范学院学报（哲学社会科学版）》1991 年第 1 期。

《〈野蔷薇〉——一个冻结的模式》，作者马佳，《淮阴师专学报（哲学社会科学版）》1991 年第 1 期。

《论〈子夜〉创作的多重动因——〈子夜〉动机模型假说之一》，作者姜文，《文学评论》1991 年第 1 期。

《中国的国情与吴荪甫的悲剧》，作者李善修，《河南师范大学学报（哲学社会科学版）》1991 年第 1 期。

《茅盾研究（第五辑）》，中国茅盾研究会编，文化艺术出版社1991年3月版。收录的论文有：

《茅盾对马克思主义文艺理论中国化的贡献》，作者李标晶。

《论茅盾的文学批评》，作者邵伯周。

《茅盾对文学批评建设的历史贡献》，作者王建中。

《鲁迅和茅盾的文艺批评比较》，作者薛传芝。

《茅盾早期文学批评两面观》，作者丁柏铨。

《茅盾与新文学的民族化建设》，作者翟耀。

《试论社会思潮对茅盾的影响》，作者宋文耀。

《理性的倾斜与控制——茅盾艺术思维特征略论》，作者皇甫积庆。

《茅盾的文学风格论断想》，作者庄钟庆。

《论茅盾的文学"拿来主义"》，作者李广德。

《茅盾与外国文学关系的研究成果述评》，作者吕荣春。

《丹纳艺术理论和茅盾小说的美学个性》，作者张颂南。

《吸收外来文化的一个思想纲要——读〈西洋文学通论〉后的思考》，作者李岫。

《茅盾与司各特》，作者李庶长。

《中国现实主义与现代主义小说的交融——论茅盾早期创作的二元倾向》，作者丁帆。

《现实主义传统和作家的独创性——茅盾与老舍小说比较考察》，作者万平近。

《茅盾小说与中国传统小说》，作者罗宗义。

《茅盾小说类型及其影响——兼与鲁迅作比较分析》，作者金燕生。

《论茅盾小说与吴越文化》，作者钟桂松。

《冲突与抉择——谈茅盾笔下两类小资产阶级女性的历史内涵》，作者曹伟。

《茅盾小说中的性描写——人与社会的一个视角》，作者吴向北。

《从"人"的行动中写出"环境"来——论茅盾小说的环境构筑》，作者钱诚一。

《茅盾小说文体与二十世纪现实主义》,作者[日]是永骏。

《茅盾小说的语言风格》,作者唐纪如。

《〈子夜〉与社会剖析派小说》,作者严家炎。

《艺术丑与〈子夜〉的创作》,作者孙中田。

《茅盾的〈虹〉和"易卜生命题"——五论茅盾小说的典型提炼兼及他和外国文学的关系》,作者丁尔纲。

《各有千秋 殊途同归——论茅盾与郭沫若早期的短篇小说》,作者徐越化。

《镌刻在历史漩涡里的人生思索——〈野蔷薇〉思想意蕴新探》,作者秦林芳。

《妇女沦落的革命意义:〈水藻行〉和〈烟云〉》,作者[美]陈幼石。

《鲁迅和茅盾的历史小说比较论》,作者陈锐锋。

《"油画式"和"橄榄味"——茅盾与丰子恺散文创作异同初探》,作者吴骞。

《茅盾集外佚诗学习札记》,作者丁茂远。

《关于〈论无产阶级艺术〉出处的说明和一些感想》,作者[日]白水纪子。

《关于"海外文坛消息"初步的分类统计》,作者[日]松井博光。

《喜读第一部茅盾比较研究专著——〈茅盾比较研究论稿〉》,作者万树玉。

《论茅盾小说的客观化》,作者丰昀,《浙江学刊》1991年第2期。

《个性心理:对历史进程的意识和体验——茅盾文学批评心理研究之一》,作者丁亚平,《河北学刊》1991年第2期。

《文学选择思维品质的个性呈示——茅盾文学批评心理研究之一》,作者丁亚平,《贵州社会科学》1991年第2期。

《论茅盾的〈王鲁彦论〉》,作者徐越化,《湖州师专学报》1991年第2期。

《〈茅盾传〉简评》,作者曹铁娟,《绍兴师专学报》1991年第2期。

《形象的审美价值与茅盾的选择》,作者刘云,《浙江大学学报(社会科学版)》1991年第2期。

《茅盾〈我走过的道路〉史料勘正》,作者沈卫威,《河南大学学报(社会科学版）》1991 年第 2 期。

《茅盾小说创作与现代主义》，作者黎舟，《福建论坛（文史哲版）》1991 年第 2 期。

《新思维 新收获——评李标晶〈茅盾传〉》，作者郑万青，《浙江社会科学》1991 年第 2 期。

《茅盾小说世界面面观》，作者马佳，《湖州师专学报》1991 年第 2 期。

《茅盾小说人物塑造模式论》，作者秦志希，《贵州社会科学》1991 年第 2 期。

《中国革命的历史要求与茅盾人生道路的抉择》，作者余连祥，《湖州师专学报》1991 年第 2 期。

《茅盾家庭对茅盾性格形成的影响》，作者钟桂松，《浙江学刊》1991 年第 2 期。

《编辑大师茅盾（四）》，作者王醒，《编辑之友》1991 年第 2 期。

《纪念文学巨匠逝世十周年 茅盾对 34 本文学作品的点评首次披露》，作者郭玲春，《新文学史料》1991 年第 2 期。

《金融浪涛上的浮沉（摘录）——从茅盾的〈子夜〉到张君默的〈香港子夜〉和白洛的〈滇色人高楼〉》，作者周文彬，《台港与海外华文文学评论和研究》1991 年第 2 期。

《三十年代上海都市文学——兼谈对茅盾〈子夜〉的新认识》，作者吴向北，《中国现代文学研究丛刊》1991 年第 2 期。

《〈茅盾文艺美学思想论稿〉出版》，作者艾维，《浙江师大学报（社会科学版）》1991 年第 2 期。

《郑超麟谈沈雁冰》，作者郑晓方，《新文学史料》1991 年第 2 期。

《从经济文化的角度看〈子夜〉与〈上海的早晨〉》，作者胡协和，《文学评论》1991 年第 2 期。

《中国的林老板与美国的莫里斯——〈林家铺子〉与〈伙计〉中两个主人公形象的比较》，作者徐芸华，《楚雄师专学报》1991 年第 2 期。

《试论吴荪甫的文化心理结构》，作者李芸，《江西教育学院学报（综合版）》1991 年第 2 期。

《论茅盾作品中的浙江地方"风景画"》,作者李广德,《湖州师专学报》1991年第3期。

《论左翼文艺思潮与茅盾的文艺批评》,作者徐越化,《湖州师专学报》1991年第3期。

《一位曾给茅盾的生活与创作以很大影响的女性——秦德君对话录(五)》,作者沈卫威,《许昌学院学报》1991年第3期。

《真实的品格——论茅盾小说的外来影响》,作者阙国虬,《福建师范大学学报(哲学社会科学版)》1991年第3期。

《茅盾小说与浙北风俗》,作者余连祥,《湖州师专学报》1991年第3期。

《编辑大师茅盾(五)》,作者王醒,《编辑之友》1991年第3期。

《茅盾小说人物塑造模式论》,作者秦志希,《中国现代文学研究丛刊》1991年第3期。

《美学感觉:对文学价值的整体感知——茅盾文学批评心理研究之一》,作者丁亚平,《人文杂志》1991年第3期。

《茅盾著作标题初识》,作者俞正贻,《湖州师专学报》1991年第3期。

《叶子铭和他的文学研究》,作者丁澄,《徐州师范学院学报》1991年第3期。

《论中国现代小说中农民形象系列的独特地位》,作者朱正红,《广东社会科学》1991年第3期。

《"〈子夜〉模式"辨》,作者曾冬水,《江西师范大学学报》1991年第3期。

《〈风景谈〉景物描写特点新探》,作者顾栋,《昭乌达蒙族师专学报(汉文哲学社会科学版)》1991年第3期。

《马克思主义与茅盾创作》,作者方铭、胡程,《安徽大学学报(哲学社会科学版)》1991年第4期。

《茅盾论文学民族化》,作者张衍芸,《宁夏大学学报(社会科学版)》1991年第4期。

《也谈茅盾的〈虹〉没能续写的原因》,作者金薇、张玉洁,《锦州师院学报(哲学社会科学版)》1991年第4期。

《新发现国民党南京政府一九二七年通缉沈雁冰(茅盾)、郭沫若的原件抄本》,作者沈卫威,《新文学史料》1991年第4期。

《茅盾与现代主义文艺思潮论析》,作者王嘉良,《浙江社会科学》1991年第4期。

《茅盾小说艺术情感探源》,作者马丽蓉,《山东师大学报(社会科学版)》1991年第4期。

《编辑大师茅盾(六)》,作者王醒,《编辑之友》1991年第4期。

《茅盾的现代思维与西方文艺思潮》,作者陆维天,《新疆社科论坛》1991年第4期。

《理性思维:对意蕴世界的价值确定——茅盾文学批评心理研究》,作者丁亚平,《江苏社会科学》1991年第4期。

《茅盾中学时代的几位老师》,作者钟桂松,《山东师大学报(社会科学版)》1991年第4期。

《中国左翼电影运动的诞生、成长与发展》,作者陈播,《当代电影》1991年第4期。

《从夜影到曙光:〈子夜〉与〈上海的早晨〉比较》,作者宋文耀,《温州师范学院学报(哲学社会科学版)》1991年第4期。

《〈子夜〉受到的〈红楼梦〉影响》,作者李光嵘,《红河学院学报》1991年第4期。

《论赵惠明》,作者魏绍馨,《齐鲁学刊》1991年第4期。

《〈子夜〉与中国革命文学》,作者陈诗经,《宁波师院学报(社会科学版)》1991年第4期。

《茅盾与故乡》,作者钟桂松,四川文艺出版社1991年8月版。

《论茅盾神话观的形成、发展及其文化索源特征》,作者丁尔纲,《东岳论丛》1991年第5期。

《茅盾与罗曼·罗兰》,作者李庶长,《东岳论丛》1991年第5期。

《茅盾的创作与中西文化借鉴》,作者曹万生,《东岳论丛》1991年第5期。

《编辑大师茅盾(七)》,作者王醒,《编辑之友》1991年第5期。

《茅盾、巴金艺术功利观比较——兼论艺术的价值取向》,作者袁振声,《天津社会科学》1991年第5期。

《读茅盾的〈鲁迅论〉》,作者赵耀堂,《山东师大学报(社会科学版)》1991年第6期。

《编辑大师茅盾(八)》,作者王醒,《编辑之友》1991年第6期。

《茅盾小说创作与传统文化》,作者秦志希,《江汉论坛》1991年第10期。

《茅盾文艺美学思想论稿》,作者史瑶、王嘉良等,杭州大学出版社1991年3月版。

《梦回星移——茅盾晚年生活见闻》,作者叶子铭,南京大学出版社1991年4月版。

《茅盾文体初探》,作者李标晶,厦门大学出版社1991年5月版。

《茅盾小说的艺术世界》,作者邱文治,百花文艺出版社1991年5月版。

《浪涛滚滚——茅盾点评本》,作者韶华,中国青年出版社1991年6月版。

《茅盾与故乡》,作者钟桂松,四川文艺出版社1991年8月版。

《茅盾文学批评论》,作者罗宗义,厦门大学出版社1991年8月版。

《中国语言大师锦句录——茅盾卷》,作者朱子明、崔毓秀,文汇出版社1991年9月版。

《茅盾诗词鉴赏》,作者丁茂远,杭州大学出版社1991年11月版。

1992 年

《"文艺亦以求真为唯一目的"——论茅盾对中国古典小说的继承和发展》,作者刘焕林,《广西师范大学学报(哲学社会科学版)》1992年第1期。

《论茅盾和他的"时代女性"》,作者陆文采,《甘肃社会科学》1992年第1期。

《论茅盾社会学文学批评的历史功绩》,作者顾顺泉,《湖州师专学报》1992年第1期。

《茅盾的文学思想与俄国批判现实主义文学》,作者翟耀,《文史哲》1992年第1期。

《鲁迅乡土小说与茅盾农村三部曲比较研究》,作者孙丽玲,《曲靖师专学报》1992年第1期。

《试论茅盾的心理分析现实主义》，作者马佳，《中国现代文学研究丛刊》1992 年第 1 期。

《茅盾的象征主义及其创作实践》，作者陈锐锋，《贵州师范大学学报（社会科学版）》1992 年第 1 期。

《社会宏观与理性探求——茅盾的美学思想》，作者邹华，《人文杂志》1992 年第 1 期。

《论茅盾走上文学道路的文化背景》，作者李标晶，《杭州师范学院学报》1992 年第 1 期。

《以茅盾为榜样，沿着正确的道路前进（茅盾研究国际学术讨论会闭幕词）》，作者庄钟庆，《湖州师专学报》1992 年第 1 期。

《茅盾——中国进步知识分子的光辉典范（茅盾研究国际学术讨论会开幕词）》，作者黄源，《湖州师专学报》1992 年第 1 期。

《丁茂远副教授的〈茅盾诗词鉴赏〉出版》，《杭州大学学报（哲学社会科学版）》1992 年第 1 期。

《茅盾与中国乡土小说》，作者丁帆，《浙江学刊》1992 年第 1 期。

《茅盾研究国际学术讨论会在南京举行》，《湖州师专学报》1992 年第 1 期。

《茅盾短篇小说中的独特人物》，作者史瑶，《浙江学刊》1992 年第 1 期。

《马克思主义美学观的形象教科书——谈谈〈风景谈〉的美学观点》，作者谢志华，《自贡师专学报》1992 年第 1 期。

《大文学家茅盾》，作者陆定一，《陆定一文集》，人民出版社 1992 年 2 月版。

《茅盾的早期编辑生涯考略》，作者金美福，《东疆学刊》1992 年第 2 期。

《论茅盾的电影批评》，作者周斌，《电影艺术》1992 年第 2 期。

《论茅盾文学世界所反映的现代中国文化心理的嬗变》，作者王一力、张大雷，《中国文学研究》1992 年第 2 期。

《从困惑走向有序趋于热寂——茅盾小说创作的道路》，作者柳海志，《新疆石油教育学院学报》1992 年第 2 期。

《茅盾的性描写观与〈蚀〉〈野蔷薇〉中的性爱》，作者三枝茂人、董炳月，《中国现代文学研究丛刊》1992 年第 2 期。

《茅盾与俄国文学、尼采思想和新浪漫主义——茅盾艺术美理论建构描述之一》,作者钱诚一,《杭州大学学报(哲学社会科学版)》1992年第2期。

《论茅盾纪实散文的个性价值》,作者李传玺,《安徽教育学院学报(社会科学版)》1992年第2期。

《最浓故乡情——桐乡乌镇茅盾故居》,《浙江档案》1992年第2期。

《论茅盾与西方新浪漫主义》,作者李燕,《湖北民族学院学报(哲学社会科学版)》1992年第2期。

《茅盾文艺观的发展及其作家作品评论》,作者昌切,《武汉大学学报(社会科学版)》1992年第2期。

《茅盾:中外文学研究与文化学说》,作者李广德,《杭州大学学报(哲学社会科学版)》1992年第2期。

《郭沫若与茅盾:从意志自由到历史必然——中国现代文学的哲学透视之二》,作者高瑞泉,《天津社会科学》1992年第2期。

《茅盾研究国际学术讨论会述要》,作者安时,《中国现代文学研究丛刊》1992年第2期。

《茅盾对浙江作家的扶植》,作者余连祥,《湖州师专学报》1992年第2期。

《茅盾用语漫谈》,作者潘晓东,《当代修辞学》1992年第2期。

《创造社会主义文学的理论标帜——茅盾〈夜读偶记〉论略》,作者冯望岳,《渭南师专学报》1992年第2期。

《胡兰畦关于〈虹〉的谈话记录》,作者王晓梅,《新文学史料》1992年第2期。

《再论茅盾小说的心理描写》,作者萧心,《烟台师范学院学报(哲学社会科学版)》1992年第2期。

《拯救自我的双重煎熬——〈野蔷薇〉中的女性世界》,作者程国政、贺菲,《湖北大学学报(哲学社会科学版)》1992年第2期。

《在"过去"与"未来"的夹缝中——论〈野蔷薇〉中的男性形象》,作者潘先军,《内蒙古民族师院学报(哲学社会科学汉文版)》1992年第2期。

《〈子夜〉的意义和批评学》,作者思吾,《文艺争鸣》1992年第2期。

《茅盾小说中时代女性形象的衍化及其功能分析》,作者彭晓丰,《中国现代文学研究丛刊》1992 年第 3 期。

《逆境中的乐观与悲观——1927 年鲁迅与茅盾心态之比较》，作者杨鼎川，《佛山大学学报》1992 年第 3 期。

《编辑大师茅盾与〈小说月报〉改革》，作者金美福，《锦州师院学报（哲学社会科学版）》1992 年第 3 期。

《茅盾：在理性追求与浪漫气质之间》，作者陈咏芹，《黄淮学刊（社会科学版）》1992 年第 3 期。

《"寡母抚孤"现象对中国现代作家的影响——对胡适、鲁迅、茅盾、老舍童年经历的一种理解》，作者谢泳，《中国现代文学研究丛刊》1992 年第 3 期。

《鲁迅与茅盾小说的比较研究》，作者屈正平，《内蒙古师大学报（哲学社会科学版）》1992 年第 3 期。

《人生的一个"大不幸"——论茅盾〈水藻行〉中的"乱伦"情节》，作者张洲平，《丽水师专学报》1992 年第 3 期。

《论茅盾与西方新浪漫主义》，作者顾国柱、李燕，《延边大学学报（哲学社会科学版）》1992 年第 3 期。

《冲突与借鉴：茅盾与中西文化》，作者曹万生，《四川大学学报（哲学社会科学版）》1992 年第 3 期。

《茅盾前期现实主义文学观》，作者吴秀英，《松辽学刊（社会科学版）》1992 年第 3 期。

《茅盾与沈从文的小说风格断想》，作者孙中田，《山西师大学报（社会科学版）》1992 年第 3 期。

《伟大跋涉者的足迹——评茅盾早期对文学基本问题的探讨》，作者丁柏铨，《江苏社会科学》1992 年第 3 期。

《茅盾短篇小说琐议》，作者党秀臣，《唐都学刊》1992 年第 3 期。

《茅盾叫沈德鸿还是沈德鸣？》，《秘书之友》1992 年第 3 期。

《世纪之交的文学思潮和茅盾的文学定位》，作者吴国群，《绍兴师专学报》1992 年第 3 期。

《"茅盾"与"沈雁冰"不能误用》，作者李频，《人文杂志》1992 年第 3 期。

《论"时代女性"梅行素》，作者陆文采、王建中，《辽宁师范大学学报》1992

年第 3 期。

《典型的魅力——影片〈林家铺子〉回顾》,作者马德波,《电影艺术》1992 年第 3 期。

《论〈子夜〉的典型形象系列》,作者魏洪丘,《上饶师专学报》1992 年第 3 期。

《论人生派批评观》,作者刘锋杰,《中国现代文学研究丛刊》1992 年第 3 期。

《〈吴荪甫的失败〉与国情教育思考》,作者魏凤男,《渭南师专学报》1992 年第 3 期。

《略谈茅盾的鲁迅研究》,作者杜一白,《唐都学刊》1992 年第 4 期。

《1925 年前后茅盾文艺思想辨析——茅盾与波格丹诺夫文艺思想比较谈》,作者李标晶,《杭州师范学院学报》1992 年第 4 期。

《茅盾女性母题的文化审视》,作者吴向北,《重庆师院学报(哲学社会科学版)》1992 年第 4 期。

《论茅盾的〈冰心论〉》,作者徐越化,《湖州师专学报》1992 年第 4 期。

《茅盾小说与吴越文化》,作者余连祥,《湖州师专学报》1992 年第 4 期。

《革新·奋斗·奉献——茅盾的编辑特色》,作者张劲松,《出版发行研究》1992 年第 4 期。

《茅盾与乌镇的两个家庭》,作者李广德,《湖州师专学报》1992 年第 4 期。

《也谈茅盾的〈春蚕〉》,作者杨乔,《湖州师专学报》1992 年第 4 期。

《茅盾对陈学昭的影响》,作者钱大宇,《湖州师专学报》1992 年第 4 期。

《对客观性与主观性的不同倚重——茅盾、巴金艺术比较》,作者袁振声,《天津师大学报(社会科学版)》1992 年第 4 期。

《茅盾与俄国文学、尼采思想和新浪漫主义——茅盾艺术美理论建构描述之一》,作者钱诚一,《中国现代文学研究丛刊》1992 年第 4 期。

《试论茅盾"杂志办人"的思想》,作者李频,《编辑学刊》1992 年第 4 期。

《茅盾文艺观的发展及其作家作品评论》,作者昌切,《中国现代文学研究丛刊》1992 年第 4 期。

《论茅盾纪实文学思想及实践》,作者钟桂松,《浙江学刊》1992 年第 4 期。

《怎样欣赏中学课文中茅盾作品的美》，作者欧家斤，《江西教育学院学报（综合版）》1992年第4期。

《寒冷世界的生命燃烧——茅盾小说艺术情感勘探》，作者马丽蓉，《湖州师专学报》1992年第4期。

《从"丫姑爷"到老通宝》，作者徐春雷，《湖北师范学院学报（哲学社会科学版）》1992年第4期。

《女性天国里的研究——〈"时代女性"论稿〉》，作者张伯海，《辽宁师范大学学报》1992年第4期。

《〈野蔷薇〉中的"时代女性"形象及其塑造》，作者孙丽玲，《曲靖师专学报》1992年第4期。

《关于〈沈德鸿在湖州府中学〉的说明》，作者雪豹，《湖州师专学报》1992年第4期。

《揭示茅盾艺术世界的新视角——评〈"时代女性"论稿〉》，作者彭定安，《社会科学辑刊》1992年第5期。

《文学创作中如何对待方言俗语——茅盾的理论和实践》，作者严僮伦，《当代修辞学》1992年第5期。

《吴荪甫：民族资产阶级的巨子——茅盾〈子夜〉的人物分析之一》，作者王建中、陆文采，《社会科学辑刊》1992年第6期。

《茅盾散文体式摭谈》，作者鲁人，《山东师大学报（社会科学版）》1992年第6期。

《茅盾、巴金艺术比较》，作者袁振声，《戏剧文学》1992年第11期。

《中国文学名人纪念馆》，《内蒙古宣传》1992年第15期。

《茅盾早期文学批评的特征与方法》，作者熊峰，《九江师专学报》1992年第Z1期。

《茅盾佚文两篇》，作者翟同泰，《大理师专学报（哲学社会科学版）》1992年第Z1期。

《茅盾的小说艺术》，作者桑逢康，北岳文艺出版社1992年2月版。

《茅盾心目中的鲁迅》，作者单演义，陕西人民出版社1992年2月版。

《茅盾抒情散文》，作者张建之，文化艺术出版社1992年3月版。

《理性人生:茅盾美文》,作者何乃文,花城出版社 1992 年 5 月版。

《品评的科学与艺术:鲁迅、郭沫若、茅盾论文艺批评》,作者张积玉,陕西人民教育出版社 1992 年 9 月版。

1993 年

《出自生活还是出自理念——从茅盾的创作思想和创作实践看〈子夜〉的所谓"主题先行"》,作者石芳庆,《新疆大学学报(哲学社会科学版)》1993 年第 1 期。

《论茅盾"社会剖析小说"的独创性》,作者徐可,《内蒙古师大学报(哲学社会科学版)》1993 年第 1 期。

《"创作的最高目标是写典型事件中的典型人物"——二论茅盾对中国古典小说的继承和发展》,作者刘焕林,《广西师范大学学报(哲学社会科学版)》1993 年第 1 期。

《茅盾和我国的文学翻译工作》,作者金芳,《南京师大学报(社会科学版)》1993 年第 1 期。

《茅盾部分诗词创作年月考》,作者丁茂远,《广西师范大学学报(哲学社会科学版)》1993 年第 1 期。

《对茅盾与自然主义复杂关系的全面考察》,作者赵江滨,《徐州师范学院学报》1993 年第 1 期。

《茅盾与自然主义》,作者宋聚轩,《菏泽师专学报》1993 年第 1 期。

《茅盾对于鲁迅历史小说的继承和创新》,作者丁国兴,《赣南师范学院学报》1993 年第 1 期。

《论茅盾流亡日本时的创作情绪》,作者靳明全,《贵州大学学报(社会科学版)》1993 年第 1 期。

《五四时期周作人与茅盾思想同异之检视》,作者刘锋杰,《安庆师院社会科学学报》1993 年第 1 期。

《茅盾和我国的文学翻译事业》,作者金芳,《中国翻译》1993 年第 1 期。

《关于传记〈一代文豪:茅盾的一生〉的写作与出版》,作者李广德,《湖州师专学报》1993 年第 1 期。

《梦回星移——茅盾晚年生活见闻》，《大学图书馆学报》1993 年第 1 期。

《新时期十年〈子夜〉研究述评》，作者王卫平，《中国社会科学》1993 年第 1 期。

《关于〈腐蚀〉的叙事学解读》，作者郭海军，《内蒙古民族师院学报（哲学社会科学版）》1993 年第 1 期。

《茅盾与中国现代儿童文学》，作者王静宇，《山西大学学报（哲学社会科学版）》1993 年第 2 期。

《论自然主义感伤主义对茅盾巴金长篇小说的影响》，作者李万钧，《福建论坛（人文社会科学版）》1993 年第 2 期。

《茅盾论社会主义新人形象问题》，作者郭宝林，《文艺理论与批评》1993 年第 2 期。

《茅盾小说中的神话视野》，作者马立安·高利克，《东北师大学报》1993 年第 2 期。

《略论茅盾中长篇小说的艺术结构及其现实主义特色》，作者张启东，《贵阳师专学报（社会科学版）》1993 年第 2 期。

《茅盾散文的诗体特征》，作者钟桂松，《绍兴师专学报》1993 年第 2 期。

《独到而深刻的心理剖视——读丁亚平的〈一个批评家的心路历程〉》，作者萧梅，《中国现代文学研究丛刊》1993 年第 2 期。

《从〈泥泞〉到〈水藻行〉》，作者孙中田，《东北师大学报》1993 年第 2 期。

《〈子夜〉精神内涵再认识》，作者刘晓明，《东北师大学报》1993 年第 2 期。

《〈水藻行〉和〈筏上〉文化意蕴比较分析》，作者张立国，《东北师大学报》1993 年第 2 期。

《勇攀高峰 硕果累累——谈朱德发教授的学术研究》，作者齐飞，《临沂师专学报》1993 年第 2 期。

《一个批评家的心路历程》，作者秦弓，《文艺研究》1993 年第 2 期。

《美在诗情画意中——析〈风景谈〉中的自然美》，作者郝琦，《运城高专学报》1993 年第 2 期。

《陌生的同路人——论五四时期茅盾文学观》，作者杨扬，《文学评论》1993

年第 3 期。

《论茅盾的"作家论"批评文体》,作者温儒敏,《天津社会科学》1993 年第 3 期。

《茅盾"酷爱"托尔斯泰简论》,作者张永延,《唐都学刊》1993 年第 3 期。

《论茅盾短篇小说的艺术特色》,作者马殿超,《辽宁师范大学学报》1993 年第 3 期。

《为人生而艺术的文化品格——略论茅盾早期文艺观与文化学》,作者孙中田,《社会科学战线》1993 年第 3 期。

《茅盾的散文艺术》,作者脩龙恩,《齐鲁学刊》1993 年第 3 期。

《茅盾与郭沫若异同论》,作者欧家斤,《郭沫若学刊》1993 年第 3 期。

《茅盾的期刊评论探析》,作者李频,《编辑之友》1993 年第 3 期。

《茅盾初到上海的机遇》,作者欧家斤,《中国人才》1993 年第 3 期。

《新近发现的茅盾佚文〈关于小说中的人物〉》,作者陆维天,《新疆大学学报(哲学社会科学版)》1993 年第 3 期。

《〈茅盾语言词典〉的收词原则》,作者潘晓东,《辞书研究》1993 年第 3 期。

《从一次和茅盾同志的简短谈话说起——贺〈世界文学〉创刊四十周年》,作者叶水夫,《世界文学》1993 年第 3 期。

《瞿秋白与〈子夜〉》,作者刘小中,《内蒙古民族师院学报(哲学社会科学版)》1993 年第 3 期。

《五四时期茅盾文学观及其对文学史的影响》,作者杨扬,《上海社会科学院学术季刊》1993 年第 4 期。

《论茅盾小说时代性的必然性》,作者吴秀英、郭殿飞,《松辽学刊(社会科学版)》1993 年第 4 期。

《论茅盾报告文学创作特征》,作者丁晓原,《江苏社会科学》1993 年第 4 期。

《茅盾处理现实主义与现代主义关系的历史轨迹》,作者黎舟,《福建师范大学学报(哲学社会科学版)》1993 年第 4 期。

《茅盾和周作人的散文比较》,作者顾忠国,《湖州师专学报》1993 年第 4 期。

《论茅盾对报告文学的贡献》，作者丁晓原，《晋阳学刊》1993 年第 4 期。

《读〈茅盾的小说艺术〉》，作者马相武，《文学自由谈》1993 年第 4 期。

《〈孤独〉不是茅盾译作》，作者孔海珠，《新文学史料》1993 年第 4 期。

《茅盾的〈春蚕〉和叶紫的〈丰收〉比较研究》，作者李淑敏，《内蒙古民族师院学报（哲学社会科学版）》1993 年第 4 期。

《报纸副刊的新文学运动角色——〈申报·自由谈〉的文学译介活动述评》，作者易容，《广西大学学报（哲学社会科学版）》1993 年第 4 期。

《从守旧、迷惘中觉醒——论老通宝形象的典型意义》，作者沐金华，《盐城师专学报（哲学社会科学版）》1993 年第 4 期。

《茅盾的中国神话学理论》，作者崔柳生，《广西社会科学》1993 年第 5 期。

《略论茅盾在"五四"前后的编辑思想和实践》，作者徐枫，《杭州师范学院学报》1993 年第 5 期。

《茅盾：建构自成体系的"历史——美学"批评原则》，作者阮冬初，《浙江师大学报（社会科学版）》1993 年第 5 期。

《试谈茅盾对十七年短篇小说的评论》，作者周水涛，《湖北师范学院学报（哲学社会科学版）》1993 年第 5 期。

《〈子夜〉人物知多少》，作者玉龙，《湖北师范学院学报（哲学社会科学版）》1993 年第 5 期。

《中国现代长篇小说的出发点——论茅盾的〈蚀〉》，作者佐藤一郎、王文金，《中州学刊》1993 年第 5 期。

《茅盾早期文艺观的形成与发展——〈茅盾评传〉片断》，作者丁尔纲，《甘肃社会科学》1993 年第 6 期。

《各具魅力的女性世界——茅盾、巴金艺术比较之一》，作者袁振声，《中国民航学院学报》1993 年第 Z1 期。

《茅盾对外国文学的借鉴与创新》，作者李庶长，山东大学出版社 1993 年 1 月版。

《茅盾〈蚀〉三部曲的历史分析》，作者陈幼石，社会科学文献出版社 1993 年 3 月版。

《简明茅盾词典》，作者李标晶、王嘉良，甘肃教育出版社 1993 年 6 月版。

《茅盾早期思想新探》,作者丁柏铨,南京大学出版社 1993 年 7 月版。

《茅盾与中外文化——茅盾研究国际学术讨论会论文集》,本书编辑组,南京大学出版社 1993 年 9 月版。

《人间茅盾——茅盾和他同时代的人》,作者钟桂松,河南人民出版社 1993 年 11 月版。

《茅盾的创作个性》,作者唐纪如,厦门大学出版社 1993 年 12 月版。

《茅盾谈话录——文史探索书系》,作者金韵琴,上海书店出版社 1993 年 12 月版。

《茅盾谈话录——在茅盾家作客的回忆》,作者金韵琴,上海书店出版社 1993 年 12 月版。

1994 年

《茅盾作品中的浙北方言》,作者余连祥,《湖州师专学报》1994 年第 1 期。

《茅盾创作个性形成的原因》,作者唐纪如,《南京师大学报(社会科学版)》1994 年第 1 期。

《茅盾与梅德林克》,作者孙中田,《东方论坛》1994 年第 1 期。

《茅盾牯岭之行是拒绝参加南昌八一起义吗》,作者欧家斤,《党史文苑》1994 年第 1 期。

《毛泽东与茅盾》,作者马燕君,《图书馆》1994 年第 1 期。

《〈春蚕〉的凝炼艺术》,作者张仁娣,《中文自学指导》1994 年第 1 期。

《论茅盾与女性文学》,作者陆文采,《沈阳师范学院学报(社会科学版)》1994 年第 2 期。

《论茅盾早期的美学观的形成与发展——〈茅盾评传〉之一节》,作者丁尔纲,《聊城师范学院学报(哲学社会科学版)》1994 年第 2 期。

《茅盾若干史料的考辨》,作者侯成言,《青岛师专学报》1994 年第 2 期。

《茅盾在粤港"第二条战线上"——茅盾佚文〈民主与文艺〉所引起的回忆》,作者李莎青,《文艺理论与批评》1994 年第 2 期。

《茅盾与毛泽东》,作者武在平,《湖南党史》1994 年第 2 期。

《关于茅盾同志的三封信》，作者袁良骏，《新文学史料》1994 年第 2 期。

《"文学的构成，却全靠艺术"——论茅盾创作个性的理论导向》，作者唐纪如，《镇江师专学报（社会科学版）》1994 年第 2 期。

《茅盾小说的变形艺术》，作者钟桂松，《浙江学刊》1994 年第 2 期。

《〈春蚕〉心理描写的功能与技巧》，作者俞筱敏，《连云港教育学院学报》1994 年第 2 期。

《弥贵的人生缺憾——试析中国现代作家早年失怙现象》，作者颜敏，《广东教育学院学报》1994 年第 2 期。

《生活，创作的源泉——茅盾的创作观及其创作成就原因分析》，作者王启鹏，《惠州大学学报（社会科学版）》1994 年第 3 期。

《"我的心向着你们"——茅盾诗词学习札记》，作者丁茂远，《广西大学学报（哲学社会科学版）》1994 年第 3 期。

《茅盾首创的几个编辑学范畴》，作者李频，《出版科学》1994 年第 3 期。

《茅盾散文的"个人笔调"》，作者王国柱，《杭州大学学报（哲学社会科学版）》1994 年第 3 期。

《林家铺子为何"在劫难逃"？》，作者闻蒂，《中文自学指导》1994 年第 3 期。

《略论茅盾的编辑思想和实践》，作者徐枫，《河南大学学报（社会科学版）》1994 年第 3 期。

《简论〈小说月报〉在中国现代文学史上的地位和作用（之二）》，作者殷克勤，《扬州师院学报（社会科学版）》1994 年第 3 期。

《二十世纪中国文学图志（选载）》，作者杨义、中井政喜、张中良，《新文学史料》1994 年第 3 期。

《〈阿 Q 正传〉和〈子夜〉的哲学类型比较》，作者王庆福，《河北大学学报（哲学社会科学版）》1994 年第 3 期。

《浅谈〈白杨礼赞〉和〈荷塘月色〉的文色美》，作者黄美芬、张建国、张弢，《南通师专学报（社会科学版）》1994 年第 3 期。

《〈风景谈〉教学中的革命传统教育》，作者李建设，《职业技术教育》1994 年第 3 期。

《论茅盾小说创作模式》，作者张云龙，《文史哲》1994 年第 4 期。

《茅盾研究难点试论》,作者丁尔纲,《文史哲》1994 年第 4 期。

《茅盾早期现实主义与左拉自然主义》,作者张德美,《安徽师大学报(哲学社会科学版)》1994 年第 4 期。

《预示着成熟与辉煌——近年茅盾研究漫评》,作者黄彩文,《河北师院学报(社会科学版)》1994 年第 4 期。

《推崇客观:茅盾批评思想的核心层面》,作者刘锋杰,《安徽师大学报(哲学社会科学版)》1994 年第 4 期。

《茅盾文学观念中的"女性"意识》,作者陈幼石、姜静楠,《妇女学苑》1994 年第 4 期。

《雾幕沉沉开子夜　精魂缕缕吐春蚕——茅盾对卅年代左倾文学思潮的超越》,作者魏绍馨,《聊城师范学院学报(哲学社会科学版)》1994 年第 4 期。

《往事历历忆茅盾》,作者沈楚,《世纪》1994 年第 4 期。

《鲁迅、茅盾小说的历史价值与美学价值研究》,作者许祖华,《高师函授学刊》1994 年第 4 期。

《茅盾早期的文学期刊活动》,作者黄志雄,《抚州师专学报》1994 年第 4 期。

《童年、青少年时期的生活对作家性格形成及文学创作的影响》,作者赵陆平,《长春师范学院学报》1994 年第 4 期。

《茅盾与"两个口号"的论争》,作者唐纪如,《文教资料》1994 年第 5 期。

《茅盾早期思想的历史透视——评丁柏铨新著〈茅盾早期思想新探〉》,作者左健,《江海学刊》1994 年第 5 期。

《一个引人瞩目而又争议的小说模式——茅盾创作个性之一》,作者唐纪如,《江苏社会科学》1994 年第 5 期。

《宋庆龄、茅盾、蔡元培为纪念鲁迅致国际友人信》,作者黄乔生,《鲁迅研究月刊》1994 年第 5 期。

《友谊的呼吁——读宋庆龄、茅盾、蔡元培佚简》,作者陈漱渝,《鲁迅研究月刊》1994 年第 5 期。

《中国文学"三部曲"》,作者沈荼英,《中文自学指导》1994 年第 5 期。

《论"时代女性"的基本特征——〈蚀〉中新女性形象的宏观考察》,作者翟耀,《山东师大学报(社会科学版)》1994年第6期。

《论〈霜叶红似二月花〉及其续书手稿》,作者丁尔纲,《山东社会科学》1994年第6期。

《朱德发教授与现代文学研究》,作者王少华,《山东师大学报(社会科学版)》1994年第6期。

《茅盾"阅者自决"的新闻幽默》,作者李频,《新闻爱好者》1994年第7期。

《茅盾审阅〈集外集拾遗〉注释稿》,《鲁迅研究月刊》1994年第10期。

《茅盾参加共产党小组与档案史料》,作者林传祥,《中国档案》1994年第11期。

《鲁迅、茅盾农村题材小说对"国民性"问题的关注》,作者夏明菊,《乌鲁木齐职业大学学报》1994年第Z1期。

《划时代的文学巨著——浅析〈子夜〉的主题》,作者闫秀珍、封永福,《内蒙古教育学院学报》1994年第Z1期。

《茅盾序跋集》,作者丁尔纲,生活·读书·新知三联书店1994年6月版。

1995 年

《茅盾的政治与文学侧面观——〈子夜〉的国际环境背景》,作者桑岛由美子、涂翠花、黄英哲,《齐齐哈尔师范学院学报(哲学社会科学版)》1995年第1期。

《作家的排座次》,作者李庆西,《文艺评论》1995年第1期。

《茅盾论创作方法及其相关的几个问题》,作者袁兴华,《中国文学研究》1995年第1期。

《着意于现实主义理论开拓的十年——论茅盾1919—1929文艺思想的发展》,作者陈开鸣,《六盘水师范高等专科学校学报》1995年第1期。

《假如茅盾不当部长》,作者毛咏棠,《文学自由谈》1995年第1期。

《茅盾的晚年生活(一)》,作者韦韬、陈小曼,《新文学史料》1995年第1期。

《茅盾出版评论的类型批评法》,作者李频,《益阳师专学报》1995年第1期。

《〈故都的秋〉和〈风景谈〉》,作者项英、吴玉云,《牡丹江师范学院学报(哲学社会科学版)》1995年第1期。

《试论〈子夜〉的经济意识》,作者魏洪丘,《上饶师专学报》1995年第1期。

《茅盾研究(第六辑)》,中国茅盾研究会编,北京师范大学出版社1995年2月版。收录的论文有:

《简论茅盾的文艺美学思想》,作者邵伯周。

《茅盾创作艺术思维管窥》,作者钱威。

《中国现代文学批评史结构与茅盾》,作者丁亚平。

《茅盾的神话观与人类学派的神话学》,作者崔柳生。

《茅盾对翻译理论的贡献》,作者陈福康。

《扬弃左拉的一个实际例证——〈蚀〉的校勘手记》,作者徐学。

《从接受美学看〈子夜〉的价值取向》,作者王卫平。

《论〈子夜〉与中国现代都市文学的发展》,作者谭桂林。

《略论吴荪甫的文化心理结构——兼谈其自我实现向自我丧失的转化》,作者李芸。

《论〈子夜〉动机模型的文化根蒂——〈子夜〉动机模型假说之三》,作者姜文。

《茅盾小说与吴越文化》,作者余连祥。

《茅盾文学风格满源——再读茅盾小学时期的两本作文》,作者吴骞。

《关于"时代女性"的界定问题》,作者张启东。

《茅盾散文中的童年情结》,作者金燕玉。

《一位共产党人对革命矢志不渝的追求》,作者丁茂远。

《瞿秋白与〈子夜〉》,作者刘小中。

《茅盾与史沫特莱》,作者曹金林。

《茅盾在粤港第二条战线上——茅盾佚文〈民主与文艺〉所引起的回忆》,作者李莎青。

《评〈子夜〉所谓"主题先行"——对"重写文学史"的一点看法》,作者庄钟庆。

《泼向逝者的污泥应该清洗——澄清秦德君关于茅盾的不实之词》,作者丁尔纲。

《茅盾作品在德国》，作者马树德。

《茅盾——新中国最慈爱的文学爷爷——文学爷爷的第一封复函》，作者孙永华。

《关于〈腐蚀〉的版本及其最后一页问题》，《茅盾全集》编辑室。

《风雨年华忆茅盾——读〈梦回星移——茅盾晚年生活见闻〉》，作者刘俊峰。

《颇具特色的〈茅盾传〉》，作者李远。

《茅盾诗词研究的可喜收获——评〈茅盾诗词鉴赏〉》，作者泛思。

《辟出新的理性空间——评黎舟、阙国虬的〈茅盾与外国文学〉》，作者刘国兴。

《〈茅盾与中外文化〉简介》，作者林波。

《茅盾逝世十周年座谈纪实》。

《颇具特色的〈茅盾传〉》，作者黄源。

《茅盾诗词研究的可喜收获——评〈茅盾诗词鉴赏〉》，作者树玉。

《茅盾与中外文学关系的新探讨——第四届全国茅盾研究（国际）学术讨论会综述》，作者何本伟。

《深入拓展——记第五届全国茅盾研究（国际）学术讨论会》，作者翟勃。

《茅盾研究的回顾与展望》，作者叶子铭、丁帆，《中国现代文学研究丛刊》1995 年第 2 期。

《闻茅盾被〈大师文库〉除"名"有感》，作者丁尔纲，《文艺理论与批评》1995年第 2 期。

《"香市"昔盛今衰因何在——从一条注释解读茅盾的散文〈香市〉》，作者陆维天，《新疆大学学报（哲学社会科学版）》1995 年第 2 期。

《茅盾社会学文学批评论略》，作者罗守让，《韩山师范学院学报》1995 年第 2 期。

《茅盾对中外神话的比较研究》，作者崔柳生，《广西教育学院学报》1995 年第 2 期。

《"文学是时代的反映"——茅盾创作个性的理论导向之一》，作者唐纪如，

《江苏教育学院学报(社会科学版)》1995 年第 2 期。

《茅盾与"现实主义深化"、"写中间人物"论 ——兼谈批判"大连黑会"的指向问题》,作者丁尔纲,《绥化师专学报》1995 年第 2 期。

《茅盾的晚年生活(二)》,作者韦韬、陈小曼,《新文学史料》1995 年第 2 期。

《五四时期茅盾对尼采学说的论析》,作者陆维天,《新疆社科论坛》1995 年第 2 期。

《叶圣陶过誉〈小说月报〉的由来与检讨——中国期刊史札记之一》,作者李频,《出版科学》1995 年第 2 期。

《〈蚀〉的思想和艺术》,作者王太顺,《沈阳师范学院学报(社会科学版)》1995 年第 2 期。

《试谈〈幻灭〉中的强连长》,作者佚名,《绥化师专学报》1995 年第 2 期。

《茅盾孔德沚》,作者丁尔纲,中国青年出版社 1995 年 1 月版。

《编辑家茅盾评传》,作者李频,河南大学出版社 1995 年 2 月版。

《茅盾"五四"文学理论与"五四"文学》,作者周昌义,《湘潭大学学报(哲学社会科学版)》1995 年第 3 期。

《茅盾小说是政治命题的图解吗？ ——与张云龙同志商榷》,作者魏洪丘,《上饶师专学报》1995 年第 3 期。

《茅盾文学创作的成就与中国现代革命史的关系述评》,作者李方平,《青岛大学师范学院学报》1995 年第 3 期。

《茅盾短篇小说女性形象浅论》,作者张小萍,《景德镇高专学报》1995 年第 3 期。

《茅盾的晚年生活(三)》,作者韦韬、陈小曼,《新文学史料》1995 年第 3 期。

《对茅盾身后被冷落有感》,作者谭启浩、陈向兰,《当代思潮》1995 年第 3 期。

《〈庄子〉的神话与寓言》,作者袁珂,《中华文化论坛》1995 年第 3 期。

《老舍与同时代中国作家关系论略》,作者汪开寿,《淮北煤师院学报(社会科学版)》1995 年第 3 期。

《群贤报国:抗战中的杰出爱国人士》,作者赵卫东等,山西教育出版社 1995 年 6 月版。

《封闭与开放、横切与直缀相结合——三论茅盾对中国古典小说的继承与发展》，作者刘焕林，《广西师范大学学报（哲学社会科学版）》1995年第4期。

《中国三十年代社会经济的一面镜子——论茅盾的长篇小说〈子夜〉》，作者周兴福、郝成，《辽宁税专学报》1995年第4期。

《论茅盾长篇小说的文体风格》，作者王一力、张大雷，《上海大学学报（社会科学版）》1995年第4期。

《论茅盾的"社会剖析小说"》，作者徐越化，《湖州师专学报》1995年第4期。

《茅盾倡导自然主义的再评价》，作者汤振海，《苏州大学学报》1995年第4期。

《茅盾社会学文学批评论略（续）》，作者罗守让，《韩山师范学院学报》1995年第4期。

《茅盾小说〈第一阶段的故事〉失败的原因浅说》，作者范志强，《张家口师专学报（社会科学版）》1995年第4期。

《学报业要有学术与文化的追求目标——茅盾主编〈小说月报〉的启示》，作者金美福，《锦州师范学院学报（哲学社会科学版）》1995年第4期。

《茅盾的晚年生活（四）》，作者韦韬、陈小曼，《新文学史料》1995年第4期。

《茅盾笔下的"时代女性"的现实认识价值》，作者于季文，《绍兴师专学报（哲学社会科学版）》1995年第4期。

《要加强编辑学范畴史的研究》，作者李频，《编辑之友》1995年第4期。

《上下求索的结晶——试论〈野蔷薇〉的象征意义》，作者刘秀珍，《渭南师专学报》1995年第4期。

《重组：文学创作中新意象系统的产生》，作者魏耀军、周游，《延边大学学报（哲学社会科学版）》1995年第4期。

《论茅盾〈野蔷薇〉的象征意义》，作者刘秀珍，《汉中师范学院学报（社会科学）》1995年第5期。

《论茅盾的中长篇小说结构与〈多角关系〉的成就》，作者王建平，《广西大学学报（哲学社会科学版）》1995年第6期。

《现代女性自我意识的张扬和迷惘——〈蚀〉中时代女性的文化内涵》，作者翟耀，《山东师大学报（社会科学版）》1995 年第 6 期。

《浅谈〈风景谈〉的美学价值》，作者韩声己，《山东教育学院学报》1995 年第 6 期。

《论茅盾对中国现代文学的贡献》，作者于在乐，《东岳论丛》1995 年第 S1 期。

《试论〈幻灭〉中恋爱与革命的描写——兼及"革命浪漫谛克"的文学现象》，作者郑欣欣，《邯郸师专学报》1995 年第 Z1 期。

《〈新疆风土杂忆〉赏析》，作者向晖、黄川，《乌鲁木齐职业大学学报》1995 年第 Z1 期。

《论茅盾的小说艺术》，作者史瑶，厦门大学出版社 1995 年 12 月版。

《中华百杰图传·文坛巨擘 文坛巨人·茅盾》，作者李文豪、彭俊，海南国际新闻出版社 1995 年 12 月版。

1996 年

《作为文学批评家的茅盾》，作者尚文，《琼州大学学报》1996 年第 1 期。

《革命文艺与小资产阶级——茅盾与创造社、太阳社论争的焦点》，作者贺雪飞，《宁波大学学报（人文科学版）》1996 年第 1 期。

《茅盾的当代文艺评论》，作者陈小玲，《琼州大学学报》1996 年第 1 期。

《艺术衍变与价值取向——茅盾短篇小说新论》，作者王卫平、王立新，《锦州师范学院学报（哲学社会科学版）》1996 年第 1 期。

《茅盾短篇小说纵论》，作者宋聚轩，《菏泽师范专科学校学报》1996 年第 1 期。

《〈编辑家茅盾评传〉序》，作者叶子铭，《编辑学刊》1996 年第 1 期。

《茅盾的晚年生活（五）》，作者韦韬、陈小曼，《新文学史料》1996 年第 1 期。

《生命如歌——读〈茅盾孔德沚〉》，作者李向辉，《甘肃社会科学》1996 年第 1 期。

《历史的相似与不同——试论〈虹〉中的梅与〈家〉中的琴的时代性》，作者郭亚明，《内蒙古教育学院学报》1996 年第 1 期。

《论〈子夜〉人物形象的典型意义》,作者闫秀珍、封永福,《内蒙古教育学院学报》1996年第1期。

《中国现代小说理论批评的历史回顾》,作者曾华鹏,《扬州师院学报(社会科学版)》1996年第1期。

《浅论吴荪甫的结局》,作者苗桂芬,《渤海学刊》1996年第1期。

《作家与笔名》,作者吴岳添,《读书》1996年第1期。

《〈子夜〉之"扛鼎"》,作者绿岛,《阜阳师范学院学报(社会科学版)》1996年第1期。

《"大江"副刊琐忆》,作者端木蕻良,《新文学史料》1996年第1期。

《论茅盾的小说创作是否主题先行》,作者黄泽佩,《毕节师专学报》1996年第2期。

《〈红楼梦〉对茅盾小说创作的影响》,作者刘锋杰,《安徽教育学院学报(哲学社会科学版)》1996年第2期。

《回忆茅盾先生二三事》,作者范泉,《新文学史料》1996年第2期。

《试论茅盾对现代儿童文学的历史贡献》,作者单元,《喀什师范学院学报》1996年第2期。

《茅盾作家论的美学创造》,作者李方平,《青岛大学师范学院学报》1996年第2期。

《论茅盾文学活动的理性精神》,作者周成平,《徐州师范学院学报》1996年第2期。

《新发现的茅盾给任何的两封信》,作者陈辽,《新文学史料》1996年第2期。

《茅盾答问实录》,作者庄钟庆,《新文学史料》1996年第2期。

《从茅盾的三篇中国历史题材小说试探其当时的创作心态》,作者林后泸,《毕节师专学报》1996年第2期。

《茅盾与现代主义文学的关系及文化成因》,作者汪亚明,《浙江师大学报(社会科学版)》1996年第2期。

《与日月兮同光——纪念茅盾文学大师百岁诞辰》,作者赵清阁,《新文学史料》1996年第2期。

《鲁迅与茅盾传统文化渊源与文化性格之异同》，作者吴国群，《绍兴文理学院学报（哲学社会科学版）》1996年第2期。

《走进茅盾的情感世界——评丁尔纲〈茅盾　孔德沚〉》，作者李标晶，《绍兴文理学院学报（哲学社会科学版）》1996年第2期。

《编辑家茅盾的评传》，作者言模，《书城》1996年第2期。

《茅盾及其文学与现代文化心理例说》，作者李广德，《湖州师专学报》1996年第2期。

《有幸于茅盾被除名》，作者渝生，《文艺理论与批评》1996年第2期。

《继承茅盾的文学遗产——纪念沈老师诞辰一百周年》，作者赵明，《新文学史料》1996年第2期。

《纪念茅盾诞辰100周年》，《新文化史料》1996年第2期。

《茅盾与周恩来在重庆的交往》，作者张颖，《新文化史料》1996年第2期。

《于微细处见精神——敬忆茅盾同志的两件小事》，作者孙嘉瑞，《新文化史料》1996年第2期。

《茅盾的晚年生活（六）》，作者韦韬、陈小曼，《新文学史料》1996年第2期。

《散文旧书谈（二）茅盾的〈读书杂记〉》，作者闲斋，《博览群书》1996年第2期。

《表现时代，解释时代，推动时代——茅盾散文略论》，作者王建中，《绥化师专学报》1996年第2期。

《茅盾与秦德君共绘彩〈虹〉》，作者经盛鸿，《民国春秋》1996年第2期。

《难以忘却的记忆》，作者孙中田，《新文学史料》1996年第2期。

《瞿秋白与〈子夜〉》，《毛泽东思想研究》1996年第2期。

《感怀茅公》，作者刘绍棠，《北京政协》1996年第2期。

《论中华民族神话系统的构成及其来源》，作者田兆元，《史林》1996年第2期。

《既说风景也说情——语文教学中的情感因素浅说》，作者张德文、刘伟民，《牡丹江师范学院学报（哲学社会科学版）》1996年第2期。

《"茅盾传统"：值得深入讨论的历史命题——对深化茅盾研究的一点思考》，作者王嘉良，《中国现代文学研究丛刊》1996年第3期。

《新发现茅盾(沈雁冰)致胡适四封信——茅盾从新浪漫主义向写实主义转变的契机》,作者沈卫威,《河南大学学报(社会科学版)》1996 年第 3 期。

《茅盾内在的文化矛盾》,作者曹万生,《中国现代文学研究丛刊》1996 年第 3 期。

《茅盾与抗战时期的新疆新文化运动——纪念茅盾诞辰一百周年》,作者陆维天,《西域研究》1996 年第 3 期。

《茅盾论郭沫若的〈女神〉及其它——纪念茅盾诞辰 100 周年》,作者秦川,《郭沫若学刊》1996 年第 3 期。

《论〈虹〉——试探茅盾作品的"非写实"因素》,作者是永骏,《中国现代文学研究丛刊》1996 年第 3 期。

《茅盾小说的创作个性及评价问题》,作者邓芳,《乐山师专学报(社会科学版)》1996 年第 3 期。

《茅盾建国后文学批评评说》,作者罗守让,《求索》1996 年第 3 期。

《为纪念茅盾先生诞生一百周年而作》,作者姚雪垠,《文艺理论与批评》1996 年第 3 期。

《革命·性·长篇小说——以茅盾的创作为例》,作者黄子平,《文艺理论研究》1996 年第 3 期。

《茅盾艺术技巧的外来影响》,作者刘焕林,《社会科学家》1996 年第 3 期。

《茅盾与新文学的进程》,作者李岫,《文学评论》1996 年第 3 期。

《六十年前鲁迅、茅盾致红军贺信之发现》,作者阎愈新,《新文学史料》1996 年第 3 期。

《在茅盾研究的边缘》,作者黄继持,《中国现代文学研究丛刊》1996 年第 3 期。

《论茅盾的政治观——茅盾的文化观之一》,作者李广德,《湖州师专学报》1996 年第 3 期。

《论茅盾的文艺观——茅盾的文化观之二》,作者徐越化,《湖州师专学报》1996 年第 3 期。

《论茅盾的教育观——茅盾的文化观之三》,作者钱威,《湖州师专学报》1996 年第 3 期。

《概念淹没的白杨——重评茅盾的〈白杨礼赞〉》,作者郝宇民,《名作欣赏》1996年第3期。

《茅盾小说创作的理性化特征及文化成因》,作者汪亚明,《文艺理论与批评》1996年第3期。

《热诚的关怀和鼓励——忆念茅盾的几件事》,作者张光年,《文学评论》1996年第3期。

《茅盾与现代文学批评》,作者温儒敏,《文学评论》1996年第3期。

《情感化,人物典型性的必由之路——谈茅盾小说的情感世界》,作者王秀琳,《北京第二外国语学院学报》1996年第3期。

《茅盾诞辰百周年纪念活动综述》,作者礼闻,《湖州师专学报》1996年第3期。

《茅盾少年立志写伟大小说》,作者黄泽佩,《中国人才》1996年第3期。

《茅盾的晚年生活(七)》,作者韦韬、陈小曼,《新文学史料》1996年第3期。

《纪念茅盾诞辰100周年》,方文,《重庆教育学院学报》1996年第3期。

《一幅现实主义的画卷——读茅盾的〈春蚕〉》,作者关燕云,《新疆教育学院学报》1996年第3期。

《六十年前鲁迅、茅盾致红军的贺信》,《内江师范学院学报》1996年第3期。

《茅盾与鲁迅》,作者陈锐锋,《贵州师范大学学报(社会科学版)》1996年第3期。

《大师茅公与秦地文学》,作者李继凯,《陕西师范大学学报(哲学社会科学版)》1996年第3期。

《秘密大营救——中共组织香港文化人脱险纪实(续)》,作者刘英、王弘,《党史博览》1996年第3期。

《在中西文化的交叉点上》,作者汪剑钊,《外国文学评论》1996年第3期。

《纪念茅盾先生诞辰100周年特辑》,作者卞哲,《世界文学》1996年第3期。本期《世界文学》辑录了茅盾致艾·马尔兹的书简五封,致玛莎·米勒、致陈冰夷、致冯至书简各一封;发表了陈冰夷《记茅盾与美国作家马尔兹的一段交往——关于茅盾致马尔兹的两封信的来历》、李岫《茅盾对世界文学的卓越贡献》、高莽《为茅公谈画》等。

《中国现代批评中的现实主义三类型——茅盾、周扬与胡风比较谈》,作者刘锋杰,《海南师院学报》1996 年第 4 期。

《论茅盾早期的自然主义抉择》,作者刘承记,《信阳师范学院学报(哲学社会科学版)》1996 年第 4 期。

《论茅盾艺术思维理论的现代品格与独创性价值》,作者王嘉良,《浙江学刊》1996 年第 4 期。

《论茅盾的哲学观——茅盾的文化观之五》,作者徐越化,《湖州师专学报》1996 年第 4 期。

《论茅盾文学的现代化选择》,作者朱德发,《山东师大学报(社会科学版)》1996 年第 4 期。

《内在的契合——茅盾早期的婚恋观与时代女性在两性关系上的现代开放性》,作者翟耀,《山东师大学报(社会科学版)》1996 年第 4 期。

《茅盾文学思想结构探》,作者蒋心焕,《山东师大学报(社会科学版)》1996 年第 4 期。

《追一代伟人的风范——纪念茅盾先生诞辰 100 周年座谈会侧记》,作者卞哲,《世界文学》1996 年第 4 期。

《误读现象与茅盾研究》,作者孙中田,《江海学刊》1996 年第 4 期。

《疾风知劲草　冰雪谙笑梅——论抗战初期茅盾的文艺思想及其发展特点》,作者丁尔纲,《山东师大学报(社会科学版)》1996 年第 4 期。

《茅盾与鲁迅传统文化渊源与文化性格之异同》,作者吴国群,《浙江学刊》1996 年第 4 期。

《读茅盾的抗战杂文》,作者范国华,《重庆社会科学》1996 年第 4 期。

《茅盾三十年代艺术特征的历史与美学深度》,作者周可,《浙江学刊》1996 年第 4 期。

《论茅盾的道德观——茅盾的文化观之四》,作者李广德,《湖州师专学报》1996 年第 4 期。

《茅盾坦言〈子夜〉中弱点》,《文艺理论研究》1996 年第 4 期。

《拨乱反正——茅盾的晚年生活之一》,作者韦韬、陈小曼,《文艺理论与批评》1996 年第 4 期。

《从茅盾的创作看社会剖析派的成因》，作者朱小瑶，《教学与管理》1996 年第 4 期。

《茅盾的晚年生活（八）》，作者韦韬、陈小曼，《新文学史料》1996 年第 4 期。

《茅盾对新中国文学的伟大贡献》，作者祁大慧，《新疆社科论坛》1996 年第 4 期。

《大题小做——茅盾的小品文观》，作者黄伟，《北京教育学院学报》1996 年第 4 期。

《往事历历忆茅公》，作者范泉，《晋阳学刊》1996 年第 4 期。

《一代农民的悲剧——老通宝形象浅析》，作者熊治梅，《荆门大学学报（哲学社会科学版）》1996 年第 4 期。

《回忆茅公》，《文艺理论研究》1996 年第 4 期。

《从〈子夜〉看茅盾的左拉影响与独创性》，作者方正，《社会科学家》1996 年第 5 期。

《论茅盾等人的社会剖析派小说》，作者李晓宁，《青海社会科学》1996 年第 5 期。

《论茅盾的小说创作并非主题先行》，作者黄泽佩，《文艺理论与批评》1996 年第 5 期。

《茅盾的妇女观浅议》，作者田原，《贵州社会科学》1996 年第 5 期。

《含泪忆尊师——茅盾先生》，作者李乔，《贵州文史天地》1996 年第 5 期。

《谈谈鲁迅、陈寅恪、茅盾》，作者徐中玉，《文艺理论研究》1996 年第 5 期。

《吴荪甫典型性辨析——纪念茅盾诞辰 100 周年》，作者陈开鸣，《贵州文史丛刊》1996 年第 5 期。

《〈霜叶红似二月花〉在桂林出版前后》，作者魏华龄，《出版广角》1996 年第 5 期。

《身后的寂寞》，作者孙郁，《读书》1996 年第 5 期。

《电视剧〈霜叶红似二月花〉观后——"光芒遥远不迷离"》，作者李青，《当代电视》1996 年第 5 期。

《现实主义至上论的渊源及弊病》，作者张冠华，《郑州大学学报（哲学社会科学版)》1996 年第 5 期。

《茅盾——中外文化交流的伟大使者与光辉典范》,作者毛代胜,《湖南教育学院学报》1996 年第 6 期。

《近年来国外对茅盾研究述评》,作者木函、爱华,《社会科学战线》1996 年第 6 期。

《茅盾前期现实主义文学批评观评析》,作者罗守让,《理论与创作》1996 年第 6 期。

《芳流青史——茅盾百年生平展正记》,作者唐文一,《新文化史料》1996 年第 6 期。

《鲁迅、茅盾致中国红军贺信之发现》,作者阎愈新,《新文化史料》1996 年第 6 期。

《从兵学文化视点对赵伯韬形象的阐释——纪念茅盾先生诞辰一百周年》,作者欧秀岚,《内蒙古社会科学(文史哲版)》1996 年第 6 期。

《茅盾与中国儿童文学》,作者严麟书,《书屋》1996 年第 6 期。

《茅盾诞辰百年国际学术研讨会综述》,作者孙若风,《新文化史料》1996 年第 6 期。

《茅盾的字和号》,作者陆啸林,《书城》1996 年第 6 期。

《丹心照人——首都隆重纪念茅盾百年诞辰简录》,作者洁燃,《新文化史料》1996 年第 6 期。

《茅盾诞辰 100 周年暨茅盾文学国际研讨会在京召开》,作者许金龙,《世界文学》1996 年第 6 期。

《谈谈鲁迅、陈寅恪、茅盾》,《当代作家评论》1996 年第 6 期。

《试论国统区抗日知识分子在抗战理论上的贡献》,作者魏继昆,《社会科学战线》1996 年第 6 期。

《鲁迅茅盾致红军贺信重见天日》,作者阎愈新,《鲁迅研究月刊》1996 年第 7 期。

《茅盾早期译介外国文学的特点与主张》,作者育桂、立彬,《吉林师范学院学报》1996 年第 7 期。

《茅盾现实主义的诗学观——写在茅盾诞辰 100 周年》,作者刘丽霞,《吉林师范学院学报》1996 年第 7 期。

《〈子夜〉搬上荧屏——再现三十年代上海滩》,作者果青,《当代电视》1996年第 7 期。

《进入"历史"的茅盾》,作者吴福辉,《博览群书》1996 年第 9 期。

《永远的恩师——茅盾先生》,作者袁宝玉,《群言》1996 年第 10 期。

《这倒是值得悲哀的》,作者陈天助,《读书》1996 年第 10 期。

《鲁迅茅盾贺红军信究竟出自何人手笔》,作者王水福,《鲁迅研究月刊》1996 年第 11 期。

《寻找茅盾的两部手稿》,作者林传祥,《中国档案》1996 年第 12 期。

《在现实中寻找未来——纪念茅盾诞辰一百周年》,作者郭志刚,《求是》1996 年第 13 期。

《思念茅盾先生》,作者冯亦代,《瞭望新闻周刊》1996 年第 32 期。

《茅盾——"人生派"的大师》,作者黄侯兴,山东人民出版社,1996 年 3月版。

《茅盾名作欣赏》,作者林非,中国和平出版社,1996 年 4 月版。

《茅盾》,作者韦韬,文化艺术出版社 1996 年 6 月版。

《〈茅盾〉画传》,韦韬、陈小曼主编,文化艺术出版社 1996 年 6 月版。

《茅盾小品散文》,作者娄东仁、夏龙,中国广播电视出版社 1996 年 6月版。

《茅盾传》,作者钟桂松,东方出版社 1996 年 7 月版。

《茅盾的文论历程》,作者庄钟庆,上海文艺出版社 1996 年 7 月版。

《茅盾年谱(上册)》,作者唐金海、刘长鼎,山西高校联合出版社 1996 年 6月版。

《茅盾年谱(下册)》,作者唐金海、刘长鼎,山西高校联合出版社 1996 年 6月版。

《文化名人在香港》,作者刘小清,时事出版社 1996 年 8 月版。

《转折时期的文学思想:茅盾早期文学思想研究》,作者杨扬,华东师范大学出版社 1996 年 10 月版。

1997 年

《转折期的精神浮沉与演进——茅盾写作〈从牯岭到东京〉前后思想透视》，作者丁柏铨，《江苏社会科学》1997 年第 1 期。

《茅盾在小说文体建构上的独特贡献》，作者王卫平，《辽宁师范大学学报》1997 年第 1 期。

《试论茅盾小说中的悲剧色彩》，作者徐越化，《湖州师专学报》1997 年第 1 期。

《论茅盾的科学观——茅盾的文化观之六》，作者李广德，《湖州师专学报》1997 年第 1 期。

《中国文学的现代化与茅盾“为人生”的文学主张——论茅盾在东西古今文化撞击中的心态与选择》，作者赵开泉，《西北大学学报（哲学社会科学版）》1997 年第 1 期。

《通俗化、大众化、中国化与现实主义——论茅盾在抗战文学中的贡献》，作者刘国清，《南昌大学学报（社会科学版）》1997 年第 1 期。

《茅盾早期的革命经历与对〈蚀〉的重新认识》，作者陈开鸣，《六盘水师范高等专科学校学报》1997 年第 1 期。

《茅盾与文学翻译》，作者辛未艾，《书城》1997 年第 1 期。

《让文学研究回归到研究文学上——读史瑶新著〈论茅盾的小说艺术〉》，作者骆寒超，《浙江学刊》1997 年第 1 期。

《茅盾主持时期的〈汉口民国日报〉》，作者曾曙华，《新闻大学》1997 年第 1 期。

《茅盾与云南少数民族作家》，作者陈思清，《云南民族学院学报（哲学社会科学版）》1997 年第 1 期。

《茅盾的晚年生活（九）》，作者韦韬、陈小曼，《新文学史料》1997 年第 1 期。

《“高烧篝火御寒威”——茅盾在新疆》，作者任伊临，《天山学刊》1997 年第 1 期。

《从茅盾早期小说创作看他的文学观》，作者刘澍心，《娄底师专学报》1997

年第 1 期。

《茅盾与中国小说观念的现代化》,作者王立鹏,《聊城师范学院学报(哲学社会科学版)》1997 年第 1 期。

《从茅盾的〈大泽乡〉谈起》,作者严淑芬,《北京第二外国语学院学报》1997 年第 1 期。

《〈农村三部曲〉乡土文学品格初探》,作者余海鹰,《韩山师范学院学报》1997 年第 1 期。

《时代女性与命运女神》,作者宋聚轩,《菏泽师专学报》1997 年第 1 期。

《封闭与开放——茅盾小说艺术论》,作者刘焕林,广西教育出版社 1997 年 3 月版。

《茅盾短篇小说〈水藻行〉研究述评》,作者李广德,《湖州师专学报》1997 年第 2 期。

《茅盾对象征主义的译介》,作者尹康庄,《吉林大学社会科学学报》1997 年第 2 期。

《论茅盾的〈落华生论〉》,作者徐越化,《湖州师专学报》1997 年第 2 期。

《略论茅盾抒情散文中的象征手法》,作者张谷昌,《江苏广播电视大学学报》1997 年第 2 期。

《论〈春蚕〉中的几个问题》,作者周若金,《东方论坛》1997 年第 2 期。

《茅盾早期对西方文学的研究与介绍》,作者袁荻涌,《开封大学学报》1997 年第 2 期。

《现实主义:值得深长思索的历史命题——读史瑶的〈论茅盾的小说艺术〉》,作者王嘉良,《浙江学刊》1997 年第 2 期。

《论茅盾对 20 世纪中国文化现代化的探寻》,作者李标晶,《杭州师范学院学报》1997 年第 2 期。

《一个人与世纪文学——评钟桂松的〈茅盾传〉》,作者李咏吟,《当代作家评论》1997 年第 2 期。

《展示茅盾一生的业绩》,作者陈福康,《书城》1997 年第 2 期。

《茅盾小说世界中的女性形象》,作者余连祥,《湖州师专学报》1997 年第 2 期。

《鲁迅的乡土小说与茅盾的〈农村三部曲〉》,作者林木,《宁德师专学报(哲学社会科学版)》1997 年第 2 期。

《鲁迅、茅盾致红军贺信的发现与辨析》,作者阎愈新,《炎黄春秋》1997 年第 2 期。

《一个未被读者接受的文本——茅盾〈第一阶段的故事〉失败原因浅说》,作者范志强,《华北电力大学学报(社会科学版)》1997 年第 2 期。

《郭沫若送茅盾游苏组诗考释》,作者丁茂远,《郭沫若学刊》1997 年第 2 期。

《〈子夜〉最初署名为"逃墨馆主"》,作者朱亚夫,《世纪》1997 年第 2 期。

《妙在"似与不似之间"——简论〈红楼梦〉对〈子夜〉的影响》,作者刘宏彬,《武钢大学学报》1997 年第 2 期。

《不朽的丰碑——〈子夜〉》,作者左才慧,《六盘水师范高等专科学校学报》1997 年第 2 期。

《"尴尬年龄"时期小说主题学——再评〈蚀〉与〈野蔷薇〉》,作者孙飞龙,《名作欣赏》1997 年第 2 期。

《作家孤独心理探微》,作者李茗公,《许昌师专学报》1997 年第 2 期。

《茅盾论自然主义——茅盾与自然主义关系之一》,作者范志强,《张家口师专学报(社会科学版)》1997 年第 3 期。

《茅盾小说:社会人生的艺术再现》,作者杜显志,《郑州大学学报(哲学社会科学版)》1997 年第 3 期。

《茅盾对公式化、概念化创作批评的依据与纠正见解》,作者周若金、雨萧,《淄博师专学报》1997 年第 3 期。

《关于"鲁迅茅盾致红军的贺信"》,作者周楠本,《书屋》1997 年第 3 期。

《"茅盾生平图片展"受欢迎》,作者文熹,《图书馆杂志》1997 年第 3 期。

《另一个茅盾?》,作者周可,《书屋》1997 年第 3 期。

《茅盾——"人生派"的大师》,作者黄侯兴,《中国现代文学研究丛刊》1997 年第 3 期。

《编辑的三种境界》,作者张聚元,《编辑学报》1997 年第 3 期。

《活跃在香港的抗战文化》,作者梁上苑,《世纪》1997 年第 3 期。

《斯洛伐克汉学家(一)》,作者徐宗才,《中国文化研究》1997年第3期。

《中外文学名家的〈三部曲〉》,作者本立,《人民论坛》1997年第3期。

《二十世纪中国作家怀人散文:茅盾集》,作者陈漱渝,知识出版社1997年5月版。

《茅盾研究与我》,作者吴福辉、李频,华夏出版社1997年6月版。

《茅盾谈人生》,作者靳非、靳雪卿,中国青年出版社,1997年6月版。

《茅盾与二十世纪》,作者中国茅盾文学研究会,华夏出版社1997年6月版。

《选择与重构:自然主义与茅盾文论——茅盾与自然主义关系之二》,作者范志强,《张家口师专学报(社会科学版)》1997年第4期。

《欧洲神话在茅盾小说中的投影》,作者刘焕林,《广西师范大学学报(哲学社会科学版)》1997年第4期。

《茅盾现实主义理论流变概观》,作者李标晶,《赣南师范学院学报》1997年第4期。

《我与茅盾的一段情缘》,作者秦德君、刘淮,《百年潮》1997年第4期。

《错位:在两种婚恋观念的冲突中——茅盾早期婚恋观的文化心理透视》,作者翟耀,《山东社会科学》1997年第4期。

《"绚烂中带有哀伤"的女性——茅盾小说〈蚀〉〈虹〉中的女性形象》,作者叶红、邵丽霞,《西安教育学院学报》1997年第4期。

《茅盾早期的新女性观》,作者翟耀,《齐鲁学刊》1997年第4期。

《论茅盾神话研究的贡献及特点》,作者周若金,《山东师大学报(社会科学版)》1997年第4期。

《茅盾研究二题》,作者黄彩文,《河北师院学报(社会科学版)》1997年第4期。

《一部独特的知识妇女主题作品——并及茅盾对〈腐蚀〉女主人公的情感倾向》,作者陈开鸣,《琼州大学学报》1997年第4期。

《抗战文学的知识女性与茅盾的〈腐蚀〉评论》,作者陈开鸣,《金筑大学学报(综合版)》1997年第4期。

《"因为没有做成革命家,所以就做了作家"——茅盾的政治理想对其文学活动影响一瞥》，作者赵玉中，《通化师院学报》1997 年第 4 期。

《新民主主义文化革命大潮中茅盾的妇女观的形成与发展（待续）》，作者丁尔纲，《湖北师范学院学报（哲学社会科学版）》1997 年第 4 期。

《主题先行与图解概念化——再读〈子夜〉有感》，作者盛玉萍，《四川教育学院学报》1997 年第 4 期。

《从"长征"贺"电"到"东征"贺"信"——与阎愈新同志商榷其"发现"与论断》，作者丁尔纲，《新文学史料》1997 年第 4 期。

《茅盾小说研究二题》，作者孟邻、刘治业，《南都学坛》1997 年第 5 期。

《茅盾主编〈人民文学〉的编辑思想》，作者李琳，《编辑之友》1997 年第 5 期。

《理想与现实的分裂和对抗——论郭沫若、茅盾的美学思想》，作者封孝伦，《贵州社会科学》1997 年第 5 期。

《茅盾〈叩门〉语音修辞赏析》，作者李蜜，《名作欣赏》1997 年第 5 期。

《略谈茅盾的"类性"与"个性"论》，作者周若金，《山东社会科学》1997 年第 5 期。

《鲁迅研究和茅盾研究的新收获——〈林焕平文集〉第四卷出版》，作者荣光启，《南方文坛》1997 年第 5 期。

《读沈雁冰致林伯渠函手迹》，作者杨天石，《书屋》1997 年第 5 期。

《困惑与错位——〈霜叶红似二月花〉小说、电视剧比较研究》，作者孙中田、刘爱华，《社会科学辑刊》1997 年第 5 期。

《试论〈春蚕〉的经济认识价值》，作者魏洪丘，《上饶师专学报》1997 年第 5 期。

《从虚构到真实——报纸文艺副刊视角转移之我见》，作者费力，《新闻前哨》1997 年第 5 期。

《20 世纪中国工业文学的历程和展望》，作者贾玉民，《郑州大学学报（哲学社会科学版）》1997 年第 5 期。

《茅盾评说》，作者欧家斤，学林出版社 1997 年 10 月版。

《一部抗战文学知识妇女主题的独特作品——论茅盾的〈腐蚀〉》，作者陈开鸣，《贵州社会科学》1997 年第 6 期。

《茅盾故乡的"姑嫂饼"》，作者张镛，《中国土特产》1997年第6期。

《函请茅盾题书名》，作者李晖，《江淮文史》1997年第6期。

《中国新文学的理性原则与人文精神》，作者栾梅健，《文学评论》1997年第6期。

《解放战争时期的上海期刊》，作者陈江，《编辑学刊》1997年第6期。

《文人笔下的商业行为》，作者林岚涛，《商业文化》1997年第6期。

《茅盾的在港小说》，作者袁良骏，《博览群书》1997年7月。

《茅盾的回归》，作者施康强，《读书》1997年第10期。

《茅盾故乡姑嫂饼》，作者宋宪章，《新农村》1997年第10期。

《茅盾日记》，作者查国华、查汪宏，山西教育出版社1997年11月版。

《巨匠诞生：茅盾》，作者王学钧，安徽少年儿童出版社1997年11月版。

1998 年

《〈子夜〉与〈家〉的艺术比较》，作者[日]和富弥生，《济南大学学报(综合版)》1998年第1期。

《走进香港故事》，作者赵稀方，《粤海风》1998年第1期。

《创作方法意识的觉醒——1922年"自然主义"讨论的回顾与评述》，作者张冠华，《郑州大学学报(哲学社会科学版)》1998年第1期。

《一部十分完备的"年谱"》，作者李庶长，《山东图书馆季刊》1998年第1期。

《也说〈蚀〉》，作者陈敬中，《湖北师范学院学报(哲学社会科学版)》1998年第1期。

《茅盾先生在桂林》，作者曾国民，《文史春秋》1998年第1期。

《时代风云的活化石——论茅盾〈动摇〉的史诗价值》，作者周龙田，《安康师专学报》1998年第1期。

《新民主主义文化革命大潮中茅盾的妇女观的形成与发展(续)》，作者丁尔纲，《湖北师范学院学报(哲学社会科学版)》1998年第1期。

《谈论人物应坚持求实态度——写在读了秦德君〈我与茅盾的一段情缘〉

后》，作者如玉，《绍兴文理学院学报（哲学社会科学版）》1998 年第 1 期。

《自然主义与茅盾小说——茅盾与自然主义关系之三》，作者范志强，《张家口师专学报（社会科学版）》1998 年第 1 期。

《揽时代风云 促社会变革——从文化视角论茅盾散文的思想特色》，作者王建中，《社会科学辑刊》1998 年第 1 期。

《论茅盾对公式化概念化创作的批评》，作者周若金，《聊城师范学院学报（哲学社会科学版）》1998 年第 1 期。

《茅盾小说中的女性形象新论》，作者贺智利、王春惠，《榆林高专学报》1998 年第 1 期。

《论茅盾短篇小说心理描写的民族化特色》，作者韦永恒，《南宁师专学报》1998 年第 1 期。

《〈水藻行〉与〈春桃〉的比较研究》，作者徐越化，《湖州师专学报》1998 年第 2 期。

《"野蔷薇"和"至诚感神"》，作者张森生、宛啸，《咬文嚼字》1998 年第 2 期。

《从文化背景看老通宝形象的典型性》，作者余连祥，《湖州师专学报》1998 年第 2 期。

《中国新文学作家与外国文学的关系——以茅盾为例》，作者贾植芳，《中国比较文学》1998 年第 2 期。

《鲁迅、茅盾致陕北信不容否定》，作者陈福康，《新文学史料》1998 年第 2 期。

《时代泥潭中的个人奋斗——茅盾笔下几个人物形象浅议》，作者何凤梅，《甘肃教育学院学报（社会科学版）》1998 年第 2 期。

《议茅盾续写"霜叶"的时间和地点》，作者李传玺，《读书》1998 年第 2 期。

《茅盾性格的理性务实特征与吴越文化精神》，作者钱诚一，《广播电视大学学报（哲学社会科学版）》1998 年第 2 期。

《走出批评的误区——关于〈蚀〉的评价问题》，作者梁桂，《海南师院学报》1998 年第 3 期。

《〈林家铺子〉的两条副线》，作者李中合，《商洛师范专科学校学报》1998 年第 3 期。

《茅盾不摆名家架子》，《党史博采》1998年第3期。

《"二沈"小说创作异同论》，作者阎浩岗，《山西师大学报（社会科学版）》1998年第3期。

《批评话语与叙述话语——茅盾小说中的批评者》，作者马云，《中国现代文学研究丛刊》1998年第3期。

《人性美的赞歌——对茅盾〈蚀〉的一种解读》，作者陈晓宇，《贵阳师专学报（社会科学版）》1998年第3期。

《论自然主义文学思潮对茅盾文论的影响》，作者范志强，《华北电力大学学报（社会科学版）》1998年第3期。

《茅盾与法国自然主义》，作者钱林森，《中国文化研究》1998年第3期。

《永不满足的读书人——茅盾》，作者余丽丽，《中小学图书情报世界》1998年第3期。

《理性精神与茅盾小说》，作者孙中田，《社会科学战线》1998年第3期。

《试论茅盾对中外神话的研究》，作者崔柳生，《广西教育学院学报》1998年第3期。

《论茅盾在中国现代文化史上的历史定位》，作者王嘉良，《浙江社会科学》1998年第3期。

《父亲茅盾的晚年》，作者韦韬、陈小曼，上海书店出版社1998年7月版。

《试议〈风景谈〉的比较艺术》，作者孙玉刚，《渤海学刊》1998年第4期。

《不该淹灭的一段传奇》，作者陈敏，《福建电大学刊》1998年第4期。

《茅盾与科普散文》，作者刘为民，《科学》1998年第4期。

《茅盾的婚恋变故——〈茅盾评传〉片断》，作者丁尔纲，《河北师范大学学报（哲学社会科学版）》1998年第4期。

《永远的茅盾》，钟桂松编，浙江文艺出版社1998年8月版。

《失败的英雄——吴荪甫形象新论》，作者宋聚轩，《齐鲁学刊》1998年第5期。

《慧眼洞悉人心　妙笔摹态摄神——列夫·托尔斯泰、茅盾小说心理描写比较》，作者王聪文，《福建论坛（文史哲版）》1998年第5期。

《茅盾和曹禺比较论纲》，作者黄彩文，《河北学刊》1998年第5期。

《论茅盾文学批评的艺术性标准》,作者孙学海,《南都学坛》1998 年第 5 期。

《试评〈文艺阵地〉的办刊特色》,作者熊显长,《编辑学刊》1998 年第 6 期。

《鲁迅、茅盾、叶圣陶参观南洋劝业会》,作者崔石岗,《文史杂志》1998 年第 6 期。

《茅盾创作中的女性心象和时代女性》,作者钟桂松,《社会科学辑刊》1998 年第 6 期。

《茅盾的革命现实主义文学创作实践》,作者方占美,《能源基地建设》1998 年第 6 期。

《意识形态化的城市故事——重读茅盾的〈子夜〉》,作者王文英,《社会科学》1998 年第 8 期。

《茅盾论书评》,作者吴道弘,《出版参考》1998 年第 12 期。

《茅盾抒情散文片论》,作者刘伯贤,《社会科学家》1998 年第 S1 期。

《茅盾与马烽》,作者欧家斤,《山西文史资料》1998 年增刊。

《茅盾与〈蚀〉》,作者伏琛,《瞭望新闻周刊》1998 年增刊。

《论茅盾与中国现代寓言文学》,作者李君怡,《黔西南民族师专学报》1998 年增刊。

《茅盾评传》,作者丁尔纲,重庆出版社 1998 年 10 月版。

《茅盾传:坎坷与辉煌》,作者钟桂松,河南文艺出版社 1998 年 12 月版。

1999 年

《〈春蚕〉词类难点分析》,作者张松林,《四川师范大学学报(社会科学版)》1999 年第 1 期。

《瞿秋白与〈子夜〉》,作者刘小中,《扬州职业大学学报》1999 年第 1 期。

《五位文学巨人的母亲》,《公关世界》1999 年第 1 期。

《试论〈子夜〉的节奏美》,作者杜春海,《川北教育学院学报》1999 年第 1 期。

《父亲茅盾的最后 38 天》,作者韦韬、陈小曼,《文艺理论与批评》1999 年第

1 期。

《在历史品衡与文本解读之间——孙中田先生的茅盾研究述评》,作者王中忱,《文艺争鸣》1999 年第 1 期。

《谈茅盾的革命现实主义的文艺观》,作者方占美,《雁北师范学院学报》1999 年第 1 期。

《记茅盾先生两次为〈书讯〉报题词》,作者陆潜,《编辑学刊》1999 年第 1 期。

《儒家传统与茅盾的现实关切》,作者王确,《求是学刊》1999 年第 1 期。

《以全知为主体的多角度叙述——茅盾〈幻灭〉叙述模式析》,作者罗明凯,《丹东纺专学报》1999 年第 1 期。

《茅盾批评公式化概念化创作倾向的主要内容》,作者樊宝英、周若金,《东方论坛》1999 年第 1 期。

《择取外来文化的迭合与偏离——茅盾、巴金艺术比较》,作者袁振声,《天津外国语学院学报》1999 年第 1 期。

《论人是否知己？——评茅盾左翼思潮时期的八篇"作家论"》,作者常江虹,《惠州大学学报(社会科学版)》1999 年第 1 期。

《论茅盾短篇小说艺术构思的辩证法》,作者梁桂,《广西右江民族师专学报》1999 年第 1 期。

《文学活动日记(1980)》,作者张光年,《新文学史料》1999 年第 2 期。

《茅盾为〈泸溪报〉题写报头》,作者黄宝维,《湖南档案》1999 年第 2 期。

《长夜漫漫两相知——关于鲁迅与茅盾的友谊》,作者周励,《新文学史料》1999 年第 2 期。

《茅盾小说中的女性形象新论》,作者贺智利、刘晓荣,《哈尔滨师专学报》1999 年第 2 期。

《论茅盾创作〈子夜〉的几个视角》,作者路善全,《池州师专学报》1999 年第 2 期。

《茅盾的翻译理论和实践》,作者张宇翔、王继玲,《安徽教育学院学报(哲学社会科学版)》1999 年第 2 期。

《茅盾与鲁迅小说艺术特征之比较》,作者张景忠、褚大庆,《东疆学刊》

1999 年第 2 期。

《论茅盾〈蚀〉三部曲的连贯性》，作者蓝棣之，《广播电视大学学报（哲学社会科学版）》1999 年第 2 期。

《茅盾研究（第七辑）》，中国茅盾研究会编，文化艺术出版社 1999 年 6 月版。收录的文章有：

《茅盾与"现实主义深化"论、"写中间人物"论——〈茅盾评传〉书稿片断》，作者崧巍。

《论革命现实主义文学及其"中国化"问题——茅盾 1937 年至 1949 年文学观念的演进》，作者周可。

《茅盾进化文学观析辩》，作者陈天助。

《论茅盾的政治观——茅盾大文化观之一》，作者李广德。

《论茅盾的道德观——茅盾大文化观之二》，作者李广德。

《选择与重构——对茅盾与自然主义关系的一个全面考察》，作者陆文采。

《〈霜叶红似二月花〉续稿的世界》，作者[日]是永骏，袁蕴华译。

《回归的迷惘：茅盾的〈路〉与〈三人行〉》，作者[美]陈幼石。

《〈野蔷薇〉艺术结构研究》，作者[韩]安昶炫。

《忆茅盾》，作者叶君健。

《忆茅盾先生》，作者田苗。

《茅盾与我》，作者[斯洛伐克]马立安、高利克，万树玉译。

《怀念茅公》，作者[新加坡]周颖南。

《杰出的历史贡献——茅盾对鲁迅的评价及革命情谊》，作者王建中。

《论交四十年 同志加兄弟——论茅盾与郑振铎》，作者陈福康。

《寻访茅盾上海居住地的思考》，作者孔海珠。

《一篇批驳国民党右派、揭露帝国主义的檄文——茅公 1926 年在广东"演讲辞"的发现经过和内容简介》，作者夏红。

《茅盾佚简五封的发现及其他》，作者李正文。

《茅盾"文课"初探》，作者胡良家。

《陈忆茅盾支持〈文学报〉》，作者欧家斤。

《指误一则》，作者陈福康。

《茅盾研究与茅盾作品译介在韩国》，作者［韩］朴宰雨。

《且说"文学大师"》，作者陈辽。

《伟大也要有人懂》，作者曾镇南。

《绕不过去的存在》，作者陈天助。

《尽传其精神，重现其堂庑——电视连续剧〈子夜〉观后》，作者曾镇南。

《〈中国现当代文学茅盾眉批本文库〉评说》，作者万安伦。

《林焕平先生的茅盾研究——读〈林焕平文集〉第四卷》，作者吴成年。

《一团孤寂的圣火——〈梦回星移——茅盾晚年生活见闻〉阅读随想》，作者马佳。

《从"作家实际"出发近茅盾——读史瑶的〈论茅盾的小说艺术〉》，作者王嘉良。

《一本别开生面的茅盾传记——评〈茅盾孔德沚〉》，作者六飞。

《领悟评说之中的是非辨析和连缀融会——读欧家斤的〈茅盾评说〉》，作者胡立德。

《茅盾诞辰百年国际学术讨论会（第六届年会）纪要》，作者范志强。

《初春聚京城 共谋新纪会——记第四届理事会第二次次会议》。

《上海小说创作五十年》，作者李子云、陈惠芬，《当代作家评论》1999 年第 3 期。

《文学史上参孙形象的演变和发展》，作者梁工，《外国文学研究》1999 年第 3 期。

《〈小说月报〉改刊策划的启示——中国期刊史札记之九》，作者李频，《出版科学》1999 年第 3 期。

《时代的画卷 独特的视角——读茅盾处女作〈蚀〉》，作者田金长，《陕西教育学院学报》1999 年第 3 期。

《茅盾与左拉自然主义》，作者顾国柱，《湖北民族学院学报（哲学社会科学版）》1999 年第 3 期。

《茅盾小说创作中的矛盾》，作者邱文治，《天津师大学报（社会科学版）》1999 年第 3 期。

《茅盾早期的现代编辑意识》，作者翟德耀，《东岳论丛》1999年第3期。

《中国神话研究误区探因》，作者卫崇文，《晋东南师范专科学校学报》1999年第4期。

《翻译"神似"论的哲学—美学基础》，作者葛校琴，《中国翻译》1999年第4期。

《儒家传统与茅盾的尚群观念》，作者张树武、王确，《社会科学战线》1999年第4期。

《茅盾的乡土文学观》，作者叶志良，《黑龙江社会科学》1999年第4期。

《茅盾在妇女解放运动中的理论贡献》，作者翟耀，《山东师大学报（社会科学版）》1999年第4期。

《父亲与茅盾、老舍及巴金》，作者叶念先，《文学自由谈》1999年第4期。

《名家的失误——小议茅盾〈谈《水浒》的人物和结构〉》，作者韩忠玉、张双玲，《遵义师范高等专科学校学报》1999年第4期。

《儒家传统与茅盾的文学价值论》，作者张树武、王确，《琼州大学学报》1999年第4期。

《茅盾与曹禺笔下女性形象比较》，作者周爱荣，《黄河水利职业技术学院学报》1999年第4期。

《五四精神与"茅盾传统"》，作者王嘉良，《浙江师大学报（社会科学版）》1999年第5期。

《茅盾、郁达夫小说性爱描写比较》，作者夏元明，《黄冈师范学院学报》1999年第5期。

《茅盾给尤其彬的一封佚信》，作者钦鸿，《世纪》1999年第6期。

《动荡中国的全景图——茅盾30年代前半期小说》，作者秦弓，《上海大学学报（社会科学版）》1999年第6期。

《社会环境描写的作用》，作者林琳，《南京师范大学文学院学报》1999年第7期。

《"浙江省鲁迅研究会、茅盾学会99联合年会"在嘉兴召开》，作者徐明华，《鲁迅研究月刊》1999年第12期。

《关于〈白杨礼赞〉一文的教学设想》，作者许兴芳、沈孝文、李乾明，《四川三峡学院学报》1999 年第 A1 期。

《交叉地带的阳光和困惑——谈茅盾的短篇集〈野蔷薇〉》,作者游路湘,《电大教学》1999 年第 C1 期。

《茅盾智语》,作者李标晶,岳麓书社 1999 年 8 月版。

《茅盾与读书》,作者王芳,明天出版社 1999 年 9 月版。

《茅盾与巴金艺术比较》,作者袁振声,光明日报出版社 1999 年 10 月版。

《茅盾诗词解析》,吉林文史出版社 1999 年 10 月版。

2000 年

《茅盾的新浪漫主义初探——茅盾文学观研究之一》,作者朱波,《上海师范大学学报(哲学社会科学版)》2000 年第 1 期。

《兼及审美批评的社会历史批评——茅盾现代文学批评观之我见》,作者赖翅萍,《玉林师范高等专科学校学报》2000 年第 1 期。

《盗火者的困境——论茅盾笔下的民族资本家形象》,作者王涧,2000 年第 1 期。

《中国现代文学研究回顾四则》,作者杨扬,《哈尔滨师专学报》2000 年第 1 期。

《论茅盾与中国现代寓言文学》,作者李君怡,《铜仁师专学报(综合版)》2000 年第 1 期。

《茅盾研究书录续编》,作者龚景兴,《湖州师范学院学报》2000 年第 1 期。

《茅盾早期对西方文学的研究与介绍》,作者袁荻涌,《贵州师范大学学报(哲学社会科学版)》2000 年第 C1 期。

《以〈子夜〉和〈家〉为例比较分析茅盾和巴金对外来影响的接受》,作者李标晶、章小英,《赣南师范学院学报》2000 年第 1 期。

《一部十分坚实的书——评袁振声〈茅盾与巴金艺术比较〉》,作者邱文治,《天津外国语学院学报》2000 年第 1 期。

《苦涩的姊妹花——〈春蚕〉、〈丰收〉之比较》,作者李慧玲,《西安教育学院学报》2000 年第 1 期。

《大学生们最敬佩和最反感的 20 世纪中国作家》，作者金绍任、黄春芳，《南宁职业技术学院学报》2000 年第 1 期。

《试论社会剖析派现实主义形成的历史原因及其艺术表现特征》，作者应丽琴，《宁波高等专科学校学报》2000 年第 1 期。

《10 位浙江文化名人的百年诞辰》，作者严麟书，《今日浙江》2000 年第 2 期。

《茅盾与杜埃——写在茅盾逝世纪念日》，作者林彬，《文艺理论与批评》2000 年第 2 期。

《茅盾为〈泸溪报〉题写报头》，作者黄宝维，《湖南党史》2000 年第 2 期。

《茅盾文学批评新论》，作者卜召林、王玲玲，《山东社会科学》2000 年第 2 期。

《茅盾传记著作的新开拓——评丁尔纲先生的〈茅盾评传〉》，作者李标晶，《绍兴文理学院学报（哲学社会科学版）》2000 年第 2 期。

《文化夹缝中的痛苦呻吟——读茅盾的〈自杀〉》，作者林平乔，《中国文学研究》2000 年第 2 期。

《茅盾对〈子夜〉一些问题的解答》，作者向锦江，《新文学史料》2000 年第 2 期。

《新发现的一封茅盾佚信》，作者钦鸿，《新文学史料》2000 年第 2 期。

《论中国现代文学翻译》，作者何杰英，《武汉交通科技大学学报（社会科学版）》2000 年第 2 期。

《茅盾文艺思想述评》，作者黄立平，《学术论坛》2000 年第 2 期。

《全国茅盾研究学术讨论会综述》，作者钟海波、李丹，《陕西师范大学学报（哲学社会科学版）》2000 年第 2 期。

《茅盾的编辑风格》，作者吕旭龙，《厦门广播电视大学学报》2000 年第 2 期。

《从吴荪甫想起的——读茅盾先生〈子夜〉点滴》，作者吉辉，《中国集体经济》2000 年第 3 期。

《围城内外的困惑——试析中国现代小说中的离婚者形象》，作者余连祥，《浙江学刊》2000 年第 3 期。

《一部无法实现"创作意图"的名著——再论茅盾长篇小说〈子夜〉》,作者胡焕龙,《阜阳师范学院学报(社会科学版)》2000 年第 3 期。

《两个倒闭的店铺——〈林家铺子〉与〈店员〉比较兼及茅盾小说主题理性化问题》,作者孙驰,《阜阳师范学院学报(社会科学版)》2000 年第 3 期。

《〈林家铺子〉的两条副线》,作者李中合,《唐山师专学报》2000 年第 3 期。

《再谈鲁迅茅盾致红军贺信——兼答丁尔纲教授的商榷》,作者阎愈新,《新文学史料》2000 年第 3 期。

《新中国最早畅谈人物塑造的文学大师——关于茅盾给我的一封信》,作者吴奔星,《新文学史料》2000 年第 3 期。

《临风怀茅公 经冬复历春——茅盾先生佚简五封的发现及其他》,作者李政文,《新文学史料》2000 年第 3 期。

《茅盾与杜埃——写在茅盾逝世纪念日》,作者林彬,《新文学史料》2000 年第 3 期。

《鲁迅、茅盾与西方现代主义文学》,作者陈黎明,《陕西师范大学学报(哲学社会科学版)》2000 年第 3 期。

《艺术心理与政治心理的冲突——茅盾小说理性化倾斜的心理学阐释》,作者阎庆生,《陕西师范大学学报(哲学社会科学版)》2000 年第 3 期。

《中国神话学的基本问题:神话的历史化还是历史的神话化?》,作者常金仓,《陕西师范大学学报(哲学社会科学版)》2000 年第 3 期。

《笔耕之路 辉煌之卷——记蒙古族著名作家阿·敖德斯尔》,《内蒙古宣传》2000 年第 4 期。

《〈子夜〉的重估》,作者张景超,《求是学刊》2000 年第 4 期。

《自然主义在中国的早期传播》,作者牛水莲,《中州学刊》2000 年第 4 期。

《新时期以来浙江省茅盾研究述评》,作者李标晶,《湖州师范学院学报》2000 年第 4 期。

《茅盾的现实主义艺术精神》,作者王秀琳,《北京第二外国语学院学报》2000 年第 4 期。

《茅盾与新浪漫主义——茅盾与法国文学研究之二》,作者钱林森,《中国文化研究》2000 年第 4 期。

《试论中日近现代小说中的"家"》,作者于荣胜,《日语学习与研究》2000 年第 4 期。

《茅盾应考·秘书撰稿》,作者列监,《秘书》2000 年第 5 期。

《论文学研究会理论倡导与文学创作的矛盾》,作者高旭东,《天津社会科学》2000 年第 5 期。

《中国神话研究百年》,作者贺学君,《社会科学研究》2000 年第 5 期。

《理性的倾斜——茅盾文学批评的再评价》,作者卜召林、王玲玲,《齐鲁学刊》2000 年第 5 期。

《在东江的"另一个"茅盾》,作者袁小伦,《广东党史》2000 年第 5 期。

《三重身份与复合思维——茅盾"短篇不短"的文体成因探微》,作者李丹,《渭南师范学院学报》2000 年第 6 期。

《"五四"文学批评背景与中国现代作家论的诞生》,作者杨健民,《福建论坛(文史哲版)》2000 年第 6 期。

《真善美的凝结——论茅盾〈蚀〉〈虹〉中"时代女性"的独特性》,作者王晓春,《黑龙江社会科学》2000 年第 6 期。

《茅盾与〈题白杨图〉》,作者谢逢江,《咬文嚼字》2000 年第 7 期。

《寻访茅盾的"家"》,作者谭涛,《中国建设信息》2000 年第 10 期。

《略论丹纳对茅盾早期文艺观的影响》,作者谷丹,《湘潭大学学报(哲学社会科学版)》2000 年第 S2 期。

《中国现代文学百家:茅盾(上)》,作者吴福辉,华夏出版社 2000 年 1 月版。

《中国现代文学百家:茅盾(下)》,作者吴福辉,华夏出版社 2000 年 1 月版。

《茅盾:都市子夜的呼号》,作者宋炳辉,上海教育出版社 2000 年 1 月版。

《茅盾人格》,作者丁尔纲,河南人民出版社 2000 年 1 月版。

《乌镇茅盾故居》,作者汪家荣,文物出版社 2000 年 1 月版。

《茅盾研究资料(上)》,作者孙中田、查国华,中国社会科学出版社 2000 年 1 月版。

《茅盾研究资料(中)》,作者孙中田、查国华,中国社会科学出版社 2000 年

1 月版。

《少年茅盾的故事》,作者徐春雷,甘肃少年儿童出版社 2000 年 1 月版。

《中国革命与茅盾的文学道路》,作者史瑶,杭州大学出版社 2000 年 1 月版。

《茅盾研究资料集》,山东大学中文系文史哲研究所 2000 年 1 月版。

《严霜下的梦:茅盾散文》,作者傅光明,浙江文艺出版社 2000 年 10 月版。

《茅盾:翰墨人生八十秋》,作者丁尔纲,长江文艺出版社 2000 年 12 月版。

2001 年

《论茅盾走上文学道路的文化背景》,作者杨马胜,《社科纵横》2001 年第 1 期。

《茅盾小说的绘画美及其艺术效应》,作者杨泉、贺智利,《陕西教育学院学报》2001 年第 1 期。

《茅盾与俄国现实主义》,作者胡景敏,《石家庄师范专科学校学报》2001 年第 1 期。

《一生的矛盾——茅盾创作简论》,作者郑万鹏,《海南广播电视大学学报》2001 年第 1 期。

《20 世纪法国新浪漫主义与中国现代文学》,作者钱林森,《外国文学研究》2001 年第 1 期。

《论茅盾流亡日本期间的文学创作》,作者靳明全,《重庆广播电视大学学报》2001 年第 1 期。

《应该重视农民文化心理研究——由茅盾的〈农村三部曲〉引发的思考》,作者冯国晨,《克山师专学报》2001 年第 1 期。

《鲁迅茅盾短篇小说思维比较》,作者李丹,《延安大学学报(社会科学版)》2001 年第 1 期。

《浅论〈子夜〉中的吴荪甫形象》,作者颜玉宝,《新疆石油教育学院学报》2001 年第 1 期。

《〈故事新编〉文本构成的两重性及其意义——兼与茅盾、郭沫若的历史小说相比较》，作者陈方竞、王淳彦、裴仁秀，《晋东南师范专科学校学报》2001年第1期。

《触摸历史深处的真实——读丁尔纲〈茅盾评传〉》，作者李卫国，《绥化师专学报》2001年第1期。

《对茅盾、胡风文艺观差异的历时考察——兼及七月派、社会剖析派小说创作》，作者武新军，《信阳师范学院学报（哲学社会科学版）》2001年第1期。

《喧哗与沉默——"左联"接受辩证唯物论创作方法面面观》，作者张直心，《学术探索》2001年第1期。

《鲁迅茅盾短篇小说思维比较》，作者李丹，《唐都学刊》2001年第1期。

《解读〈子夜〉》，作者潘艳等，京华出版社2001年1月版。

《茅盾散论》，作者钟桂松，复旦大学出版社2001年3月版。

《文学巨匠茅盾》，作者郑彭年，新华出版社2001年3月版。

《意义的叩问——试论茅盾与〈小说月报〉》，作者毕玲蔷，《厦门广播电视大学学报》2001年第2期。

《〈子夜〉的叙述艺术》，作者庞凤琴，《集宁师专学报》2001年第2期。

《浅谈茅盾作品中动词的妙用》，作者朱国宝，《南昌教育学院学报》2001年第2期。

《〈林家铺子〉的结构艺术》，作者赵君秋，《北华大学学报（社会科学版）》2001年第2期。

《霜叶红于二月花——评茅盾小说〈霜叶红似二月花〉》，作者韩素梅，《广西师院学报》2001年第2期。

《茅盾与"新浪漫主义"》，作者蓝天，《安徽教育学院学报》2001年第2期。

《试论茅盾的都市小说》，作者杨云芳，《台州师专学报》2001年第2期。

《论鲁迅与茅盾的当代性》，作者李继凯，《唐都学刊》2001年第2期。

《中国作家的"代"更迭和"群"浮沉》，作者陈辽，《贵州社会科学》2001年第2期。

《中国传统翻译思想："神化说"（前期）》，作者朱志瑜，《中国翻译》2001年第2期。

《走近茅盾》，作者翟德耀，中国文联出版社公司2001年3月版。

《二十世纪茅盾研究史》,作者钟桂松,浙江人民出版社2001年3月版。

《茅盾小说创作中的情与理》,作者贺智利,《榆林高等专科学校学报》2001年第3期。

《〈风景谈〉的艺术美》,作者胡华珍、陈武英,《宁波高等专科学校学报》2001年第3期。

《茅盾小说的现代意识》,作者梁桂,《广西右江民族师专学报》2001年第3期。

《茅盾的新性道德观及其当代意义》,作者王建中、陆文采,《绥化师专学报》2001年第3期。

《茅盾与王统照的人生比较》,作者阎奇男,《绥化师专学报》2001年第3期。

《茅盾小说创作的现实主义特征》,作者林锦杭,《韩山师范学院学报》2001年第3期。

《淡妆浓抹总相宜——论〈子夜〉的结构艺术》,作者宋宁,《菏泽师专学报》2001年第3期。

《国统区两种现实主义理论形态之比较——对胡风、茅盾文艺观差异的历时考察》,作者武新军,《周口师范高等专科学校学报》2001年第3期。

《青年茅盾:从"文学新青年"到"阶级艺术家"》,作者张业松,《浙江学刊》2001年第3期。

《目及荒芜 怀古伤今——鲍照的〈芜城赋〉和茅盾的〈香市〉比较谈》,作者刘贵华,《高等函授学报(哲学社会科学版)》2001年第3期。

《论茅盾走上文学道路的文化背景》,作者杨马胜,《兰州大学学报》2001年第3期。

《中国现代文学悲剧精神的演进》,作者武彦君,《安徽广播电视大学学报》2001年第4期。

《穿越矛盾,逼近主体——读翟德耀著〈走近茅盾〉》,作者马航飞,《东方论坛》2001年第4期。

《论茅盾早期对鲁迅的认识和评价》,作者李建东,《集美大学学报(哲学社会科学版)》2001年第4期。

《略论〈水浒〉对茅盾小说创作的影响》，作者刘锋杰，《忻州师范学院学报》2001年第4期。

《矛盾的魅力——茅盾的小说世界及其审美心理特征》，作者曹安娜，《山东师大学报（人文社会科学版）》2001年第4期。

《走在时代前面的新文学巨擘——山东省茅盾研究会第四届学术讨论会综述》，作者翟耀，《山东师大学报（人文社会科学版）》2001年第4期。

《茅盾、陆蠡散文创作比较》，作者张光全，《固原师专学报》2001年第4期。

《走近文学家茅盾的对话》，作者贺立华，《文史哲》2001年第4期。

《论茅盾对民族主义文艺理论的批判》，作者钱振纲，《北京师范大学学报（人文社会科学版）》2001年第4期。

《历史转型期的文化反思——〈霜叶红似二月花〉思想意蕴新探》，作者秦林芳，《北京师范大学学报（人文社会科学版）》2001年第4期。

《让文学星空更灿烂——为中国共产党80华诞而作》，作者宋玉鹏，《当代文坛》2001年第4期。

《二十世纪茅盾研究目录汇编》，作者龚景兴，中国文联出版社2001年8月版。

《茅盾及其研究与国际互联网和电子出版物》，作者李广德，《湖州师范学院学报》2001年第5期。

《论"茅盾传统"及其对中国新文学的范式意义》，作者王嘉良，《浙江学刊》2001年第5期。

《〈走近茅盾〉：一本有份量的书》，作者朱德发，《东岳论丛》2001年第5期。

《现代理性话语：茅盾"人的文学"观念建构》，作者朱德发，《文学评论》2001年第5期。

《"茅盾"非"矛盾"》，作者刘二奎，《咬文嚼字》2001年第5期。

《茅盾前期文学批评观的转型与作家论的视角》，作者杨健民，《福建论坛（人文社会科学版）》2001年第6期。

《"革命家"的"文学济世"情结——重新审视茅盾和他的创作》，作者赵国宏，《山西大学学报（哲学社会科学版）》2001年第6期。

《"茅盾传统"：范式特征与价值蕴含》，作者王嘉良，《浙江师大学报（社会科学版）》2001 年第 6 期。

《在坚守现实主义原则中负重前行——论茅盾建国后文学批评理论与实践》，作者马美爱，《浙江师大学报（社会科学版）》2001 年第 6 期。

《朝东而望 不见西墙——对新人教版教参关于〈白杨礼赞〉中一处修辞技巧评价的再批评》，作者张建民，《修辞学习》2001 年第 6 期。

《鲁迅、茅盾联袂办〈译文〉》，作者刘小清，《民国春秋》2001 年第 6 期。

《茅盾的现代女作家论》，作者李奇志，《湖北成人教育学院学报》2001 年第 6 期。

《大道之行 殊途同归——鲁迅、郭沫若、茅盾的思想、创作与外国文化之关系的比较研究》，作者曾庆元，《武汉大学学报（人文科学版）》2001 年第 6 期。

《名人故居不该被遗忘的角落》，作者解维汉，《税收与社会》2001 年第 7 期。

《茅盾在大革命失败后的人生轨迹》，作者尹骐，《炎黄春秋》2001 年第 8 期。

《毛泽东的挚友与助手——茅盾》，作者王学平，《党史文汇》2001 年第 9 期。

《瞿秋白与〈子夜〉》，作者周景高，《党史天地》2001 年第 10 期。

《茅盾在作协往事》，作者涂光群，《炎黄春秋》2001 年第 10 期。

《谒茅盾故居》，作者施友明，《江苏政协》2001 年第 11 期。

《左拉的自然主义诗学研究》，作者高建为，北京师范大学博士论文。

《茅盾小说"政治倾向"论》，作者李海龙，西南师范大学文学硕士论文。

《左翼都市小说创作论》，作者舒欣，湖南师范大学硕士论文。

2002 年

《吴宓评茅盾和徐志摩》，作者刘克敌，《泰安师专学报》2002 年第 1 期。

《论茅盾小说创作中的家庭景观》，作者曹书文，《松辽学刊（人文社会科学版）》2002 年第 1 期。

《历史、家族与知识分子的悲剧——论〈霜叶红似二月花〉的审美意蕴》，作者曹书文,《内蒙古社会科学(汉文版)》2002年第1期。

《茅盾小说与"红楼"情结》,作者孙中田,《沈阳师范学院学报(社会科学版)》2002年第1期。

《〈子夜〉中"自我分裂"的空间意象世界》,作者杨天舒,《沈阳师范学院学报(社会科学版)》2002年第1期。

《一次女性视角的再阐释——论〈子夜〉的女性形象》,作者姜子华,《沈阳师范学院学报(社会科学版)》2002年第1期。

《茅盾故乡跻身浙江省教育强市》,作者白宏太,《人民教育》2002年第1期。

《〈子夜〉导读》,作者孙中田,中华书局2002年1月版。

《文学语言的语音特色与文学风格——以鲁迅、茅盾、赵树理的农村题材小说为例》,作者李国正,《厦门广播电视大学学报》2002年第2期。

《性爱的现代性与文明的再造——茅盾早期性爱思想浅探》,作者徐仲佳,《南京师范大学文学院学报》2002年第2期。

《中国现代文学的传统与中小学语文教育》,作者焦垣生、张蓉、王敬艳,《西安交通大学学报(社会科学版)》2002年第2期。

《20世纪中国比较文学研究的回眸与展望》,作者黄晖,《徐州师范大学学报》2002年第2期。

《重读茅盾的〈子夜〉》,作者王中忱,《海南广播电视大学学报》2002年第2期。

《试析〈白杨礼赞〉的美学内涵》,作者徐家永,《临沧教育学院学报》2002年第2期。

《易性想象与男性立场——茅盾前期小说中的性别意识分析》,作者李玲,《中国文化研究》2002年第2期。

《现代女性步履的真实文本——茅盾笔下的女性形象与同时代女作家创作的比较》,作者白薇,《中南民族学院学报(人文社会科学版)》2002年第2期。

《茅盾文本:从小说到影视文学》,作者王嘉良,《浙江社会科学》2002年第2期。

《浅析〈金钱〉对〈子夜〉的"影响"》,作者吴力力,《内蒙古民族大学学报(社会科学版)》2002 年第 2 期。

《中国比较文学研究百年》，作者黄晖，《海南师范学院学报(人文社会科学版)》2002 年第 2 期。

《男权意识与女性话语的艺术整合——茅盾小说创作新论》，作者曹书文，《河北师范大学学报(哲学社会科学版)》2002 年第 2 期。

《历史的解读与反思》，作者孙中田，《文艺争鸣》2002 年第 2 期。

《鲁迅与茅盾的交往及其史料》，作者林传祥，《中国档案》2002 年第 2 期。

《知识分子与中国现代文学经典的建构——由〈中国新文学大系〉(1917—1927)引发的思考》，作者岳凯华，《中国文学研究》2002 年第 3 期。

《"人"的观点与"五四散文"》，作者梁向阳，《陕西师范大学继续教育学报》2002 年第 3 期。

《瞿秋白与茅盾关于文艺大众化问题争鸣述略》，作者刘小中，《扬州职业大学学报》2002 年第 3 期。

《论中国现代都市文学的多重形态》，作者高天成，《西安联合大学学报》2002 年第 3 期。

《施蛰存与茅盾创作比较谈》，作者杨迎平，《唐都学刊》2002 年第 3 期。

《鸟瞰茅盾的现实主义理论》，作者王立鹏，《井冈山师范学院学报》2002 年第 3 期。

《茅盾致沈钧儒的一封书信解析》，作者王晓雨，《浙江学刊》2002 年第 3 期。

《一种艺术精神的默契——论茅盾受托尔斯泰的影响》，作者高晓梅，《黑龙江教育学院学报》2002 年第 3 期。

《在庐山给茅盾当警卫员——访原江西省军区庐山警卫连老战士宁春良》，作者李剑，《党史文苑》2002 年第 3 期。

《论自然主义对"社会剖析派"创作的影响》，作者苗馨芳，《河南商业高等专科学校学报》2002 年第 3 期。

《茅盾称赞过的北大荒作家丁继松》，作者赵国春，《黑龙江史志》2002 年第 3 期。

《茅盾创作:经济学视角及其意义》，作者王嘉良，《文艺理论与批评》2002

年第 3 期。

《茅盾文论话语类析》，作者吴国群，《绍兴文理学院学报（哲学社会科学版）》2002 年第 3 期。

《茅盾与关于新诗发展道路的讨论》，作者曹毓生，《湖北师范学院学报（哲学社会科学版）》2002 年第 4 期。

《茅盾的"秘书意识"初探》，作者张颖，《西安建筑科技大学学报（社会科学版）》2002 年第 4 期。

《姐妹神祇的瞻前顾后——茅盾〈蚀〉三部曲的神话模式解读之一》，作者吴向北，《重庆师院学报（哲学社会科学版）》2002 年第 4 期。

《〈霜叶红似二月花〉与茅盾的矛盾》，作者何希凡，《中国现代文学研究丛刊》2002 年第 4 期。

《从左拉〈金钱〉到茅盾〈子夜〉看文学接受中的变形》，作者陈晓兰，《中国比较文学》2002 年第 4 期。

《试比较茅盾与新时期新潮文学对现代主义的接受方式》，作者王洪岳、刘绪才，《济南大学学报（社会科学版）》2002 年第 4 期。

《男性叙述话语中的"红杏出墙"解析——重读茅盾的短篇小说〈水藻行〉》，作者丛晓峰，《山东师范大学学报（人文社会科学版）》2002 年第 4 期。

《茅盾早期现实主义文论的结构与主流文学观念的范型》，作者黄开发，《中国文学研究》2002 年第 4 期。

《茅盾与外国留学生谈〈子夜〉》，作者平林，《百年潮》2002 年第 4 期。

《中国社会剖析派的西方渊源》，作者阎浩岗，《东方论坛》2002 年第 5 期。

《论茅盾小说的叙事范式及当代回响》，作者汪亚明，《浙江师范大学学报（社会科学版）》2002 年第 5 期。

《茅盾与王统照文艺观比较》，作者阎奇男，《济宁师范专科学校学报》2002 年第 5 期。

《茅盾的妇女观论略》，作者王鸣剑，《渝州大学学报（社会科学版）》2002 年第 5 期。

《取精用宏，成就现实主义的辉煌——茅盾创作中的现代主义影响》，作者邹永常，《常德师范学院学报（社会科学版）》2002 年第 5 期。

《著书亦为稻粱谋——物质文化视境中的鲁迅与茅盾》,作者李继凯,《海南师范学院学报(人文社会科学版)》2002年第5期。

《零度的描写与自然主义——茅盾小说中的女性描写》,作者梁敏儿,《文学评论》2002年第5期。

《小说大师与文化部长——茅盾建国后的心态分析》,作者杨守森,《山东师范大学学报(人文社会科学版)》2002年第6期。

《鲁迅与茅盾间的默契和影响》,作者王韬,《南都学坛》2002年第6期。

《写实:社会剖析与心灵分析——茅盾与施蛰存文学观比较谈》,作者黄忠来,《江西社会科学》2002年第6期。

《我与作家茅盾、郑伯奇的交往》,作者吕鸣铎,《文史月刊》2002年第6期。

《志存高远求精品——陈向宏谈乌镇旅游开发》,作者本刊记者,《浙江经济》2002年第6期。

《鲁迅、茅盾致红军信及其他——就〈鲁迅全集〉增补问题与陈福康、王锡荣先生商榷》,作者刘运峰,《鲁迅研究月刊》2002年第9期。

《感受乌镇》,作者邓君曙,《江苏政协》2002年第9期。

《茅盾与上海大学》,作者程杏培,《上海党史与党建》2002年第11期。

《再谈鲁迅、茅盾致红军信及其它——与刘运峰先生商榷》,作者陈福康、王锡荣,《鲁迅研究月刊》2002年第12期。

《小题大做 绵里藏针——论茅盾的〈香市〉》,作者韩善英,《辽宁公安司法管理干部学院学报》2002年第A1期。

《倾听茅盾》,作者吾人,中国广播电视出版社2002年1月版。

《茅盾与中国现代文学》,作者张立国,台海出版社2002年6月版。

《鲁迅与茅盾现实主义小说比较》,作者武汉辉,西北大学硕士论文。

《论丹纳对茅盾早期文艺观的影响》,作者谷丹,湘潭大学硕士论文。

2003 年

《茅盾胡风现实主义文艺思想异同论》,作者陈晨,《西安交通大学学报(社会科学版)》2003年第1期。

《茅盾小说创作的当代意义三题》,作者李标晶,《杭州师范学院学报(社会科学版)》2003年第1期。

《论茅盾小说创作时代女性母题的成因》,作者梁桂,《广西右江民族师专学报》2003年第1期。

《鲁迅、茅盾、叶圣陶参观南洋劝业会》,作者崔石岗,《钟山风雨》2003年第1期。

《茅盾小说〈虹〉中"卡里斯马"形象》,作者许辉,《吉林广播电视大学学报》2003年第1期。

《论茅盾创作〈子夜〉的心理背景》,作者张霞,《四川师范学院学报(哲学社会科学版)》2003年第1期。

《左翼文学精神与20世纪中国文学的现代化论纲(上)》,作者赵学勇、李明,《兰州大学学报》2003年第1期。

《茅盾研究:第七届年会论文集》,中国茅盾研究会编,新华出版社2003年3月版。

《精心剪裁 为我所用——论茅盾小说〈耶稣之死〉对〈新约·福音书〉的改写》,作者梁工,《开封教育学院学报》2003年第2期。

《论茅盾的"实践型启蒙文学观"》,作者张光芒,《烟台师范学院学报(哲学社会科学版)》2003年第2期。

《女神的失落与无奈——茅盾〈蚀〉三部曲的神话模式解读之二》,作者吴向北,《重庆师院学报(哲学社会科学版)》2003年第2期。

《茅盾在当下中国的意义》,作者曹万生,《四川师范大学学报(社会科学版)》2003年第2期。

《关于胡风与茅盾的交往、冲突及比较》,作者李继凯,《中国现代文学研究丛刊》2003年第2期。

《茅盾文学批评特点成因探析》,作者徐江涛,《沙洋师范高等专科学校学报》2003年第2期。

《人物与环境,主题与审美——社会剖析派和七月派比较论析》,作者王再兴,《沈阳师范大学学报(社会科学版)》2003年第2期。

《左翼文学精神与20世纪中国文学的现代化论纲(下)》,作者赵学勇、李明,《兰州大学学报》2003年第2期。

《现代知识女性章秋柳论——茅盾小说人物研究》,作者朱德发,《重庆三峡学院学报》2003年第2期。

《茅盾早期"为人生"文学观的现实主义品格》,作者张冬梅,《锦州师范学院学报(哲学社会科学版)》2003年第2期。

《霜叶红于二月花:茅盾的女性世界》,作者蔡震,河南人民出版社2003年6月版。

《茅盾的最后一次访谈录》,作者陈小曼,《新文学史料》2003年第3期。

《为茅盾数事提证》,作者田苗,《新文学史料》2003年第3期。

《"茅盾"的由来》,《新文学史料》2003年第3期。

《〈文学新报〉是怎样问世的》,作者萧蔓若,《新文学史料》2003年第3期。

《心有灵犀:从茅盾到格非们——兼谈历史小说》,作者邓全明、潘小竹,《宜春学院学报》2003年第3期。

《浅析茅盾笔下的农村妇女:荷花》,作者雷会生,《鞍山师范学院学报》2003年第3期。

《茅盾和司克特及其他》,作者黄彩文,《河北师范大学学报(哲学社会科学版)》2003年第3期。

《思想的行走与精神的守望——孙中田先生的治学道路与学术品格》,作者刘雨,《中文自学指导》2003年第3期。

《"有点幻灭"但"并没动摇"——重新解读1927年顷茅盾的思想与创作》,作者丁尔纲,《绍兴文理学院学报(哲学社会科学)》2003年第3期。

《西方浪漫主义对茅盾小说中时代女性的影响》,作者宋卫琴,《河南教育学院学报(哲学社会科学版)》2003年第4期。

《茅盾与左翼都市叙事中的欲望表达》,作者王宏图,《江苏行政学院学报》2003年第4期。

《神界的末日与重生——茅盾〈蚀〉三部曲的神话模式解读之三》,作者吴向北,《重庆师范大学学报(哲学社会科学版)》2003年第4期。

《对社会剖析派小说价值的重新思考》,作者刘岚,《甘肃教育学院学报(社会科学版)》2003年第4期。

《可怜的"两面人"——评〈林家铺子〉中的林先生》，作者李华，《咸宁学院学报》2003年第4期。

《价值重估：巴尔扎克与左拉》，作者曾艳兵，《湛江师范学院学报》2003年第4期。

《易卜生〈玩偶之家〉在中国的四种读法》，作者刘洪涛，《湛江师范学院学报》2003年第4期。

《左翼都市叙事中的乌托邦诗学》，作者王宏图，《杭州师范学院学报（社会科学版）》2003年第4期。

《20世纪中国小说叙事之流变》，作者郑波光，《厦门大学学报（哲学社会科学版）》2003年第4期。

《历史的回眸与当下的思索——沈卫威现代文学研究的学术成就》，作者李楠，《南阳师范学院学报（社会科学版）》2003年第4期。

《彼与此：新文学发生时的语境关联》，作者沈卫威，《南京大学学报（哲学·人文科学·社会科学版）》2003年第5期。

《茅盾与萧伯纳：中英戏剧交流史上的一段情缘》，作者黄彩文，《河北学刊》2003年第5期。

《〈野蔷薇〉：混沌社会里平凡者的悲剧》，作者李喜仁，《河南师范大学学报（哲学社会科学版）》2003年第5期。

《瞿秋白与茅盾的交往》，作者张开明，《百年潮》2003年第5期。

《茅盾现实主义文学思想的演进》，作者魏福惠，《辽宁大学学报（哲学社会科学版）》2003年第6期。

《现实主义：直面现世的"社会批判"——论茅盾作为一种现实主义文学形态典型代表的意义》，作者王嘉良，《浙江师范大学学报（社会科学版）》2003年第6期。

《从〈子夜〉看茅盾小说创作中理性化的个性特征》，作者吴海燕、龙爱枝，《晋东南师范专科学校学报》2003年第6期。

《"虹一样的人物"——梅行素初探》，作者祝光明、安成蓉，《重庆工学院学报》2003年第6期。

《幻灭与新生——茅盾早期"时代女性"创作心态阐释》，作者周宁、翟德耀,《东岳论丛》2003 年第 6 期。

《茅盾"时代女性"创作模式论》,作者周宁、翟德耀,《山东师范大学学报（人文社会科学版）》2003 年第 6 期。

《两个口号，一个源头》,作者傅修海,《粤海风》2003 年第 6 期。

《〈子夜〉的叙事倾向和文学价值的再认识》,作者逄增玉,《东北师大学报》2003 年第 6 期。

《〈文学〉与鲁迅的一场误会》,作者刘晓滇、刘小清,《世纪》2003 年第 6 期。

《隽永的文学丰碑——〈子夜〉的历史回望与当下解读》,作者陈建光,《学术交流》2003 年第 6 期。

《忆茅盾》,作者吕鸣铎,《文史月刊》2003 年第 9 期。

《全人视境中的观照——鲁迅与茅盾比较论》,作者李继凯,中国社会科学出版社 2003 年 9 月版。

《茅盾与书评》,作者伍杰,《中国图书评论》2003 年第 11 期。

《郭沫若、茅盾、丁玲的党籍和党龄》,作者窦应泰,《党史博览》2003 年第 11 期。

《鲁迅与茅盾》,作者李继凯,河北人民出版社 2003 年 12 月版。

《子夜下的孤灯背影:我看茅盾》,作者丁尔纲,雅书堂文化事业有限公司 2003 年版。

《茅盾与李箕永的二十世纪二三十年代小说创作比较研究》,作者金春仙,中央民族大学博士论文。

《现代诗学中的审美主义:中国与西方》,作者黄晖,苏州大学博士论文。

《〈文学季刊〉研究》,作者陈丽平,天津师范大学硕士论文。

《都市叙事中的欲望与意识形态》,作者王宏图,复旦大学博士论文。

《文学中的巴黎与上海:以左拉、茅盾为例》,作者陈晓兰,复旦大学博士论文。

《论三十年代三部曲小说》,作者王中,安徽师范大学硕士论文。

2004 年

《茅盾建国后的文艺理论和批评》，作者程光炜，《南都学坛》2004 年第 1 期。

《人际与性际之间——略论鲁迅与茅盾的交友与婚恋》，作者李继凯，《海南师范学院学报（社会科学版）》2004 年第 1 期。

《茅盾与翻译》，作者于启宏，《郧阳师范高等专科学校学报（社会科学版）》2004 年第 1 期。

《赞美与悲悯：茅盾、吴组缃小说人物塑造之比较》，作者王再兴，《安庆师范学院学报（社会科学版）》2004 年第 1 期。

《茅盾文学批评和文艺理论主张及其现代意识》，作者吴程舜，《宁夏社会科学》2004 年第 1 期。

《刍议茅盾文学批评的时代重负》，作者朱文苍、李欧，《四川省干部函授学院学报》2004 年第 1 期。

《在时代浪潮中构建文学殿堂——谈茅盾二三十年代中长篇小说创作》，作者李娜，《山西广播电视大学学报》2004 年第 1 期。

《论茅盾的审美批评》，作者张霞，《西华师范大学学报（哲学社会科学版）》2004 年第 1 期。

《从〈小说月报〉的改革看茅盾的读者意识》，作者陈桂良，《常州工学院学报》2004 年第 1 期。

《狂女再现——从茅盾的"新女性"到张抗抗的"作女"》，作者姬宏，《乌鲁木齐职业大学学报》2004 年第 1 期。

《对茅盾为汉赋所下论断的思考》，作者周晓燕，《长春理工大学学报（社会科学版）》2004 年第 1 期。

《茅盾先生与几部长篇小说》，作者胡德培，《出版史料》2004 年第 1 期。

《鲁迅与茅盾：科学理性精神之于创作主体求真艺术思维》，作者朱德发，《鲁迅研究月刊》2004 年第 1 期。

《跳出比较文学樊篱的创新之作——评〈全人视境中的观照：鲁迅与茅盾

比较论〉》，作者魏新翼，《全国新书目》2004 年第 1 期。

《在自由与规范之间——对静女士的另一种解读》，作者何奎，《江汉大学学报（人文科学版）》2004 年第 1 期。

《有关孙毓修的两封信》，作者谢国桢、赵景深，《出版史料》2004 年第 1 期。

《南方民族盘古神话的新发现》，作者过伟，《广西民族研究》2004 年第 1 期。

《略论现代文学批评史上批评家主体意识的自觉》，作者杜伟，《洛阳师范学院学报》2004 年第 1 期。

《解读茅盾经典》，程光炜主编，花山文艺出版社 2004 年 1 月版。

《我的父亲茅盾》，作者韦韬、陈小曼，辽宁出版社 2004 年 2 月版。

《社会生活的全景式描绘——论茅盾的〈子夜〉等社会剖析小说》，作者刘向宏，《沈阳师范大学学报（社会科学版）》2004 年第 2 期。

《论茅盾作品对中国民族资产阶级命运的揭示及其历史意义》，作者廖美琳，《党史文苑》2004 年第 2 期。

《理性倾向与感性体验——茅盾与穆时英小说中的都市书写比较》，作者梁玉金，《青海师范大学学报（哲学社会科学版）》2004 年第 2 期。

《子夜山雨季——20 世纪 30 年代中国城乡生活的交响曲》，作者李征宙，《湘潭师范学院学报（社会科学版）》2004 年第 2 期。

《三十年代茅盾都市小说的现代性及其影响》，作者舒欣，《中国文学研究》2004 年第 3 期。

《茅盾与〈文艺阵地〉的编辑特色》，作者张舸，《河南师范大学学报（哲学社会科学版）》2004 年第 3 期。

《茅盾与尼采哲学》，作者顾国柱，《海南师范学院学报（社会科学版）》2004 年第 3 期。

《评〈编辑家茅盾评传〉》，作者鲁迅，《河南大学学报（社会科学版）》2004 年第 3 期。

《茅盾与〈小说月报〉》，作者陈桂良，《编辑学刊》2004 年第 3 期。

《茅盾：两方面都没法专心》，作者程光炜，《粤海风》2004 年第 3 期。

《妙在将红未红时——论〈霜叶红似二月花〉在茅盾小说创作中的独特意

义》,作者何希凡,《中共成都市委党校学报(哲学社会科学版)》2004 年第 3 期。

《父亲茅盾最后的日子》,作者韦韬、陈小曼,《湖南文史》2004 年第 3 期。

《上海"孤岛"文艺运动亲历记》,作者蒋锡金、吴景明,《新文学史料》2004 年第 3 期。

《臧翁茅公 翠柏苍松——文化大师心灵沟通所显示的人格魅力》,作者丁尔纲,《潍坊学院学报》2004 年第 3 期。

《20 世纪乡土小说的创作形态及其新变》,作者贺仲明,《南京师大学报(社会科学版)》2004 年第 3 期。

《沉默与言说:中国现代文学中的女性地位》,作者孙海芳,《商丘师范学院学报》2004 年第 3 期。

《论中国现代民间文学理论体系的建立与发展》,作者高有鹏,《河南大学学报(社会科学版)》2004 年第 3 期。

《茅盾与中国现代文学》,作者周景雷,中国社会科学出版社 2004 年 7 月版。

《与茅盾养春蚕》,作者钟桂松,浙江文艺出版社 2004 年 8 月版。

《茅盾、闻一多神话研究的比较》,作者储冬爱,《广西民族研究》2004 年第 4 期。

《科学主义与茅盾早期的文学选择》,作者俞兆平,《厦门大学学报(哲学社会科学版)》2004 年第 4 期。

《两种现代性的纠缠——论茅盾早期对表现主义的译介》,作者黄彩文,《河北师范大学学报(哲学社会科学版)》2004 年第 4 期。

《试论茅盾系列文学期刊——中国现代文学期刊考察报告之一》,作者刘增人,《文学评论》2004 年第 4 期。

《茅盾的书刊广告艺术》,作者范军,《图书情报知识》2004 年第 4 期。

《从古文论的角度看茅盾诗歌评点的文化意义》,作者田小军、马德生,《运城学院学报(社会科学版)》2004 年第 4 期。

《茅盾的〈农村三部曲〉与李箕永的〈故乡〉之比较》,作者金春仙,《当代韩国》2004 年第 4 期。

《文学大师的人格魅力——论茅公臧翁"文字之交"中蕴涵的人文精神》,

作者丁尔纲,《阴山学刊》2004 年第 4 期。

《新感觉派笔下的都市》,作者张凤渝,《绥化师专学报》2004 年第 4 期。

《皈依无产阶级革命文学》,作者姜玉琴,《长江大学学报(社会科学版)》2004 年第 4 期。

《谈〈虹〉与〈家〉创作的得失》,作者杨小菊、吕国学,《天中学刊》2004 年第 4 期。

《民国时期开明书店的文学书籍出版取向》,作者郭战涛,《温州师范学院学报(哲学社会科学版)》2004 年第 4 期。

《一本锦册和一段历史》,作者彭龄、章谊,《新文学史料》2004 年第 4 期。

《茅盾:行走在理想和现实之间》,作者钟桂松,大象出版社 2004 年 10 月版。

《茅盾艺术美学》,作者曹万生,中国社会科学出版社 2004 年 10 月版。

《从〈蚀〉到〈子夜〉——试论左翼文艺思潮对茅盾创作的影响》,作者朱杰,《理论月刊》2004 年第 5 期。

《穷本溯源 取精用宏——茅盾如何看待尼采哲学》,作者顾国柱,《上海财经大学学报》2004 年第 5 期。

《茅盾的创作心理初探》,作者史亚丽,《四川教育学院学报》2004 年第 5 期。

《老舍与茅盾笔下的情爱描写》,作者余红梅,《宿州学院学报》2004 年第 5 期。

《茅盾的"矛盾"》,作者朱晓晖,《咬文嚼字》2004 年第 5 期。

《实事求是的茅盾》,作者万树玉,《农村经营管理》2004 年第 5 期。

《茅盾作家论之流变刍议》,作者王晓东,《重庆邮电学院学报(社会科学版)》2004 年第 6 期。

《写作学视角:论作为文章大家的茅盾》,作者陈桂良,《浙江师范大学学报(社会科学版)》2004 年第 6 期。

《抗战时期茅盾在新疆对西部文学事业的开拓》,作者张积玉,《陕西师范大学学报(哲学社会科学版)》2004 年第 6 期。

《众声喧哗中的"为人生"——前期文学研究会作家文学观念的差异》,作者黄开发,《江苏行政学院学报》2004 年第 6 期。

《重新解读〈子夜〉》,作者梁杰夫、陈晓涛,《零陵学院学报》2004 年第 7 期。

《从传统走向现代的女性——论中国现代小说女性意识的建立》,作者陈绪石,《学术交流》2004 年第 7 期。

《试论茅盾的比较神话研究》,作者刘亚律,《创作评谭》2004 年第 8 期。

《茅盾二题》,作者陈学勇,《出版广角》2004 年第 8 期。

《再读〈春蚕〉和〈半夜鸡叫〉》,作者翟大炳,《书屋》2004 年第 8 期。

《茅盾临终前的党籍问题》,作者窦应泰,《文史天地》2004 年第 12 期。

《茅盾人格》,作者丁尔纲、李庶长,河南人民出版社 2004 年 12 月版。

《茅盾写作艺术论》,作者陈桂良,南京大学出版社 2004 年 12 月版。

《中国神话研究与文化要素分析》,作者张文安,陕西师范大学博士论文。

《茅盾早期小说创作》,作者任祖康,天津师范大学硕士论文。

《选择与传播——中国现代文学的当代影视转换》,作者朱杰,华中师范大学博士论文。

《茅盾前期的期刊编辑活动研究》,作者高冬可,河南大学硕士论文。

《茅盾小说的历史叙述》,作者梁竞男,华中师范大学硕士论文。

《矛盾的存在——论茅盾早期的妇女观及其小说文本中对时代女性的塑造》,作者汪纪明,西北大学硕士论文。

《茅盾与中国现代文学》,作者周景雷,复旦大学博士论文。

《五四以来中国文学中的小资产阶级形象溯源》,作者郑坚,复旦大学博士论文。

《文化阐释:茅盾"时代女性"创造新论》,作者周宁,山东师范大学硕士论文。

《正邪两赋 亦剑亦箫——论茅盾对塑造人物复杂性格的认识与实践》,作者李江燕,吉林大学硕士论文。

《论茅盾小说创作的时代女性母题》,作者徐小凤,湖南师范大学硕士论文。

2005 年

《〈全人视境中的观照——鲁迅与茅盾比较论〉出版》，作者袁红涛、陈黎明，《现代中国文化与文学》2005 年第 1 期。

《〈子夜〉中资本家形象在当代中国的意义》，作者易惠霞，《湖南商学院学报》2005 年第 1 期。

《试论〈子夜〉的作者、人物、读者关系》，作者樊保玲，《徐州师范大学学报》2005 年第 1 期。

《茅盾散文中象征手法的运用》，作者秦其良，《榆林学院学报》2005 年第 1 期。

《茅盾作家论的盲视之域》，作者周兴华，《南方文坛》2005 年第 1 期。

《茅盾画传》，作者钟桂松，复旦大学出版社 2005 年 1 月版。

《论〈霜叶红似二月花〉在茅盾创作中的延续与创新》，作者平原，《殷都学刊》2005 年第 2 期。

《茅盾与〈小说月报〉改革》，作者李辉，《出版史料》2005 年第 2 期。

《〈子夜〉中的吴荪甫形象》，作者朱应珍，《湖南冶金职业技术学院学报》2005 年第 2 期。

《致用：倾斜的文学天平——茅盾早期文论的基本特色》，作者周兴华，《牡丹江师范学院学报（哲学社会科学版）》2005 年第 2 期。

《谈〈子夜〉的结构艺术》，作者温璧赫，《辽宁师专学报（社会科学版）》2005 年第 2 期。

《茅盾与王统照的"真实"美学观之比较》，作者高淑兰、姚淑英，《北方论丛》2005 年第 2 期。

《作为文学史写作资源的"作家论"——"现当代文学学科史"研究随笔之一》，作者温儒敏，《北京大学学报（哲学社会科学版）》2005 年第 2 期。

《都市与革命、狂想与噩梦》，作者王广州、刘保庆，《中文自学指导》2005 年第 2 期。

《〈蚀〉：现代灵魂自传》，作者黄彩文，《河北师范大学学报（哲学社会科学版）》2005 年第 2 期。

《同样的"人的文学"别样的"文学人生"——周作人、茅盾早期文学主张比较谈》，作者鲁弘，《南方文坛》2005 年第 2 期。

《茅盾的期刊编辑思想》，作者高冬可，《中国编辑》2005 年第 2 期。

《试析茅盾〈子夜〉中吴老太爷的"僵尸"形象》，作者骆正红，《零陵学院学报》2005 年第 2 期。

《政治倾向：茅盾小说的精神脉系》，作者李海龙，《安顺师范高等专科学校学报（综合版）》2005 年第 3 期。

《论〈子夜〉的艺术成就》，作者樊俊英，《集宁师专学报》2005 年第 3 期。

《"暴露与讽刺"论争中的郭沫若和茅盾》，作者白永吉，《郭沫若学刊》2005 年第 3 期。

《"典型人物塑造"再认识》，作者吴佩瑛，《无锡职业技术学院学报》2005 年第 3 期。

《母爱颂歌的悠远回响——茅盾、巴金创作与冰心小说〈超人〉的精神联系》，作者李玲，《太原师范学院学报（社会科学版）》2005 年第 3 期。

《〈小说月报〉改版旁证》，作者段从学，《新文学史料》2005 年第 3 期。

《西方自然主义对中国现代作家文学观念的影响》，作者张冠华，《焦作大学学报》2005 年第 3 期。

《鲁迅与郭沫若、茅盾、叶圣陶创作个性研究》，作者张云霞，《商丘职业技术学院学报》2005 年第 3 期。

《"莎乐美"的蛊惑——析唯美主义对茅盾"时代女性"塑造的影响》，作者李音，《平顶山学院学报》2005 年第 3 期。

《论茅盾及五四精英文化人格的历史内涵与时代局限》，作者丁尔纲，《阴山学刊》2005 年第 3 期。

《浅谈〈子夜〉的浪漫气质》，作者王港，《宿州教育学院学报》2005 年第 3 期。

《在商业和文化之间——论 20 年代〈小说月报〉的改革》，作者李辉，《河南大学学报（社会科学版）》2005 年第 3 期。

《"寂寞"论果真是对萧红作品的"经典误读"？——也谈茅盾评〈呼兰河

传〉并与王科先生商榷》,作者陈桂良,《文艺争鸣》2005 年第 3 期。

《探求茅盾对 17 年作家作品论的魅力》,作者孟祥武,《辽宁师范大学学报》2005 年第 3 期。

《颓废的一代——重读茅盾〈蚀〉三部曲》,作者宋宁,《聊城大学学报(社会科学版)》2005 年第 3 期。

《茅盾研究(第九辑)》,中国茅盾研究会编,文化艺术出版社 2005 年 6 月版。收录的论文有:

《茅盾的自我人格和社会人格试论》,作者丁尔纲。

《茅盾的自我人格和社会人格试论》,作者丁尔纲。

《"有点幻灭"但"并没动摇"——重新解读 1927 年顷茅盾的思想与创作》,作者崧巍。

《茅盾:"社会批判"型现实主义范式特征与意义》,作者王嘉良。

《成熟期茅盾文化思想论析》,作者汪亚明。

《论茅盾的创作品格》,作者鲁兵。

《茅盾作品中的浙北风景画及其审美意识》,作者李秋谷。

《茅盾小说中的"时代女性"内涵解读》,作者李庶长。

《浅论茅盾小说创作中的"非时代女性"形象》,作者丁国兴。

《"恋爱的外衣"与象征的背后——〈野蔷薇〉解读》,作者卜繁燕、翟德耀。

《启蒙语境下的形象选择——从茅盾笔下的两组形象谈起》,作者苏奎、姜子华。

《〈烟云〉与〈水藻行〉比较研究》,作者冯望岳。

《茅盾前期的期刊编辑活动研究》,作者高冬可。

《论读者意识在主体写作与编辑工作中的作用——〈小说月报〉的改革研究》,作者陈桂良。

《〈人民文学〉的创刊》,作者吴俊。

《求助茅盾》,作者邓家驹。

《茅盾撕毁电影剧本》,作者周而复。

《神交 继承 弘扬——陈沂与茅盾》,作者欧家斤。

《茅盾与马寅初》,作者陈芬尧,《茅盾研究》

《茅盾在文联的领导岗位上》,作者李广德。

《茅盾与重庆》,作者魏洪丘。

《茅盾与王统照的人生比较》,作者阎奇男。

《近三十年来茅盾散文研究述评》,作者马萌、李继凯。

《从文学史的重写看学术界对茅盾评价的演变》,作者冯玉文。

《风雨八十年——读韦韬、陈小曼著〈我的父亲茅盾〉》,作者巩玉强。

《图片的年轮——读钟玉松〈茅盾画传〉》,作者姜宝君。

《充分展示茅盾的"文章大家"形象——评陈桂良〈茅盾写作艺术论〉》,作者杨云芳。

《走进当代学人鲁迅与茅盾——读李继凯〈全人视镜中的观照——鲁迅与茅盾比较论〉》,作者袁红涛、陈黎明。

《丁尔纲、李庶长著〈茅盾人格〉出版》,作者张勃。

《〈尘封的记忆——茅盾友朋手札〉》,作者胡洪亮。

《北京茅盾故居》,作者李亦飞。

《乌镇茅盾故居》,作者劳明权。

《茅盾夫妇骨灰安放仪式在中华文化名人雕塑纪念园举行》,作者方意。

《在中华文化名人雕塑纪念园落成典礼上的讲话》,作者金炳华。

《在茅盾夫妇骨灰安放仪式上的讲话》,作者万树玉。

《革命理性话语中的女性身体——蒋光慈、丁玲、茅盾小说解读》,作者戚学英,《中国文学研究》2005年第4期。

《论王鲁彦乡土小说的地域文化特色》,作者周春英,《内蒙古财经学院学报(综合版)》2005年第4期。

《一脉相承的选择——论茅盾的儿童小说创作》,作者丁筱青,《扬州教育学院学报》2005年第4期。

《论沈德鸿(茅盾)先生的楚辞研究》,作者刘生良,《陕西师范大学继续教育学报》2005年第4期。

《穿越历史天空的中国式人格分析——读丁尔纲、李庶长〈茅盾人格〉》,作者张红艳,《山东图书馆季刊》2005年第4期。

《论茅盾笔下时代女性的精神悲剧——兼与五四时期女性作比较》，作者徐小凤、佘先萍，《湖南人文科技学院学报》2005 年第 4 期。

《建构：中国现代七大作家的文化反思品格》，作者王明科，《东岳论丛》2005 年第 4 期。

《论五四时期茅盾关于妇女解放运动的思想》，作者张莲波，《河南大学学报（社会科学版）》2005 年第 4 期。

《茅盾：1896—1981》，作者沈卫威，江苏文艺出版社 2005 年 10 月版。

《抗日救亡中的巴金》，作者李济生，《世纪》2005 年第 5 期。

《评李继凯〈全人视境中的观照——鲁迅与茅盾比较论〉》，作者赵学勇、崔荣，《中国现代文学研究丛刊》2005 年第 5 期。

《"耶稣之死"在中国现代文学中的几种解读》，作者伍茂国，《晋阳学刊》2005 年第 5 期。

《"革命"与"性"的意义滑变——〈蚀〉三部曲的版本比较》，作者金宏宇、高田宏，《武汉大学学报（人文科学版）》2005 年第 5 期。

《茅盾和胡风的现实主义文学批评比较浅析》，作者王再兴，《辽宁教育行政学院学报》2005 年第 5 期。

《试论茅盾的都市女性书写》，作者刘姗姗，《广西社会科学》2005 年第 5 期。

《论茅盾小说的审美追求》，作者王鸣剑，《江西社会科学》2005 年第 5 期。

《活跃于抗战中的重庆校园文艺社团——突兀社》，作者李文平、吴阳红，《重庆师范大学学报（哲学社会科学版）》2005 年第 6 期。

《〈从牯岭到东京〉的发表及钱杏邨态度的变化——〈《幻灭》（书评）〉、〈《动摇》（评论）〉和〈茅盾与现实〉对勘》，作者赵璕，《中国现代文学研究丛刊》2005 年第 6 期。

《"寂寞"论，真的是对〈呼兰河传〉的"经典误读"——就茅盾〈〈呼兰河传〉序〉答陈桂良先生》，作者王科，《文艺争鸣》2005 年第 6 期。

《瞿秋白与"子夜"》，作者杨建民，《党史博采》（纪实）2005 年第 6 期。

《论茅盾小说的时代女性母题之成因》，作者徐小凤，《宜宾学院学报》2005 年第 9 期。

《现代作家笔名十二问》，作者田雨，《咬文嚼字》2005 年第 10 期。

《茅盾书法小考》，作者盛羽、盛欣夫，《中国书法》2005 年第 10 期。

《"抗战史上最伟大的营救行动"香港大营救》，作者张雪峰，《军事历史》2005 年第 10 期。

《茅盾"发火"·薛德震"还乡"》，作者李城外，《武汉文史资料》2005 年12 月。

《茅盾的遗愿》，作者戴廉，《瞭望新闻周刊》2005 年第 17 期。

《情真意切 力透纸背——茅盾〈《呼兰河传》序〉的情感分析》，作者陈桂良，《名作欣赏》2005 年第 20 期。

《茅盾建国后作家作品批评研究》，作者陈娟，河北师范大学硕士论文。

《论茅盾中国现代作家作品论》，作者赵欣若，河北大学硕士论文。

《茅盾文学批评的"矛盾"变奏》，作者周兴华，华东师范大学硕士论文。

《论茅盾的上海都市书写》，作者刘姗姗，青岛大学硕士论文。

《近代经济史视野下的茅盾文学创作》，作者李丹，山东大学硕士论文。

《论中国现代文学史诗意识的建构》，作者刘勇，武汉大学博士论文。

《从"为人生而艺术"到"为无产阶级而艺术"——关于茅盾对俄罗斯文学接受问题的研究》，作者周燕红，首都师范大学硕士论文。

《现代经典之路——茅盾文学创作现象阐释》，作者井延凤，郑州大学硕士论文。

《"小说家"的另一面——茅盾的现代戏剧理论及实践》，作者杨光，东北师范大学硕士论文。

《文学研究会研究》，作者石曙萍，复旦大学博士论文。

《蒋光慈笔下的上海书写》，作者刘天胜，东北师范大学硕士论文。

《话语权力和文学经典的产生》，作者黄毅，暨南大学硕士论文。

《租界文化与三十年代文学》，作者李永东，山东大学博士论文。

《中国现代文学史知识体系的形成与建构——文学"大师"的排列与"经典"作品的选择》，作者赵雷，四川大学硕士论文。

《简论中国现代小说两种主要叙事类型》，作者林慧芳，山东大学硕士论文。

《现代性的缺失——金钱观念与二、三十年代小说现代性特征》，作者王晓冬，南京师范大学硕士论文。

2006 年

《探析茅盾创作"时代女性"母题的成因》，作者姜淑燕，《周末文汇学术导刊》2006 年第 1 期。

《茅盾与吴越文化》，作者李佳、黄志刚，《无锡职业技术学院学报》2006 年第 1 期。

《茅盾与中国神话学》，作者刘锡诚，《湖北民族学院学报（哲学社会科学版）》2006 年第 1 期。

《试说〈子夜〉中叠词的运用》，作者马春玲，《萍乡高等专科学校学报》2006 年第 1 期。

《〈子夜〉英译本中被动句所体现的英汉思维差异》，作者王劼，《池州师专学报》2006 年第 1 期。

《鲁迅、茅盾的小说创作与时代精神》，作者陈国恩，《襄樊学院学报》2006 年第 1 期。

《茅盾小说〈蚀〉中的时代女性形象分析》，黄素华，《浙江工商职业技术学院学报》2006 年第 1 期。

《论茅盾短篇小说中的全知叙述者的现代品格》，作者翟文铖，《浙江万里学院学报》2006 年第 1 期。

《论茅盾文学批评的趋时性特征》，作者张霞，《西华师范大学学报（哲学社会科学版）》2006 年第 1 期。

《十九世纪法国现实主义文学对茅盾创作的影响》，作者钱林森，《南通大学学报（社会科学版）》2006 年第 1 期。

《茅盾 姚雪垠谈艺书简》，作者姚海天，人民文学出版社 2006 年 1 月版。

《文学中的巴黎与上海——以左拉和茅盾为例》，作者陈晓兰，广西师范大学出版社 2006 年 3 月版。

《茅盾在商务印书馆》，作者汪家熔，《出版史料》2006 年第 2 期。

《茅盾主编〈笔谈〉的若干史实考辨》，作者陈鸿祥，《出版史料》2006年第2期。

《中国现代文学史的性别权力——以茅盾的女作家作品论为例》，作者刘钊，《苏州科技学院学报（社会科学版）》2006年第2期。

《〈野蔷薇〉：处于男权意识樊篱中的女性命运》，作者汪纪明，《山西青年管理干部学院学报》2006年第2期。

《论茅盾塑造时代女性形象的规约因素》，作者徐小凤，《衡阳师范学院学报》2006年第2期。

《矛盾与茅盾》，作者王天，《汉字文化》2006年第2期。

《茅盾〈风景谈〉的美学意义》，作者孙国峰、王殿军，《赤峰学院学报（汉文哲学社会科学版）》2006年第2期。

《中国神话史研究的若干问题》，作者田兆元，《长江大学学报（社会科学版）》2006年第2期。

《"小资产阶级文学"的政治——作为"中国社会性质论战"序幕的〈从牯岭到东京〉》，作者赵璕，《中国现代文学研究丛刊》2006年第2期。

《〈子夜〉的另一种解读》，作者刘畅，《重庆教育学院学报》2006年第2期。

《从自信到自虐：知识分子的灵魂缩影——茅盾性格的文献发生学透视》，作者周兴华，《文艺理论研究》2006年第2期。

《对徐志摩的再认识——试论茅盾的〈徐志摩论〉》，作者顾永棣，《嘉兴学院学报》2006年第2期。

《临终前的口述信》，作者马丽，《新长征》2006年第2期。

《茅盾与新文学精神》，作者陈天助，新加坡文艺协会2006年4月。

《茅盾乡土作品选析》，孔令德主编，中国文史出版社2006年4月版。

《逃墨馆主——茅盾传》，作者余连祥，浙江人民出版社2006年4月版。

《"人的文学"探微》，作者李靓，《长春工程学院学报（社会科学版）》2006年第3期。

《从两种文本看革命知识分子的另面人生——茅盾和瞿秋白的知识分子心态分析》，作者周景雷，《沈阳工程学院学报（社会科学版）》2006年第3期。

《试析茅盾短篇小说集〈野蔷薇〉的现实性和时代性》，作者崔淑琴，《漯河职业技术学院学报(综合版)》2006 年第 3 期。

《西方现代主义文学思潮对新文学的影响》,作者戴月、栾晔,《辽宁师专学报(社会科学版)》2006 年第 3 期。

《忆叶子铭:在北京茅盾故居相处的日子》,作者吴福辉,《中国现代文学研究丛刊》2006 年第 3 期。

《成熟期茅盾文化思想论析》,作者魏一媚,《文艺理论与批评》2006 年第 3 期。

《茅盾塑造时代女性形象的性别意识分析》,作者徐小凤,《求索》2006 年第 3 期。

《〈茅盾全集·补遗〉的价值》,作者丁尔纲,《新文学史料》2006 年第 4 期。

《解读〈子夜〉的"客厅文化"》,作者王菲,《丽水学院学报》2006 年第 4 期。

《茅盾历史小说和施蛰存历史小说之比较》,作者周宁,《山东师范大学学报(人文社会科学版)》2006 年第 4 期。

《论茅盾流亡日本时期短篇小说的多重主题》,作者翟文铖,《齐鲁学刊》2006 年第 4 期。

《泰戈尔访华与 20 世纪 20 年代中国文坛》,作者杨萌芽,《中州学刊》2006 年第 4 期。

《20 世纪 30 年代中国小说理论之变迁》,作者王锺陵,《学术交流》2006 年第 4 期。

《茅盾的路》,作者万树玉,《人民日报》2006 年 7 月 11 日。

《茅盾与新疆抗战时期的文学发展》,作者张积玉,《中国现代文学研究丛刊》2006 年第 5 期。

《茅盾文学中的乡土想象》,作者张鸿声,《文艺理论与批评》2006 年第 5 期。

《骨格清奇写天趣——茅盾的书法》,作者李建森,《小说评论》2006 年第 5 期。

《〈子夜〉里四小姐的"精神焦虑"透视》,作者周爱华,《创作评谭》2006 年第 5 期。

《从混沌到明晰——论"五四"至三十年代中国女性主义批评基本框架的

形成》，作者唐敏、肖开莲，《温州师范学院学报（哲学社会科学版）》2006 年第 6 期。

《试论茅盾文学思想的新旧认知结构》，作者朱德发，《东岳论丛》2006 年第 6 期。

《"个人"作为"革命历史"的象征——论茅盾的〈虹〉》，作者苏敏逸，《华文文学》2006 年第 6 期。

《新世纪茅盾经典作品研究述评》，作者周宁，《新乡师范高等专科学校学报》2006 年第 6 期。

《开明书店为茅盾作品所作广告》，作者钟桂松，《中国现代文学研究丛刊》2006 年第 6 期。

《茅盾在"革命文学"论争中的姿态与境遇》，作者周兴华，《淮南师范学院学报》2006 年第 6 期。

《现代小说家新释五题》，作者吴福辉，《广东社会科学》2006 年第 6 期。

《茅盾早期对神话研究的贡献》，作者陈正平，《四川文理学院学报（社会科学）》2006 年第 6 期。

《五十年代后茅盾文艺批评的特点》，作者郭艳，《中州学刊》2006 年第 6 期。

《〈鲁迅、茅盾致红军贺信〉，茅盾生前怎样说——读〈尘封的记忆——茅盾友朋手札〉札记》，作者刘运峰，《鲁迅研究月刊》2006 年第 6 期。

《茅盾从文学语言视角解读鲁迅作品》，作者郑楚，《鲁迅研究月刊》2006 年第 7 期。

《破解鲁迅、茅盾"电贺"红军之谜》，作者倪墨炎，《档案春秋》2006 年第 7 期。

《冲突与选择——论茅盾早期文学创作的个体文化心理》，作者周宁，《兰州学刊》2006 年第 8 期。

《中国左翼文学的产生是一种国际现象》，作者孔海珠，《学术研究》2006 年第 8 期。

《茅盾现实主义小说"时代性"内涵之发微》，作者姜淑燕，《重庆工学院学报》2006 年第 9 期。

《档案辨析茅盾是否是第一批党员》,作者林传祥,《中国档案》2006年第9期。

《反抗与怨恨:中国现代六大作家的现代性体验之一》,作者王明科,《学习与实践》2006年第9期。

《浅析赛珍珠〈大地〉三部曲与茅盾〈农村三部曲〉中中国农民的恋土情结》,作者李蕊,《湖北教育学院学报》2006年第9期。

《经济视角:文学对"社会"的深层透视——论茅盾创作的现实主义范型特色及其当代意义》,作者王嘉良,《西南民族大学学报(人文社科版)》2006年第9期。

《作为卡里斯马的茅盾——茅盾文学批评的当代价值》,作者唐金海、陈正敏,《西南民族大学学报(人文社科版)》2006年第9期。

《茅盾小说中的知识分子形象及其转型》,作者王卫平,《西南民族大学学报(人文社科版)》2006年第9期。

《茅盾的市民研究与〈子夜〉的思想资源》,作者曹万生,《西南民族大学学报(人文社科版)》2006年第9期。

《宣扬民族文化 构建和谐社会 纪念茅盾诞辰110周年——中国名家书画交流会在京举行》,《中国职工教育》2006年第11期。

《鲁迅与茅盾:左翼"两大台柱"的联手与贡献》,作者陈桂良,《西南民族大学学报(人文社科版)》2006年第11期。

《政治文化与茅盾30年代的小说创作》,作者宾恩海,《西南民族大学学报(人文社科版)》2006年第11期。

《茅盾、赵丹新疆蒙难真相》,作者智效民,《同舟共进》2006年第11期。

《在传统与现代之间——对茅盾〈野蔷薇〉的另一种解读》,作者游路湘,《名作欣赏》2006年第14期。

《茅盾小说的经济视角和精神内核》,作者钟海林,《陕西师范大学学报(哲学社会科学版)》2006年第A1期。

《茅盾研究(第十辑)》,中国茅盾研究会编,文化艺术出版社2006年12月版。收录的论文有:

《茅盾早期文学观文学思潮观的发展嬗变》,作者丁尔纲。

《论茅盾的文艺观》,作者六飞。

《略谈茅盾文学语言论及研究》，作者庄钟庆。

《茅盾艺术鉴赏力简论》，作者曹毓生。

《作为卡里斯马的茅盾——茅盾文学批评的当代价值》，作者唐金海、陈正敏。

《茅盾 30 年代作家论的文学批评魅力和意义》，作者张衍芸。

《茅盾运用文学语言解读鲁迅作品》，作者郑楚。

《茅盾小说中的知识分子形象及其转型》，作者王卫平。

《简论茅盾小说创作历程中政治与才情的相克相生》，作者贾振勇。

《茅盾〈子夜〉的思想资源》，作者曹万生。

《多元矛盾中的〈锻炼〉》，作者姜子华。

《〈春蚕〉中几处值得商榷的描写》，作者李国建。

《"充盈句"在〈蚀〉中——论茅盾早期创作的语言风格》，作者毕玲蔷。

《茅盾与包以尔的创造性联接》，作者黄彩文。

《茅盾与落华生小说比较研究》，作者徐可、徐越化。

《茅盾与人生追求同步的诗创作》，作者陆哨林。

《再谈鲁迅、茅盾致红军信——兼驳倪墨炎的所谓"破解"》，作者陈福康。

《茅盾与国民党上海市党部》，作者康锋。

《茅盾夫人孔德沚研究》，作者李广德。

《解读茅盾的毕生追求》，作者如玉。

《一个晚辈眼中的茅盾》，作者杨爱伦。

《茅盾的一封信和我的两首诗》，作者王一桃。

《茅盾与〈文艺阵地〉》，作者谢其章。

《茅盾民族精神简论》，作者欧家斤。

《深化茅盾学刍议》，作者苏永延。

《本世纪以来茅盾研究综述》，作者钱振纲、陈芬尧。

《关于茅盾的几次论争》，作者陈芬尧。

《通向伟大心灵深处之门——〈茅盾全集 补遗〉的思想艺术价值》，作者崧巍。

《新加坡出版〈茅盾与新文学精神〉、〈新文学主潮论纲〉》，作者严镗。

《曹万生〈茅盾艺术美学论稿〉修订再版》，作者童宇。

《致第八届茅盾研究（国际）学术研讨会贺信》，作者陈建功。

《在第八届茅盾研究（国际）学术研讨会开幕式上的致辞》，作者池晓明。

《在第八届茅盾研究（国际）学术研讨会开幕式上的致辞》，作者万树玉。

《在第八届茅盾研究（国际）学术研讨会上的讲话》，作者郑晓林。

《在第八届茅盾研究（国际）学术研讨会闭幕式上的致辞》，作者邢海华。

《在第八届茅盾研究（国际）学术研讨会开幕式上的致辞》，作者吴福辉。

《为茅盾写的一百一十行诗》，作者王一桃。

《茅盾研究的领军人——深深悼念叶子铭同志》，作者万树玉。

《忆叶子铭：在北京茅盾故居相处的日子》，作者吴福辉。

《学会的旗帜　学者的楷模》，作者李岫。

《谦和的力量——记叶子铭先生主持编注〈茅盾全集〉的工作》，作者王中忱。

《中国作协和文化部在京召开茅盾先生诞辰 110 周年纪念座谈会》。

《北京茅盾故居修缮后重新开放》，作者卫东。

《茅盾诞辰 110 周年系列纪念活动在桐乡举行》，作者卫东。

《茅盾陵园在乌镇落成》，作者卫东。

《茅盾纪念堂落成揭幕仪式在乌镇举行》，作者卫东。

《2001 年以来茅盾研究论文索引》，作者杨永庆。

《文学中的上海想象》，作者张鸿声，浙江大学博士论文。

《中国现代文学的身体阐释》，作者李蓉，华中师范大学博士论文。

《怨恨：中国现代十位小说家文化反思的现代性体验》，作者王明科，山东师范大学博士论文。

《论茅盾以民族资本家为主体的英雄叙事》，作者卜繁燕，山东师范大学硕士论文。

《论茅盾小说的时代性》，作者余红梅，安徽师范大学硕士论文。

《自然主义与中国现代小说》，作者王禹涵，山东大学硕士论文。

《文学研究会与中国现代文学制度》，作者李秀萍，首都师范大学博士论文。

《高尔基对中国 20 世纪 30 年代文学理论的影响》，作者李琴芳，扬州大学硕士论文。

《时代、个人与主体价值的艰难选择——论茅盾小说中的"矛盾性"》，作者鞠新泉，山东大学硕士论文。

《茅盾与自然主义——中国社会主义现实主义源流考之一》，作者周薇，华中师范大学硕士论文。

《茅盾、李无影 30 年代农村小说的比较》，作者李晓明，对外经济贸易大学硕士论文。

《自然主义与五四文学》，作者智晓静，厦门大学硕士论文。

《生态文化学与 30 年代小说主题研究》，作者李钧，山东师范大学硕士论文。

《理性言说与心魂浮沉：茅盾散文新论》，作者马萌，陕西师范大学硕士论文。

《重读茅盾前期小说》，作者金泰勋，华东师范大学硕士论文。

《迷狂与突围——1928 年前后茅盾创作心理研究》，作者宋宁，南京师范大学硕士论文。

《论中国现代小说批评的实践性品格》，作者黄晖，南京师范大学博士论文。

《作为他者的欧洲——欧洲文学在中国 20 世纪 30 年代的传播》，作者梅启波，华中师范大学博士论文。

《拜伦在中国——从清末民初到五四》，作者宋庆宝，北京语言大学博士论文。

《论"反右运动"对文学创作的整体影响》，作者薛祖清，福建师范大学硕士论文。

2007 年

《殖民剥削与"现代化"陷阱——吕赫若〈牛车〉与茅盾〈春蚕〉之比较》,作者沈庆利,《台湾研究集刊》2007 年第 1 期。

《山东省茅盾研究会第五届学术讨论会综述》,作者褚洪敏,《德州学院学报》2007 年第 1 期。

《两浙人文传统:中国新文学巨匠茅盾的内源性文化承传》,作者王嘉良,《浙江师范大学学报(社会科学版)》2007 年第 1 期。

《〈艾凡赫〉在中国的接受与影响(1905—1937)》,作者孙建忠,《闽江学院学报》2007 年第 1 期。

《〈子夜〉版本谈》,作者孔海珠,《新文学史料》2007 年第 1 期。

《〈白杨礼赞〉与中国现代抒情散文的转折》,作者吕东亮,《延安大学学报(社会科学版)》2007 年第 1 期。

《茅盾与赛珍珠笔下的中国人形象——从〈水藻行〉与〈大地〉谈起》,作者王玉括,《江苏大学学报(社会科学版)》2007 年第 1 期。

《无法完成的叙事努力——对战时抗战小说的一种理解》,作者邵国义,《宁夏大学学报(人文社会科学版)》2007 年第 1 期。

《虚无的主题与空间化结构——茅盾的短篇小说〈色盲〉新论》,作者翟文铖,《黑龙江教育学院学报》2007 年第 1 期。

《阶级、民族与个人——茅盾笔下民族资本家的叙事逻辑》,作者李艳菊,《重庆教育学院学报》2007 年第 1 期。

《论"社会剖析派"的乡土小说》,作者丁帆,《福建论坛(人文社会科学版)》2007 年第 1 期。

《目击时间的深渊——〈野蔷薇〉及其他》,作者黄彩文,《河北师范大学学报(哲学社会科学版)》2007 年第 1 期。

《姚雪垠怎样写出的〈李自成〉》,作者崔力明,《春秋》2007 年第 1 期。

《茅盾小说"时代性"的内涵及其根源》,作者张琳,《齐齐哈尔大学学报(哲学社会科学版)》2007 年第 1 期。

《再议鲁迅、茅盾致红军信——兼与倪墨炎商榷"破解"之说》，作者陈福康，《档案春秋》2007年第1期。

《租界文化体验对现代小说创作的影响》，作者李永东，《江海学刊》2007年第1期。

《史沫特莱与中国作家》，作者孟伟哉，《出版史料》2007年第2期。

《为人生的艺术——茅盾的期刊创意理念研究》，作者聂晶磊、王秋艳，《开封教育学院学报》2007年第2期。

《试析〈中国的一日〉的编辑创新及传播效应》，作者李晓茹，《三门峡职业技术学院学报》2007年第2期。

《在"两个口号"论争中被茅盾遗忘了的一些史事》，作者蔡震，《新文学史料》2007年第2期。

《论茅盾性爱观》，作者余铮，《四川职业技术学院学报》2007年第2期。

《中国文学现代性追求背景下的"译""介"背离——以〈小说月报〉对左拉的译介为例》，作者杨振，《法国研究》2007年第2期。

《关于茅盾的几次论争述评》，作者陈芬尧，《绍兴文理学院学报（哲学社会科学版）》2007年第2期。

《茅盾前期小说理论批评综论》，作者李兴阳，《湖北师范学院学报（哲学社会科学版）》2007年第2期。

《程式内的创新与模式外的建构——茅盾短篇小说视角模式研究》，作者翟文铖，《山东师范大学学报（人文社会科学版）》2007年第2期。

《茅盾和老舍都市小说叙事模式之比较》，作者戴永课，《湖湘论坛》2007年第2期。

《庐山历史文化系列之二：文化名人在庐山》，作者贺伟，《档案天地》2007年第2期。

《20世纪40年代的中国文学史》，作者李丹梦，《中文自学指导》2007年第2期。

《茅盾文学批评中的角色转换与内心冲突》，作者周兴华，《宁波大学学报（人文科学版）》2007年第2期。

《〈尘封的记忆——茅盾友朋手札〉问世记》，作者萧斌如，《档案春秋》2007

年第 2 期。

《鲁迅与茅盾历史小说比较》,作者韩日新,《鲁东大学学报(哲学社会科学版)》2007 年第 3 期。

《上海与巴黎:两座城市的对话——评陈晓兰〈文学中的巴黎与上海——以左拉和茅盾为例〉》,作者王红,《中国比较文学》2007 年第 3 期。

《执着的生命 挣扎的灵魂——对林老板、老通宝、多多头等人物形象的美学分析》,作者白海君,《鞍山师范学院学报》2007 年第 3 期。

《精微真确的心理分析——浅议茅盾小说心理描写技巧》,作者丁富云,《中共郑州市委党校学报》2007 年第 3 期。

《茅盾小说中的小资产阶级问题》,作者郑坚,《株洲师范高等专科学校学报》2007 年第 3 期。

《茅盾论冰心》,作者岳凯华、程凯华、刘雪姣,《邵阳学院学报(社会科学版)》2007 年第 3 期。

《周作人、茅盾、鲁迅与早期乡土文学理论的形成》,作者余荣虎,《南京师大学报(社会科学版)》2007 年第 3 期。

《新时期山东茅盾研究成果述评》,作者陈志华、翟德耀,《山东师范大学学报(人文社会科学版)》2007 年第 3 期。

《论茅盾对鸳鸯蝴蝶派的批评及其策略》,作者王木青,《文艺理论与批评》2007 年第 3 期。

《从革命的"尤物"到革命的女神——以茅盾小说中时代女性形象塑造为例》,作者郑坚,《河北师范大学学报(哲学社会科学版)》2007 年第 3 期。

《言说娜拉与娜拉言说——论五四新女性的叙事与性别》,作者刘传霞,《济南大学学报(社会科学版)》2007 年第 3 期。

《镜像错置:"娜拉"在五四语境中的产生及接受》,作者王宇,《济南大学学报(社会科学版)》2007 年第 3 期。

《身体叙事中的性别主体辨析——重读茅盾的〈蚀〉三部曲》,作者唐欣,《济南大学学报(社会科学版)》2007 年第 3 期。

《〈蚀〉的弗洛伊德式全新解读》,作者钱叶莹、赵凯,《合肥学院学报(社会科学版)》2007 年第 3 期。

《茅盾与〈小说月报〉的革新》，作者伍晓辉，《湖南科技学院学报》2007年第3期。

《革命与形式：茅盾早期小说的现代性展开：1927—1930》，作者陈建华，复旦大学出版社2007年8月版。

《茅盾和他的女儿》，作者钟桂松，东方出版社2007年8月版。

《周文与茅盾——从新发现的周文早年书信说起》，作者孔海珠，《新文学史料》2007年第4期。

《左翼批评家茅盾的颓废观念》，作者李永东，《中国比较文学》2007年第4期。

《从〈小说月报〉的改革看茅盾的办刊宗旨》，作者王萍，《时代文学（双月版）》2007年第4期。

《茅盾论庐隐》，作者岳凯华、程凯华、刘瑞华，《邵阳学院学报（社会科学版）》2007年第4期。

《现代海派小说的性爱观念及其写作的文学史意义》，作者韩冷，《学术探索》2007年第4期。

《论茅盾对中国古代文学的研究》，作者钟海波，《甘肃社会科学》2007年第4期。

《在身体中寻找"真实"——重读茅盾小说〈蚀〉》，作者李蓉，《浙江学刊》2007年第4期。

《茅盾文学批评及其当代价值论》，作者傅修海，《重庆邮电大学学报（社会科学版）》2007年第4期。

《茅盾的抒情散文论略》，作者郑军，《绵阳师范学院学报》2007年第4期。

《〈白杨礼赞〉的历史性和典范性》，作者吕东亮，《语文建设》2007年第4期。

《"原生态"的抒写——论茅盾"文革"时期的旧体诗词创作》，作者杜湘君，《重庆交通大学学报（社会科学版）》2007年第5期。

《神话文本研究方法探索：多元的要素扩展分析法——"精卫填海"的扩展研究》，作者田兆元，《长江大学学报（社会科学版）》2007年第5期。

《茅盾的期刊作者观与编辑思想——以〈文艺阵地〉为例》，作者骆玉安，

《郑州大学学报(哲学社会科学版)》2007年第5期。

《顾颉刚与茅盾神话研究之比较》,作者陈丽琴,《重庆文理学院学报(社会科学版)》2007年第5期。

《由〈小说月报〉看茅盾的作者意识》,作者常文芳,《安徽大学学报(哲学社会科学版)》2007年第5期。

《现代小说与社会分析——茅盾和我们》,作者邵宁宁,《文艺争鸣》2007年第5期。

《茅盾与自然主义辨析》,作者李建东、张振台,《平原大学学报》2007年第6期。

《茅盾不愿编进文集的两本书》,作者钟桂松,《中国现代文学研究丛刊》2007年第6期。

《茅盾轶简:关于〈文艺阵地〉的一封约稿信》,作者段从学,《海南师范大学学报(社会科学版)》2007年第6期。

《论中国现代传记文学发展进程中的"历史"重负》,作者辜也平,《福建师范大学学报(哲学社会科学版)》2007年第6期。

《直面现实人生的文学精神——论茅盾主编时期的〈小说月报〉》,作者张旭东,《文艺理论与批评》2007年第6期。

《超越五四的努力——重读茅盾1930年代的三部长篇小说》,作者李钧,《齐鲁学刊》2007年第6期。

《茅盾眼中的曹雪芹和〈红楼梦〉——重读〈节本红楼梦导言〉和〈关于曹雪芹〉》,作者刘永良,《红楼梦学刊》2007年第6期。

《身体政治学的诗性表现——论茅盾小说的变形艺术》,作者黄彩文,《河北师范大学学报(哲学社会科学版)》2007年第6期。

《〈子夜〉与租界文化》,作者李永东,《名作欣赏》2007年第6期。

《情感体验与理智分析——由〈蚀〉到〈虹〉谈茅盾早期的小说创作》,作者李娜,《吉林工程技术师范学院学报》2007年第7期。

《论茅盾的现实主义文学观》,作者李荣启,《重庆社会科学》2007年第7期。

《浅议茅盾的小说的创作特色》,作者郑德会,《双语学习》2007年第8期。

《女性与革命——以 1927 年国民革命及其文学为背景》,作者杨联芬,《贵州社会科学》2007 年第 10 期。

《胡适、茅盾的"徐志摩论"比较》,作者李丹,《学术月刊》2007 年第 10 期。

《〈子夜〉中主人公吴荪甫的两面性》,作者毛三红,《文学教育》2007 年第 10 期。

《文学批评作为"运动着的美学"——对茅盾文学批评理论的一种检视》,作者王嘉良,《福建论坛(人文社会科学版)》2007 年第 10 期。

《回眸历史:对茅盾创作模式的理性审视》,作者王嘉良,《学术月刊》2007 年第 11 期。

《第比利斯地下印刷所见闻》,作者牛国霖,《四川统一战线》2007 年第 11 期。

《"现实主义"的进入和宏大叙事的萌芽》,作者黄灯,《中山大学学报论丛》2007 年第 11 期。

《茅盾在文学批评史上的地位》,作者卜召林、丁燕燕,《山东社会科学》2007 年第 11 期。

《中国现代经典作家的小说叙述形态与人本价值思想》,作者吴效刚,《求索》2007 年第 11 期。

《桐乡市隆重举行茅盾、丰子恺档案捐赠仪式暨〈茅盾、丰子恺珍贵档案展〉开幕仪式》,作者王佶、蔡维明,《浙江档案》2007 年第 12 期。

《茅盾〈夜读偶记〉及其后记的语调与心态》,作者周兴华,《名作欣赏》2007 年第 12 期。

《雷电的巨响 人民的心声——读茅盾的散文〈雷雨前〉》,作者郜成有,《名作欣赏》2007 年第 18 期。

《茅盾小说的叙事结构分析》,作者陈志华,山东师范大学硕士论文。

《试论中国三十年代左翼小说创作——以茅盾、丁玲、柔石的作品为中心》,作者林琳,延边大学硕士论文。

《茅盾神话思想初论》,作者杨茜,山东师范大学硕士论文。

《俄苏文学在中国的两副镜像 ——以蒋光慈和茅盾为个案》,作者池大红,华东师范大学博士论文。

《男权话语下的女性意识 ——茅盾〈蚀〉三部曲新论》，作者余铮，湖南师范大学硕士论文。

《论茅盾小说的女性审美》，作者蒋朝群，南京师范大学硕士论文。

《试论茅盾〈子夜〉的语言艺术》，作者刘晓敬，河北大学硕士论文。

《意识形态视域下的左翼都市小说特质——以蒋光慈、丁玲、茅盾为例》，作者兰其寿，厦门大学硕士论文。

《〈文学〉月刊研究》，作者马金玲，陕西师范大学硕士论文。

《文学想象历史—重读〈子夜〉及"农村三部曲"》，作者崔莉，上海师范大学硕士论文。

《〈蚀〉的文学语言研究》，作者陈天助，厦门大学博士论文。

《中国现代作家与尼采》，作者黄怀军，四川大学博士论文。

《对〈子夜〉中空间形象的分析》，作者张倩，中央民族大学硕士论文。

《从晚清到五四：女性身体的现代想象、建构与叙事》，作者程亚丽，山东师范大学博士论文。

《持重中的流变 ——1921 年后〈小说月报〉研究》，作者周雪梅，华东师范大学硕士论文。

《中国现代作家对福楼拜的接受研究》，作者韩晓清，西北师范大学硕士论文。

《中国现代儿童文学之发生》，作者冯庆华，河南大学硕士论文。

《上海新感觉：中国现代文学史中"新感觉"的发生与发展研究（1928—1936）》，作者张屏瑾，华东师范大学博士论文。

《现代性视野中的新感觉派研究》，作者丁培卫，山东大学博士论文。

《现代传媒与中国文学的现代化转型 ——以〈小说月报〉与文学研究会的关系为例》，作者苏运生，华中科技大学硕士论文。

2008 年

《中国初期莎士比亚评论的重要界碑——论茅盾对莎士比亚的接受与批评》，作者李伟昉，《河南大学学报（社会科学版）》2008 年第 1 期。

《茅盾与现代文学翻译批评》,作者罗建周,《西安建筑科技大学学报(社会科学版)》2008年第1期。

《茅盾作家论之矛盾剖析》,作者谢丽,《重庆师范大学学报(哲学社会科学版)》2008年第1期。

《前驱者的启蒙探路——茅盾早期文学思潮观的发展及其意义》,作者丁尔纲,《东岳论丛》2008年第1期。

《已识庐山真面目——关于茅盾早期所倡导的是否自然主义的问题》,作者张冠华,《郑州大学学报(哲学社会科学版)》2008年第1期。

《传统与现代的两难抗辩——茅盾小说在新怨恨理论视界下的重读》,作者王明科,《廊坊师范学院学报》2008年第1期。

《文学批评的当下反思——从茅盾文学批评谈开去》,作者傅修海,《成都理工大学学报(社会科学版)》2008年第1期。

《茅盾老舍文学观念之比较》,作者徐涛,《阜阳师范学院学报(社会科学版)》2008年第1期。

《20世纪30年代"大众化"论争中的两种立场及意义》,作者张卫中,《南都学坛》2008年第1期。

《论都市意象与二三十年代的茅盾小说创作》,作者宋剑华、陈婷婷,《湘潭大学学报(哲学社会科学版)》2008年第2期。

《时代新青年的颓废叙事——重读茅盾的〈蚀〉三部曲》,作者李永东,《吉首大学学报(社会科学版)》2008年第2期。

《茅盾论徐志摩》,作者岳凯华、程凯华,《邵阳学院学报(社会科学版)》2008年第2期。

《对茅盾翻译思想的探讨》,作者樊腾腾,《云南财贸学院学报(社会科学版)》2008年第2期。

《茅盾为青年作家开书单》,《出版史料》2008年第2期。

《20世纪40年代中国小说理论中雅与俗的悬隔与汇通》,作者王锺陵,《社会科学辑刊》2008年第2期。

《文学批评的当下反思——兼论茅盾文学批评的价值》,作者傅修海,《安康学院学报》2008年第3期。

《茅盾的"阴柔"气质与作品中的女性群体》,作者刘淑一,《邵阳学院学报(社会科学版)》2008年第3期。

《茅盾先生最后一方印章》,作者潘亚萍,《中国档案》2008年第3期。

《从茅盾小说中性爱描写看其性爱观的形成》,作者刘丽,《忻州师范学院学报》2008年第3期。

《论茅盾建国后的旧体诗词创作》,作者李遇春,《长江学术》2008年第4期。

《左翼美学论——兼论茅盾文艺美学的开创性》,作者马立新,《理论学刊》2008年第4期。

《试论茅盾新文学发端期的文学思想及文学理论建树》,作者万国庆,《新疆教育学院学报》2008年第4期。

《茅盾对戏剧的关注及其戏剧观述评》,作者杨迎平,《暨南学报(哲学社会科学版)》2008年第4期。

《茅盾和他的女儿》,作者钟桂松,《兰台内外》2008年第4期。

《神话历史化的"五化"概念析读——兼对茅盾 Euhemerize 译语涵义的质疑》,作者林玮生,《西北第二民族学院学报(哲学社会科学版)》2008年第4期。

《"革命文学"论争中的茅盾创作——由茅盾的小说〈蚀〉〈虹〉说起》,作者刘雅君,《晋中学院学报》2008年第5期。

《捕捉史剧的"真实"——论茅盾的历史真实观》,作者黄健,《电影文学》2008年第5期。

《从茅盾和郑伯奇看〈大系〉的选择意味》,作者钟苏雨,《德州学院学报》2008年第5期。

《创造社与文学研究会翻译问题论争探源》,作者咸立强,《中山大学学报(社会科学版)》2008年第5期。

《现代文学氛围中的景观文化》,作者韩启萌、冯燕,《时代文学》2008年第5期。

《从感性的热烈到理性的冷峻——〈蚀〉与〈子夜〉的比较并兼及茅盾评价》,作者文宗理,《山东大学学报(哲学社会科学版)》2008年第6期。

《"疗救灵魂的贫乏,修补人性的缺陷"——茅盾文学翻译思想的文化解读》，作者甘露，《湖北民族学院学报（哲学社会科学版）》2008 年第 6 期。

《论茅盾小说艺术表现的时代性》，作者钱果长、余红梅，《池州学院学报》2008 年第 6 期。

《茅盾的自然主义之路》，作者王俊，《安徽文学（下半月）》2008 年第 6 期。

《浙西文学中的现代性解读——以茅盾和郁达夫为个案》，作者凌伟荣，《名作欣赏》2008 年第 6 期。

《进化文学史观与文学史研究实践》，作者朱德发，《山东师范大学学报（人文社会科学版）》2008 年第 6 期。

《吴公馆的空间形象——论〈子夜〉的道德文化、消费文化与政治文化》，作者易惠霞，《湖南商学院学报》2008 年第 6 期。

《我所知道的沈泽民》，作者孔海珠，《档案春秋》2008 年第 6 期。

《从梅女士到林道静：小资产阶级知识女性的"成长"轨迹》，作者钟苏雨，《安徽文学（下半月）》2008 年第 7 期。

《从〈子夜〉看茅盾小说现代主义与现实主义的融合》，作者梅启波，《乐山师范学院学报》2008 年第 8 期。

《茅盾对法国批判现实主义文学思潮的创造性接受》，作者李倩，《南阳师范学院学报》2008 年第 8 期。

《我写〈茅盾和他的女儿〉》，作者钟桂松，《博览群书》2008 年第 8 期。

《左翼作家对文艺大众化问题的讨论》，作者李永东，《西南民族大学学报（人文社科版）》2008 年第 8 期。

《论茅盾创作和批评中的民俗学意识》，作者张永，《常熟理工学院学报》2008 年第 9 期。

《文学与政治：茅盾的选择与被选择》，作者周兴华、韩卫平，《名作欣赏》2008 年第 10 期。

《茅盾与"两个口号"的论争》，作者李凤玲，《大众文艺）》2008 年第 10 期。

《老舍与茅盾文学观的比较》，作者张化夷，《今日科苑》2008 年第 10 期。

《茅盾的文学翻译思想》，作者李红英，《社会科学论坛（学术研究卷）》2008 年第 11 期。

《茅盾象征性散文及其意象模式梳辨》，作者蒋有红，《湖北第二师范学院学报》2008 年第 12 期。

《趋从·质疑·修正——1950 年代茅盾的文学批评》,作者沈文慧,《名作欣赏》2008 年第 12 期。

《情绪与理性之争——论茅盾小说审美心理的复杂性》,作者蒋朝群,《电影评介》2008 年第 12 期。

《解读茅盾给叶子铭的 16 封信》,作者林传祥,《中国档案》2008 年第 12 期。

《一九二七:有关茅盾的另一说》,作者钟桂松,《书城》2008 年第 12 期。

《郭老巧对茅公》,作者王培焰,《咬文嚼字》2008 年第 12 期。

《仅创刊号就一连再版了五六次的刊物——〈文学〉》,《新闻与写作》2008 年第 12 期。

《性别与体认:茅盾 20 世纪 20 年代小说中女性形象分析》,作者王维,《学习月刊》2008 年第 14 期。

《新旧道德的"对话"——读茅盾的〈水藻行〉》,作者陈桂良,《名作欣赏》2008 年第 23 期。

《老舍与茅盾现实主义文学观比较》,作者郭艳,《科技信息》2008 年第 34 期。

《茅盾与〈小说研究 ABC〉》,作者于兴雷,《三峡大学学报(人文社会科学版)》2008 年第 A1 期。

《艺术范型与审美品性:论茅盾的创作艺术与审美理论建构》,作者王嘉良,上海文艺出版社,2008 年 1 月版。

《文坛故旧录:编辑忆旧续集》,作者赵家璧,中华书局 2008 年 7 月版。

《〈中国新文学大系(1917—1927)·小说选集·导言〉研究 ——以〈小说选集〉编选者的作用为中心》,作者朱智秀,兰州大学博士论文。

《城与人——二十世纪二三十年代文学中的上海》,作者康春玉,郑州大学硕士论文。

《文学研究会与现代儿童文学的发端》,作者佟欣,东北师范大学硕士论文。

《司各特与中国近现代文学》,作者孙建忠,福建师范大学硕士论文。

《十七年时期现代名著的电影改编问题 ——以〈祝福〉、〈林家铺子〉、〈二月〉为例》，作者刘鑫，首都师范大学硕士论文。

2009 年

《茅盾都市小说创作的审美新质——以〈子夜〉为中心》，作者文俊，《五邑大学学报（社会科学版）》2009 年第 1 期。

《"误读"景观下的"茅盾现象"——以〈子夜〉为个案研究》，作者伍晓辉，《河西学院学报》2009 年第 1 期。

《商业化视境中的茅盾》，作者李惠敏，《河北学刊》2009 年第 1 期。

《茅盾小说组曲中的变调音符——论茅盾代表作的非主流性》，作者魏书琴，《和田师范专科学校学报》2009 年第 1 期。

《从茅盾谈〈蚀〉的创作看政治对文学的影响》，作者胡月，《青年作家》2009 年第 1 期。

《茅盾文学批评中的"同化"与"顺应"——中国现代"主流"批评生成演化的微观分析》，作者周兴华，《求是学刊》2009 年第 1 期。

《慧眼中的误读：茅盾小说的经济史视角重释》，作者王明科，《江西师范大学学报（哲学社会科学版）》2009 年第 1 期。

《论茅盾小说的"经济视角"及其当代意义》，作者陈桂良、刘宏日，《文艺争鸣》2009 年第 1 期。

《评李继凯〈全人视境中的观照——鲁迅与茅盾比较论〉》，作者刘方喜，《文学评论》2009 年第 1 期。

《茅盾、胡愈之等给范用的信（12 封）》，作者朱农，《出版史料》2009 年第 1 期。

《文人与革命：从"第三种人"问题生发的左翼诸面相》，作者葛飞，《中国现代文学研究丛刊》2009 年第 1 期。

《两个瞿秋白与一部〈子夜〉——从一个角度看文学与政治的歧途》，作者王彬彬，《南方文坛》2009 年第 1 期。

《认同焦虑中的断零体验——解读〈霜叶红似二月花〉中的现代性》，作者熊杰,《忻州师范学院学报》2009年第1期。

《创造社与文学研究会论争缘起研究的回顾与重探》,作者咸立强,《中国现代文学研究丛刊》2009年第1期。

《疾病的意义生成与价值转换——论革命恋爱题材小说中的疾病书写》,作者黄晓华,《江汉大学学报(人文科学版)》2009年第1期。

《中国现代长篇小说编年(二)》,作者陈思广,《现代中国文化与文学》2009年第1期。

《关于"鲁茅信"的争论及其句号》,作者倪墨炎,《档案春秋》2009年第1期。

《我为鲁迅茅盾辩护》,作者秋石,文汇出版社2009年1月版。

《"经济"视域下茅盾小说的细节艺术》,作者李明,《兰州交通大学学报》2009年第2期。

《茅盾与中国无政府主义思潮》,作者张全之,《广东社会科学》2009年第2期。

《现实主义精神的飞扬与流动——浅谈茅盾与狄更斯的创作,以〈大卫·科波菲尔〉〈子夜〉为例》,作者原梅,《甘肃社会科学》2009年第2期。

《茅盾与〈文学〉月刊》,作者马金玲,《西安文理学院学报(社会科学版)》2009年第2期。

《近半个世纪前的访谈——关于茅盾、文学研究会》,作者孔海珠,《新文学史料》2009年第2期。

《关联理论视角下文化负载词的翻译策略——以沙博理译"茅盾农村三部曲"为例》,作者李振,《郑州航空工业管理学院学报(社会科学版)》2009年第2期。

《价值错位:茅盾文本解读的三种误区》,作者陈桂良,《文艺理论与批评》2009年第2期。

《托尔斯泰和左拉的小说与〈子夜〉的动态流变审美建构》,作者赵婉孜,《中国比较文学》2009年第2期。

《〈文学〉月刊的本体色彩》,作者马金铃,《西安建筑科技大学学报(社会科学版)》2009年第2期。

《历史语境的跨越——〈蚀〉三部曲版本校评》,作者罗维斯,《现代中国文化与文学》2009 年第 2 期。

《男权视域下的女性启蒙——以〈伤逝〉和〈创造〉的比较为例》,作者张凤辉,《延安职业技术学院学报》2009 年第 2 期。

《茅盾为人生文学观与自然主义》,作者李锦梅,《时代文学(双月上半月)》2009 年第 3 期。

《茅盾神话学研究的方法论问题》,作者杨茜,《华北水利水电学院学报(社科版)》2009 年第 3 期。

《〈新芒〉:中国期刊史上的一个亮点》,作者佐红琴、徐霞,《西域研究》2009 年第 3 期。

《经济危机情境下重读茅盾〈子夜〉》,作者肖菊蘋,《沧州师范专科学校学报》2009 年第 3 期。

《茅盾为什么提出不要神化鲁迅——三十年前一场关于鲁迅的文艺论争》,作者姬学友,《粤海风》2009 年第 3 期。

《1930 年代中国小说物象论——以沈从文、茅盾、穆时英为例》,作者柯贵文,《文艺争鸣》2009 年第 3 期。

《三十年代政治文化语境与长篇小说结构的发展——以茅盾的创作为中心》,作者李玮,《当代作家评论》2009 年第 3 期。

《三重恋爱交织中的“时代女性”——对〈蚀〉三部曲的一种解读》,作者沈仲亮,《德州学院学报》2009 年第 3 期。

《五四时期文学批评者对现代文学批评理论的建设研究》,作者赵智岗、杨康、杨青之,《河北师范大学学报(哲学社会科学版)》2009 年第 3 期。

《〈幻灭〉内部的革命叙事》,作者王飞,《安徽文学》2009 年第 3 期。

《孔另境夫妇往事断忆》,作者纪申,《世纪》2009 年第 3 期。

《茅盾文学批评的“矛盾”变奏》,作者周兴华,黑龙江人民出版社,2009 年 9 月版。

《为〈译文〉溯源——从茅盾的〈译文·发刊词〉说起》,作者崔峰,《中国比较文学》2009 年第 4 期。

《尴尬的境遇:1950 年代的茅盾》,作者商昌宝,《齐鲁学刊》2009 年第

4 期。

《茅盾与庄子》,作者李明,《文学评论》2009 年第 4 期。

《茅盾与 20 世纪早期中国文学翻译批评》,作者马成芳,《和田师范专科学校学报》2009 年第 4 期。

《论茅盾对现代历史文学理论建设的贡献》,作者吴秀明、黄健,《中国现代文学研究丛刊》2009 年第 4 期。

《茅盾小说创作中的女性情结》,作者于淑卿,《安徽文学》2009 年第 4 期。

《政治与文学:双驾马车的单向偏移——1931 年政治文化心理视角下茅盾创作的转变》,作者郭晓平,《泰山学院学报》2009 年第 4 期。

《茅盾故乡谚语的地域特色》,作者俞允海、王峰明,《湖州职业技术学院学报》2009 年第 4 期。

《欲望、空间和现代都市——论三四十年代文学中的上海》,作者李举鸿,《重庆交通大学学报(社会科学版)》2009 年第 4 期。

《茅盾画传》,刘屏编著,江西人民出版社 2009 年 8 月版。

《从接受理论视角论茅盾的外国儿童文学翻译》,作者唐丽君、舒奇志,《长春大学学报》2009 年第 5 期。

《革命者立场上的反思与批判——茅盾、郑振铎和瞿秋白的侠文化批评话语再审视》,作者陈夫龙,《山东师范大学学报(人文社会科学版)》2009 年第 5 期。

《茅盾的矛盾——思想史视野中的茅盾小说》,作者逄增玉,《天津大学学报(社会科学版)》2009 年第 5 期。

《简述茅盾的文学批评的若干问题》,作者左鹏、张博,《科教文汇(上旬刊)》2009 年第 5 期。

《茅盾作家论的发生与文体模型》,作者周兴华,《名作欣赏》2009 年第 5 期。

《浅谈列夫·托尔斯泰对茅盾〈子夜〉的影响》,作者薛国栋,《榆林学院学报》2009 年第 5 期。

《"茅盾与时代思潮"学术研讨会综述》,作者陈迪强、钱振纲,《中国现代文学研究丛刊》2009 年第 5 期。

《茅盾浩劫中书愤》,作者李遇春,《名作欣赏》2009年第5期。

《审美之维:1928—2008年〈蚀〉的接受研究》,作者陈思广,《首都师范大学学报(社会科学版)》2009年第5期。

《跌宕起伏 环环相扣——浅析茅盾〈林家铺子〉的艺术构思和结构》,作者石进明,《时代文学》2009年第5期。

《茅盾与丁玲笔下的小资产阶级女性形象之比较》,作者徐小凤,《衡阳师范学院学报》2009年第5期。

《茅盾和他的神话研究》,作者张中,《西北民族大学学报(哲学社会科学版)》2009年第6期。

《茅盾与外国文学简论》,作者王立明、白秋菱,《辽宁师专学报(社会科学版)》2009年第6期。

《茅盾在〈文学〉月刊中的文学批评》,作者徐文娟,《重庆电子工程职业学院学报》2009年第6期。

《蒋光慈与茅盾作品比较论析》,作者钟灿权,《安顺学院学报》2009年第6期。

《茅盾小说〈蚀〉的研究述评》,作者唐澜、晏青,《康定民族师范高等专科学校学报》2009年第6期。

《乌镇古店"老久大"——茅盾故里偶拾》,作者陈淀国,《中医药文化》2009年第6期。

《茅盾文论的理论资源及其引申》,作者周薇,《重庆社会科学》2009年第7期。

《论茅盾模式的开创性及其意义》,作者张仲英,《太原城市职业技术学院学报》2009年第7期。

《茅盾小说中的心理描写试析》,作者田原,《理论与当代》2009年第7期。

《老舍茅盾创作观念之比较》,作者徐涛,《社会科学家》2009年第7期。

《茅盾与瞿秋白》,作者赵英秀,《文史月刊》2009年第9期。

《吴宓与老舍、茅盾的笔墨之谊》,作者任葆华,《兰台世界》2009年第9期。

《潜滋暗长:茅盾文论中自然主义与社会主义现实主义的裂隙》,作者周薇,《兰州学刊》2009年第10期。

《广阔空间里的有限时间——茅盾神话思想中的时空观念初论》，作者杨茜，《名作欣赏》2009 年第 10 期。

《茅盾、沈从文的"徐志摩论"比较研究》，作者蔡建伟，《安徽文学》2009 年第 10 期。

《茅盾与文学批评体制》，作者李秀萍，《牡丹江大学学报》2009 年第 10 期。

《近半个世纪前的访谈——忆"左联"谈茅盾》，作者孔海珠，《鲁迅研究月刊》2009 年第 10 期。

《论茅盾小说对人性命题的探求》，作者陈桂良，《浙江社会科学》2009 年第 10 期。

《茅盾"女作家论"的性别因素》，作者乔以钢、李振，《东岳论丛》2009 年第 11 期。

《茅盾和他的神话研究》，作者张中，《民办教育研究》2009 年第 12 期。

《记忆中的父亲——访茅盾之子韦韬》，作者刘守华，《中国档案》2009 年第 12 期。

《品读茅盾小说 看知青的演变》，作者孟庆军，《科学大众》2009 年第 12 期。

《茅盾与中国新诗》，作者晏青，《名作欣赏》2009 年第 29 期。

《茅盾的女性书写与革命话语》，作者蒋朝群，《科技信息》2009 年第 30 期。

《走进新时代——试论若干现代作家建国后的心路历程》，作者李荣秀，山东大学博士论文。

《茅盾小说的经济学研究》，作者张田军，宁波大学硕士论文。

《论茅盾的外国儿童文学翻译策略》，作者唐丽君，湘潭大学硕士论文。

《茅盾文学批评中的"文学之维"与"政治之维"》，作者赵晶晶，苏州大学硕士论文。

《现代性悖论与被压抑的物质言说 ——论中国现代小说中的金钱书写》，作者周丽娜，山东师范大学博士论文。

《科学理性与茅盾上海叙事》，作者李勇，华中科技大学硕士论文。

《都市与革命的二重奏——论茅盾早期小说中的情色话语》，作者阳媛，中南大学硕士论文。

《中国现代小说中的日本形象研究》,作者马宁,吉林大学博士论文。

《小说中的重庆——国统区小说研究的一个视角》,作者尹莹,华中师范大学硕士论文。

《〈太白〉杂志研究》,作者冯春萍,河北大学硕士论文。

2010 年

《茅盾与战争文学》,作者晏青,《名作欣赏》2010 年第 2 期。

《茅盾初期小说的命名艺术透视》,作者平原,《名作欣赏》2010 年第 3 期。

《茅盾先生二三事》,作者周明,《美文》2010 年第 1 期。

《茅盾论鲁迅的思想发展:从革命民主主义到共产主义》,作者程凯华,《云梦学刊》2010 年第 1 期。

《浅析茅盾早期“时代女性”创作成因》,作者王琳琳,《考试周刊》2010 年第 3 期。

《抒情的细腻与史诗的雄浑——论普实克的中国现代文学研究》,作者彭松,《合肥师范学院学报》2010 年第 1 期。

《茅盾点染〈李自成〉:文学知音谱就文坛佳话》,作者杨建民,《中华读书报》2010 年 1 月 20 日。

《茅盾看好的作家——顾仲起》,作者钦鸿,《人民政协报》2010 年 1 月 21 日。

《茅盾观照文学的三种姿态》,作者周兴华,《文艺理论研究》2010 年第 1 期。

《颓丧与追求——茅盾〈追求〉青年叙事研究》,作者梁竞男,《曲靖师范学院学报》2010 年第 1 期。

《精神自我的无奈分裂——解读新中国成立后左翼作家精神的两重性》,作者巫晓燕、马永利,《宁夏大学学报(人文社会科学版)》2010 年第 1 期。

《“皖南事变”后〈新华日报〉开展的纪念活动》,作者王鸣剑,《重庆工商大学学报(社会科学版)》2010 年第 1 期。

《无法驱散的幽灵——浅论 20 年代初期茅盾对自然主义的态度》,作者梁明,《语文知识》2010年第1期。

《"文学"如何想象"革命"？——论早期"革命文学"的情节模式》,作者李松睿,《现代中文学刊》2010年第1期。

《茅盾谈〈侠隐记〉、〈续侠隐记〉》,《新文学史料》2010年第1期。

《现实与神话——汉学家高利克教授访谈》,作者余夏云、梁建东,《书城》2010年第1期。

《关于〈春蚕〉评价的通信——从吴组缃和余连祥的分歧说起》,作者解志熙、尹捷,《汉语言文学研究》2010年第1期。

《真实的社会史诗——论茅盾小说的时代性》,作者张奇志,《信阳农业高等专科学校学报》2010年第1期。

《茅盾正传》,作者钟桂松,江苏文艺出版社2010年1月版。

《记茅盾》,作者欧阳翠,《生命的灌溉》,上海三联书店2010年3月版。

《茅盾先生二三事》,作者周明,《文学教育》2010年第3期。

《普希金与茅盾翻译思想之比较》,作者韩波,《牡丹江教育学院学报》2010年第2期。

《早期茅盾"自然主义"观的教学辨识》,作者李建东,《南通大学学报(教育科学版)》2010年第1期。

《〈新芒〉,中国期刊史上的一个亮点》,作者佐红琴、徐霞,《出版史料》2010年第1期。

《怎样评论鲁迅研究中的观点分歧——对"挑战经典"和"颠覆鲁迅"的说法质疑》,作者倪墨炎,《南京师范大学文学院学报》2010年第1期。

《人类困境的冷静展示——重读茅盾的短篇小说〈水藻行〉》,作者郭小娜,《湖北广播电视大学学报》2010年第4期。

《"主义"话语与五四新文学运动》,作者王本朝,《社会科学战线》2010年第4期。

《茅盾:人间百态,尽见笔端》,作者章美玲,《中华活页文选》2010年第4期。

《父亲茅盾最后的日子》,作者韦韬、陈小曼,《中华活页文选》2010年第4期。

《寓理寓情于真诚之中》，作者钟桂松，《学习时报》2010 年 4 月 5 日。

《新中国首任文化部部长茅盾》，作者宋凤英，《党史纵览》2010 年第 4 期。

《论茅盾对外国儿童文学的翻译策略》，作者唐丽君，《六盘水师范高等专科学校学报》2010 年第 2 期。

《茅盾先生笔名考》，作者高利克，《现代中文学刊》2010 年第 2 期。

《〈译文〉创办始末》，作者张磊，《湖北档案》2010 年第 4 期。

《论茅盾〈蚀〉三部曲中的时代女性形象》，作者樊丽，《重庆科技学院学报（社会科学版）》2010 年第 8 期。

《"乡土文学"是如何消失的？——论 20 世纪 40 年代左翼文坛对"乡土文学"的再选择》，作者余荣虎，《文史哲》2010 年第 3 期。

《在文学与政治之间——析茅盾的小说〈虹〉》，作者韩利贤，《大众文艺》2010 年第 9 期。

《〈茅盾珍档手迹——古诗文注释〉出版》，作者王佶，《浙江档案》2010 年第 5 期。

《希望与幻灭——茅盾〈幻灭〉对国民革命中心武汉叙事之细读》，作者梁竞男，《名作欣赏》2010 年第 17 期。

《浅析茅盾小说的经济意识成因》，作者章宗鋆，《武汉交通职业学院学报》2010 年第 2 期。

《"社会剖析派"的诞生——从"自然主义"向"写实主义"嬗变的茅盾》，作者李建东，《盐城工学院学报（社会科学版）》2010 年第 2 期。

《茅盾档案征集背后的故事》，作者王佶，《浙江档案》2010 年第 6 期。

《延安精神的艺术再现——重读茅盾〈风景谈〉》，作者李卫光，《黄冈职业技术学院学报》2010 年第 3 期。

《茅盾紧牵小囡手》，作者赵郁秀，《鸭绿江》2010 年第 7 期。

《茅盾：创造一个爱人和同志》，《中外文摘》2010 年第 13 期。

《从茅盾的信到胡耀邦讲话——亲历 1979 年文艺界的一次重要会议》，作者刘崐，《纵横》2010 年第 7 期。

《关于"茅盾题红诗"一首的说明》，作者鲁德才，《红楼梦学刊》2010 年第 4 期。

《〈动摇〉中的国民革命叙事之细读》,作者梁竞男,《中国现代文学研究丛刊》2010年第4期。

《〈蚀〉中的时代纠结——从人物间的纠葛说开》,作者张泽昆,《大众文艺》2010年第13期。

《〈李自成〉评论的先行者——关于茅盾的〈关于长篇历史小说《李自成》〉》,作者陈骏涛,《纪念姚雪垠百年诞辰学术研讨会暨中国新文学学会第26届年会论文集》2010年8月1日。

《谈茅盾的编辑历程》,作者陈澍,《黑龙江社会科学》2010年第4期。

《郭沫若、茅盾、巴金、胡风佚简五封》,作者李斌,《新文学史料》2010年第3期。

《文学大师的少作——读〈茅盾文课墨迹〉有感》,作者陈锐锋,《初中生辅导》2010年第25期。

《向上,向上,向上!——茅盾〈白杨礼赞〉一文的赏析》,作者肖莉,《小雪花》(小学快乐作文)2010年第9期。

《东西方人眼中的中国大革命——〈人的命运〉、〈蚀〉比较研究》,作者毛红丽,《河北理工大学学报(社会科学版)》2010年第5期。

《论茅盾的进化论文学观》,作者何辉斌,《汉语言文学研究》2010年第3期。

《创伤体验与茅盾早期小说——兼谈中学语文教材、高校文学史教材对茅盾作品的选择与阐释》,作者贾振勇,《中国现代文学研究会第十届年会论文摘要汇编》2010年9月21日。

《在对存在不完满性的自觉承担中建构女性主体性——论茅盾〈霜叶红似二月花〉的母性颂歌》,作者李玲,《中国现代文学研究会第十届年会论文摘要汇编》2010年9月21日。

《茅盾的文类意识与中国新文学》,作者首作帝,《重庆教育学院学报》2010年第5期。

《浅谈〈子夜〉中现实主义中国化的体现》,作者党寅山,《作家》2010年第18期。

《论故乡乌镇对茅盾成长及创作的影响》,作者万国庆,《喀什师范学院学报》2010 年第 5 期。

《茅盾早期小说的通用结构》，作者罗维斯，《名作欣赏》2010 年第 29 期。

《茅盾鲜为人知的一段婚外情》，作者刘继兴，《文史博览》2010 年第 10 期。

《茅盾谈〈鲁迅旧诗新诠〉及编著者》，作者杨建民，《书屋》2010 年第 10 期。

《胡风、茅盾的四次交恶》，作者韩晗，《书屋》2010 年第 10 期。

《姑父茅盾和姑妈孔德沚》，作者孔海珠，《档案春秋》2010 年第 10 期。

《访茅盾故居》，作者吴亮华，《人民之声》2010 年第 10 期。

《化俗为雅的艺术魅力——以郁达夫、茅盾及巴金小说为例》，作者吴秀亮，《江苏社会科学》2010 年第 5 期。

《小说〈腐蚀〉的叙事结构与表现小资产阶级痛苦的主题》，作者刘芳、王烨，《武汉工程大学学报》2010 年第 10 期。

《关于〈鲁迅、茅盾致红军贺信〉——兼评倪墨炎的"贺信伪造说"》，作者阎愈新，《汕头大学学报（人文社会科学版）》2010 年第 5 期。

《两种形态的现实主义小说——论鲁迅与茅盾小说创作的现实主义艺术特征》，作者张海鹏，《赤峰学院学报（哲学社会科学版）》2010 年第 10 期。

《时代、文化与创作审美的差异性折光——咸亨酒店与林家铺子的比较》，作者王雅平，《石河子大学学报（哲学社会科学版）》2010 年第 5 期。

《父亲茅盾的沉默岁月》，作者韦韬，《中外文摘》2010 年第 21 期。

《茅盾曾任毛泽东的助手》，作者王学平，《名人传记（上半月）》2010 年第 11 期。

《尘封六十年日记，披露茅盾之女情感历程》，作者刘守华，《档案春秋》2010 年第 11 期。

《论租界语境体验下茅盾的身体叙事》，作者何长久，《西安石油大学学报（社会科学版）》2010 年第 4 期。

《黄金和诗意——茅盾〈子夜〉臆释》，作者李国华，《东吴学术》2010 年第 3 期。

《〈野蔷薇〉女性形象解读及其它》，作者张小萍，《大众文艺》2010 年第 21 期。

《〈文艺阵地〉的编辑特色初论》，作者熊飞宇，《重庆电子工程职业学院学报》2010 年第 6 期。

《〈清明前后〉：从大纲到成文的叙述者位置》，作者江棘，《文艺理论与批评》2010 年第 6 期。

《革命文学"潮流中女性解放问题的探索与反思——茅盾短篇小说集〈野蔷薇〉新论》，作者张霞，《西华师范大学学报（哲学社会科学版）》2010 年第 6 期。

《茅盾"社会剖析小说"与晚清谴责小说》，作者田敏，《求索》2010 年第 11 期。

《男性眼光与女性眼光的碰撞——对比茅盾与丁玲小说中的都市女性形象》，作者万潇潇，《枣庄学院学报》2010 年第 6 期。

《近代经济史视野下的〈子夜〉文学创作——以南京国民政府早期发行公债为例》，作者李丹，《中国近代史及史料研究》2010 年 12 月。

《茅盾论鲁迅的文学创作》，作者李婷、程凯华，《现代语文》2010 年第 34 期。

《茅盾"文革"期间撰写回忆录》，作者祖远，《文史精华》2010 年第 12 期。

《抗战时期的文人流徙与文化传播——以香港为考察中心》，作者陈建宁，《福建论坛（人文社会科学版）》2010 年第 12 期。

《旧时商务印书馆与民国时期公共领域的建构——以茅盾的民间文学研究为例》，作者杨茜、周宏仁，《华北水利水电学院学报（社会科学版）》2010 年第 6 期。

《未卜先知的预言家——浅析〈子夜〉主题》，作者姚荣露，《安徽文学》2010 年第 12 期。

《浅析茅盾散文的艺术特点》，作者韩芳，《才智》2010 年第 36 期。

《"文革"中茅盾在香港出过书吗？》，作者钟桂松，《出版史料》2010 年第 4 期。

《从茅盾笔下的女性形象看茅盾文学翻译对其早期文学创作的影响》，作者姚金艳，《外语教育》2010 年。

《中国现代"作家论"研究综述》，作者吴浪平、别睿，《荆楚理工学院学报》2010 年第 1 期。

《中国现代小说中的知识分子革命者形象》，作者宋琼英，华中师范大学博士论文。

《〈蚀〉：历史的失败者与失败者的历史——"小资产阶级革命者"人物形象的历史分析》，作者陈涛，中央民族大学硕士论文。

《从文艺思潮到艺术方法 ——茅盾与西方现代主义研究》，作者郭志云，福建师范大学硕士论文。

《"五四"前后翻译文学对创作的影响——以茅盾为例》，作者彭玉林，湖南师范大学硕士论文。

《茅盾与〈文学〉月刊》，作者徐文娟，河北师范大学硕士论文。

《茅盾左翼小说的情感特征》，作者于淑卿，山东师范大学硕士论文。

《从政治文化视角透视茅盾小说的政治化倾向》，作者吕新禄，浙江师范大学硕士论文。

《"革命＋恋爱"小说研究 ——古今演变视野下的考察》，作者史元明，复旦大学博士论文。

《左翼小说中的革命女性》，作者郑晓天，复旦大学硕士论文。

《论三十年代作家笔下的妓女形象》，作者孙胜杰，西北师范大学硕士论文。

《茅盾翻译思想与实践研究》，作者李蓓蓓，扬州大学硕士论文。

《三十年代茅盾都市小说的汽车书写》，作者李翠芳，暨南大学硕士论文。

《论王德威的中国现代文学研究》，作者朱晓静，华中师范大学硕士论文。

《20世纪初自然主义在中国的传播及变异学分析》，作者刘军，河南大学硕士论文。

《革命叙事下的隔代对话 ——〈虹〉与〈青春之歌〉比较研究》，作者高丽娜，延边大学硕士论文。

《于"交错"中构建时代最强音——茅盾与延安文艺》，作者张凤，延安大学硕士论文。

《关联—顺应理论视角下茅盾作品中文化负载词的翻译策略研究》，作者李振，南宁师范大学硕士论文。

2011 年

《"矛盾":茅盾与自然主义》,作者李锋伟,《河南师范大学学报(哲学社会科学版)》2011 年第 1 期。

《论茅盾对〈小说月报〉的改革》,作者温蕾,《和田师范专科学校学报》2011 年第 1 期。

《胡风和茅盾》,作者彭燕郊,《源流》2011 年第 1 期。

《另类的"革命＋恋爱"小说——茅盾〈蚀〉三部曲新论》,作者张霞,《边疆经济与文化》2011 年第 1 期。

《第一次文代会对"五四"新文学传统的打造》,作者陈改玲,《解放军艺术学院学报》2011 年第 1 期。

《〈文艺阵地〉对抗战时期文学论争的介入及其理论建构》,作者熊飞宇,《承德民族师专学报》2011 年第 1 期。

《图本茅盾传》,作者孙中田,长春出版社 2011 年 1 月版。

《论茅盾都市新女性形象创作的重大意义》,作者方警春,《福建教育学院学报》2011 年第 2 期。

《茅盾论丁玲的文学创作》,作者程凯华,《邵阳学院学报(社会科学版)》2011 年第 2 期。

《茅盾与谷崎文学的女性审美意识比较》,作者曾真,《求索》2011 年第 2 期。

《浅析茅盾小说对二三十年代中国历史的折射——以〈林家铺子〉为例》,作者李强,《大众文艺》2011 年第 2 期。

《〈子夜〉"主题先行"问题与吴荪甫形象之矛盾》,作者梁竞男、张堂会,《曲靖师范学院学报》2011 年第 2 期。

《文学经典的颜色革命——〈子夜〉接受史中的瞿秋白》,作者傅修海,《重庆师范大学学报(哲学社会科学版)》2011 年第 2 期。

《文学经典与颜色政治——瞿秋白与〈子夜〉的文学史接受》,作者傅修海,《徐州工程学院学报(社会科学版)》2011 年第 2 期。

《茅盾评说八十年》,钱振纲编,文化艺术出版社 2011 年 4 月版。

《写实主义小说的虚构:茅盾,老舍,沈从文》,作者王德威,复旦大学出版社 2011 年 4 月版。

《我的父亲茅盾》,作者韦韬、陈小曼,辽宁人民出版社 2011 年 5 月版。

《茅盾〈蚀〉神话模式的象征和文学史价值》,作者吴向北,《重庆师范大学学报(哲学社会科学版)》2011 年第 3 期。

《茅盾儿童文学翻译的阐释学视角研究》,作者裴慧利、李俊灵,《四川职业技术学院学报》2011 年第 3 期。

《吴奔星与他的〈茅盾小说讲话〉》,作者钟桂松,《出版史料》2011 年第 3 期。

《"易卜生主义":一个一再激起多重反响的"五四"话题》,作者陈方竞,《中山大学学报(社会科学版)》2011 年第 3 期。

《〈文艺阵地〉对中国抗战文学的丰富拾英》,作者熊飞宇,《重庆城市管理职业学院学报》2011 年第 3 期。

《茅盾对"五四"新文学的历史贡献——纪念茅盾逝世 30 周年的思考》,作者丁尔纲,《绍兴文理学院学报(哲学社会科学)》2011 年第 4 期。

《茅盾的晚年——历史及其限制》,作者沈卫威,《山西大学学报(哲学社会科学版)》2011 年第 4 期。

《评茅盾 1949 年前的"鲁迅论"》,作者姬学友,《殷都学刊》2011 年第 4 期。

《论经济伦理视域下茅盾小说创作中的民族资本家形象》,作者易惠霞,《湖南商学院学报》2011 年第 4 期。

《茅盾的功利性选择》,作者郑志慧,《潍坊教育学院学报》2011 年第 7 期。

《"反差不多"论中的"差不多"——以"反差不多"运动中的茅盾与沈从文为中心》,作者刘东方,《山东师范大学学报(人文社会科学版)》2011 年第 4 期。

《茅盾"为人生"文艺观溯源》,作者贾晶晶,《淮北职业技术学院学报》2011 年第 4 期。

《父亲茅盾的书法》,作者韦韬,《出版史料》2011 年第 4 期。

《茅盾〈耶稣之死〉对基督教原典话语的转换与重塑》,作者施学云,《淮北师范大学学报(哲学社会科学版)》2011 年第 4 期。

《桐乡市隆重纪念茅盾先生逝世 30 周年暨〈茅盾墨迹〉首发仪式》,作者王佶,《浙江档案》2011 年第 4 期。

《故乡情 故乡行——茅盾儿子韦韬先生回乡侧记》,作者王佶,《浙江档案》2011 年第 4 期。

《茅盾小说中的女性形象分析》,作者史维波,《文学界(理论版)》2011 年第 4 期。

《黄源与〈茅盾的青少年时代〉》,作者钟桂松,《出版史料》2011 年第 4 期。

《茅盾墨迹》,《出版史料》2011 年第 4 期。

《我所知道的春明书店》,作者俞子林,《出版史料》2011 年第 4 期。

《茅盾批评观念的扬弃——从〈小说月报〉到〈文学〉》,作者田丰,《昆明学院学报》2011 年第 5 期。

《茅盾在〈文学〉上对"五四"作家批评的研究》,作者田丰,《湖州师范学院学报》2011 年第 5 期。

《存在的不完满性与茅盾〈霜叶红似二月花〉的性别建构——兼论〈霜叶红似二月花〉的个体生命存在主题》,作者李玲,《扬子江评论》2011 年第 5 期。

《王嘉良学术文集 第 5 卷:茅盾小说论》,作者王嘉良,上海文艺出版社 2011 年 10 月版。

《王嘉良学术文集 第 6 卷:茅盾艺术范式论》,作者王嘉良,上海文艺出版社 2011 年 10 月版。

《论茅盾翻译的政治维度》,作者朱军,《安徽工业大学学报(社会科学版)》2011 年第 6 期。

《开明书店二十周年纪念活动琐忆》,作者久安,《出版史料》2011 年第 6 期。

《茅盾翻译思想概略》,作者杜家怡,《湖北成人教育学院学报》2011 年第 6 期。

《1940—1970 年代中国主流批评家批评心态解析——以周扬、茅盾、姚文元为个案》,作者黄擎,《东南大学学报(哲学社会科学版)》2011 年第 6 期。

《茅盾小说:政治叙事的两重视角与效应》,作者王嘉良、徐美燕,《天津社会科学》2011 年第 6 期。

《消亡·迷惘·同化——试分析〈子夜〉中传统的载体与象征》,作者孙漫,《剑南文学(经典教苑)》2011 年第 6 期。

《现代文学对五四启蒙现代性的自反性叙事》,作者逄增玉,《厦门大学学报(哲学社会科学版)》2011 年第 6 期。

《人性的"围城"——〈蚀〉三部曲》,作者孙学美,《安徽文学》2011 年第 6 期。

《从经济视角论茅盾小说的当下意义——以"社会剖析三部曲"为例》,作者吕焰伟,《大众文艺》2011 年第 7 期。

《〈腐蚀〉:从小说到电影——谈茅盾的立场》,作者钟桂松,《书城》2011 年第 7 期。

《浅论〈蚀〉三部曲》,作者张玉华,《安徽文学》2011 年第 7 期。

《茅盾小说中的性描写》,作者余斌,《书城》2011 年第 8 期。

《男作家笔下的"娜拉们"》,作者张春田,《书屋》2011 年第 8 期。

《沈雁冰:一段鲜为人知的经历》,作者何立波,《检察风云》2011 年第 8 期。

《民国时期旧体诗词遗风与新旧文学关系》,作者尹奇岭,《文艺评论》2011 年第 8 期。

《〈蚀〉:虚无精神与茅盾小说艺术的诞生》,作者陈姗,《名作欣赏》2011 年第 9 期。

《文学翻译文本的选择——从创造社和文学研究会关于翻译的争论谈起》,作者王占斌、陈海伦,《长春理工大学学报》2011 年第 9 期。

《与三厅失之交臂的几位著名文化人》,作者刘小清,《文史春秋》2011 年第 9 期。

《〈风景谈〉几处遣词的语病分析》,作者曹永军,《文学教育》(上)2011 年第 9 期。

《浅谈大革命失败后茅盾的精神追求和情感体验》,作者于淑卿,《安徽文学》2011 年第 10 期。

《茅盾早期文学思想》,作者宋会贤,《群文天地》2011 年第 10 期。

《〈子夜〉中吴荪甫、赵伯韬矛盾斗争存疑》,作者梁竞男、张堂会,《名作欣赏》2011 年第 11 期。

《沈雁冰：文坛第一个共产党员》，作者文霞，《先锋队》2011年第11期。

《茅盾1949年的尴尬处境》，作者商昌宝，《炎黄春秋》2011年第12期。

《试析吴荪甫的形象》，作者尹静、李国辉，《四川党的建设》2011年第12期。

《〈大地〉与〈春蚕〉中中国乡土民俗比较》，作者卜玉伟、常晓梅，《前沿》2011年第16期。

《茅盾与西方文化接触的历程》，作者马艳，《兰台世界》2011年第17期。

《茅盾左翼小说中小资产阶级知识分子的心路历程》，作者于淑卿，《中国校外教育》2011年第20期。

《延安精神的真切写照——〈风景谈〉赏析》，作者张严，《新湘评论》2011年第21期。

《茅盾创作的〈清明前后〉阐微》，作者武亚军，《中国校外教育》2011年第22期。

《文学大师茅盾的翻译事业与成就》，作者廖红，《兰台世界》2011年第23期。

《〈子夜〉的颓废与现实——兼与陈思和先生商榷》，作者郎秀，《名作欣赏》2011年第27期。

《茅盾小说的非主流倾向与艺术特色》，作者张丽，《教育教学论坛》2011年第30期。

《〈子夜〉对中国民族工业发展叙事之考辨》，作者梁竞男，《名作欣赏》2011年第32期。

《茅盾和老舍都市文学创作观综合比较——以〈子夜〉和〈四世同堂〉为比较核心》，作者崔晓，《名作欣赏》2011年第33期。

《论茅盾小说的文化政治取向》，作者李海龙，《山西财经大学学报》2011年第S4期。

《性情与担当：茅盾的矛盾人生》，作者钟桂松，复旦大学出版社2011年12月版。

《虚无思想与茅盾早期小说》，作者陈姗，山东师范大学硕士论文。

《左翼文学论争中的茅盾（1928—1937）》，作者崔瑛祜，北京大学博士论文。

《"革命文学"论争与阶级文学理论的兴起》,作者张广海,北京大学博士论文。

《〈林家铺子〉电影改编研究》,作者王帆,北京大学硕士论文。

《〈小说月报〉革新期(1921—1922)副文本研究》,作者马鲁纤,河北大学硕士论文。

《茅盾和丁玲小说中都市女性形象的对比》,作者万潇潇,新疆大学硕士论文。

《李长之批评文体研究》,作者蔡青,武汉大学博士论文。

《20世纪上半叶中国神话学史》,作者汪楠,东北师范大学博士论文。

《演绎荒诞,承载希望——茅盾〈蚀〉与马尔罗〈人的境遇〉中的革命比较》,作者毛红丽,西北师范大学硕士论文。

《上海的社会环境对茅盾小说创作的影响》,作者孙永,兰州大学硕士论文。

《论左翼小说叙事方式的演变》,作者顾楠,南京师范大学硕士论文。

2012 年

《茅盾论小说中的人物描写及其当代意义》,作者王卫平、徐立平,《辽宁师范大学学报(社会科学版)》2012年第1期。

《茅盾与革命文学派的"现实"观之争》,作者张广海,《中国现代文学研究丛刊》2012年第1期。

《"旧小说"与茅盾长篇小说的生成》,作者李国华,《中国现代文学研究丛刊》2012年第1期。

《另一种写实主义——茅盾与犹太宗教、自然主义及生命问题》,作者Gal Gvili、明月,《汉语言文学研究》2012年第1期。

《茅盾对未来主义的接受与误读》,作者郭志云,《福建师大福清分校学报》2012年第1期。

《茅盾与"两个口号"论争》,作者崔瑛祜,《中国现代文学研究丛刊》2012年第 1 期。

《茅盾与社会历史批评》,作者孟祥莲,《安徽文学》2012 年第 1 期。

《堕落还是革命:茅盾小说〈虹〉中梅行素形象分析——民国文学研究之一》,作者管兴平,《荆楚理工学院学报》2012 年第 1 期。

《抗战时期〈文艺阵地〉所刊文学精品撮述》,作者张丁、熊飞宇,《濮阳职业技术学院学报》2012 年第 1 期。

《〈小说月报〉忆语》,作者顾冷观、顾晓悦,《扬子江评论》2012 年第 1 期。

《左翼作家的革命叙事下潜隐的现代市民想象》,作者张娟、孙爱琪,《学术探索》2012 年第 1 期。

《非经典时代:文学经典的焦虑与阐释》,作者张良丛,《文艺评论》2012 年第 1 期。

《社会主义文学对"现代派"和形式主义的批判——再读茅盾的〈夜读偶记〉》,作者李海霞,《中国现代文学研究丛刊》2012 年第 2 期。

《茅盾的灵魂解码——〈茅盾文学批评的"矛盾"变奏〉简评》,作者延永刚,《大众文艺》2012 年第 2 期。

《茅盾研究史上一部不可忘却的书——关于伏志英编辑的〈茅盾评传〉》,作者钟桂松,《出版史料》2012 年第 2 期。

《创伤体验与茅盾早期小说》,作者贾振勇,《文学评论》2012 年第 2 期。

《别错过"这艘航母"——茅盾〈子夜〉艺术构思分析》,作者姜春玲,《包头职业技术学院学报》2012 年第 2 期。

《论三十年代的"作家论"写作热》,作者李雯婷、傅宗洪,《群文天地》2012 年第 2 期。

《茅盾研究(第十一辑)》,中国茅盾研究会编,新加坡文艺协会 2012 年 3 月版。收录的论文有:

《五四新文学革命与建设和茅盾的历史定位——纪念茅盾逝世三十周年》,作者丁尔纲。

《独特而又多样的文学风格——论茅盾的文学风格》,作者庄钟庆。

《不可磨灭的历史贡献》,作者李岫。

《茅盾人格事业的当今意义》,作者李庶长。

《茅盾及现代文学的经典意义》，作者刘勇、张弛。

《茅盾——春天预言家的大爱襟抱》，作者李广德。

《真实性与陌生化——茅盾文学创作的当代意义》，作者李刚。

《未尝敢忘记了文学的社会意义——茅盾的文学观念及其当下启示》，作者程金芝。

《茅盾在东南亚华文文学世界》，作者王丹红。

《中学语文新课程标准实验教材与茅盾》，作者魏洪丘。

《1921—1923：中国雅俗文坛的分道扬镳与各得其所——兼论茅盾、郑振铎等早期对通俗文学所持的观点》，作者范伯群。

《论茅盾对鸳鸯蝴蝶派的批评及其意义》，作者谢晓霞。

《论茅盾对鸳鸯蝴蝶派的批评及其当代意义》，作者石志浩。

《青年茅盾和对加百利 邓南遮的第一篇中文研究——对中国文学颓废的探求》，作者马利安·高利克，马浩叶译。

《茅盾"女作家论"中的性别因素》，作者乔以钢、李振。

《茅盾与"文艺自由论辨"》，作者崔英祜。

《试论五四时期"新浪漫主义"在文艺进化史上的意义——兼谈1920年代初沈雁冰和胡愈之之间文学理论的互动》，作者李保高。

《表现主义的诱惑——茅盾与西方现代主义文学思潮探源之一》，作者郭志云。

《试论茅盾文学评论的特色及其当代意义》，作者李标晶。

《论茅盾的翻译理论》，作者李清娣。

《贯通古今文学的研究典范——茅盾的中国古代文学研究个性》，作者苏永延。

《茅盾和他的神话研究》，作者张中。

《茅盾小说中的小城写作》，作者赵冬梅。

《茅盾小说的传播与接收》，作者金鑫。

《茅盾〈蚀〉神话模式的象征和文学史价值》，作者吴向北。

《茅盾〈动摇〉中的性启蒙、民众暴力与身体惩罚模式》，作者宋学清、姜子华。

《"青年成长"与现代"诗史"小说——茅盾〈虹〉简论》,作者陈建华。

《"从自由主义到集团主义"——论〈虹〉与茅盾的心灵形式》,作者李国华。

《政治理念与小说形式的结合:论〈子夜〉模式》,作者苏敏逸。

《〈子夜〉:感性生命力和理性生命力的纠结》,作者贾振勇。

《〈春蚕〉中桑拳发芽描写可作多种解释——与李国建先生商榷》,作者孙智良。

《存在的不完满性与〈霜叶红似二月花〉的性别建构——兼论〈霜叶红似二月花〉的个体生命存在主题》,作者李玲。

《艺术性、功利性、大众化——论茅盾的戏剧观》,作者杨迎平。

《不以诗篇惊后世,偶然"志感"亦行家——试析茅盾旧体诗的情感意蕴》,作者隋清娥。

《茅盾书法　永存人间》,作者许波。

《略论"师者"茅盾先生》,作者李继凯。

《茅盾"懦弱"吗——从茅盾的几件事说起》,作者钟桂松。

《最早的党员作家沈雁冰忠诚党的事业论》,作者欧家斤。

《尴尬与检讨:文化部长茅盾1949年后鲜为人知的遭际》,作者商昌宝。

《千古生辉的文坛厚谊——初论茅盾与姚雪垠的交往》,作者万树玉。

《周文与茅盾——从新发现的周文早年书信说起》,作者孔海珠。

《茅盾与文协》,作者邓牛顿。

《茅盾诗词闻见散记四题》,作者陆哨林。

《茅公佚简浅疏》,作者许建辉。

《茅盾的一篇谈出版的佚文》,作者钟桂松。

《关于新发现的〈茅盾的两篇小故事〉》,作者李甡,

《一片丹心照汗青——茅盾最后一方印章征集札记》,作者潘亚萍。

《张闻天和沈泽民》,作者张勤龙。

《茅盾评说史的回顾与思考》,作者钱振纲。

《一个时间问题献疑——从"茅盾学"大视野试谈茅盾研究起点的一点浅见》,作者沈冬芬。

《〈革命与形式〉序》，作者吕正惠。

《〈革命与形式〉修订版后记》，作者陈建华。

《〈茅盾小说论〉内容简介》，作者毛惠。

《在纪念茅盾逝世 30 周年全国第九届茅盾研究学会研讨会上的致辞》，作者沈海明。

《纪念学习弘扬茅盾——全国第九届茅盾研究学会研讨会开幕式致辞》，作者万树玉。

《茅盾逝世 30 周年暨第九届茅盾研究学术讨论会闭幕词》，作者庄钟庆。

《开掘茅盾文学遗产的当代意义——全国第九届茅盾研究学术研讨会述评》，作者李刚。

《全国第九届茅盾研究学术研讨会在桐乡举行》，作者石志浩。

《文本中的历史与历史中的文本——论茅盾三篇农民起义题材的历史小说》，作者张霞，《西华师范大学学报（哲学社会科学版）》2012 年第 3 期。

《论岛崎藤村与茅盾的文学关系》，作者张剑，《文学教育》（中）2012 年第 3 期。

《茅盾作品出版传播风波》，作者钟桂松，《出版史料》2012 年第 3 期。

《台湾所见“国民党特种档案”中有关茅盾的材料》，作者杨扬，《新文学史料》2012 年第 3 期。

《茅盾故乡方言成语的魅力》，作者俞允海，《常州工学院学报（社科版）》2012 年第 3 期。

《我国现代作家选集中的经典（下）——开明书店出版的“新文学选集”》，作者商金林，《出版史料》2012 年第 3 期。

《论〈子夜〉中的颓废色彩》，作者钟新良，《中南林业科技大学学报（社会科学版）》2012 年第 3 期。

《经济·文学·历史——〈春蚕〉文本的三个维度》，作者李哲，《文学评论》2012 年第 3 期。

《走向现实的中国新文学——欧洲中国现代文学译介、研究管窥》，作者宋绍香，《国外社会科学》2012 年第 3 期。

《中国现代作家的神话创作研究》,作者张岩,《辽宁师范大学学报(社会科学版)》2012年第3期。

《论〈子夜〉中的商人》,作者林盼盼,《湘潮(下半月)》2012年第3期。

《茅盾笔下的大后方》,作者王学振,《重庆师范大学学报(哲学社会科学版)》2012年第4期。

《茅盾在〈文学〉上批评的历史语境及对其批评的影响》,作者田丰,《昆明学院学报》2012年第4期。

《从防空洞中走出来的"时代女性"——论茅盾小说〈腐蚀〉中的赵惠明》,作者梁竞男,《曲靖师范学院学报》2012年第4期。

《茅盾谈电影剧本〈鲁迅传〉的两则佚文考》,作者葛涛,《中国现代文学研究丛刊》2012年第4期。

《茅盾创作〈子夜〉受到中国社会性质论战的影响》,作者卢晓霞,《桂林师范高等专科学校学报》2012年第4期。

《中国现代期刊编辑的先行者——论茅盾主编〈小说月报〉期间的编辑思想》,作者高云书,《编辑学刊》2012年第4期。

《为了历史的尊严——鲁迅茅盾致红军"贺电""贺信"何"谜"之有》,作者阎纯德,《中国文化研究》2012年第4期。

《1936年鲁迅茅盾致中共中央来信考释析疑》,作者黄玉杰,《中国文化研究》2012年第4期。

《〈鲁迅茅盾致红军贺信〉的考定——兼评倪墨炎"贺信伪造说"》,作者阎愈新,《中国文化研究》2012年第4期。

《充满诱惑的尤物悲歌——对茅盾〈子夜〉中女性形象的分析》,作者吴莉斯,《黄石理工学院学报(人文社会科学版)》2012年第4期。

《关于茅盾流亡日本一事》,作者钟桂松,《书城》2012年第4期。

《鲁迅、胡适与茅盾对〈玩偶之家〉解读之比较——兼及三人"五四"时期女性解放思想》,作者杨新刚,《鲁迅研究月刊》2012年第4期。

《倪墨炎谈鲁迅、茅盾致红军信》,作者陈漱渝,《中国文化研究》2012年第4期。

《再谈中国学派的文学翻译理论》,作者许渊冲,《中国翻译》2012年第

4 期。

《现实主义文学在当代》，作者杨小兰，《文艺争鸣》2012 年第 4 期。

《巨匠诞生——茅盾》，作者王学均，安徽教育出版社 2012 年 9 月版。

《茅盾文学批评的基本特征》，作者董蕾，《安康学院学报》2012 年第 5 期。

《抗战时期茅盾对新疆文艺发展的意见》，作者郑亚捷，《中国现代文学研究丛刊》2012 年第 5 期。

《启蒙现代性的"矛盾"书写——兼论茅盾的报告文学话语》，作者王伟，《辽东学院学报（社会科学版）》2012 年第 5 期。

《被忽视的茅盾对红学的贡献》，作者古耜，《博览群书》2012 年第 5 期。

《实存的生活和想象的文学：〈蚀〉三部曲分析——民国文学研究之二》，作者管兴平，《长江大学学报（社会科学版）》2012 年第 5 期。

《审美艺术与社会评论契合的经典》，作者王志红，《濮阳职业技术学院学报》2012 年第 5 期。

《浅谈中国神话的历史化与中国历史的神话化》，作者朱晓舟，《中华文化论坛》2012 年第 5 期。

《论茅盾的中国神话观》，作者张海鹏，《赤峰学院学报（汉文哲学社会科学版）》2012 年第 6 期。

《茅盾"上海现代性"书写》，作者肖奇，《文学界（理论版）》2012 年第 6 期。

《商务印书馆时期茅盾编辑思想初探》，作者张舟子，《编辑学刊》2012 年第 6 期。

《茅盾的"冷热"两重天》，作者商昌宝，《文学自由谈》2012 年第 6 期。

《含蓄的语言表达丰富的内涵——论茅盾〈风景谈〉的语言特色》，作者韩明睿，《北方文学（下半月）》2012 年第 6 期。

《近代经济史视野下的〈子夜〉文学创作——以南京国民政府早期公债为中心的考察》，作者李丹，《东岳论丛》2012 年第 6 期。

《大陆与台湾当代乡土小说语言比较论》，作者张卫中，《创作与评论》2012 年第 6 期。

《论茅盾中国神话研究的理论贡献及局限性》，作者张海鹏，《赤峰学院学报（汉文哲学社会科学版）》2012 年第 7 期。

《作为编辑的文学家——从茅盾和〈小说月报〉谈起》，作者晋海学，《商丘师范学院学报》2012年第8期。

《茅盾视阈中的女性解放问题》，作者佘铮，《文学教育》（上）2012年第8期。

《吴荪甫形象再认识》，作者梁东燕，《文学界（理论版）》2012年第8期。

《神话的还是历史的？——论茅盾神话小说的艺术追求》，作者张岩，《中国现代文学研究丛刊》2012年第9期。

《茅盾为顾仲起诗集写序》，作者钦鸿，《博览群书》2012年第9期。

《谈"吴荪甫"和"周朴园"历史宿命的互补性》，作者刘艳宗，《大舞台》2012年第9期。

《茅盾点染〈李自成〉》，作者杨建民，《党史博采》（纪实）2012年第10期。

《"编辑对中国现代文学影响"的研究述评》，作者石晶晶，《文学界（理论版）》2012年第10期。

《油滑与理论：鲁迅与茅盾"左联"时期创作的不同取向》，作者聂国心，《广西社会科学》2012年第11期。

《茅盾之弟沈泽民的革命文学生涯》，作者何立波，《文史春秋》2012年第11期。

《〈家〉与〈子夜〉女性形象比较研究》，作者杨晓寒，《剑南文学（经典教苑）》2012年第11期。

《茅盾与张爱玲的都市小说比较》，作者庞华，《剑南文学》2012年第12期。

《"底"的表征——对"人的文学"的一种侧面考察》，作者施龙，《中国现代文学研究丛刊》2012年第12期。

《叙事角度下对茅盾小说的赏析》，作者王芙蓉，《语文建设》2012年第14期。

《论〈林家铺子〉的戏剧审美效果》，作者曾洪军，《名作欣赏》2012年第17期。

《双重土壤滋养出的奇葩——从〈蚀〉和〈野蔷薇〉出发浅谈茅盾的"社会剖析"》，作者葛天逸，《才智》2012年第18期。

《上个世纪二三十年代茅盾对狄更斯的接受》，作者胡全新，《前沿》2012年第 20 期。

《珠玉在前 难以颉颃——评〈霜叶红似二月花〉续稿》,作者康新慧,《名作欣赏》2012 年第 20 期。

《论卢卡奇的小说理论和中国革命小说的史诗性诉求》,作者盛翠菊、董诗顶,《淮海工学院学报(人文社会科学版)》2012 年第 21 期。

《马克思主义文学叙事中国化过程中的悲剧叙事探索——以〈子夜〉为个案》,作者雷世文,《名作欣赏》2012 年第 23 期。

《重温一段独异的评述:郑学稼论茅盾》,作者熊飞宇,《重庆科技学院学报(社会科学版)》2012 年第 24 期。

《寂寞茅盾》,作者李洁非,《领导文萃》2012 年第 24 期。

《茅盾》,作者沈卫威,中国青年出版社 2012 年 12 月版。

《茅盾的青少年时代》,作者蔡震,河北人民出版社 2012 年 12 月版。

《跨越时空的承袭 ——"都市革命"视野下的〈三家巷〉与〈子夜〉比较论》,作者黄贤君,暨南大学硕士论文。

《茅盾主编〈汉口民国日报〉时期的编辑思想探析》,作者李慧芳,河北大学硕士论文。

《赛珍珠〈大地三部曲〉中农民与土地关系的变迁》,作者王娟,湖南师范大学硕士论文。

《论茅盾文学创作中的颓废色彩》,作者钟新良,湖南师范大学研究硕士论文。

《论中国现代小说中的"乡绅"形象》,作者魏欢,天津师范大学硕士论文。

《茅盾小说的原型解读》,作者杨群,西南大学硕士论文。

《20 世纪中国文学中的贞节观》,作者程春梅,山东大学博士论文。

《中国现代作家批评与中国现代文学意识》,作者吴浪平,华中师范大学博士论文。

《茅盾和祖尔东·萨比尔的农村小说比较研究》,作者陈风岭,伊犁师范学院硕士论文。

《以库恩译〈子夜〉为例论翻译中的文化误读现象》,作者李婷,四川外语学院硕士论文。

《〈中国新文学大系(1917—1927)·小说集·导言〉研究》,作者刘喆,郑州大学硕士论文。

《贵州抗战文化与文学研究》,作者谢廷秋,华中师范大学博士论文。

《中国现代文学批评史中的作家论研究》,作者刘啸,上海师范大学硕士论文。

2013 年

《弱小民族文学的译介和圣化——以五四时期茅盾的翻译选择为例》,作者陆志国,《外语教学理论与实践》2013 年第 1 期。

《茅盾神话研究探析》,作者汪楠,《长春金融高等专科学校学报》2013 年第 1 期。

《翻译与小说创作的"同构性"——以茅盾译文〈他们的儿子〉和〈蚀〉中的女性描写为例》,作者陆志国,《外国语文》2013 年第 1 期。

《茅盾的翻译活动探析》,作者胡春琴,《兰台世界》2013 年第 1 期。

《陈芬尧和他的评点本〈林家铺子〉》,作者丁尔纲,《绍兴文理学院学报(哲学社会科学)》2013 年第 1 期。

《摇摆于身份与情感间——〈子夜〉中范博文形象》,作者尹清丽,《宜宾学院学报》2013 年第 1 期。

《爱伦·坡名诗〈乌鸦〉的早期译介与新文学建设》,作者王涛,《南京师范大学文学院学报》2013 年第 1 期。

《中国现代作家为何创作古老神话》,作者张岩,《南都学坛》2013 年第 1 期。

《茅盾 1949 年后误读与曲解鲁迅考论》,作者商昌宝,《湘潭大学学报(哲学社会科学版)》2013 年第 2 期。

《从〈小说月报〉看茅盾、郑振铎和叶圣陶编辑风格的差异》,作者白长燕,《编辑学刊》2013 年第 2 期。

《谈茅盾抒情散文的象征性》,作者温璧赫,《辽宁师专学报(社会科学版)》2013 年第 2 期。

《从文学场视角透视茅盾与太阳社、创造社间的革命文学论争》，作者田丰，《湖北师范学院学报（哲学社会科学版）》2013年第2期。

《历史现场：茅盾在"反右"运动中》，作者商昌宝，《扬子江评论》2013年第2期。

《一个江南蚕桑区村落民众之年度时间生活——以茅盾小说〈春蚕〉、〈秋收〉、〈残冬〉为主线的探讨》，作者王加华，《中国社会经济史研究》2013年第2期。

《茅盾在香港》，作者刘小清、刘晓滇，《文史春秋》2013年第2期。

《涌动在〈子夜〉表层叙述下的多角恋爱民间结构》，作者辛玲，《太原师范学院学报（社会科学版）》2013年第2期。

《茅盾五四伊始的翻译转向：布迪厄的视角》，作者陆志国，《解放军外国语学院学报》2013年第2期。

《上海四川北路那些个文化人》，作者袁鹰，《民主》2013年第2期。

《茅盾的青少年时代（图文版）》，作者钟桂松，海燕出版社2013年4月版。

《茅盾的社会生活与文学创作》，作者戈铮，东北师范大学出版社2013年5月版。

《茅盾评传》，作者钟桂松，南京大学出版社2013年5月版。

《特定文化语境与现实主义创作范型——论茅盾的"创作模式"及对其的评价》，作者王嘉良，《河北学刊》2013年第3期。

《百年呼唤"大师"难成真的时代性忧思——以茅盾、巴金、老舍为例》，作者刘同般，《学术探索》2013年第3期。

《作为认同构造的现代文学"乡土"——以乡土小说派、茅盾、沈从文为核心》，作者李丹梦，《南方文坛》2013年第3期。

《"划时代的作品"：抽丝剥茧读〈春蚕〉》，作者尹捷，《中国现代文学研究丛刊》2013年第3期。

《1949年之后中国现代长篇小说修改的困境及影响——以茅盾及〈子夜〉的修改为中心》，作者李城希，《文学评论》2013年第3期。

《新浪漫与国民性——1930年代民族主义文学的方法问题及其他》，作者姜飞，《文艺争鸣》2013年第3期。

《文学与历史——留下抗战前夕逼真社会面影的〈中国的一日〉》,作者吴福辉,《汉语言文学研究》2013年第3期。

《〈文艺报〉批判萧也牧事件探析》,作者童欣,《当代作家评论》2013年第3期。

《关于〈日文研究〉杂志——与左联东京支部文艺运动之关联》,作者北冈正子、李冬木,《东岳论丛》2013年第3期。

《1950—1970年代的"现代派"遗产——重读〈夜读偶记〉》,作者李建立、王继军,《山西大学学报(哲学社会科学版)》2013年第3期。

《杜衡与〈现代〉杂志及写实主义》,作者葛飞,《南京师范大学文学院学报》2013年第3期。

《文学创作和翻译文学的互动》,作者高诗萌,《群言》2013年第3期。

《中国现代文化名人评传丛书——茅盾评传》,作者钟桂松,南京大学出版社2013年5月版。

《大家茅盾》,作者桑逢康,社会科学文献出版社2013年7月版。

《茅盾研究(第十二辑)》,中国茅盾研究会编,新加坡文艺协会2013年7月版。收录的论文有:

《20世纪中国文化语境与茅盾的文化选择》,作者王嘉良。

《茅盾对新文化的贡献》,作者万树玉。

《茅盾与庄子》,作者李明。

《同一个城市,不同的阅读》,作者隋清娥。

《理想蓝图与现实世界:茅盾构想与遭际的新中国》,作者商昌宝。

《接受视阈中的经典建构——以现代文学史及相关研究对茅盾的接受为例》,作者周惠。

《民国经济危机与30年代经济题材小说》,作者邬冬梅。

《都市叙事的偏爱——论茅盾与未来主义》,作者郭志云。

《茅盾作品中的民俗因素》,作者毛海莹。

《茅盾论文人、文学的本质及其功能》,作者高利克。

《社会转型时期的历史画卷——纪念茅盾〈霜叶红似二月花〉创作70周年》,作者钟桂松。

《经济·文学·历史——〈春蚕〉文本的三个维度》，作者李哲。

《〈创造〉与"现实主义激情"》，作者李刚。

《〈蚀〉三部曲初版本与全集本对校记》，作者罗维斯。

《论茅盾小说创作中的思想表达与审美诉求之间的矛盾冲突》，作者刘阳扬。

《近六七年来茅盾研究（论著部分）述评》，作者沈冬芬。

《高屋建瓴，深入浅出——评陈芬尧的评点本〈林家铺子〉》，作者丁尔纲。

《学术生命的基座——从研读〈忆茅公〉到创作〈茅盾评说〉》，作者欧家斤。

《您还活着——怀念中国文坛的先驱茅盾》，作者陆哨林。

《杂谈乌镇香市》，作者汪家荣。

《克己奉公的茅盾》，作者徐春雷。

《乌镇行》，作者赵冬梅。

《乌镇行》，作者李明。

《走进桐乡　走进无限风光》，作者桐宣。

《庄钟庆〈茅盾的文学风格〉获各界关注及好评》，作者正基。

《庄钟庆主编〈茅盾研究丛书〉》，作者严俨。

《钟桂松〈悠悠岁月——茅盾与共和国领袖交往实录〉》，作者毛惠。

《钟桂松〈性情与担当——茅盾的矛盾人生〉》，作者毛惠。

《钟桂松〈茅盾书话〉》，作者毛惠。

《钟桂松〈茅盾和他的女儿〉》，作者毛惠。

《钟桂松〈延安四年（1942—1945）〉〈沈霞日记〉》，作者毛惠。

《王嘉良〈艺术范型与审美品性——论茅盾的创作艺术与审美理论建构〉》，作者毛惠。

《钱振纲〈茅盾评说八十年〉》，作者卫东。

《茅盾研究的特色——简介郑楚的〈茅盾丁玲与新文学主潮〉》，作者严俨。

《茅盾传略》，作者高利克、茅盾，《现代中文学刊》2013 年第 4 期。

《茅盾的文学翻译标准及方法探析》，作者吴丽聪，《重庆电子工程职业学院学报》2013年第4期。

《茅盾的任职与解职》，作者商昌宝，《文学自由谈》2013年第4期。

《茅盾小说和剧本在民国时期的被查禁》，作者吴效刚，《南京师范大学文学院学报》2013年第4期。

《"不宜要我写"——〈人民文学〉刊头的改换》，作者冯锡刚，《同舟共进》2013年第4期。

《〈译林〉一期而终》，作者余冰，《寻根》2013年第4期。

《〈蚀〉和〈莎菲女士的日记〉女性形象比较》，作者桂璐璐，《新余学院学报》2013年第4期。

《"客厅文化"——〈子夜〉的独特视角》，作者张柏林，《枣庄学院学报》2013年第4期。

《革命文学的现实主义与崇高美学——由〈蚀〉三部曲所引发的论战谈起》，作者李跃力，《文史哲》2013年第4期。

《20世纪30年代都市小说研究综述》，作者潘旭科，《忻州师范学院学报》2013年第4期。

《论〈林家铺子〉的写作艺术》，作者唐艺嘉，《淮北职业技术学院学报》2013年第4期。

《大手笔写小广告——现代作家的文学广告创作》，作者胡明宇，《中国广告》2013年第4期。

《试论〈子夜〉中的经济学》，作者卢晓霞，《商》2013年第4期。

《茅盾小说历史叙事研究》，作者梁竞男、康新慧，中国社会科学出版社2013年10月版。

《现代性的恐惧与诱惑——茅盾小说的创作歧思及其文化意味》，作者徐秀明，《杭州师范大学学报（社会科学版）》2013年第5期。

《茅盾与太阳社、创造社间的论争缘起及观念罅隙》，作者田丰，《延安大学学报（社会科学版）》2013年第5期。

《茅盾与〈文心雕龙〉——兼论中国现代文论与批评的"民族性"问题》，作者权绘锦，《山西师大学报（社会科学版）》2013年第5期。

《论茅盾小说的理性思维模式》,作者秦子涵,《延安职业技术学院学报》2013 年第 5 期。

《父亲周楞伽与茅盾先生的交往》,作者周允中,《书屋》2013 年第 5 期。

《地域文化背景与作家的文学个性差异——吴越文化视域中的鲁迅与茅盾》,作者鲁雪莉、王嘉良,《绍兴文理学院学报(哲学社会科学)》2013 年第 5 期。

《新中国文学的预设与建构——以〈茅盾文集〉(人文版)的编纂为例》,作者王应平,《文艺理论与批评》2013 年第 5 期。

《茅盾与电影〈武训传〉批判》,作者商昌宝,《文史精华》2013 年第 5 期。

《中国古典文献中神话散佚原因研究述评——以鲁迅、茅盾、胡适、顾颉刚等人的研究为例》,作者孙彩霞,《郑州师范教育》2013 年第 5 期。

《〈腐蚀〉的几度沉浮》,作者商昌宝,《文学自由谈》2013 年第 5 期。

《论〈文艺阵地〉的编辑策略》,作者罗建周,《商洛学院学报》2013 年第 5 期。

《论"五·四"时期的翻译》,作者赵稀方,《阅江学刊》2013 年第 5 期。

《"战后"上海文坛:以〈太太万岁〉的批判为个案》,作者巫小黎,《现代中文学刊》2013 年第 5 期。

《"时代女性":镜像与自我——论茅盾〈蚀〉三部曲的创作心理》,作者宋宁,《菏泽学院学报》2013 年第 6 期。

《论爱伦凯与茅盾女性观与创作的影响》,作者张鹏燕,《河南师范大学学报(哲学社会科学版)》2013 年第 6 期。

《对民国时期茅盾等作家小说中资本叙述的一种解读》,作者吴效刚,《兰州大学学报(社会科学版)》2013 年第 6 期。

《蒋光慈后革命写作的策略性——论〈冲出云围的月亮〉对茅盾〈蚀·追求〉的逆写》,作者高俊杰,《现代中文学刊》2013 年第 6 期。

《鲁迅与茅盾对"五四"新文化的不同理解》,作者聂国心,《山西师大学报(社会科学版)》2013 年第 6 期。

《论茅盾建国前的文学美学思想》,作者孙殿玲、张启阳,《沈阳师范大学学报(社会科学版)》2013 年第 6 期。

《〈创造〉与"现实主义激情"》，作者李刚，《长治学院学报》2013 年第 6 期。

《左翼文学的丰碑——再论〈子夜〉》，作者田原，《理论与当代》2013 年第 6 期。

《论 20 世纪上海书写的文学范式与图景》，作者郭传梅，《盐城师范学院学报（人文社会科学版）》2013 年第 6 期。

《新小说意识形态性观念的近现代建构》，作者吴矛，《江汉大学学报（社会科学版）》2013 年第 6 期。

《现代知识分子的乡土姿态论述》，作者汪晴，《唐山师范学院学报》2013 年第 6 期。

《中国现代作家神话意识的生成》，作者张岩，《求索》2013 年第 6 期。

《革命文学的命名、论争与茅盾〈文凭〉的翻译》，作者陆志国，《商丘师范学院学报》2013 年第 7 期。

《废纸上的茅盾手稿》，作者沈伟光，《兰台世界》2013 年第 7 期。

《略论茅盾三十年代的乡土小说创作》，作者刘阳扬，《创作与评论》2013 年第 8 期。

《茅盾编辑生涯的创新精神与战斗情怀》，作者谭笑珉，《中国出版》2013 年第 9 期。

《从写实主义到新浪漫主义：茅盾的译介话语分析》，作者陆志国，《洛阳师范学院学报》2013 年第 10 期。

《周瘦鹃、茅盾与 20 年代初新旧文学论战（上）》，作者陈建华，《上海文化》2013 年第 11 期。

《浅析〈子夜〉更名所蕴含的文字学意义》，作者李艳，《学理论》2013 年第 11 期。

《"大系"里的"小文章"——读〈1917—1927 中国新文学大系导言集〉》，作者闫美景，《成都师范学院学报》2013 年第 11 期。

《二十世纪中国仙话研究述评》，作者贾利涛，《文学教育》（中）2013 年第 11 期。

《茅盾儿童文学编译中的主题重构探析》，作者王彬，《出版发行研究》2013 年第 12 期。

《论 20 世纪后期中国文学的神秘书写》，作者肖太云，《文艺争鸣》2013 年第 12 期。

《从〈白杨礼赞〉看茅公笔法》，作者叶乃初，《写作》2013 年第 12 期。

《北京名人故居的现状与保护》，作者党洁，《重庆科技学院学报（社会科学版）》2013 年第 12 期。

《40 年代后期国民党政府对纪实文学的查禁》，作者吴效刚，《文学教育》2013 年第 12 期。

《茅盾的文学翻译生涯与成就》，作者田甜，《兰台世界》2013 年第 13 期。

《茅盾先生对西方文学的译介》，作者贾晓刚，《兰台世界》2013 年第 13 期。

《日记体小说〈腐蚀〉的影像化：谈黄佐临的电影改编》，作者田莹、成诚，《学理论》2013 年第 17 期。

《从〈风景谈〉谈写作背景对阅读理解的影响》，作者刘立平，《中国校外教育》2013 年第 17 期。

《革命叙事中的矛盾——论〈蚀〉三部曲中的女"性"》，作者林小叶，《名作欣赏》2013 年第 18 期。

《茅盾〈农村三部曲〉的叙事结构》，作者徐美容，《名作欣赏》2013 年第 27 期。

《茅盾小说的政治色彩》，作者张彩红，《名作欣赏》2013 年第 27 期。

《茅盾早期小说中的身体叙事研究》，作者刘一欣，浙江大学硕士论文。

《论现代中国文学中民族资本家形象及其当下意义》，作者宋茜茜，山东师范大学硕士论文。

《茅盾和李无影农村小说比较研究》，作者吴佳妮，烟台大学硕士论文。

《萧红批评之批评》，作者石颖，牡丹江师范学院硕士论文。

《茅盾长篇小说词汇研究》，作者张小娜，河北大学硕士论文。

《茅盾与中国革命》，作者莫春红，延安大学硕士论文。

《拨开尘封的历史迷雾 还原论争的事相本真——茅盾与太阳社、创造社间的革命文学论争研究》，作者田丰，河北师范大学硕士论文。

《革命语境中的上海叙事 ——〈子夜〉与〈上海的早晨〉比较研究》，作者张伟涛，延边大学硕士论文。

《论茅盾〈子夜〉对托尔斯泰〈战争与和平〉的创造性接受》,作者王芬芬,南昌大学硕士论文。

《近百年江浙文人书法研究》,作者江平,中国美术学院博士论文。

《从鲁迅到袁珂——现代中国神话学意识的演进》,作者高漫,湖南师范大学硕士论文。

《茅盾小说两极阅读现象研究》,作者向晨蔚,广西民族大学硕士论文。

《"从电影到文学"的试验 ——论左翼文学影像化叙事》,作者邵衡,广西民族大学硕士论文。

《中国现代小说意识形态性叙事个案分析》,作者吴矛,武汉大学博士论文。

《20 世纪上半期中国的"苏俄通讯"研究》,作者杨丽娟,扬州大学博士论文。

《〈子夜〉的现代性追求及多重缺失》,作者李巧智,辽宁大学硕士论文。

《民初至"五四"时期茅盾翻译策略与翻译体裁对比研究——从勒夫菲尔意识形态、赞助人、诗学翻译理论的角度出发》,作者潘婧颖,西南财经大学硕士论文。

《论茅盾建国前的文学美学思想》,作者张启阳,沈阳师范大学硕士论文。

《摩登上海的红色革命传播——以中共出版人的社会生活实践为例(1920—1937)》,作者杨卫民,上海大学博士论文。

《多维视野下的民族工商叙事 ——以〈子夜〉〈上海的早晨〉〈第二十幕〉为例》,作者王颖,海南师范大学硕士论文。

2014 年

《访谈录:茅盾抗战流离生活掇记》,作者孔海珠,《新文学史料》2014 年第 1 期。

《回到〈讲话〉接受史现场——以茅盾为考察中心》,作者商昌宝,《齐鲁学刊》2014 年第 1 期。

《规训与重塑——革命文学论争对茅盾文学观念转变的深远影响》,作者田丰,《广州大学学报（社会科学版）》2014年第1期。

《"道不合,不相与谋"——茅盾与胡风论》,作者商昌宝,《鲁迅研究月刊》2014年第1期。

《周瘦鹃、茅盾与20年代初新旧文学论战（中）》,作者陈建华,《上海文化》2014年第1期。

《朱德发文集（第一卷）,五四文学初探 茅盾前期文学思想散论》,作者朱德发,山东人民出版社2014年1月版。

《茅盾先生晚年》,作者商昌宝,河北人民出版社2014年1月版。

《茅盾文学翻译的重大成果及历史贡献》,作者张韶华,《兰台世界》2014年第4期。

《重读〈春蚕〉》,作者黄蕾,《中国现代文学研究丛刊》2014年第2期。

《茅盾文学批评的嬗变——在实际评论与文学创作的双向建构中的矛盾》,作者张娜,《名作欣赏》2014年第3期

《满纸云烟风流事 茅盾复袁良骏书信浅考》,作者王双强,《东方藏品》2014年第2期。

《把心沉在人民中间——回忆茅盾先生和茹志鹃女士》,作者杨建平,《太湖》2014年第1期。

《试论谷崎润一郎〈痴人的爱〉与茅盾〈创造〉的比较》,作者汪星,《青年文学家》2014年第2期。

《茅盾全集》（42卷）,钟桂松主编,黄山书社2014年3月出版。

《血火中的文化脊梁》,作者章绍嗣、章倩砺,湖北人民出版社2014年4月版。

《20年代社会状貌的回溯与展示——茅盾〈霜叶红似二月花〉主题新探》,作者康新慧,《山花》2014年第4期。

《忘却创伤:文化精英在"文革"及其后的失语——以茅盾为考察中心》,作者商昌宝,《扬子江评论》2014年第1期。

《论茅盾的编辑思想及其当代意义》,作者陈桂良、李首鹏,《金华职业技术学院学报》2014年第2期。

《从〈林家铺子〉解读茅盾作品的结构特色》,作者张钱,《芒种》2014年第

6 期。

《小议茅盾作品中的理性思维》，作者李雪梅，《文学教育》2014 年第 3 期。

《乌镇与茅盾故居——清朗瘦硬的茅盾书法》，作者吴勇，《七彩语文》2014 年第 3 期。

《周瘦鹃、茅盾与 20 年代初新旧文学论战（下）》，作者陈建华，《上海文化》2014 年第 3 期。

《文艺理论与创作的永远课题——读茅盾最后 8 篇论文》，作者闫奇男，《贺州学院学报》2014 年第 1 期。

《茅盾小说创作的开端》，作者孔庆东、王适文，《广西师范学院学报（哲学社会科学版）》2014 年第 2 期。

《胡风与茅盾的人格特征——从〈七月〉与〈文艺阵地〉的办刊角度进行梳理》，作者张玲丽，《宜宾学院学报》2014 年第 3 期。

《茅盾和贾平凹的乡土小说对比研究》，作者彭琳珺，《文学教育》2014 年第 3 期。

《〈子夜〉的删节本和翻印本》，作者肖进，《中国现代文学研究丛刊》2014 年第 4 期。

《"热情的呐喊者"——担任〈小说月报〉主编时期的茅盾》，作者端传妹，《南京师范大学文学院学报》2014 年第 4 期。

《茅盾看〈红旗谱〉》，作者钟桂松，《文艺报》2014 年 4 月 23 日。

《象征主义视角下对〈子夜〉的解读》，作者张进，《鸭绿江》2014 年第 4 期。

《"革命文学"之为何及其路径——茅盾与太阳社、创造社论争的核心》，作者田丰，《中南大学学报（社会科学版）》2014 年第 2 期。

《城乡对立交接中的"死亡传统"——茅盾〈子夜〉与纳张元〈鸡头〉的一种比较》，作者王天祥，《曲靖师范学院学报》2014 年第 4 期。

《审查、场域与译者行为：茅盾 30 年代的弱小民族文学译介》，作者陆志国，《外国语文》2014 年第 4 期。

《互文性视阈下的茅盾历史小说研究》，作者田丰，《扬州大学学报（人文社会科学版）》2014 年第 4 期。

《空间形式与现代作家的文学选择——以鲁迅和茅盾等的乡土散文为

例》，作者颜水生，《海南师范大学学报（社会科学版）》2014 年第 5 期。

《英译本茅盾文学作品的感性到理解解读》，作者匡丽、肖月，《短篇小说》2014 年 23 期。

《鲁迅与茅盾历史小说的叙事学比较——以〈铸剑〉与〈豹子头林冲〉为例》，作者李雪，《现代语文·学术综合》2014 年第 5 期。

《茅盾早期小说中的性别修辞及意义》，作者降红燕，《中国现代文学研究丛刊》2014 年第 5 期。

《独具风骨的茅盾书法》，作者小丫，《七彩语文》（写字与书法）2014 年第 5 期。

《茅盾文学创作的二维解读》，作者王明红，《学理论》2014 年第 5 期。

《理性审视：政治文化视阈中的茅盾》，作者王嘉良，《天津社会科学》2014 年第 3 期。

《从文学革命到革命文学——鲁迅小说与茅盾小说的异同》，作者王娟，《语文学刊》2014 年第 11 期。

《茅盾小说〈子夜〉中的象征主义手法》，作者赫梓乔，《边疆经济与文化》2014 年第 6 期。

《茅盾为〈青春之歌〉定音》，作者钟桂松，《文艺报》2014 年 6 月 23 日。

《〈青春之歌〉茅盾眉批本杂议》，作者张元珂，《文艺报》2014 年 6 月 23 日。

《茅盾晚年谈话录》，金韵琴编著，上海书店出版社 2014 年 7 月版。

《"律法者"的缺失与"象征界"的症候——1928—1930 年旅日时期茅盾创作心理探析》，作者宋宁，《菏泽学院学报》2014 年第 3 期。

《从电影〈林家铺子〉看茅盾小说的诗意化表达》，作者张彩虹，《浙江传媒学院学报》2014 年第 6 期。

《论茅盾〈楚辞〉研究的神话学阐释》，作者谢群，《浙江传媒学院学报》2014 年第 6 期。

《20 世纪中国政治文化视野下的茅盾王蒙比较论纲》，作者蔺春华，《浙江传媒学院学报》2014 年第 6 期。

《一个时代的要求、误解、隔膜和偏见——20 世纪八、九十年代茅盾研究论析》，作者李城希，《文学评论》2014 年第 6 期。

《茅盾研究八十年书系》，编者钱振纲、钟桂松，作者丁尔纲、王嘉良等，花木兰文化出版社 2014 年 7 月，收录了自 1931 年至 2014 年的已版和新版茅盾研究单行本著作 49 种，分 60 册。

《茅盾小说中一个延续 78 年的错误》，作者吴心海，《中华读书报》2014 年 7 月 16 日。

《茅盾研究（第十三辑）》，中国茅盾研究会编，新加坡文艺协会 2014 年 8 月版。收录的论文有：

《作为国家意义的体现——茅盾文学中的上海叙述》，作者张鸿声。

《〈霜叶红似二月花〉和其〈续稿〉的叙事世界》，作者是永骏。

《茅盾〈子夜〉和胡子婴〈滩〉之异同比较》，作者隋清娥、张敏。

《从文学思潮到艺术方法——论茅盾与象征主义》，作者郭志云。

《同为主编，不同境遇——茅盾编辑生涯纵论》，作者商昌宝。

《茅盾作品的现实意义》，作者万树玉。

《文学梦与政治梦的有机融合——文学巨匠与政治活动家茅盾成长个案研究》，作者欧家斤。

《忆茅公给我的信》，作者黄侯兴。

《茅盾与乌镇植材小学》，作者乐忆英。

《我如何读茅盾这文艺全书》，作者王一桃。

《茅盾与〈国讯〉》，作者周乾康。

《谈谈茅盾的几次回乡经历》，作者陈杰。

《茅盾佚信再拾》，作者许建辉。

《沈霞的诗考》，作者周乾康、周乾松。

《沈霞的诗再考》，作者周乾康。

《韦韬关于茅盾研究与李广德的通信》，作者李广德。

《马立安·高利克的茅盾研究》，作者杨玉英。

《韦韬先生逝世》，作者中国茅盾研究会秘书处。

《父亲韦韬生平》，作者沈丹燕。

《茅盾之子韦韬先生骨灰安葬仪式在茅盾陵园举行》，作者陈杰。

《怀念父亲韦韬》，作者沈迈衡。

《舅舅的爱护温暖我们一生》，作者刘竞明、刘竞英、刘秉宏。

《悼念敬爱的表哥》，作者陈毛英。

《既是前锋，又是后盾——韦韬同志对茅盾研究事业的贡献》，作者丁尔纲。

《悼韦韬》，作者万树玉。

《为了茅盾这一事业——追念韦韬》，作者吴福辉。

《怀念韦韬先生》，作者钟桂松。

《回忆我与韦老相识的那些时光》，作者王俉。

《追思韦韬先生与植材小学》，作者高玉林。

《活着不给别人添麻烦——怀念韦韬》，作者郭丽娜。

《吴奔星与茅盾研究》，作者吴心海。

《独秀南国的林焕平先生》，作者吴成年。

《深切缅怀史瑶先生》，作者王嘉良。

《玉洁冰清铸英魂——我心目中的挚友陆文采教授》，作者王建中。

《陆维天和他的"茅盾在新疆"研究》，作者丁尔纲。

《刘焕林、李琼仙与茅盾研究》，作者吴成年。

《松井博光——日本学界茅盾研究学者简介之一》，作者尹北直、陈涛。

《孔令德先生生平》，作者陈杰。

《研究任重道远，成果应当珍视——〈茅盾研究八十年书系〉总序》，作者钱振纲、钟桂松。

《〈大家茅盾〉前言》，作者桑逢康。

《一部颇具启发的茅盾研究著作》，作者李明。

《读钟桂松先生〈茅盾的青少年时代〉图文本之"图"》，作者沈冬芬。

《喜读钟桂松先生新著〈茅盾评传〉——兼与邵伯周、丁尔纲先生同名著作比较》，作者陈芬尧。

《旧著新版，脱胎换骨——评桑逢康著〈大家茅盾〉，兼与其旧著比照》，作者陈芬尧。

《〈茅盾书话〉里的"三味"》，作者夏春锦。

《新版〈茅盾全集〉面世》，作者高杨。

《钟桂松著〈茅盾评传〉出版》，作者毛惠。

《茅盾儿童文学选集〈大鼻子的故事〉出版》，作者王苗。

《商昌宝著〈茅盾先生晚年〉出版》，作者卫东。

《研究任重道远，成果应当珍视——〈茅盾研究八十年书系〉总序》，作者钱振纲、钟桂松，《中国现代文学研究丛刊》2014 年第 9 期。

《坚守与抗争——左联时期茅盾为延续五四传统所作的贡献》，作者田丰，《渭南师范学院报》2014 年第 17 期。

《茅盾眼中的"五四"与"新文学"——以〈中国新文学大系：现代小说导论（一）〉为中心》，作者冯雪，《今传媒》2014 年第 9 期。

《茅盾眼中的〈水浒传〉》，作者李荣华，《戏剧之家》2014 年第 11 期。

《〈红楼梦〉对茅盾创作影响研究述评》，作者李荣华，《戏剧之家》2014 年第 11 期。

《翻译过程中"隐性神话模式"的再现》，作者任桂玲，《芒种》2014 年第 18 期。

《茅盾〈蚀〉三部曲中的女性形象分析》，作者张志友、刘莉莉，《短篇小说》2014 年第 30 期。

《田汉给茅盾的信》，作者宫立，《戏剧文学》2014 年第 10 期。

《论茅盾对戏剧现代性的探索和追求》，作者吕茹，《中央戏剧学院报》2014 年第 5 期。

《茅盾对外国戏剧的译介和借鉴》，作者王毖婷，《戏剧文学》2014 年第 11 期。

《国民党治下的文网与茅盾的文学活动——以 1933—1935 年为中心》，作者杨华丽，《鲁迅研究月刊》2014 年第 10 期。

《论〈林家铺子〉的小资产阶级》，作者杨帆，《名作欣赏》2014 年第 35 期。

《茅盾早期小说集〈野蔷薇〉的特征》，作者徐雨霁，《名作欣赏》2014 年第 35 期。

《论上世纪初青年的生命形态——从茅盾〈霜叶红似二月花〉中人物的生存选择观照》，作者刘瑜、朱伟华，《毕节学院学报》2014 年第 12 期。

《茅盾论》，作者翟德耀，山东人民出版社 2014 年 12 月版。

《茅盾研究年鉴（2012—2013）》，张邦卫、赵思运、蔺春华等编，现代出版社2014年12月版。

《新世纪语境下茅盾的多维透视》，蔺春华、赵思运等编，现代出版社2014年12月版。

《卢卡奇和茅盾的现实主义理论差异研究》，作者李敏，苏州大学硕士论文。

《中国新文学早期作家笔名研究——以鲁迅、茅盾等新文化运动先锋为例》，作者张敏，陕西师范大学硕士论文。

《从茅盾早期翻译作品（1917—1927）看中国五四翻译文学的政治文化特质：操纵理论视角》，作者童斯琴，中南大学硕士论文。

《论茅盾小说中的"小资书写"》，作者张柏林，湖南师范大学硕士论文。

《茅盾小说民间叙事模式研究》，作者辛玲，河北师范大学硕士论文。

《翻译家茅盾研究》，作者马利捷，河北大学硕士论文。

《论1930年代茅盾和叶紫的左翼小说关于农民理想的建构》，作者徐青，山东师范大学硕士论文。

《茅盾文学批评中的文学价值观及其当代意义》，作者焦亚娟，山东理工大学硕士论文。

《抗战生活本质的史诗——茅盾抗战小说独特性探索》，作者占群丽，厦门大学硕士论文。

《俄苏文学视野下的目的小说研究》，作者李彦君，山西大学硕士论文。

《卢卡奇与茅盾的现实主义理论差异研究》，作者李敏，苏州大学硕士论文。

《论茅盾小说中的小资书写》，作者张柏林，湖南师范大学硕士论文。

《论茅盾小说中的"城乡结构"（1927—1942）》，作者徐美容，华东师范大学硕士论文。

2015 年

《茅盾与王云五的那些往事》，作者钟桂松，《读书文摘》2015年第1期。

《浅析茅盾〈蚀〉三部曲中时代女性之漂泊》,作者许舒婷,《青春岁月》2015年第1期。

《茅盾爱国主义思想与基督教形象建构方式论》,作者张慧佳,《石家庄学院学报》2015年第1期。

《茅盾研究八十年书系:两岸一次成功的学术合作》,作者李继凯,《文艺报》2015年2月18日。

《茅盾的读书法》,作者孟祥海,《小学教学研究》2015年第3期。

《新发现的茅盾〈红学札记〉述论》,作者王人恩,《红楼梦学刊》2015年第1期。

《茅盾红学思想研究的回顾与展望》,作者李荣华,《长沙大学学报》2015年第1期。

《矛盾中的茅盾》,作者陈徒手,《读书》2015年第1期。

《中国上古神话体系重建的方法论反思——以茅盾的人类学方法为例》,作者苏永前,《兰州大学学报(社会科学版)》2015年第1期。

《固守与抗争:茅盾"春蚕"的女性主义解读》,作者韩敏,《芒种》2015年第3期。

《茅盾〈子夜〉的艺术魅力和结构美学》,作者王海强,《短篇小说(原创版)》2015年第5期。

《〈小说月报〉的改革与茅盾的现实主义创作》,作者沙芊屿、薛雯,《新闻研究导刊》2015年第4期。

《论茅盾"文学生活"与书法文化的关联》,作者李继凯,《华中师范大学学报(人文社会科学版)》2015年第2期。

《从变异学角度看茅盾文学批评中的"自然主义"》,作者孙宇、马金科,《吉林省经济管理干部学院学报》2015年第2期。

《论茅盾〈子夜〉中的颓废色彩》,作者胡赤兵,《贵州民族大学学报(哲学社会科学版)》2015年第2期。

《中国现代作家对参孙故事的改写——以茅盾和向培良的小说为例》,作者厉盼盼,《世界华文文学论坛》2015年第2期。

《"启蒙"与"救世"——茅盾早期(1916—1927)译事的文化解读》,作者喻锋平,《嘉兴学院学报》2015 年第 2 期。

《论茅盾"为人生"的文学观及其当代意义》,作者陈桂良、黄延锋,《金华职业技术学院学报》2015 年第 3 期。

《浅析茅盾的"把文学翻译工作提高到艺术创造的水平"》,作者包齐,《山东广播电视大学学报》2015 年第 3 期。

《"笔剑无分同敌忾,胆肝相对共筹量——郭沫若与茅盾展"暨"抗战中的郭沫若与茅盾"学术研讨会综述》,作者张勇、赵笑洁,《郭沫若学刊》2015 年第 3 期。

《"民族的文学"与"世界的文学"——论茅盾现代文学观的前瞻性》,作者朱德发,《吉林大学社会科学学报》2015 年第 2 期。

《两种现代性下的"中国传奇"——以茅盾的〈子夜〉与穆时英的〈中国行进〉为例》,作者许祖华、杨程,《天津师范大学学报(社会科学版)》2015 年第 2 期。

《茅盾翻译思想与实践概述》,作者廉亚健,《中国出版》2015 年第 6 期。

《以革命的名义——茅盾早期小说中革命话语的置换与书写》,作者刘永丽,《扬州大学学报(人文社会科学版)》2015 年第 3 期。

《理性审视:茅盾的现实主义选择与独特理论建树——置于中国 20 世纪文化语境中的考量》,作者王嘉良,《浙江师范大学学报(社会科学版)》2015 年第 3 期。

《从〈子夜〉到〈农村三部曲〉——论茅盾小说全面把握中国社会形态的努力》,作者盛翠菊、董诗顶,《文艺理论与批评》2015 年第 4 期。

《从《〈呼兰河传〉序》看茅盾对萧红的误读》,作者杨迎平,《现代中文学刊》2015 年第 4 期。

《〈小说月报〉的改革与茅盾的现实主义创作》,作者沙芊屿、薛雯,《新闻研究导刊》2015 年第 4 期。

《三个"叛逆"的女性——〈蚀〉三部曲的"时代女性"》,作者赵西芝,《名作欣赏》2015 年第 12 期。

《茅盾选择现实主义的历史合理性》,作者王彦,《文汇报》2015 年 4 月 9 日。

《被误读的茅盾：批评的错位与评价的失衡——置于中国 20 世纪文化语境中的分析》，作者王嘉良，《浙江传媒学院学报》2015 年第 4 期。

《关于茅盾和茅盾研究的几个问题》，作者钟桂松，《浙江传媒学院学报》2015 年第 4 期。

《茅盾的新疆之行及对杜重远的评议》，作者胡新华、卢水萍，《兰台世界》2015 年第 10 期。

《从变异学角度看茅盾文学批评中的"自然主义"》，作者孙宇、马金科，《吉林省经济管理干部学院学报》2015 年第 2 期。

《作为〈子夜〉"左翼"创作视野的黄色工会》，作者妥佳宁，《文学评论》2015 年第 3 期。

《"为人生而艺术"——茅盾早期（1919 年—1927 年）文艺思想探析》，作者曲立斌，《吉林化工学院学报》2015 年第 5 期。

《茅盾〈子夜〉工人运动描写写实性之研究》，作者梁竞男，《山花》2015 年第 8 期。

《"五四"的不同想象与思想分野——1948 年"五四"文艺节中的茅盾和沈从文》，作者袁洪权，《重庆师范大学学报（哲学社会科学版）》2015 年第 2 期。

《论茅盾的生活与创作》，作者孙中田，中华书局 2015 年 9 月版。

《重读茅盾〈夜读偶记〉》，作者张慧敏，《中国现代文学研究丛刊》2015 年第 5 期。

《茅盾"独尊"现实主义及其所产生的正负效应——置于中国 20 世纪文化语境中的考量》，作者王嘉良，《河北学刊》2015 年第 5 期。

《茅盾文学作品英译概述》，作者田佳，《重庆第二师范学院学报》2015 年第 5 期。

《红色文艺光环下的丁玲解读——以钱杏邨、冯雪峰、茅盾的评论为中心》，作者文学武，《文学评论》2015 年第 5 期。

《茅盾笔下民族资本家形象的悲剧命运——以〈子夜〉为中心》，作者孙泰然、李艳爽，《名作欣赏》2015 年第 17 期。

《茅盾的"矛盾"人生与现代作家的复杂样态呈现——置于中国 20 世纪复杂文化语境中的分析》，作者王嘉良，《天津社会科学》2015 年第 6 期。

《国民党抗战时期的文化统制与进步作家的"钻网术"——以茅盾为中心》，作者杨华丽，《中国现代文学研究丛刊》2015 年第 7 期。

《茅盾五十寿辰收到悼念诗》，作者杨建民，《文史天地》2015 年第 8 期。

《茅盾〈精神食粮〉的三个译本考论》，作者杨华丽，《鲁迅研究月刊》2015 年第 8 期。

《文学风格：茅盾当代文学批评的美学底线》，作者王本朝，《文艺争鸣》2015 年第 8 期。

《长者之风：论茅盾对沉樱小说的批评》，作者曹然，《现代语文（学术综合版）》2015 年第 9 期。

《茅盾与张仲实在新疆时期的交往史实考辨》，作者张积玉，《中国现代文学研究丛刊》2015 年第 9 期。

《茅盾的新疆之行及对杜重远的评议》，作者胡新华、卢水萍，《兰台世界》2015 年第 10 期。

《茅盾书法小考》，作者盛羽、盛欣夫，《中国书法》2015 年第 10 期。

《〈吴宓日记续编〉中的"茅盾"》，作者肖太云，《文艺争鸣》2015 年第 10 期。

《翻译、民族与叙事——茅盾早期翻译文学研究》，作者李建梅，《文艺争鸣》2015 年第 11 期。

《俄罗斯汉学界的茅盾研究》，作者王玉珠，《名作欣赏》2015 年第 11 期。

《书贵瘦硬始风流——从茅盾〈访玛佐夫舍歌舞团〉诗稿谈起》，作者李林，《中国书画》2015 年第 12 期。

《从茅盾小说〈春蚕〉透视江南蚕桑丝织民俗文化》，作者唐惠华，《时代文学》2015 年第 12 期。

《论西方社会学批评理论对"五四"文学批评的影响——以茅盾、胡适、成仿吾为例》，作者宋向红，《钦州学院学报》2015 年第 12 期。

《茅盾文学作品英译研究综述》，作者田佳，《海外英语》2015 年第 13 期。

《茅盾文学创作的二维解读》，作者王明红，《学理论》2014 年第 15 期。

《茅盾与上海——2014 年 7 月 5 日在上海图书馆的讲演》，作者杨扬，《名作欣赏》2015 年第 16 期。

《文学"多面手"茅盾的文学翻译境界》，作者孙嘉，《兰台世界》2015 年第

19 期。

《"30 年代文学"时期的茅盾与普列汉诺夫》,作者张琼,《名作欣赏》2015 年第 19 期。

《文化的转轨——"鲁郭茅巴老曹"在中国(1949—1981)》,作者程光炜,北京大学出版社 2015 年 11 月版。

《茅盾小说的暴力叙事研究》,作者张娜,闽南师范大学硕士论文。

《"鲁迅、茅盾致红军贺信"论争研究》,作者宋悦,西北大学硕士论文。

《"民族再造"与现代乡土文学的传统(1910—1930):从周作人到茅盾》,作者王大可,华东师范大学博士论文。

《茅盾在俄罗斯的接受研究》,作者王玉珠,北京外国语大学博士论文。

《茅盾与〈红楼梦〉》,作者李荣华,集美大学硕士论文。

2016 年

《文学史视野与茅盾的神话研究》,作者赵顺宏,《浙江传媒学院学报》2016 年第 1 期。

《启蒙无效与革命有理——鲁迅〈故乡〉与茅盾〈春蚕〉的乡土叙事比较》,作者冯军、宋剑华,《海南师范大学学报(社会科学版)》2016 年第 1 期。

《"报人"身份与近现代作家的小说创作——以梁启超、茅盾、张恨水为例》,作者陈一军、林然,《济南大学学报(社会科学版)》2016 年第 1 期。

《大革命文学的"下半旗"——茅盾〈蚀〉三部曲重读》,作者颜同林,《贵州师范大学学报(社会科学版)》2016 年第 1 期。

《走近真实的伟大茅盾》,作者陈锐锋,《遵义师范学院学报》2016 年第 1 期。

《论新文学初创期的鲁迅乡土小说批评》,作者黄轶,《郑州大学学报(哲学社会科学版)》2016 年第 1 期。

《潮起潮落——左联分期及其发展轨迹》,作者王锡荣,《现代中文学刊》2016 年第 1 期。

《真实性话语与现代性焦虑——从〈子夜〉谈当代中国小说经典的形成机

制》，作者俞春放，《浙江传媒学院学报》2016 年第 1 期。

《孙舞阳：一种在革命洪流中奋力搏击的女性姿态——兼论茅盾对革命知识女性的认知》，作者谭梅，《成都大学学报（社会科学版）》2016 年第 2 期。

《茅盾鲜为人知的几件事》，作者阎愈新，《炎黄春秋》2016 年第 2 期。

《"民国文学机制"与现代文学期刊研究的视野拓展——以〈小说月报〉研究为例》，作者李直飞，《江汉学术》2016 年第 2 期。

《简析 1924 年泰戈尔访华前后中国学者的批评》，作者巢巍，《史学集刊》2016 年第 2 期。

《外国文学的翻译传播与中国的新文化运动》，作者陆建德，《绍兴文理学院学报（哲学社会科学）》2016 年第 2 期。

《"主义文学"与"人的解放"——中国现代文学一个理想命题的不同立场》，作者李运抟，《南方文坛》2016 年第 2 期。

《文人之"学"与学者之"文"——对〈中国新文学大系〉三篇〈导言〉的解读》，作者刘克敌，《井冈山大学学报（社会科学版）》2016 年第 2 期。

《抗战中的郭沫若与茅盾——郭沫若与茅盾展览纪实暨学术研讨论集》，赵笑洁编，当代中国出版社 2016 年 4 月版。

《茅盾与二三十年代中国乡村贫困叙事》，作者阎浩然、阎浩岗，《陕西师范大学学报（哲学社会科学版）》2016 年第 3 期。

《新发现的有关茅盾的几则史料》，作者钟桂松，《新文学史料》2016 年第 3 期。

《"命运女神"与"时代女性"的遇合——茅盾小说中女性形象塑造与北欧神话的关联性研究》，作者张岩，《鲁东大学学报（哲学社会科学版）》2016 年第 3 期。

《茅盾编辑〈小说月报〉的成就》，作者高冬可，《编辑学刊》2016 年第 3 期。

《"万家枵腹看梅郎"——读茅盾 1962 年的三则日记》，作者冯锡刚，《同舟共进》2016 年第 3 期。

《托物抒情 水到渠成——浅谈对〈白杨礼赞〉的教学把握》，作者陈华为，《语文知识》2016 年第 3 期。

《论小说〈虹〉中女主人公的畸形两性观》，作者董慧婷，《现代语文（学术综合版）》2016 年第 3 期。

《论"虹"的多重象征意蕴——对茅盾〈虹〉的重新解读》，作者吕周聚，《首都师范大学学报（社会科学版）》2016 年第 4 期。

《走向革命洪流的文学批评家——论茅盾文学批评生涯之 1920—1927 年》，作者张霞，《西华师范大学学报（哲学社会科学版）》2016 年第 4 期。

《以比照视野重探胡适的人本文学观》，作者朱德发，《山东师范大学学报（人文社会科学版）》2016 年第 4 期。

《论"左联"的马克思主义文艺理论中国化探索》，作者黄念然，《社会科学辑刊》2016 年第 4 期。

《中国现代文学批评与创作（1921—1996）中的〈旧约〉》，作者马立安·高利克、刘燕，《汉语言文学研究》2016 年第 4 期。

《20 世纪 40 年代作家迁徙与抗战文学的繁荣》，作者祝学剑，《湖北文理学院学报》2016 年第 4 期。

《茅盾与 20 世纪中国土地革命叙事》，作者阎浩岗，《社会科学辑刊》2016 年第 5 期。

《茅盾研究刍议》，作者贾振勇，《社会科学辑刊》2016 年第 5 期。

《茅盾与中国大西北的结缘》，作者李继凯、李国栋，《社会科学辑刊》2016 年第 5 期。

《从〈子夜〉看茅盾对托尔斯泰的继承与发展》，作者薛国栋，《榆林学院学报》2016 年第 5 期。

《茅盾与巴金夫妇的往事》，作者钟桂松，《书城》2016 年第 5 期。

《左翼文化界的尴尬遭遇——以开明版〈茅盾选集〉为例》，作者张雨晴，《粤海风》2016 年第 5 期。

《从〈美国东方学会会刊〉管窥美国的中国现代文学研究》，作者冯新华，《广西师范学院学报（哲学社会科学版）》2016 年第 5 期。

《论茅盾与美国左翼文学之关系》，作者吕周聚，《社会科学辑刊》2016 年第 5 期。

《编辑家茅盾研究述评》，作者任瑶瑶，《苏州教育学院学报》2016 年第 6 期。

《论茅盾创作心态的矛盾与变化》，作者聂国心，《河南师范大学学报（哲学社会科学版）》2016年第6期。

《论茅盾对苏联儿童文学的兴趣》，作者阿克萨娜·彼得罗夫娜·罗季奥诺娃，《徐州工程学院学报（社会科学版）》2016年第6期

《茅盾在抗日战争时期的文学编辑活动》，作者钟海波，《山东青年政治学院学报》2016年第6期。

《从茅盾和桑德堡看中西"雾"的异同——比较其各自译本对原作精髓的传达》，作者李新、任晓晓，《河北师范大学学报（哲学社会科学版）》2016年第6期。

《论左翼文学创作中的"革命农民"形象——以茅盾的"农村三部曲"为核心》，作者朱献贞，《齐鲁学刊》2016年第6期。

《逻辑理性建构与茅盾〈子夜〉的革命叙事》，作者周仁政，《湖南师范大学社会科学学报》2016年第6期。

《茅盾〈蚀〉三部曲中女性形象的保守型与解放型》，作者孙湘婷，《濮阳职业技术学院学报》2016年第6期。

《胡风视野里的文协与文协历史中的胡风》，作者刘永春，《海南师范大学学报（社会科学版）》2016年第6期。

《"党治"与现代文学的应对——鲁迅二三十年代对国民党的批判》，作者杨扬，《探索与争鸣》2016年第6期。

《中国左翼文学中的美国因素》，作者吕周聚，《文学评论》2016年第6期。

《多多头是一个"新农民"?》，作者朱献贞，《山东青年政治学院学报》2016年第6期。

《茅盾译诗的症候式分析》，作者赵思运，《关东学刊》2016年第7期。

《1980，晚年茅盾谈话录》，作者金振林，《同舟共进》2016年第7期。

《我与茅盾先生在杭州的相遇》，作者沈虎根，《博览群书》2016年第7期。

《茅盾创作生涯中最早的两首诗——〈我们在月光底下缓步〉和〈留别〉》，作者陆哨林，《博览群书》2016年第7期。

《茅盾初次赴渝纪事》，作者颜坤琰，《红岩春秋》2016年第7期。

《为什么茅盾的文学座次总在变化》，作者徐晓军，《博览群书》2016年第

7 期。

《茅盾创作中的民族叙事初探》,作者陈冀铮,《开封教育学院学报》2016 年第 8 期。

《茅盾"文革"期间撰写回忆录》,作者祖远,《文学教育》2016 年第 9 期。

《试论"重写文学史"对当下文学史写作的意义》,作者张凯莉,《陕西学前师范学院学报》2016 年第 9 期。

《商务印书馆与共产主义思潮的早期传播(下)》,作者周武,《档案春秋》2016 年第 9 期。

《茅盾"农村三部曲"的场面化叙事》,作者吴珊,《文学教育》2016 年第 10 期。

《论〈子夜〉对 1930 年中国民族工业危机反映的真实性》,作者赵丹,《中国现代文学研究丛刊》2016 年第 10 期。

《轨迹与方法:竹内好的茅盾论》,作者裴亮,《中国现代文学研究丛刊》2016 年第 11 期。

《商务印书馆的用人机制与茅盾的成名之路》,作者余连祥,《湖州师范学院学报》2016 年第 11 期。

《"茅盾抵沪一百周年纪念暨第十届全国茅盾学术研讨会"综述》,作者张玲,《探索与争鸣》2016 年第 11 期。

《茅盾手稿拍卖引纠纷》,《中国拍卖》2016 年第 11 期。

《茅盾生前的两桩心愿》,作者张亚辉,《文史博览》2016 年第 12 期。

《苦难与抗争:〈农村三部曲〉与〈泛滥〉的比较》,作者李红,《绥化学院学报》2016 年第 12 期。

《〈中国新文学大系〉与现代乡土小说研究及其经典化》,作者黄轶,《东岳论丛》2016 年第 12 期。

《悲剧〈春蚕〉中的经济现象探究》,作者赵慧敏,《语文建设》2016 年第 12 期。

《论〈红楼梦〉对〈子夜〉的影响》,作者张珍珍,《文学教育》(下)2016 年第 12 期。

《重读茅盾〈夜读偶记〉——20 世纪 80 年代以来"现代主义"重新回归中国

文学语境》，作者盖坤，《名作欣赏》2016 年第 14 期。

《茅盾的翻译人生》，作者汪露露，《海外英语》2016 年第 15 期。

《称乌镇茅盾故居为"茅家"合适吗》，作者周振，《人才资源开发》2016 年第 15 期。

《从"无地彷徨"走向"话语重建"——关于旧体诗词不入现当代文学史的思考》，作者曹顺庆，《创作与评论》2016 年第 16 期。

《不同视域中的中国现代乡土叙事——以〈故乡〉和〈春蚕〉为例》，作者吴娇颖，《名作欣赏》2016 年第 17 期。

《浅谈〈故乡〉与〈春蚕〉的农民父子书写》，作者温文英，《名作欣赏》2016 年第 17 期。

《茅盾的〈访玛佐夫舍歌舞团〉诗稿及书法》，作者李林，《中国书法》2016 年第 18 期。

《沈雁冰与"钟英小姐"》，作者彭才国，《工会信息》2016 年第 19 期。

《从"多维透视"中寻求新拓展——评〈新世纪语境下茅盾的多维透视〉》，作者白芳、李继凯，《名作欣赏》2016 年第 29 期。

《复调话语中的茅盾研究——评〈新世纪语境下茅盾的多维透视〉》，作者杨向荣、贺文娟，《名作欣赏》2016 年第 29 期。

《简论茅盾的旧体诗词创作》，作者欧阳娉，《名作欣赏》2016 年第 29 期。

《茅盾研究的文学政治学路径——兼评〈茅盾研究年鉴（2012—2013）〉》，作者董琳钰，《名作欣赏》2016 年第 29 期。

《现代文学经典的影像之路——以茅盾作品〈蚀〉三部曲改编为例》，作者孙灵囡，《青年记者》2016 年第 29 期。

《寻访茅盾故居》，作者孙荔，《环境经济》2016 年第 Z8 期。

《1949 年前茅盾编辑应用文研究》，作者吴恺嘉，南京师范大学硕士论文。

《茅盾和德莱塞小说中"幻灭性"人物形象比较研究》，作者吴雪梅，西南大学硕士论文。

《茅盾后期代表作〈霜叶红似二月花〉新探》，作者刘瑜，贵州师范大学硕士论文。

《茅盾性描写理论研究》，作者余洋，四川师范大学硕士论文。

《中西叙事传统融汇视野下的茅盾长篇小说创作》,作者赵辉,河北师范大学硕士论文。

《左翼时期茅盾马克思主义文艺思想研究》,作者任吉财,石河子大学硕士论文。

《论社会剖析派的悲剧命运书写》,作者程丕硕,辽宁师范大学硕士论文。

《经济书写与社会剖析小说》,作者张梦迪,贵州师范大学硕士论文。

《茅盾作品中的男女关系》,作者丁锐,西北大学硕士论文。

2017 年

《茅盾手稿管窥》,作者李继凯,《小说评论》2017 年第 1 期。

《从汪蒋之争到"回答托派":茅盾对〈子夜〉主题的改写》,作者妥佳宁,《中山大学学报(社会科学版)》2017 年第 1 期。

《茅盾与社会剖析小说探析》,作者陈婕,《福建广播电视大学学报》2017 年第 1 期。

《斗士与妖女——茅盾视野中的参孙和大利拉》,作者马立安·高力克、尹捷,《跨文化研究》2017 年第 1 期。

《论茅盾理论倡导与小说创作的矛盾与张力》,作者高旭东,《江苏行政学院学报》2017 年第 1 期。

《〈动摇〉再解读:国民革命中的"左稚病"问题》,作者熊权,《励耘学刊》2017 年第 1 期。

《精英的离散与困守——〈霜叶红似二月花〉的绅缙世界》,作者罗维斯,《文学与文化》2017 年第 1 期。

《起步的十年:茅盾在商务印书馆》,作者钟桂松,商务印书馆 2017 年 1 月版。

《乡土叙事与底层关怀——谈茅盾的〈农村三部曲〉》,作者徐红梅,《现代语文(学术综合版)》2017 年第 2 期。

《论文本细读在茅盾文学批评中的重要地位——重读〈中国现当代文学茅盾眉批本文库〉》,作者蔺春华,《浙江传媒学院学报》2017 年第 1 期。

《"三结合"——重读茅盾的〈夜读偶记〉》,作者赵露,《名作欣赏》2017 年第 2 期。

《茅盾自然主义的创作实践与认同危机——以〈子夜〉为中心》,作者尤其林、赵树勤,《理论月刊》2017 年第 2 期。

《茅盾扶持文学后辈二三事》,作者渝文,《党史文汇》2017 年第 2 期。

《茅盾性描写理论研究》,作者曹万生、余洋,《四川师范大学学报(社会科学版)》2017 年第 2 期。

《上海的文学经验——小说中的宏大叙事与日常生活叙事》,作者杨扬,《天津师范大学学报(社会科学版)》2017 年第 2 期。

《茅盾与乌镇》,作者钟桂松,《中国地名》2017 年第 2 期。

《大众化·民族化·现代化——论茅盾在"文学的民族形式"论争中的理论贡献》,作者肖庆国,《辽宁工业大学学报(社会科学版)》2017 年第 2 期。

《"小资产阶级革命"的矛盾与延异——茅盾的〈蚀〉与〈虹〉中"时代女性"身体症候论析》,作者程亚丽,《广播电视大学学报(哲学社会科学版)》2017 年第 2 期。

《乌镇·茅盾》,王士杰编著,中国文史出版社 2017 年 5 月版。

《"乌镇"上的政治经济学——论茅盾〈林家铺子〉里的艺术辩证法》,作者宋剑华,《东吴学术》2017 年第 3 期。

《〈动摇〉与国民革命时期的商民运动》,作者罗维斯,《现代中国文化与文学》2017 年第 3 期。

《鲁迅与茅盾的精神相依》,作者金鑫,《鞍山师范学院学报》2017 年第 3 期。

《论 1930 年代"左翼""进城"书写的"半殖民地"国家想象》,作者盛翠菊,《河北科技大学学报(社会科学版)》2017 年第 3 期。

《茅盾"未完成"长篇小说探析》,作者赵学勇、高亚茹,《华中师范大学学报(人文社会科学版)》2017 年第 3 期。

《茅盾与生活书店》,作者钟桂松,《中国出版史研究》2017 年第 3 期。

《开启茅盾研究的新阶段——第七届远东文学研究暨纪念茅盾诞辰 120 周年国际学术研讨会述评》,作者李逸津,《徐州工程学院学报(社会科学版)》

2017 年第 3 期。

《茅盾代理〈时事新报〉主笔史实及新发现的佚文考证》，作者雷超，《中国现代文学研究丛刊》2017 年第 4 期。

《茅盾抵沪百周年纪念暨全国第十届茅盾学术研讨会综述》，作者高传峰，《中国现代文学研究丛刊》2017 年第 4 期。

《传统文化在民国教育体制下的整合与提升——以茅盾早期作文与教师批语为例》，作者李宗刚、谢慧聪，《陕西师范大学学报（哲学社会科学版）》2017 年第 3 期。

《茅盾文学在日本——以〈子夜〉对堀田善卫〈历史〉的影响为例》，作者曾嵘，《中国现代文学研究丛刊》2017 年第 7 期。

《茅盾手稿拍卖至千万的背后》，作者舒晋瑜，《中华读书报》2017 年 4 月 19 日。

《〈在和平的日子里〉茅盾眉批本刍议》，作者张元珂，《文艺报》2017 年 6 月 23 日。

《贴近大地的身躯——姑父茅盾印象》，作者孔海珠，《档案春秋》2017 年第 6 期。

《情感与理智的纠葛——茅盾〈腐蚀〉的世界》，作者马心宇，《青年文学家》2017 年第 26 期。

《浅论茅盾革新〈小说月报〉的编辑思想》，作者蒋晓玉，《科教文汇》2017 年第 10 期。

《功利性与艺术性——论茅盾〈子夜〉与穆时英〈中国行进〉的都市抒写》，作者杨迎平，《社会科学》2017 年第 4 期。

《谈茅盾的短篇小说集〈野蔷薇〉》，作者温璧赫，《辽宁师专学报（社会科学版）》2017 年第 4 期。

《茅盾社会进步视野下的妇女解放理论》，作者李玲，《妇女研究论丛》，2017 年第 4 期。

《形式的困境：〈倪焕之〉和它的时代——从茅盾〈读〈倪焕之〉〉谈起，作者刘潇雨，《南京师范大学文学院学报》2017 年第 4 期。

《茅盾和郑振铎对左翼文学"左"倾思想之修正——以〈文学〉〈文学季刊〉

的创办为例》,作者黄艺红,《汉语言文学研究》2017 年第 4 期。

《茅盾八十寿辰追述》,作者陈毛英,《新文学史料》2017 年第 4 期。

《"盘肠大战"论争中的茅盾与郭沫若》,作者廖久明,《新文学史料》2017 年第 4 期。

《茅盾父亲沈永锡逝世年份的探究》,作者陈杰,《嘉兴文博》2017 年第 4 期。

《沈雁冰与"茅盾"》,作者石天强,《书城》2017 年第 10 期。

《茅盾翻译观之我》,作者窦婉霞,《现代语文》2017 年第 5 期。

《瞿秋白与茅盾:丁玲感受有别的两位老师》,作者刘骥鹏,《博览群书》2017 年第 11 期。

《大师的道歉》,作者唐宝民,《杂文选刊》2017 年第 12 期。

《时代的镜子——评茅盾长篇小说〈子夜〉》,作者雷曙光,《教育与科技》2017 年第 21 期。

《"诗教"视域中的半部经典——以鲁迅、沈从文、茅盾和赵树理小说代表作再阐释为例》,作者李林荣,《东岳论丛》2017 年第 8 期。

《茅盾退还润笔费》,作者张达明,《益寿宝典》2017 年第 22 期。

《名人手稿算不算书法作品?》,作者王晓红、陆小法,《江苏法制报》2017 年 8 月 4 日。

《从茅盾给丁景唐的一封信说起》,作者宫立,《中国社会科学报》2017 年 8 月 7 日。

《对茅盾作品〈子夜〉的分析》,作者张宇梵,《教育现代化》2017 年第 4 期。

《茅盾的苏联战争文学译介——社会学分析与解读》,作者陆志国,《天津外国语大学学报》2017 年第 4 期。

《茅盾小说〈蚀〉中的时代女性形象解读》,作者程金芝,《青年文学家》2017 年第 18 期。

《他是最早注意到都市社会中金融影响力的中国现代作家》,作者杨扬,《文汇报》2017 年 8 月 18 日。

《论书法作品的著作权保护——"茅盾手稿案"引发的思考》,作者郭怡萌,《河南科技》2017 年第 22 期。

《茅盾手稿：是书法作品还是文字作品？》，作者刘亚，《方圆》2017 年第 22 期。

《茅盾〈春蚕〉：于乌镇风俗画卷里窥探农民命运》，作者姚佳慧，《北方文学》2017 年第 23 期。

《茅盾笔下新女性服饰描写的性别想象》，作者段文英，《山西大同大学学报（社会科学版）》2017 年第 5 期。

《茅盾和木心怎么讲〈荷马史诗〉?》，作者蔺春华，《关东学刊》2017 年第 9 期。

《茅盾研究年鉴（2014—2015）》，赵思运、蔺春华、张邦卫编，中国社会科学出版社 2017 年 10 月版。

《论茅盾〈蚀〉三部曲中的"时代女性"形象》，作者肖元，《戏剧之家》2017 年第 17 期。

《茅盾的象征诗学与创作实践》，作者施军，《中国现代文学研究丛刊》2017 年第 9 期。

《〈东方画刊〉上的茅盾佚作》，作者金传胜，《中国现代文学研究丛刊》2017 年第 9 期。

《茅盾手稿拍卖引发一场矛盾官司》，作者陈赟，《中国拍卖》2017 年第 9 期。

《时代的镜子——评茅盾长篇小说〈子夜〉》，作者张宇梵，《教育现代化》2017 年第 21 期。

《郁郁芊芊，清逸出尘——浅谈茅盾书法艺术特色》，作者樊碧博，《中国书法报》2017 年 11 月 28 日。

《作为畅销书的〈子夜〉与 1930 年代的读者趣味》，作者葛飞，《中山大学学报（社会科学版）》2017 年第 5 期。

《中国早期创世神话及个案研究》，作者柩楠、原昊，《长春师范大学学报》2017 年第 11 期。

《茅盾的〈记 Y 君〉》，作者戴和杰、何剑芳，《时代邮刊》2017 年第 21 期。

《革命圣性的消解与弥散——〈动摇〉再解读》，作者白新宇，《北方文学》2017 年第 33 期。

《茅盾与〈ABC丛书〉》，作者柳和城，《中华读书报》2017年11月29日。

《书法作品的著作权法保护——以茅盾先生手稿纠纷案为例》，作者刘先辉，《中国出版》2017年第22期。

《茅盾佚文三篇考证及其他》，作者金传胜，《平顶山学院学报》2017年第6期。

《茅盾与斯特林堡——从〈茅盾全集〉的两条注释谈起》，作者杨华丽，《鲁迅研究月刊》2017年第6期。

《梧桐影——致敬茅盾专辑》，作者夏春锦，梧桐阅社2017年12月版。

《用感性抵抗虚无:〈幻灭〉中的慧女士形象新论》，作者翟慧鹏，《青年文学家》2017年第35期。

《茅盾英美文学译介概述》，作者林璐延，《海外英语》2017年第22期。

《中国茅盾研究会召开理事会会议》，作者李俊杰，《文艺报》2017年12月13日。

《报刊编辑与茅盾小说创作关系研究》，作者林然，陕西理工大学硕士论文。

《论1930年代左翼小说的身体伦理书写——以茅盾、丁玲和蒋光慈的作品为中心》，作者蒋潮华，河北大学硕士论文。

《论茅盾的"时代性"话语》，作者童国莎，天津师范大学硕士论文。

《在革命语境中呼唤现实主义——晚年茅盾研究》，作者李燕英，华中师范大学硕士论文。

《茅盾小说中的革命叙事研究》，作者惠佳俞，南京师范大学硕士论文。

《论社会剖析派小说中的"父子关系"》，作者皮明绘，东北师范大学硕士论文。

《"孤岛"时期中国知识分子的日本认识——基于〈文艺阵地〉的考察》，作者王萌，东北师范大学硕士论文。

2018 年

《左联时期的茅盾与瞿秋白——从迎合到疏离的心路历程及其根源解

析》，作者田丰，《理论月刊》2018 年第 1 期。

《早期中国马克思主义文论家的传统教育背景及其对"左翼"文论的影响》，作者泓峻，《四川大学学报（哲学社会科学版）》2018 年第 1 期。

《〈春蚕〉与左翼电影人的意识形态宣传策略》，作者史新玉，《石家庄铁道大学学报（社会科学版）》2018 年第 1 期。

《茅盾小说特色研究》，作者蒋晓钰，《青年文学家》2018 年第 1 期。

《茅盾：却忆清凉山下路》，作者钟桂松，黄山书社 2018 年 1 月版。

《浅析〈子夜〉与〈长恨歌〉的上海印象》，作者高辛卓，《名作欣赏》2018 年第 2 期。

《生死与共的日子——从茅盾致张仲实的一封佚信说起》，作者钟桂松，《文汇读书周报》2018 年 2 月 12 日。

《茅盾〈杂谈苏联〉的初刊处》，作者金传胜，《文汇读书周报》2018 年 2 月 12 日。

《茅盾编辑思想的创新和融合》，作者王琰，《商丘职业技术学院学报》2018 年第 2 期。

《〈百合花〉的重刊与重评：兼论茅盾的阐释》，作者巫小黎，《文艺争鸣》2018 年第 2 期。

《茅盾作品的经典性及其对当代文学的启示》，作者张丽军、妥东，《关东学刊》2018 年第 3 期。

《在北京后圆恩寺胡同 13 号，感受茅盾》，作者钟桂松，《国际人才交流》2018 年第 3 期。

《从茅盾手稿案看书法作品》，作者袁博，《中国新闻出版广电报》2018 年 3 月 8 日。

《茅盾与〈妇女杂志〉第六卷革新》，作者雷超，《中国现代文学研究丛刊》2018 年第 3 期。

《堀田善卫的〈历史〉和战后日本文坛的中国表述》，作者陈童君，《外国文学》2018 年第 2 期。

《新女性服饰描写中的现代性认同——以茅盾早期小说为例》，作者段文英，《大同大学学报（社会科学版）》2018 年第 3 期。

《恶雾·红鲤·疾风雨——茅盾〈雾〉》赏析,作者曹珠凤,《现代中学生:阅读与写作》2018年第4期。

《茅盾致张仲实佚信写作时间考》,作者钟桂松,《文汇读书周报》2018年4月9日。

《茅盾呼吁重视拼音教育》,作者方继孝,《北京晚报》2018年4月11日。

《试论茅盾在十一届三中全会前后的历史贡献》,作者钟桂松,《观察与思考》2018年第4期。

《100年前,茅盾与孔德沚携手人生》,作者木易、苏学恕,《工会信息》2018年第4期。

《茅盾赴疆张仲实是否同机抵兰?》,作者钟桂松,《中华读书报》2018年4月25日。

《论鲁迅与茅盾对文学核心价值的不同认识》,作者聂国心,《河南师范大学学报(哲学社会科学版)》2018年第3期。

《"十七年"文学生态的隐性叙述——以〈茅盾日记〉(1953—1966)为例》,作者蔺春华,《当代文坛》2018年第4期。

《茅盾旧体诗词(1949—1976)探幽》,作者赵思运,《当代文坛》2018年第4期。

《"高级形式的社会文件"何以妨害审美?——关于〈子夜〉评价史》,作者妥佳宁,《当代文坛》2018年第4期。

《国民革命时期中群众的劣根性——解析茅盾〈动摇〉》,作者王一帆,《北方文学》2018年第5期。

《茅盾早期文学理论、实践与影响(1919—1929)——兼论〈读《倪焕之》〉》,作者周晓平,《汕头大学学报(人文社会科学版)》2018年第5期。

《固守与抗争:茅盾〈春蚕〉的女性主义解读》,作者李艳华,《名作欣赏》2018年第5期。

《父亲丁景唐结识郭沫若茅盾经过》,作者丁言昭,《世纪》2018年第5期。

《关于茅盾的一则史料》,作者曾祥金,《文艺报》2018年5月21日。

《茅盾创作的"莫须有"之过——关于〈子夜〉和〈春蚕〉的通信》,作者解志熙、苏心,《文艺争鸣》2018年第5期。

《女作家陈学昭与茅盾一家的情谊》，作者刘守华，《档案记忆》2018 年第 6 期。

《"京派""海派"论争后的论争——以茅盾和罗念生关于〈荷马史诗〉的论争为中心的考察》，作者彭林祥，《中国现代文学研究丛刊》2018 年第 6 期。

《理性推导与诗化抒情——茅盾与沈从文小说之比较研究》，作者陈婕，《福建广播电视大学学报》2018 年第 6 期。

《刘以鬯关注茅盾的〈走上岗位〉》，作者王建军，《文汇读书周报》2018 年 6 月 25 日。

《鲁迅致茅盾的九封书信发现始末》，作者葛涛，《鸭绿江》2018 年第 11 期。

《茅盾四封书信考》，作者金传胜，《中华读书报》2018 年 7 月 4 日。

《茅盾研究点滴谈》，作者杨扬，《当代文坛》2018 年第 7 期。

《茅盾与鲁迅等人现实主义观之比较》，作者王珂，《北方文学》2018 年第 7 期。

《蓬门存旧躅 斗室育文豪——乌镇茅盾故居探联》，作者谢维汉，《对联》2018 年第 7 期。

《英译本茅盾文学作品的感性到理性解读》，作者刘苗苗，《赤子》2018 年第 7 期。

《作家与城市的关系研究——以茅盾与上海为例》，作者喻心，《芒种》2018 年第 7 期。

《历史化内在路径与父母形象重塑——以茅盾、柳青、杨沫子女追述为例》，作者史婷婷，《南方文坛》2018 年第 7 期。

《茅盾小说创作中的女性身体与革命叙事策略探析》，作者李玉荣，《赤峰学院学报(哲学社会科学版)》2018 年第 7 期。

《〈在岗位上〉不是茅盾拟的书名》，作者钟桂松，《文汇读书周报》2018 年 7 月 23 日。

《主编的担当——从茅盾致叶君健的一封佚信谈起》，作者雷超，《新文学史料》2018 年第 4 期。

《"进步文化"的先驱者——茅盾》，作者邵红能，《黄金时代》2018 年第 8 期。

《1930 年代都市文化与茅盾小说〈子夜〉的创作》,作者刘彦博、李俊尧,《山西青年》2018 年第 8 期。

《茅盾、鲁迅和郑伯奇的新文学观考辨——以〈中国新文学大系(1917—1927)〉小说选集导言为例》,作者任杰,《西安石油大学学报(社会科学版)》2018 年第 8 期。

《论茅盾的狭义神话观》,作者陈金文,《河池学院学报》2018 年第 8 期。

《茅盾的"三遍读书法"》,《支部建设》2018 年第 22 期。

《茅盾早期作品的女性形象》,作者李曦瑶,《青春岁月》2018 年第 8 期。

《浅析茅盾文学批评中所体现的现代性》,作者安怡静,《魅力中国》2018 年第 8 期。

《时代女性与茅盾小说——"名作中的女性"之一》,作者刘涛,《博览群书》2018 年第 8 期。

《书法家程与天新书〈茅盾诗词集——程与天金石书法〉出版 张家瑞、素素到场祝贺》,作者吴曼琪、林峰,《东北之窗》2018 年第 16 期。

《双峰并峙一水同流——现实主义观照下老舍与茅盾的对照》,作者翟星宇,《兰州教育学院学报》2018 年第 8 期。

《同时代的不同声音——费德林和利希查的茅盾研究》,作者王玉珠,《名作欣赏》2018 年第 9 期。

《茅盾丁玲小说研究》,作者阎浩岗,人民出版社 2018 年 9 月版。

《茅盾一生中曾两次翻译〈简·爱〉》,作者李婷,《文汇报》2018 年 9 月 7 日。

《中华人民共和国建国前后的茅盾》,作者[日]铃木将久,孙若圣、景梦如译,《济南大学学报(社会科学版)》2018 年第 5 期。

《茅盾:文学创作与革命理想相伴而行》,《万象》2018 年第 9 期。

《茅盾的女性观》,作者徐杭丽,《文艺生活》2018 年第 9 期。

《从老舍、茅盾对笛福的接受看二者市民社会叙事的差异》,作者程丽蓉,《中国现代文学研究丛刊》2018 年第 9 期。

《论茅盾小说中的嘉兴文化地理因素》,作者汪娟,《嘉兴学院学报》2018 年第 9 期。

《茅盾的歉疚与刘绍棠的大度》,作者钟桂松,《北京晚报》2018 年 9 月 29 日。

《品读〈子夜〉》,作者杨义夫,《汉字文化》2018 年第 10 期。

《浅谈茅盾文学作品中的政治意识》,作者李紫君,《北方文学》2018 年第 27 期。

《浅析陈独秀、鲁迅、茅盾提倡的现实主义之异同》,作者王田璐,《报刊荟萃》2018 年第 10 期。

《革命文学语境中的启蒙异声——以〈石碣〉〈豹子头林冲〉〈石秀〉为中心》,作者吕银飞,《海南师范大学学报(社会科学版)》2018 年第 6 期。

《它是中国近代第一份"驴友指南",茅盾当主编,影响力直抵欧美》,作者李婷,《文汇报》2018 年 10 月 21 日。

《茅盾研究·新世纪茅盾研究论文集》,中国茅盾研究会编,钱振纲主编,华东师范大学出版社 2018 年 10 月版。

《茅盾研究·纪念茅盾诞辰 120 周年论文集》,中国茅盾研究会编,杨扬主编,华东师范大学出版社 2018 年 10 月版。

《茅盾,陈独秀,鲁迅现实主义小说之关联及异同》,作者宋莹莹,《卷宗》2018 年第 11 期。

《茅盾与金庸父亲是同班同学——我与金庸先生的交往》,作者万润龙,《文汇报》2018 年 11 月 29 日。

《浅谈茅盾及其社会剖析小说创作》,作者郜艳丽,《赤子》2018 年第 12 期。

《现实主义的核心在于社会问题的抒写——以茅盾的作品为例》,作者张大伟,《神州》2018 年第 12 期。

《新发现的李霁野致茅盾及茅盾〈简爱〉未刊译稿》,作者刘明辉,《鲁迅研究周刊》2018 年第 12 期。

《忆茅盾与赵丹在新疆的几段往事》,作者王采南,《文史精华》2018 年第 12 期。

《中国现当代文学日译本过眼录——之武田泰淳译茅盾小说〈虹〉》,作者裴亮,《长江丛刊》2018 年第 12 期。

《抗战时期郭沫若和茅盾的文化活动》,作者钟海波,《郭沫若学刊》2018 年第 12 期。

《郭沫若与茅盾翻译思想之比较》，作者储银娟，《郭沫若学刊》2018 年第 12 期。

《茅盾〈子夜〉中吴荪甫形象的两面性》，作者胡鑫，《佳木斯职业学院学报》2018 年第 12 期。

《〈子夜〉中的媒介生活研究》，作者夏芊芊，山东大学硕士论文。

《梅特林克与五四作家的关系研究》，作者周倩倩，湖南师范大学硕士论文。

《文学与革命的双重变奏——以蒋光慈和茅盾 1925—1932 年间的小说为例》，作者刘岩，南京师范大学硕士论文。

2019 年

《茅盾与〈呐喊〉〈烽火〉杂志相关史实辨正》，作者杨华丽，《现代中文学刊》2019 年第 1 期。

《抗战时期茅盾佚文考述》，作者金传胜，《现代中文学刊》2019 年第 1 期。

《三十年来首度发现茅盾抗战时期小说佚作——被遗忘的〈十月狂想曲〉论》，作者邓龙建、凌孟华，《现代中文学刊》2019 年第 1 期。

《成为作家：茅盾论当代作家的艺术修养》，作者王本朝，《贵州社会科学》2019 年第 1 期。

《中国现代文学与儿童文学文论的一致性与错位——以茅盾 20 世纪 20—30 年代文论为例》，作者杨海燕，《昆明学院学报》2019 年第 1 期。

《茅盾文学时代性的理论架构》，作者余红梅，《池州学院学报》2019 年第 1 期。

《手稿著作权客体类型探究——基于"茅盾手稿案"的分析与思考》，作者石超，《中国出版》2019 年第 1 期。

《〈林家铺子〉的创作理论及写作高度探寻》，作者梁卓栋，《大观》2019 年第 1 期。

《"再整合"中的文化重镇——以 1966 年前后的茅盾批判为中心》，作者康斌,《中国文学研究》2019 年第 1 期。

《单演义关于编选〈纪念茅盾〉的书信释读》,作者宫立,《苏州教育学院学报》2019 年第 1 期。

《革命叙事模式下茅盾小说中女性形象的转变》,作者李玉荣,《石家庄学院学报》2019 年第 1 期。

《茅盾与姚雪垠的〈李自成〉》,作者阎开振,《博览群书》2019 年第 1 期。

《躁动的社会阶层与绵延的再造文明之梦——〈子夜〉新论》,作者罗维斯,《励耘学刊》2019 年第 1 期。

《移步换形的抗战书写与仓促换调的〈清明前后〉》,作者李永东,《中国现代文学研究丛刊》2019 年第 2 期。

《战时经济视阈下的〈清明前后〉》,作者廖海杰,《中国现代文学研究丛刊》2019 年第 2 期。

《略谈郭沫若对鲁迅、茅盾的不同态度——以郭沫若〈戏论鲁迅茅盾联〉发表后的情况为例》,作者廖久明,《鲁迅研究月刊》2019 年第 2 期。

《〈茅盾回忆录〉诞生记》,作者钟桂松,《中外书摘》2019 年第 2 期。

《"失明"的老油灯醒着——追忆茅盾一个不老的故事》,作者王宗仁,《美文》2019 年第 2 期。

《茅盾科普散文的风格特点与价值理性》,作者刘为民,《科普时报》2019 年 3 月 1 日。

《不随时尚,独树一帜——从茅盾给陈白尘的一封佚信说起》,作者钟桂松,《文汇读书周报》2019 年 3 月 18 日。

《理性审视:20 世纪中国文化语境中的茅盾》,作者王嘉良,商务印书馆 2019 年 4 月版。

《文学语言与都市文化——以茅盾早期小说〈蚀〉为基点的考察》,作者陈天助,世界图书出版广东有限公司 2019 年 4 月版。

《茅盾佚简中的林斤澜》,作者肖进,《文汇报》2019 年 5 月 6 日。

《茅盾佚文〈祝第一节戏剧节〉》,作者金传胜,《文汇读书周报》2019 年 6 月 10 日。

《茅盾与〈文艺报〉》,作者吴泰昌,《文艺报》2019 年 6 月 28 日。

《茅盾研究年鉴（2016—2017）》，赵思远、蔺春华主编，中国社会科学出版社 2019 年 7 月版。

《抗战时期茅盾与"孩子剧团"纪事》，作者付冬生，《重庆科技学院学报（社会科学版）》2019 年第 3 期。

《接受途径、译介策略与文化价值倾向——论茅盾对外国文学的选择与中国文学建构》，作者宋炳辉、陈竞宇，《外语与外语教学》2019 年第 3 期。

《茅盾笔下的人物》，作者李晓敏，《作文新天地》2019 年第 7 期。

《论茅盾的"古为今用""观——以对"卧薪尝胆"剧本的评论为中心》，作者刘卫东，《中国文学批评》2019 年第 3 期。

《茅盾的民族主义与〈子夜〉的叙述伦理》，作者方维保，《中国文学批评》2019 年第 3 期。

《典型、读者趣味与"五四"白话文——论〈子夜〉的先锋性价值》，作者徐仲佳，《中国文学批评》2019 年第 3 期。

《论茅盾基于人类学派神话学说的中外神话比较研究》，作者郑小军，《名作欣赏》2019 年第 11 期。

《茅盾研究新境之开拓——评〈茅盾研究年鉴〉（2014—2015）》，作者贾改琴，《名作欣赏》2019 年第 11 期。

《爱情寓言与革命激情的逻辑同构——茅盾〈幻灭〉文本细读》，作者杨森，《肇庆学院学报》2019 年第 3 期。

《"个人"概念变迁与早期现代长篇小说结构嬗变——以张资平、茅盾为中心的考察》，作者周文晓，《中山大学学报（社会科学版）》2019 年第 3 期。

《逆写战时国都——1941 年茅盾在香港的创作》，作者李永东，《社会科学》2019 年第 3 期。

《茅盾先生与中国作家协会》，作者杨扬，《文艺报》2019 年 7 月 12 日。

《关于茅盾"雨天杂写"系列杂文的史料问题》，作者刘铁群，《中国现代文学研究丛刊》2019 年第 4 期。

《浅析〈野蔷薇〉中的女性形象》，作者陈文洁，《文学教育》2019 年第 4 期。

《论"阶级意识"在茅盾早期文学批评思想中的发展》，作者程蕾，《江西社会科学》2019 年第 4 期。

《茅盾与驻华外交官魏斯科普夫的友谊》,作者钟桂松,《国际人才交流》2019 年第 4 期。

《〈林家铺子〉的创作理论及写作高度探寻》,作者杨晓玉,《哈尔滨学院学报》2019 年第 4 期。

《"乡土茅盾"的"矛盾乡土":基于三十年代译介的观察》,作者冯波,《浙江学刊》2019 年第 4 期。

《茅盾史料二则》,作者钟桂松,《新文学史料》2019 年第 4 期。

《探寻"理想的实在":茅盾与叶芝戏剧的译介》,作者翟月琴,《文化艺术研究》2019 年第 4 期。

《在学术创新中体现人文情怀——评阎浩岗著〈茅盾丁玲小说研究〉》,作者袁盛勇、邱跃强,《延安大学学报(社会科学版)》2019 年第 4 期。

《莫让此"杨"成彼"杨"——教学〈白杨礼赞〉引发的思考》,作者刘爱红,《中国语文教学参考》2019 年第 14 期。

《外部"共谋"与内部论争——重读茅盾〈清明前后〉》,作者李冉,《首都师范大学学报》2019 年第 5 期。

《〈子夜〉对国民革命的"留别"》,作者妥佳宁,《文学评论》2019 年第 5 期。

《茅盾:〈文艺报〉的奠基者》,作者黄发有,《文艺报》2019 年 9 月 9 日。

《立足现实 关注当下——论茅盾经典现实主义的当代意义》,作者王卫平,《北京师范大学学报》2019 年第 6 期。

《〈暴风雨〉的本事、重组与象征》,作者冷川,《天津师范大学学报》2019 年第 6 期。

《茅盾佚文〈批评家〉及致郑振铎佚简的发现与研究》,作者刘明辉,《中文自学指导》2019 年第 6 期。

《审美与政治的共鸣、冲突——由〈清明前后〉的修改及演出看茅盾艺术创造的动力与局限》,作者李延佳,《东岳论丛》2019 年第 12 期。

《中国现代文学语言的新探索——以茅盾长篇小说〈蚀〉为例》,作者涂佳楠,《汉字文化》2019 年第 14 期。

《茅盾在新疆时的创作补遗与文艺讲话》,作者景李斌,《新疆大学学报(哲学·人文社会科学版)》2019 年第 6 期。

《由〈创造〉和〈烟云〉看茅盾对妇女解放问题的探索》，作者李延佳，《名作欣赏》2019 年第 23 期。

《跨学科视野下的茅盾翻译思想研究》，作者王志勤，四川大学出版社 2019 年 9 月版。

《茅盾的国文老师张子岑》，作者乐忆英，《嘉兴日报·凤凰家》2019 年 12 月 30 日。

《茅盾小说中的女性服饰描写研究》，作者孙胜男，曲阜师范大学硕士论文。

《茅盾外国戏剧翻译研究》，作者刘帆，陕西理工大学硕士论文。

《茅盾手稿纠纷案法律分析》，作者宗典典，沈阳师范大学硕士论文。

《茅盾晚年生活研究——以〈茅盾日记〉为主体的考察》，作者王迪，三峡大学硕士论文。

《著作权与物权分离下名人手稿法律保护研究——以"茅盾手稿"著作权侵权案为例》，作者董盼盼，兰州大学硕士论文。

《茅盾外国文学译介研究》，作者陈竞宇，上海外国语大学博士论文。

2020 年

《"发表在前，写作在后"的真相》，作者钟桂松，《中华读书报》2020 年 1 月 1 日。

《现代作家的文化类型对比——以茅盾、巴金和老舍为例》，作者王星，《科技资讯》2020 年第 1 期。

《论鲁迅逝世后的"文坛领袖"论争》，作者廖久明，《现代中文学刊》2020 年第 1 期。

《"革命文学"论争与茅盾的革命文学话语再造——以 1928 年前后茅盾的政治和文学思想为中心》，作者覃昌琦，《海南师范大学学报（社会科学版）》，2020 年第 1 期。

《个人主义者的悲剧——重读茅盾的〈腐蚀〉》，作者阎浩岗，《首都师范大学学报（社会科学版）》2020 年第 1 期。

《论茅盾与中国近代戏剧改革》，作者张新雪，《巢湖学院学报》2020年第1期。

《文学地理视域中的"西北书写"——以茅盾〈新疆风土杂忆〉〈白杨礼赞〉为中心》，作者李继凯、胡冬汶，《中国现代文学论丛》2020年第1期。

《〈腐蚀〉的出版及版本变迁》，作者陈蓉，《新疆教育学院学报》2020年第1期。

《性别视阈中的〈野蔷薇〉》，作者石万鹏、刘传霞，《文艺评论》2020年第1期。

《人性视野中的〈子夜〉新论》，作者吕周聚，《首都师范大学学报（社会科学版）》2020年第1期。

《〈子夜〉文学史意义新探——谈其"阶级分析和生活化表达相结合"的构思方法及其文学影响》，作者刘江，《乐山师范学院学报》2020年第1期。

《〈子夜〉的版本流变与修改述论（一）》，作者陈思广，《现代中文学刊》2020年第1期。

《美国黑人作家休士秘密会见鲁迅的事实与谎言——兼补"左联"活动及茅盾与宋庆龄生平一项缺漏》，作者（澳大利亚）张钊贻，《鲁迅研究月刊》2020年第1期。

《在"人生"与"艺术"间摇摆——茅盾选集本篇目变化探析》，作者王棋君，《现代中国文化与文学》2020年第1期。

《性别诗学视域下〈虹〉之思想意蕴探析——兼论秦德君在〈虹〉创作中的作用》，作者钟海波，《长安学术》2020年第2期。

《阐释学视角下〈白杨礼赞〉英译本中的译者主体性研究》，作者姚昱冰，《青年文学家》2020年第2期。

《茅盾"国民文学论"新探》，作者文浩、薛勤，《湖南工业大学学报（社会科学版）》2020年第2期。

《启蒙与革命——茅盾如何创作〈虹〉》，作者季可盈、张均，《写作》2020年第2期。

《从实业与金融到民族资产阶级与买办阶级——〈子夜〉成书前的文献谱系还原》，作者妥佳宁，《励耘学刊》2020年第2期。

《茅盾与孔另境交往二三事》,作者杨迎平,《新文学史料》2020年第2期。

《茅盾与陆文夫》,作者钟桂松,《苏州杂志》2020年第2期。

《沈雁冰在上海的出版生活探析》,作者杨卫民,《中国出版史研究》2020年第2期。

《茅盾为何放弃写长篇小说》,作者汪兆骞,《名人传记》2020年第2期。

《由茅盾手稿案谈手稿的作品类型认定》,作者刘桢、马治国,《科技与法律》2020年第2期。

《茅盾半途弃稿扶持新人》,《华声文萃》2020年第2期。

《茅盾在日本的创作》,作者钟桂松,《国际人才交流》2020年第2期。

《〈子夜〉的版本流变与修改述论(二)》,作者陈思广,《现代中文学刊》2020年第2期。

《茅盾给女婿萧逸的那些信》,作者钟桂松,《上海采风》2020年第2期。

《分歧与异质:茅盾视野下的战国策派》,作者李金凤,《现代中国文化与文学》2020年第2期。

《茅盾:用〈子夜〉冲破黑暗的左翼文学家》,作者妥佳宁,《传记文学》2020年第3期。

《基于主位推进模式的散文翻译研究——以茅盾的〈白杨礼赞〉及其英译版为例》,作者赵月,《现代交际》2020年第3期。

《在认同与规避之间——论茅盾〈子夜〉对左拉〈卢贡·马加尔家族〉的借鉴与改写》,作者龙其林,《文艺论坛》2020年第3期。

《〈子夜〉及茅盾短篇小说的讽刺形象和讽刺艺术》,作者王卫平,《辽宁师范大学学报(社会科学版)》2020年第3期。

《时代的背面——论〈蚀〉三部曲中的传统闺秀形象》,作者张佳滢,《名作欣赏》2020年第3期。

《〈子夜〉与1930年上海丝业工人大罢工》,作者张全之,《中国文学研究》2020年第3期。

《经典化的游离——从茅盾〈霜叶红似二月花〉的经典化谈起》,作者蔡杨淇,《中国文学研究》2020年第3期。

《革命语境下"晚年茅盾"文学创作中的现实主义追求》,作者李燕英,《阴山学刊》2020 年第 3 期。

《20 世纪 30 年代茅盾的"五四"新文化运动阐释》,作者刘贵,《广西社会科学》2020 年第 3 期。

《〈子夜〉的版本流变与修改述论(三)》,作者陈思广,《现代中文学刊》2020 年第 3 期。

《风景与茅盾的战时中国形象建构》,作者李永东,《天津社会科学》2020 年第 4 期。

《关联理论视角下茅盾小说〈报施〉王际真英译本探析》,作者黄勤、刘倩茹,《天津外国语大学学报》2020 年第 4 期。

《理性之言,率性而发:关于茅盾〈读〈北京人〉〉》,作者李青,《晋城职业技术学院学报》2020 年第 4 期。

《茅盾与马克思主义文学理论的中国化》,作者黄念然、王诗雨,《西北大学学报(哲学社会科学版)》2020 年第 4 期。

《茅盾作品在俄罗斯的译介与研究》,作者王玉珠,《国际汉学》2020 年第 4 期。

《新世纪以来茅盾研究著作评析》,作者王卫平,《山东师范大学学报(人文社会科学版)》2020 年第 4 期。

《从叙事学角度解读茅盾短篇小说〈创造〉》,作者柳程婧衍,《长安学刊》2020 年第 4 期。

《"闹市"这一城市意象在民国抗战时期上海城市空间里所包含的多重话语性探究——以茅盾流浪儿童小说〈大鼻子的故事〉为例》,作者纪敏垚,《小说月刊(综合)》2020 年第 4 期。

《"五四"时期写实主义与自然主义概念之辨析——以陈独秀与茅盾为讨论中心》,作者王雨佳,《现代中国文化与文学》2020 年第 4 期。

《〈子夜〉的版本流变与修改述论(四)》,作者陈思广,《现代中文学刊》2020 年第 4 期。

《民国时期书信作品的流传与翻译——以茅盾译作为中心的考察》,作者陆志国,《外国语文》2020 年第 5 期。

《文学评论的"中介"作用——茅盾等现代评论家之于当代的借鉴意义》,

作者金鑫，《鞍山师范学院学报》2020 年第 5 期。

《茅盾、老舍谈写作》，《作品与争鸣》2020 年第 5 期。

《苦难辉煌：茅盾在广东》，作者韩帮文，《同舟共进》2020 年第 5 期。

《浅析茅盾的革命思想与〈动摇〉的叙述伦理》，作者靳武稳，《传奇故事》2020 年第 5 期。

《1917—1927 年间茅盾外国散文译介特点浅析》，作者沙成，《参花（上）》2020 年第 5 期。

《论茅盾的〈淮南子〉研究及学术史意义》，作者高旭，《南昌大学学报（人文社会科学版）》2020 年第 5 期。

《中国现代长篇工人运动小说的杰作——重评〈子夜〉对工人运动的书写》，作者张全之，《西南大学学报（社会科学版）》2020 年第 5 期。

《论"五四"作家对霍普特曼〈沉钟〉的"创造性误读"——以鲁迅、沉钟社为中心》，作者张勐，《文艺研究》2020 年第 5 期。

《〈子夜〉的版本流变与修改述论（五）》，作者陈思广，《现代中文学刊》2020 年第 5 期。

《制度化译者行为视角下的茅盾"农村三部曲"英译研究》，作者任东升、郎希萌，《外国语文研究》2020 年第 6 期。

《性别与审美"盲视"？——茅盾〈作家论〉之再思辨》，作者侯敏，《聊城大学学报（社会科学版）》2020 年第 6 期。

《百年中国儿童文学演进史中的茅盾》，作者王泉根，《江淮论坛》2020 年第 6 期。

《"为人生的文学"——分析左拉自然主义影响下的茅盾文学观》，作者何雪，《青年时代》2020 年第 6 期。

《"文"与"像"：茅盾作品社会人文之互文建构》，作者陆健锋，《电影评介》2020 年第 6 期。

《乌镇之于茅盾，不止子夜》，作者陈富强，《文化交流》2020 年第 6 期。

《浅谈〈子夜〉的空间生产》，作者黎启康，《文学教学》2020 年第 6 期。

《〈子夜〉中的灯光书写》，作者冉小琴，《连云港师范高等专科学校学报》2020 年第 6 期。

《王统照致茅盾信札及其他》，作者宫立，《绵阳师范学院学报》2020 年第 7 期。

《论衡、重估与拓展》，作者张连义，《文艺报》2020 年 7 月 8 日。

《阳翰笙找茅盾写序》，作者姚望，《快乐青春（经典阅读 小学生必读）》2020 年第 7 期。

《意图的言说与文本的意味——〈子夜〉主题新论》，作者陈思广、曹雪冬，《江汉论坛》2020 年第 7 期。

《昭和前期（1926—1945）日本对〈蚀〉的译介与研究》，作者连正、闫浩岗，《中国现代文学研究丛刊》2020 年第 8 期。

《滴不尽相思血泪，开不完春柳春花——分析茅盾、张爱玲、许地山、沈从文笔下女性的爱情观》，作者浦卓，《人物画报（下旬刊）》2020 年第 8 期。

《茅盾的〈神话研究〉》，作者林传祥，《人民政协报》2020 年 8 月 20 日。

《1956 年中国作协参加亚洲作家会议史料钩沉——兼谈对日本战后文坛的影响》，作者曾嵘，《中国现代文学研究丛刊》2020 年第 10 期。

《胡风与茅盾的论争探析》，作者魏邦良，《绥化学院学报》2020 年第 11 期。

《革命与文学：1920 年代中国文学批评新论》，《书摘》2020 年第 11 期。

《左联时期茅盾现实主义文学观念的演变》，作者王孝慧，《文学教育》2020 年第 11 期。

《被茅盾称赞的彝族作家普飞》，作者刘景役，《云南政协报》2020 年 11 月 13 日。

《从现实主义艺术论看〈子夜〉》，作者崔欣，《名作欣赏》2020 年第 12 期。

《品读红色经典 传承白杨精神——〈白杨礼赞〉教学实录》，作者李明哲，《语文教学与研究》2020 年第 13 期。

《"香港大营救"始末》，作者吴志芬，《中外文摘》2020 年第 13 期。

《从〈豹子头林冲〉与〈石秀〉之比较看"左联"与"新感觉派"的文学观差异》，作者田彤彤，《文存阅刊》2020 年第 16 期。

《谈"茅盾手稿"著作权纠纷案》，作者王明杰，《科学与财富》2020 年第 16 期。

《从〈太阳礼赞〉到〈白杨礼赞〉——论革命文学相对五四文学的变化》，作者黄奕扬,《北方文学》2020 年第 17 期。

《茅盾与选择》,《领导文萃》2020 年第 17 期。

《精湛的写作技艺 独特的审美价值——浅析茅盾〈白杨礼赞〉的美学特征》,作者黄金,《中学教学参考》2020 年第 18 期。

《茅盾〈野蔷薇〉中的女性意识与叙事艺术》,作者谢镇宇,《牡丹》2020 年第 20 期。

《茅盾笔下的乌镇》,作者李秋生,《文史精华》2020 年第 21 期。

《汉英现代抒情散文的照应手段对比及应用——以〈白杨礼赞〉及其英译本为例》,作者刘婷婷,《山海经》2020 年第 21 期。

《聚焦关键词,寻找语言解读密码——以〈白杨礼赞〉为例》,作者王振,《科普童话》2020 年第 21 期。

《茅盾不怕被骗》,作者乔凯凯,《做人与处世》2020 年第 24 期。

《绚烂中有哀伤——〈创造〉中的身体书写》,作者郑世琳,《名作欣赏》2020 年第 24 期。

《巴蜀神话的地理属性——以茅盾"北中南"神话地理分类来看》,作者何中华,《长江丛刊》2020 年第 26 期。

《中国左翼作家联盟与茅盾》,作者陈怡晹,《时代人物》2020 年第 29 期。

《〈白杨礼赞〉文本细读及教学价值的实现》,作者张鹏,《语文教学通讯》2020 年第 29 期。

《浅析曾小萍对茅盾小说〈虹〉的翻译策略》,作者周娇燕,《魅力中国》2020 年第 30 期。

《从屈服到征服,从被动到主动——〈风景谈〉蕴含的哲学思想》,作者郭昕荣,《语文课内外》2020 年第 36 期。

《普实克的茅盾研究》,作者徐从辉、廉诗琦,《汉语国际教育研究》2020 年第四辑。

《城乡互动中的文化景观——1930 年前后茅盾小说中的小镇叙事研究》,作者肖迪,华东师范大学硕士论文。

《郑伯奇〈中国新文学大系·小说三集·导言〉研究》,作者孙成松,云南师范大学硕士论文。

《茅盾早期小说研究话语分析》,作者张绿漪,湖南师范大学硕士论文。

《社会语言学视角下的〈子夜〉称谓语研究》,作者刘亚宁,河北师范大学硕士论文。

《茅盾短篇小说观研究》,作者饶倩倩,陕西理工大学硕士论文。

《作家专论·文学现象·文学史建构——论孙中田的现代文学研究》,作者王偲蘐,东北师范大学硕士论文。

《茅盾文学理论视域下的文学创作实践研究》,作者迪理努尔·奥布力喀斯木,喀什大学硕士论文。

《1930 年代科学小品研究》,作者丁楷伦,西南大学硕士论文。

《论茅盾小说中的女性身体书写》,作者王琴,四川师范大学硕士论文。

后　记

这部书稿算是我的国家社科基金后期资助项目"茅盾年谱新编"的派生成果，在电脑里静静存放了四年。2016 年，我"熊"心勃勃想编一部全新的《茅盾年谱》，我的构想是把年谱分为正谱和副谱两部分，正谱叙述作家生平创作事迹，副谱梳理论述百年茅盾研究成果史料。2018 年，我用 100 多万字的文稿申报当年的国家社科基金后期资助项目，获批立项的同时，专家意见也提出，无论是从年谱的体例还是体量上来看，副谱部分都应该独立成册，于是我将它从年谱文稿中抽离了出来。过去的四年里，我的主要精力都用于勘校、充实年谱的文稿，这部研究史料索引几乎被忘却了。若不是我的同事、中国茅盾研究会副会长赵思运教授的敦促和提醒，书稿也许会一直静默下去。

今年年初，在和浙江大学出版社顺利接洽后，我重新打开书稿，开始审慎地删减和补正。我的初衷是只保留我能找到第一手资料的研究目录，为此剔除了初稿中几乎所有的域外研究资料目录，因为它们中的很多我还没找到原文出处。此外，鉴于目前的中文数据库对新时期文学之前的茅盾研究成果少有收录，本书对一些重要研究论文、论著作了内容摘要。希望我的绵薄之力，能服务于广大的茅盾研究者和茅盾文学爱好者。

感谢桐乡市文旅体育局、浙江传媒学院茅盾研究中心、浙江传媒学院文学院的大力支持！

感谢责任编辑李瑞雪老师以她的专业和敬业为本书的出版提供的所有帮助。

以此记念杭城最火热的夏天。

蔺春华

2022 年 9 月